KB130886

The Angel of Death 1

# 죽음의 천사

조영민 장편소설

청어

# 죽음의 천사 • 1권

조영민 지음

발행처 · 도서출판 **청어**
발행인 · 이영철
영  업 · 이동호
홍  보 · 최윤영
기  획 · 천성래 | 이용희
편  집 · 방세화 | 이서윤
디자인 · 김바라 | 서경아
제작부장 · 공병한
인  쇄 · 두리터

등  록 · 1999년 5월 3일
(제321-3210000251001999000063호)

1판 1쇄 인쇄 · 2014년 10월 20일
1판 1쇄 발행 · 2014년 10월 30일

주소 · 서울특별시 서초구 효령로55길 45-8
대표전화 · 586-0477
팩시밀리 · 586-0478

홈페이지 · www.chungeobook.com
E-mail · ppi20@hanmail.net
ISBN · 979-11-85482-58-3 (04810)
ISBN · 979-11-85482-55-2 (04810) (세트)

이 책의 저작권은 저자와 도서출판 청어에 있습니다.
무단 전재 및 복제를 금합니다.

이 도서의 국립중앙도서관 출판시도서목록(CIP)은 서지정보유통지원시스템 홈페이지
(http://seoji.nl.go.kr)와 국가자료공동목록시스템(http://www.nl.go.kr/kolisnet)에서 이용하실 수
있습니다.(CIP제어번호: CIP2014027039)

The Angel of Death **1**

# 죽음의 천사

## 작가의 말

어린 시절 친구가 많지 않았던 저는 다른 아이들이 밖에서 신나게 놀 시간에 혼자 시간을 보낼 때가 많았습니다. 아버지의 구두를 한 달 동안 닦고 나서 손에 몇천 원의 용돈이 쥐어지면 즉시 동네 서점으로 달려가서 책을 사곤 했습니다.

그때의 그 주옥같은 소설들과 과학 관련 서적들, H. G. 웰스의 『우주전쟁』, 필립 K. 딕의 『임포스터』, 칼 세이건의 『코스모스』, 스티븐 호킹의 『시간의 역사』 같은 책들은 저의 앞날에 결정적인 영향을 미쳤습니다. 쳇바퀴 같은 입시공부와 반복적인 일상의 무료함 속에서도 책을 읽을 때만은 광활한 우주와 끝없는 시간의 흐름으로 무한한 상상력을 펼칠 수 있었고, 그 꿈을 펼치기 위해서 의사가 되기를 바라시던 부모님의 뜻과는 다르게 공학을 전공하기로 결심했습니다.

하지만 어른이 되어갈수록 상상력은 사라져만 갔습니다. 치열한 경쟁 속에서 살아남으려면 상상력이란 것은 어찌 보면 사치에 불과한 것이었습니다. 어린 시절 하루에도 몇 권씩 책을 사 보던 저는 성인이 되어서는 한 달에 한 권 읽기도 힘든 지경에 이르렀습니다. '먹고 살기 위해' 일하다 보니 시간이 없다는 변명으로 스스로 위안을 삼았습니다.

그러던 어느 날, 거리를 걷다가 충동적으로 한 대형서점에 들어가게 되었습니다. 읽을 책을 고르려 매장 안을 돌아다녔지만 제 상상력을 자극하는 책을 찾을 수가 없었습니다. '돈을 버는 법', '성공하는 법' 등을 다룬 책들이나 '달콤한 연애'를 다룬 책들은 많았지만 제가 원하는 책은 없었습니다.

그때부터 상상력을 펼칠 수 있는 책을 쓰는 일을 생각하기 시작했습니다. 3년 전 어느 날, 저의 계획을 처음으로 시작할 수 있었고 마침내 완성할 수 있었습니다.

이 책에 나오는 모든 지역적, 역사적 배경은 사실을 기반으로 하였고 또한 등장하는 기술이나 장비 등도 과학적 근거를 두고 서술했습니다. 그러나 소설은 무엇보다도 재미있어야 한다는 저의 지론대로, 박진감 넘치는 전개와 반전을 통해 독자가 재미와 지식을 같이 얻을 수 있도록 노력했습니다.

이 책을 평가하는 것은 오로지 독자의 몫입니다. 이 글이 여러분의 상상력을 조금이나마 자극할 수 있었으면 합니다. 특히 젊은 독자들에게 읽히기를 바랍니다.

이 책이 나올 때까지 도움을 주신 많은 분들, 청어 출판사의 이영철 대표님, 주옥같은 조언을 해 주신 고려대학교의 박진우 교수님, 김선욱 교수님, 순천향대의 손태호 교수님, 삼성전자의 강병창 전무님, 현대차의 곽우영 부사장님, 문화와 역사에 대한 영감을 주신 한컴의 김상철 회장님, 우문지 정일화 회장님, 주항수 회장님, 신현영 회장님, 피아니스트 임학성 선생님, 기업 운영에 대한 조언을 아끼지 않으신 인지의 정구용 회장님, 링크나우 정장환 대표님, 화광의 조정혁 상무님, 그리고 무선통신관련 지식에 도움을 주신 삼성전자 임직원 분들께 감사드립니다.

또한 교정에 도움을 준 와이프 김보배와 무엇보다도 제게 이러한 상상력과 과학적 소양을 물려주신 부모님, 조정현, 백경숙 님께 가슴 깊이 감사드립니다.

조영민

# 목 차

# 프롤로그

# 프롤로그

인간과 기계를 연결하려는 시도는 수십 년 전부터 이루어져
왔다. 컴퓨터라는 인간의 뇌를 닮은 기계를 발명한 이후로 인간
은 보다 더 편리한 생활을 위하여 어떻게 하면 효율적으로 기계
와 소통하고 기계를 통제할 수 있는가를 연구해 왔다. 초기의 이
러한 노력은 일부 국한된 연구원들이 일하던 연구실에서 21세기
들어서는 인류 전체의 생활을 바꿀 만큼 파급되어 왔다. 스마트
폰, 3D 디스플레이 등 일반인의 실생활에 응용되었고, 초정밀 무
인 전투기·스마트 미사일 등 군사 분야에까지 광범위하게 적용되
었다.

사람과 기계의 궁극적인 교류는 사람이 손과 발 같은 것을 사용
하지 않고도 생각만으로 사물을 조절하는 기술이라 할 것이다. 사
람의 뇌와 컴퓨터를 연결하는 기술은 BCI(Brain Computer
Interface)라 불려진다. 예를 들어 2013년 미국 워싱턴 주립대의 컴

퓨터 공학부에서는 뇌파 기록장치(EEG)를 사용하여 사람의 생각만으로 컴퓨터를 제어하는 데에서 나아가 사람의 뇌파를 이용하여 다른 사람의 몸을 제어하는 기술의 초기 단계까지 연구하였다.

미국의 MIT에서는 최근 브레인 칩(Brain Chip)을 개발하고 있다고 발표하였다. 이것은 생물의 뇌 기능을 대체하는 칩으로서 궁극적으로 칩으로 인간이나 동물의 움직임을 제어할 수 있도록 하는 기술이다.

그러나 최근까지도 인간의 뇌에서 나오는 복잡한 신호를 정밀하게 감지하고 이를 기계와 접속하는 것은 인간의 뇌에서 나오는 신호의 복잡성과 그 분석의 방대함으로 인하여 쉽지 않은 도전이었다.

2000년대 후반부터 BCI, CBI(Computer Brain Interface)를 연구해 왔던 미국 스탠포드 대학의 한국계 최민 교수는 BCI 분야에서 획기적인 기술을 개발해 내었다. 미국의 신흥 기업인 뉴로 엔터테인먼트 사는 이러한 첨단기술을 사용하여 모종의 거대 프로젝트를 시작하였다. 기존의 어떤 기업도 생각하지 못한 새로운 분야를 개척함으로써 캘리포니아 실리콘 밸리의 수많은 유력한 투자가들로부터 주목받게 된 이 회사는 2013년에 마침내 베트남에 대규모 사업 단지를 건설하게 되었다. 그러나 엄청난 자본이 투입된 이 거대 프로젝트는 갑자기 중단되었다. 미국 국방성과 국가안전보장 회의(NSC) 및 FBI까지 연루되어 조사를 벌였으나 그 이유는 끝내 밝혀지지 않았다. 다만 베트남에서 커다란 사고가 발생했다는 소문만 무성하였지만 미국과 베트남 양국은 이에 대해 긍정도 부정도 하지 않은 채로 침묵을 지킬 뿐이었다.

많은 기자들과 과학자들이 그 진상을 파악하기 위해 노력했으나 누구도 진실에 접근할 수 없었다. 전 세계의 유력한 수많은 사람들이 연루되었는데도 불구하고 그들은 약속이나 한 듯이 침묵을 지켰다.

시간이 지남에 따라 조금씩 사건에 대한 소문이 새어 나왔다. 많은 사람들이 베트남에서 목숨을 잃었다는 소문이 돌았다. 그리고 중대한 국가적 위기상태가 발생했었다는 소문도 은밀하게 퍼져 나갔다. 그러나 미국 정부 당국은 공식적으로 어떠한 논평이나 확인을 하지 않았다. 그리고 그 진실을 알고 있는 극소수의 사람들은 여전히 침묵을 지키고 있을 뿐이었다. 수많은 소문과 추측에도 불구하고 아직도 그 진실은 밝혀지지 않고 있다.

# 1942년 겨울 만주 하열빈

하늘은 엷은 먹구름이 끼어 있고 가벼운 눈발이 날리고 있었다. 멀리 보이는 산들은 하얀빛으로 물들었고 11월의 차가운 바람에 체감온도는 영하 20도 이하로 매우 추운 날씨였다.

기차역에는 수십 명의 일본 군인들이 삼엄한 경비를 펼치고 있었다. 오늘따라 일반인의 사용이 통제되었는지 플랫폼에는 민간인이 보이지 않았다. 엄동설한인데도 이들은 부동자세로 서 있었고 이들 한가운데에 장교 복장을 한 몇 명의 일본 고급 장교들이 도열해 있었다.

이들 중앙에 한 남자가 의자에 앉아 있었다. 그는 초로의 나이에 작은 키지만 멋진 콧수염을 기르고 있었고 작은 눈과 얼굴에 비해 커다란 귀를 가지고 있었다. 그의 어깨에 달린 별 세 개의 계급장으로 보아 그는 중장계급을 가진 일본군 장군임에 틀림없었다.

그는 하늘을 쳐다보며 내리는 눈을 보다가 오른손을 속주머니에 넣어 담배 한 대를 빼서 입에 물고 불을 붙였다. 그때 저 멀리서 기차의 기적소리와 함께 검은 연기가 보이기 시작하자 그는 담배를 깊숙이 한 모금 빨고 천천히 자리에서 일어났다.

이윽고 검은색으로 칠을 한 기차가 눈발을 뚫고 천천히 기차역에 진입하였다. 일본군 장교 중 한 명이 손짓을 하자 뒤에 도열되어 있던 군악대가 연주를 시작하였다. 힘찬 행진곡 속에 기차는 멈추었고 몇 분이 지나고 나서 기차에서 몇 명의 남자가 플랫폼으로 걸어 내려왔다.

일본군 장군은 피고 있던 담배를 바닥에 던지고 발로 비벼 끈 후에 천천히 내린 사람들에게 다가갔다. 기차에서 내린 사람들은 모두 신사복을 입고 있었다. 이들 중 가운데서 걸어오는 한 남자는 유난히 눈에 띄었다. 그것은 그가 다른 사람들보다 키가 크기도 했지만 그보다도 보기 드문 미남이기 때문이기도 했다.

그는 180cm 정도의 키에 눈부신 금발을 한 백인 남자였다. 뚜렷한 이목구비와 오뚝한 코, 그리고 깊은 푸른색 눈을 가진 30대로 보이는 백인 남자였다. 몸에 딱 맞게 주문한 듯한 정장을 입은 그는 금방이라도 파티에 나갈 준비가 되어있어 보일 정도로 깔끔하고 매력적으로 보였다.

커다랗게 울려 퍼지는 군악대의 연주에 약간 눈살을 찌푸렸던 그는 다가오는 일본 장군을 보자 금방 표정을 바꾸고 매력적인 웃음을 지으며 일본인과 악수를 교환했다.

"Hallo, Guten Tag. Es freut mich sehr, Sie kennenzulernen."

(할로 구텐 타크. 에스 프러이트 미히 제어, 지 켄넨쭈레르넨.)

일본 장군이 못 알아듣는 듯하자 백인 남자는 그에게 영어로 말했다.

"아, 죄송합니다. 독일어를 못하시는 것을 깜빡했군요. 그럼 영어로 대화하시는 것을 어떠신지요?"

장군은 역시 웃으며 말했다.

"저도 영어를 조금 하니 다행입니다. 오시는 길이 많이 힘드시지는 않았는지요?"

"연합국의 눈을 피해서 오는 것이 쉽지는 않더군요. 수에즈 운하를 영국 놈들이 장악해서 빠른 길로 오기가 힘들었습니다. 벨기에에서 육로로 이동해서 프랑스에서 유보트를 타고 아프리카 남단까지 간 후에 배로 인도양을 통과해서 프랑스령 인도차이나까지 이동했습니다. 그 다음부터는 장군님께서 보내주신 교통편으로 편하게 이동했습니다."

"그래도 무사히 오셔서 다행입니다. 숙소에서 잠시 쉬시고 기지로 이동하시는 것이 어떠실지요?"

백인 남자는 우아하게 금발을 쓰다듬으며 말했다.

"호의는 감사하지만 시간이 그리 많지 않으니 곧바로 기지로 이동하는 것이 어떨까 합니다."

"그렇게 하시지요. 부관, 차량을 대기시키게!"

이들은 역을 빠져나가 대기하고 있던 리무진 승용차에 올라탔다. 뒤따라온 백인 남자의 일행과 일본군 장교들은 다른 차량에 각기 올라타고 시동을 걸었다.

차량은 하얼빈 역을 빠져나와 남쪽으로 이동하였다. 눈발이 날리는 광활한 만주 벌판을 이들 차량은 빠른 속도로 달렸다. 도로에는 간혹 가다가 군용트럭들이 보일 뿐 다른 차량은 보이지 않았다.

하얼빈 도심을 벗어난 후 몇 시간을 더 달리자 이내 아무런 건물도 보이지 않는 황량한 벌판이 나왔다. 차량들은 도로에서 벗어나 포장도 되어 있지 않은 흙길을 다시 몇 시간 달렸다. 이들이 도착한 곳은 벌판 한가운데에 위치해 있는 작은 공장 건물이었다. 주위 수십 킬로미터 내에 아무런 시설이나 건물도 없는 그야말로 한적한 곳이었다.

건물에 도착하자 일단의 일본군들이 마중 나와 있었다. 일행은 차에서 내려 같이 건물로 들어갔다.

건물 안으로 들어가자 낡은 공장 설비가 눈에 띄었다. 설비는 가동을 하지 않는 것처럼 먼지가 쌓여 있었다.

"버려진 직물 공장을 개조했습니다. 연합국 스파이 눈을 피하기 위해서 일부러 공장 건물은 그대로 놔두었지요."

장군은 걸으면서 설명했다.

"보안에는 문제가 없습니까?"

"이곳에는 현재 약 이백 명의 연구원이 일하고 있고 천여 명의 군인이 보호하고 있습니다. 겉보기에는 허술해 보이지만 저희가 온 도로 이외에는 지뢰가 깔려 있고, 사방에 감시 초소를 설치해 놓고 있습니다. 외부에서는 절대 접근이 불가능합니다."

장군의 설명에 백인 신사는 만족한 듯이 웃으면서 머리카락을 쓰다듬었다. 남자는 기분이 좋으면 머리카락을 쓰다듬는 것이 버릇인 듯했다.

장군은 건물 내에 몇 개의 문을 통과하여 커다란 벽으로 이동했다. 벽 아래에는 좌우로 열리는 금속 문이 있었다. 장군이 버튼을 눌러 문을 열자 엘리베이터가 모습을 드러냈다.

"저희 기지는 지하 30미터에 위치해 있습니다. 적의 공습에도 절대로 안전하지요."

장군이 엘리베이터를 동작시키고 일행은 빠른 속도로 지하로 이동했다. 이윽고 지하 3층에 도착한 이들을 장군은 커다란 방으로 안내했다.

방은 천장이 높고 많은 의자들과 복잡한 기계들이 놓여있었는데 한쪽 면에는 가로 10m, 세로 3m는 되어 보이는 직사각형의 커다란 거울이 있었다. 천장에는 은은한 흰색 조명이 빛을 발하고 있었다.

백인 남자와 일본 장군은 거울을 마주보는 중앙 의자에 나란히 앉았다. 그들의 뒤쪽으로 일본군 장교들과 백인 남자의 일행이 소리를 내지 않고 앉았다. 뒤에 앉은 한 독일인이 가지고 온 가방에서 필기도구와 카메라를 꺼내 테이블에 올려놓는 것을 보고 장군이 말했다.

"그럼 곧바로 시작할까요?"

백인이 고개를 끄덕이자 장군은 뒤를 돌아보고 일본어로 뭔가 지시했다. 그러자 잠시 후에 방 안의 조명이 꺼졌고 방은 어둠으로 뒤덮였다. 그때 앞에 있던 거울이 갑자기 환하게 밝아졌다. 알고 보니 거울로 보였던 것은 거울이 아니라 대형 유리였다. 유리 건너편에는 커다란 방이 있었는데 이곳에 막 불이 환하게 들어온 것이다.

건너편 방은 단조로운 구조로 되어 있었다. 직사각형 방의 구석에는 복잡하게 생긴 철제 구조물과 측정 장비처럼 보이는 기계가 있었고 중간에는 길이가 3m 정도로 보이는 커다란 금속 테이블이 놓여있었다. 금속 테이블 사방에는 동그란 고리가 여덟 개 붙어 있었고 각각의 고리에는 커다란 쇠사슬이 연결되어 있었다. 그리고 테이블 옆에는 바퀴가 달린 작은 이동식 테이블이 있었는데 그 위에는 커다란 전기톱, 드릴, 날카로운 칼, 망치, 그리고 용도를 알 수 없는 갖가지 도구들이 놓여있었다. 언뜻 보기에는 마치 수술실처럼 보였으나 가운데의 테이블은 수술용 침대로 보기에는 크기가 너무 컸다. 방 한구석에는 비디오카메라가 설치되어 있었다.

잠시 후에 불 켜진 방의 문이 열리며 다섯 명의 남자들이 들어왔다. 이들은 모두 비닐로 된 옷을 입고 고무장갑과 무릎까지 오는 고무장화를 신고 있었다. 그리고 머리 역시 두꺼운 비닐로 보호하고 커다란 고글을 끼고 있어 언뜻 보면 마치 잠수부 같은 복장을 하고 있었다.

장군 옆에 앉아 있던 장교 한 명이 마이크를 통해 뭔가 지시를 하였다. 그러자 안에 있던 남자들 중 한 명이 비디오카메라로 다가가서 촬영을 시작하였다. 그리고 다른 남자 한 명이 플라스틱 판을 들어 일행 쪽을 향하여 들어보였다.

판에는 '실험 대상 32호, 3차 최종 실험, 단계 1'이라고 쓰여 있었다.

이때 안의 남자들이 들어온 문의 반대편 문이 열렸다. 같은 복장을 한 남자들 4명이 바퀴가 달린 운반대에 뭔가를 싣고 들어왔다. 그리고 운반대 위에 올려져있던 대상물을 중앙의 커다란 테이블 위로 옮겨놓았다. 곧이어 다른 사람들이 또 다른 운반대에 뭔가를 싣고 들어왔다. 두 개의 대상물을 테이블에 올려놓고 들어왔던 남자들은 처음의 다섯 명을 빼고는 다시 문을 통해 사라졌다.

금발 백인이 말했다.

"이번 실험에 총통 각하는 지대한 관심을 가지고 계십니다. 장군께서 말씀하신 대로 오늘 결과가 긍정적이어야 합니다."

"걱정하실 필요 없습니다. 이미 귀하의 도움으로 우리 실험은 성공 단계에 와 있습니다. 총통 각하와 귀하의 지원으로 양국 최고의 과학자들이 이 연구에 몇 년간 집중할 수 있었습니다. 양국이 단독으로 진행했었다면 불가능했겠지만 저희가 힘을 합쳐서 이제 가시적인 결과가 나오게 된 것입니다."

"장군께서 보내주신 자료는 긍정적입니다만 총통께서는 제가 직접 보고 확인하기를 원하십니다. 이미 저희와 귀국은 천문학적인 물적, 인적 자원을 투입하지 않았습니까? 여기서 결과가 나오지 않으면 저희가 무척 난처한 입장에 처하게 됩니다."

장군은 크게 웃으며 말했다.

"이제 결과를 보게 되실 겁니다. 저희 대일본제국 천황폐하의 이름을 걸고 약속드렸습니다. 반드시 만족하실 겁니다."

방 안의 벽에 위치한 작은 등에 녹색불이 들어오자 실험실 안의 사람들이 테이블에 붙어서 작업을 시작하였다. 한 남자가 커다란 전기톱으로 무엇인가를 자르자 사방에 붉은 피가 튀었다. 그리고 안에서는 사람의 목소리라고 믿기 어려운 커다란 비명이 울리기 시작했다. 비명은 그러나 두꺼운 유리로 인하여 장군이 앉아있는 방에는 들리지 않았다.

안의 남자들은 이런 작업에 매우 능숙한 듯 전혀 동요가 없었다. 톱을 든 남자는 자신의 고글에 튄 붉은 액체를 옆에 있던 수건으로 닦은 후에 다시 망설임 없이 작업을 진행했다.

실험은 몇 시간에 걸쳐 진행되었다. 실험이 진행될수록 금발 남자의 눈빛은 마치 맛있는 음식을 눈앞에 두었거나 멋진 미녀를 앞에 둔 사람처럼, 아니 마치 원수를 잡고 복수의 희열을 눈앞에 둔 사람처럼 독사같이 빛나고 있었다. 금발 미남과 같이 온 독일인 몇 명은 뒤의 의자에 앉아 바쁘게 진행상황을 기록하고 있었다. 그러나 실험이 진행될수록 그들의 안색은 점차 백지장처럼 하얗게 질려가고 있었다. 이들은 유럽 어디에선가 인간으로서는 상상도 하지 못할 잔악한 짓을 수없이 저지르고 경험한 사람들이었다. 그러나 실험실 안에서 진행되고 있는 실험은 그들도 감정 없이 지켜보기에 힘들 정도였던 것이다.

일행 중 젊은 백인 한 명이 마침내 참지 못하고 눈을 돌리며 헛구역질을 시작하였다. 금발 미남은 고개를 돌려 차가운 눈으로 잠시 그를 쳐다보다가 곧바로 눈을 돌려 안의 실험에 집중했다.

실험이 진행될수록 그의 얼굴은 흥분으로 점차 붉게 달아오르고 있었다.

　몇 시간이 흐른 후에 마침내 실험실 안의 남자들이 작업을 끝냈다. 그들의 비닐 옷에는 붉은 액체와 알 수 없는 오물이 잔뜩 묻어 있었다. 이들 중 몇 명은 탈진한 듯이 걸을 때 가볍게 비틀대고 있었다.

　남자 중 한 명이 다시 플라스틱판을 들었다.

　'실험 단계 1 완료, 단계 2 진행'

　남자 한 명이 벽에 있던 측정 장비를 끌고 와서 기계와 연결된 선을 실험물에게 연결했다. 장비에는 작은 모니터가 달려 있었고 그 안에는 눈금이 있었다. 눈금은 0을 가리키고 있었다. 다른 남자 한 명이 벽에 있던 철제 구조물을 끌고 왔다. 구조물 밑에는 물 탱크가 달려있었고 탱크로부터 투명한 호스가 연결되어 있었는데 그 끝은 일반 주사기 바늘보다 몇 배는 커 보이는 커다란 바늘이 꽂혀있었다. 남자는 바늘을 실험물의 어딘가에 꽂았고 다른 남자 한 명이 구조물에 달린 스위치를 눌러 기계를 작동시켰다. 그러자 호스를 통하여 푸른색 빛을 띤 액체가 주사기를 통해서 실험물에 주입되었다.

　작업은 약 30분에 걸쳐 진행되었고 액체가 모두 투입되자 남자는 바늘을 떼어냈다. 그리고 그들은 옆에 서서 손목시계로 시간을 재기 시작했다. 측정 장비에 달린 작은 모니터의 바늘은 아직도 0 수치를 가리키고 있었다.

　일본 장군 역시 손목에 찬 시계를 보며 시간을 재고 있었다. 이윽고 5분이 지나자 그는 초조한 듯이 손가락으로 테이블을 두드리기 시작했다. 사람들이 초조해하기 시작할 때 갑자기 모니터의 바늘이 움직이기 시작했다. 바늘은 처음에는 20, 30을 가리키다가 시간이 조금 흐르자 갑자기 70으로 이동하였다. 그와 동시에 테이블에 묶여 있던 대상물이 크게 요동치기 시작했다.

장군은 이것을 보고 자리에서 벌떡 일어났다. 그는 긴장감에 주먹을 꽉 쥐고 앞의 광경을 쳐다보고 있었다. 마침내 숫자가 90을 가리키자 그는 웃음을 터뜨렸다. 그러자 옆의 백인 남자도 웃음을 터뜨리며 크게 박수를 치기 시작했다. 주위의 다른 사람들도 환호성을 올리며 자리에서 일어나서 박수를 쳤다.

"장군, 축하합니다. 성공이군요."

백인 미남이 자리에서 일어나며 장군에게 말했다.

"다 총통 각하와 귀하가 도와주신 덕분입니다. 이제 제3제국과 저희 대일본제국이 가증스런 연합국 놈들을 무찌르는 것은 시간 문제가 되었습니다."

"총통 각하께서도 기뻐하실 겁니다. 그리고 오늘 이 순간이야 말로 역사를 새로 쓰는 날이 될 것입니다."

그들은 미소를 띠며 굳게 악수를 했다.

안쪽 실험실의 남자들은 잠시 대상물을 관찰하고 있었다. 그리고 십여 분 후에 기계의 바늘이 계속해서 90을 넘으면서 움직이는 것을 확인하고는 그중 한 남자가 다른 남자에게 고개를 끄덕여 보였다. 그러자 그 남자는 옆에 놓인 상자에서 권총을 빼어 들고 망설임 없이 대상물에게 몇 발을 발사하였다. 대상물은 테이블이 움직일 정도로 요동을 쳤으나 잠시 후에 잠잠해졌다. 그리고 기계의 바늘은 다시 0을 가리키고 움직이지 않았다. 안의 장군 일행은 그 모든 과정을 지켜보았다.

"오늘같이 기쁜 날 축배를 들지 않을 수 없지요. 제가 전시지만 특별히 프랑스 보르도 와인을 준비했습니다."

백인 미남은 부드럽게 웃었다.

"제가 와인을 좋아하는 것을 어떻게 아셨나요? 감사합니다. 그럼 즐겁게 축배를 들기로 하지요."

그리고 그들은 자리에서 일어나 방을 나섰다. 기록을 모두 마친 다른 이들 또한 자리를 정리하고 일어나 하나둘씩 방을 빠져나갔다.

그들이 떠난 후 방은 불이 완전히 꺼졌으나 실험실은 아직도 환한 상태로 남아있었다. 안에서 실험을 진행하던 사람들도 이미 빠져나가 실험실은 아무도 없이 고요한 상태였다. 이윽고 실험실로 정리를 위해서인지 몇 명의 일본 군인들이 들어왔다. 안의 참혹한 광경을 보고도 그들은 아무렇지도 않은 듯 사방에 널린 실험의 잔해들을 수거하고 있었다. 그리고 한 명이 실험실 입구의 전원을 내리자 실험실은 임시 조명을 빼고는 다시 어두워졌다.

그들이 흐릿한 실험실 불빛 안에서 실험 대상물에게 접근하였다. 그때 갑자기 어두운 방 안에서 붉은 두 개의 빛이 번득였다. 그것은 생물의 눈처럼 보였으나 아무런 감정이 담겨있지 않은 죽음의 색깔을 띠고 있었다. 그리고 아직도 연결되어 있는 측정 장비의 눈금이 크게 요동치기 시작했다. 바늘은 90을 넘어 100을 가리키고 있었다.

커다란 소음과 함께 테이블이 크게 흔들렸다. 그리고 테이블에 연결된 쇠사슬 하나가 무시무시한 힘을 못 이기고 끊어졌다. 군인들은 당황한 듯이 테이블에 달라붙어 쇠사슬을 잡고 다시 테이블에 연결하려 하였다. 그러나 다른 쪽 쇠사슬까지 끊어지고 테이블에 묶여 있던 대상물이 풀려났다. 곧이어 실험실 안은 커다란 소음과 처절한 비명에 뒤덮였다. 군인 중 한 명이 뛰어서 문 옆에 달린 비상벨을 눌렀다. 실험실과 모든 건물에 요란한 비상벨 소리가 울려 퍼졌다.

잠시 후에 실험실 안으로 몇 명의 일본군이 총을 들고 진입하였다. 실험실은 시끄러운 총소리로 가득 찼으나 곧바로 처절한 비명에 총소리마저 묻혀버렸다. 공포에 질린 일본군들은 총을 버리고 문을 통해 밖으로 빠져나가려 했으나 오로지 한 명만이 간신히 문을 빠져나올 수 있었다. 그가 도망치는 뒤쪽으로 계속해서 비명이 울려 퍼지고 있었다. 그리고 그 소음과 비명은 곧 지하 연구시설 전체로 퍼져나갔다.

1942년에 벌어진 이 일단의 사건으로 인하여 며칠 동안 일본군 백여 명이 사망하였으나 일본군 연합 사령부에 보고된 공식 보고서에는 지하 무기 저장창고의 우발적인 폭발로 기록되었다.

1945년 일본과 독일은 패전하여 마침내 2차 세계대전은 끝났다. 그러나 만주 한복판에서 벌어진 이 사건은 2차 대전의 승패에 아무런 영향을 끼치지 못하는 지엽적이고 우발적인 사고로 연합국 내의 아무도 중요시하지 않았다.

# 1장

죽음의 천사 1권

# 2011년 독일 뮌헨

문이 열리면서 한 노인이 방에 들어섰다. 머리가 많이 벗겨지고 그나마 남은 머리카락은 은빛으로 하얗게 세어 있었다. 그는 짙은 선글라스를 끼고 모자를 눌러 쓰고 있었는데 거동이 불편한지 휠체어에 몸을 의지하고 있었다. 법정 보안요원이 휠체어를 밀어 그를 피고인석으로 이동시켰다. 그가 나타나면서 사방에서 카메라 플래시가 터졌다. 그와 동시에 방청석에서 야유가 터져 나왔다.

노인은 그러나 전혀 표정의 변화가 없었다. 그는 입을 굳게 다물고 고개를 뻣뻣이 치켜들고 선글라스에 가린 눈으로 무표정하게 방청석을 둘러보았다. 오랜 시간 동안 수많은 법정에 서왔지만 그는 지금까지 한 번도 유죄 판결을 받은 일이 없었다. 그는 귓속말로 그의 변호인과 몇 마디 말을 나누었다. 변호인은 말을 마치고 입가에 미소를 띠었다.

"일동 기립!"

이윽고 법정에 판사가 들어왔다. 그가 판사석에 앉으면서 마침내 역사적인 재판이 시작되었다. 이 재판은 전 세계의 주목을 받고 있었다. 전 세계에서 수많은 기자들이 몰려들었다.

피고석에 자리 잡은 노인의 이름은 존 뎀얀유크, 나이는 이미 91살이었다. 살 만큼 산 노인이었지만 그에게는 아직도 마지막 재판이 기다리고 있었다. '존'이란 이름은 그가 미국 시민이 되면서 새로 만든 이름이었다. 그 전에 그의 이름은 '이반'이었다. 이반이란 이름은 그의 고향 우크라이나에서는 흔한 이름이었고 위대한 통치자의 이름이기도 했다. 그러나 1943년에는 수많은 사람들에게 공포와 절망을 안겨준 이름이기도 했다.

검사가 나서서 뎀얀유크의 죄목을 하나하나 열거하기 시작했다. 그의 죄목은 세계 2차 대전 당시 폴란드에 있던 소비보르 수용소에서 경비원으로 일하면서 수많은 유태인을 학살하는 데 적극 협조한 것이었다. 그가 연루된 학살 만행에 희생당한 유태인 숫자는 무려 2만 8천여 명! 검사는 그가 얼마나 열정적으로 그 학살에 가담했는지, 그리고 희생자들이 얼마나 잔혹하게 살해당했는지 냉정한 어투로 열거하였다.

당시 수용소에 갇혀 있던 유태인들은 언제 자신들도 끌려가 살해당할지 모른다는 공포에 시달리고 있었다. 그들의 가족, 친척, 친구들이 하나둘씩 가스실로 끌려가 다시는 돌아오지 못했다. 그들은 언제 이반이 나타나 자신들을 죽음으로 인도할지 몰랐고, 이반을 절대 만나고 싶어 하지 않았기에 그에게 '공포의 이반'이라는 별명을 붙여 주었다. 공포의 이반은 그들에게 곧 절망과 죽음이었다.

방청석에서는 검사의 말이 끝날 때마다 분노에 찬 호통과 울음 섞인 비명이 계속 터져 나왔다. 그들은 마지막 나치 전범으로 불리는 이반이 중벌을 받기를 바라고 있었다. 하지만 그럴 때마다 판사는 계속해서 방청인들의 자제를 당부하고 있었다.

'그'는 방청석 뒷자리에 다른 사람들과 떨어져 홀로 앉아 있었다. 깊이 모자를 눌러쓰고 있어 아무도 그를 알아보지 못하고 있었다. 그는 무표정한 표정으로 재판을 지켜보고 있었다. 여기 있는 모든 사람들은 피고석에 앉은 늙은 90대 노인이 과연 유죄 판결을 받을지에 관심이 집중되어 있었다. 그러나 그의 관심은 전혀 다른 곳에 있었다.

검사에 이어 변호인이 변론을 시작했다. 그는 검사에 의해 제시된 모든 혐의를 부인했다. 그는 이반이 소련군으로 복무하다가 나치 독일군에 포로로 잡혔을 뿐이라며 이반 자신도 나치의 희생자라고 강변했다. 그리고 나치의 범죄 행위를 자신에게 뒤집어씌우는 것은 부당하다고 주장했다. 변호사가 변론을 마치자 다시금 방청석에서 야유가 터져 나왔다.

그는 의자에 몸을 파묻고 재판을 지켜보았다. 검사나 변호인의 말들은 그에게 아무런 관심을 끌지 못했다. 그는 속으로 생각했다.

'멍청한 인간들! 아무도 이반이 왜 이제까지 아무런 벌도 받지 않고 살아있는지 알지도 못하면서.'

그는 사람들을 비웃고 있었다.

그가 생각한 대로 이반이 90세가 넘은 지금까지 어떤 벌도 받지 않고 무사히 살아남았다는 것은 참으로 불가사의한 일이었다. 그렇게 많은 사람들을 죽이고 많은 사람들에게 얼굴이 알려진 그가 2차 세계대전이 끝난 후에 전범 재판에 회부되지 않고 도리어 1951년에 미국으로 건너가 미국 시민권을 취득하고 평범한 자동차 부품 회사의 직원으로 일해 왔다는 것은 이해하기 힘든 일이었다.

2차 세계대전은 인류 역사상 가장 잔혹한 전쟁이었다. 전장에서 죽은 군인들 숫자도 엄청났을 뿐만 아니라 도저히 인간으로서는 상상하기도 힘든 잔인한 일들이 벌어졌고, 수백만 명의 인명이 전투와 무관하게 사라져 갔다. 나치 독일의 유태인 학살이나 일본 관동군 731부대가 자행한 생체실험 등이 그 대표적인 예였다. 그런데 놀랍게도 그러한 학살을 주동한 주범들은 전쟁이 끝난 후에도 전범 재판에 회부되지 않았다. 승전국인 미국은 무슨 이유에서인지 이들 학살의 원흉들을 추적하여 법정에 세우지 않았다. 그리고 그들 주범들은 일부는 신분을 감추고, 일부는 아예 떳떳하게 자신을 드러내 놓고 천수를 누렸다.

오랜 시간이 지나고 마침내 판결을 내릴 시간이 되었다. 장내는 극도의 긴장감에 바늘 떨어지는 소리마저 들릴 만큼 조용해졌다. 판사는 한동안 판결문을 낭독했다. 그리고 마침내 이반의 죄에 대한 판결을 내렸다.

"그러므로 본 법정은 피고인 존 뎀얀유크에게 징역 5년형을 판결한다."

그리고 판사는 법봉을 세 번 내리침으로써 판결이 내려졌음을 알렸다.

판결이 내려지자 방청석에 앉아 있던 피해자 유가족들이 형량이 너무 가볍다며 거세게 항의했다. 그러나 이미 판결은 내려졌고 피고인은 아무런 말도 하지 않고 휠체어에 몸을 맡긴 채로 천천히 법정에서 퇴장하고 있었다.

　'그'는 시끄러운 방청석에 앉아서 묵묵히 뎀얀유크를 쳐다보고 있었다. 이때 뎀얀유크가 문득 고개를 돌려 방청석을 쳐다보았다. 선글라스에 가려진 눈은 어디를 보는지 알 수 없었다. 그러나 뎀얀유크의 시선은 그에게 잠시 고정되어 있었다. 그는 묵묵히 고개를 끄덕였다. 그러자 뎀얀유크의 얼굴에 가느다란 미소가 떠올랐다. 그러나 곧 그 미소를 지우고 고개를 돌렸다. 그리고 그의 몸은 법정에서 벗어났다.

　'그'는 자리에서 일어났다. 그가 이곳에 온 목적은 달성되었다. 뎀얀유크는 그들을 배신하지 않았다. 그리고 그들의 원대한 꿈은 이제 천천히 실현되려 하고 있었다.

# 네덜란드 아인트호벤

장내는 뜨거운 열기로 가득했다. 녹색의 그라운드는 열정적으로 뛰는 선수들의 움직임으로 가득했다. 빈자리 하나 찾을 수 없을 정도로 꽉 찬 관중석에서는 선수들 하나하나의 움직임에 환호와 탄식이 터져 나왔다. 사방에서는 플래시 라이트가 번쩍이면서 터지고 요란한 응원 구호와 노랫소리가 울려 퍼졌다.

경기장에서는 네덜란드 팀과 중국 팀 간의 대결이 벌어지고 있었다. 전통의 강호 네덜란드 팀은 토너먼트에서 여기까지 올라오는 동안 단 한 골도 내주지 않는 막강한 전력을 자랑하고 있었다. 경기 시작 전에는 네덜란드 팀의 일방적인 우세라고 점쳐졌었다. 그러나 막상 경기를 시작하자 중국 팀도 만만치 않은 전력을 자랑하며 경기는 예상 외로 막상막하의 분위기로 진행되고 있었다.

네덜란드 팀이 공격수 간의 날카로운 패스로 슈팅 기회를 잡았다. 공격수가 강력한 슈팅을 날렸으나 중국 팀 골키퍼가 몸을 날리며 공을 막아냈다. 장내는 환호성과 탄식으로 가득 찼다.

　네덜란드의 팀 테크 유나이티드 아인트호벤(Team Tech United Eindhoven)은 줄기차게 공격을 퍼부었으나 예상외로 상대가 강력했다. 중국의 팀 워터(Team Water)는 끈끈한 조직력과 선수들 간의 유기적인 패스 플레이를 선보이며 네덜란드 팀의 공격을 막아내고 간혹 날카로운 역습으로 상대의 간담을 서늘하게 하고 있었다.

　선수들의 플레이와 관중석의 열기를 감안하면 여느 축구와 비슷했으나 한 가지 다른 점은 선수 자체였다. 선수들의 생김새가 일반 축구선수들과 조금 달랐다. 그들은 초등학생 정도의 작은 키에다, 그렇게 빠르게 뛰지도 못하고 있었다.

　그리고 하나 덧붙이자면 그들은 '사람'이 아니었다.

　그렇다! 관중석을 가득 채운 관중들은 사람인데 비해 실제 경기장에서 뛰고 있는 선수들은 '로봇'들이었던 것이다.

　이번 경기는 매년 열리는 로보컵(RoboCup) 세계 대회에서 가장 재미있는 중간 크기 리그 MSL(Middle Size League)의 결승전이었다. 로보컵은 전 세계의 인간형 로봇 개발자들 및 연구기관들의 축제였다. 이들의 궁극적인 목표는 2050년에 성인 크기 로봇으로 구성된 팀으로 진짜 축구 경기에서 사람들로 구성된 축구팀을 이기는 것이었다. 아직 그 목표까지 갈 길은 멀었지만 이런 대회를 통해 로봇 기술은 나날이 발전하고 있었다. 지금 결승전에서도 로봇 선수들은 슈팅과 드리블은 물론 로봇들끼리 삼각 패스까지 주고받으며 박진감 넘치는 경기를 진행하고 있었다.

경기는 정규 경기시간에서 2:2로 승부를 가리지 못해 5분씩의 연장전으로 접어들고 있었다. 비비안 심슨 박사 또한 관중석에 앉아 양 팀의 경기를 흥미롭게 관람하고 있었다. 그녀 역시 몇 년 전 이 대회에 참가한 기억이 있었다. 당시 박사과정 학생이었던 그녀는 미국 대표로 참가하여 우승까지 거머쥐었었다.

'그때 정말 열정적으로 연구했어. 그리고 그때와 비교하면 지금은 정말로 놀라운 발전을 이뤄 냈어.'

그녀는 속으로 생각했다.

그녀는 학생 때 스승이었던 버지니아 테크(Virginia Tech)의 데니스 홍 교수의 지도로 밤낮을 가리지 않고 연구에 매진했다. 개발된 로봇이 시험 중 쓰러지려고 하면 자기 몸을 돌보지 않고 몸을 날려 무거운 로봇을 몸으로 받아내곤 하였다. 오래전 이야기였지만 말이다.

잠시 회상에 잠겨 있던 그녀는 갑자기 터진 환호성에 정신을 차리고 다시 경기에 집중했다. 연장전에 중국 팀이 극적으로 한 골을 더 넣어 3:2로 앞서가고 있었다. 네덜란드 팀의 파상 공세가 이어졌으나 중국 팀은 끝까지 잘 방어하였다. 몇 분의 시간이 지나서 중국 팀은 결국 최종 우승을 거머쥐었다. 처음으로 우승한 중국 팀 개발자들이 운동장으로 달려 나와 환호성을 지르고 있었다.

축구는 중국의 국기라고 불릴 정도로 인기 있는 스포츠였고 중국 국내 프로리그는 엄청난 자금력으로 우수 선수를 영입하여 높은 수준을 유지하고 있었다. 그러나 그러한 자국 리그의 인기에 비해 중국 성인 남자 대표 팀은 국제 대회에서 좋지 않은 실적을 보이고 있었다. 월드컵 본선 진출에도 실패한 중국 팀은 언론의 뭇매를 맞고 있었다. 그런데 엉뚱하게도 인간이 아닌 로봇 월드컵에서 중국 팀이 우승한 것은 어찌 보면 참으로 아이러니한 일이 아닐 수 없었다.

비비안은 경기 관람을 마치고 자리에서 일어났다. 그녀는 개인 휴가 중이었고 이제 다시 호텔로 돌아가 뜨거운 샤워를 한 다음 식사를 할 예정이었다. 그녀는 이렇게 혼자 여행하는 것을 좋아했다. 평소에 많은 사람들의 관심을 받는 그녀는 이렇게 혼자 보낼 시간이 필요했다. 그녀가 경기장에서 빠져나오려 할 때 갑자기 그녀의 휴대전화 벨이 울렸다. 그녀는 휴대전화에 표시되는 상대방 번호를 확인하고 전화를 받았다.

"여보세요. 비비안 심슨입니다."

"비비안. 나야."

전화기 반대편에서 굵직한 목소리가 들렸다. 그녀는 수화기를 통해서 들려오는 묵직한 저음의 목소리를 듣고 그 주인공을 금방 인식했다.

"네. 무슨 일이신가요. 아시다시피 전 지금 휴가 중입니다만."

그녀가 조심스럽게 말했다.

"알고 있어. 휴가를 방해해서 정말 미안하네. 하지만 급히 자네의 도움이 좀 필요하게 되었어."

비비안은 눈살을 살짝 찌푸렸으나 목소리가 변하지 않도록 주의하면서 말했다.

"죄송하지만 제 휴가를 마친 다음에 가면 어떤가요?"

"자네의 도움이 내일 필요하네. 내가 전용기를 이미 그곳으로 보냈는데 약 2시간 후에 도착할 거야. 그걸 타고 이리로 좀 와주었으면 좋겠군. 자세한 것은 비행기 안에서 내 비서가 잘 설명해 줄 거네. 그럼 내일 보도록 하자고!"

그는 말을 마치고 일방적으로 전화를 끊었다. 그녀는 의아함을 느꼈다. 전화를 한 사람은 폭군이라 불릴 정도로 강한 개성을 가진 사람이었지만 개인의 프라이버시에는 관대한 편이었고 가능하면 그것을 존중해 주는 사람이었다. 이렇게 휴가 기간 동안에 자신을 호출하는 것은 처음 있는 일이었다.

'그래 자세한 것은 나중에 들으면 되겠지.'

그녀는 쇼핑을 제대로 하지 못한 것이 좀 아쉬웠으나 이내 마음을 돌리고 거리로 나와 호텔로 향하기 위해서 택시를 잡았다.

# 샌프란시스코

최민 박사는 손에 들고 있던 금속 막대를 노려보고 있었다. 그의 인생에서 가장 중요한 순간 중의 하나가 다가오고 있었다.

최민은 대다수 사람들이 부러워할 만큼 성공적인 인생을 살아왔다. MIT에서 전 과목 만점의 성적으로 박사학위를 취득하였고, 졸업하자마자 스탠포드 대학에서 교수 제의를 받고 젊은 나이에 임용되었으며, 그동안의 수많은 연구 논문과 학문적 성취로 자신의 분야에서 최고라고 인정받고 있었다.

더군다나 우연히 알게 된 막강한 사람의 도움으로 세계적인 회사의 연구 고문으로 위촉되어 자신이 대학에서 꿈꾸었던 거대 프로젝트를 직접 실행할 수 있게 되었다. 물론 교수직으로는 상상도 못할 만큼 엄청난 보수가 뒤따른 것은 당연했다. 그 덕분에 샌디에이고의 해안에 바다가 보이는 우아한 아파트에서 살 수 있었고 람보르기니를 몰고 다닐 수 있었다.

그는 177cm의 적당한 키에 호감을 주는 인상을 가지고 있었다. 그리고 운동으로 다져진 탄탄한 몸을 가지고 있었지만 유달리 하얀 피부 덕분에 나이에 비해 얼굴이 젊어 보여 학교에서 강의할 때에는 가끔 학생으로 오해받기도 할 정도였다.

그는 언제나 깔끔하고 단정한 복장을 고집하고, 차분한 성격으로 인해 주위 사람들에게 언제나 신뢰를 주는 사람으로 평판이 높았고, 각지에 많은 친구를 가지고 있었다. 유일한 흠이라면 30대 후반의 나이에 아직도 결혼을 하지 않고 여자 친구도 없는 것이었는데, 걱정을 하는 친구와 가족들에 비해 그 자신은 그리 관심이 없었다. 그런 사소한 것을 신경 쓰기에 그에게는 할 일이 너무 많았고 하고 싶은 일도 너무 많았다. 하지만 그동안의 모든 성공과 성취도 최 박사가 지금 막 이루려는 것에 비하면 보잘 것 없을지도 몰랐다.

그는 호흡을 잠시 가다듬기 위해서 주위를 둘러보았다. 맑은 캘리포니아의 햇살 아래 잔디는 눈부시게 빛나고 있었고 주위에는 많은 사람들이 그를 쳐다보고 있었지만 숨소리도 들리지 않게 조용했다.

그는 다시금 손에 든 막대에 신경을 집중했다.

'이것은 내 몸의 일부이다.'

그는 언제나 막대를 움직이기 전에 이렇게 되뇌곤 하였다. 막대와 그가 다른 개체가 아닌 하나의 존재가 될 때 최고의 성능을 보일 수 있을 터였다. 그는 호흡을 고르고 바닥에 놓인 작은 공에 집중했다.

'헤드를 내 몸과 같이 느끼고 부드럽게 친다.'

그는 허리를 오른쪽으로 힘차게 돌렸다. 손에 들고 있던 7번 아이언의 스틸 샤프트가 살짝 휘어지는 것을 느끼며 그 반동을 이용해 그는 아이언으로 공을 정확하게 때렸다. 바닥을 떠난 공은 커다란 포물선을 그리며 중간의 큼지막한 해저드를 넘어 140m 건너편에 있는 작은 그린 위로 정확히 떨어졌다. 그러자 주위에 있던 사람들이 크게 환호성을 올리며 박수갈채를 보냈다.

떨어진 공이 홀 컵과 불과 2m도 떨어지지 않은 것을 망원경으로 확인한 최민은 회심의 미소를 지었다. 지금은 18홀 중 16번째 파 3홀이었고 그는 지금까지 이븐파를 기록하고 있었다. 16번째 홀인 이번 홀에서 버디를 잡는다면 그는 그의 인생 최초로 이븐파, 아니 어쩌면 언더파를 기록할지도 모르는 것이다.

이번 대학 기부금 마련 자선 골프 대회에는 각지에서 정치인, 기업가, 언론인 등 명사들이 대거 참석하였다. 학교 측에서야 기금 총액이 얼마인지에 촉각을 곤두세우겠지만 그는 그 따위에는 아무런 관심이 없었다. 골프에 입문한 지 이미 5년째였으나 아직도 한 번도 이븐파를 기록하지 못했었는데, 이번에 이븐파를 기록한다면 그야말로 스스로 평가하기에 그가 달성하지 못했던 최고의 목표 중 하나를 이루게 되는 것이었다.

그는 샷을 마치고 몸의 근육을 이완하면서 갈채를 보내는 사람들에게 가볍게 고개를 끄덕여 보이고 천천히 걷기 시작했다. 이때 골프 코스 옆을 따라서 뻗어 있는 카트도로를 따라 건장한 한 명의 남자가 걸어오고 있는 것을 발견했다. 그는 큰 키에 미식축

38

구 선수 같은 큰 체구를 지닌 남자였다. 주위 경관에 어울리지 않게 검은색 고급 정장에 선글라스를 끼고 반짝이는 구두를 신고 있었다. 불그스름한 얼굴, 커다란 손, 그리고 옷 밖으로 보이는 우람한 목 근육은 좋게 보면 마피아의 조직원이고 나쁘게 보면 어울리지 않는 옷을 입은 부두 하역부처럼 보였다.

남자는 최민을 향해 똑바로 걸어오고 있었다. 최민을 발견한 그는 크게 손을 들어 보였다. 최민은 발길을 멈추고 그를 쳐다보았다.

언덕을 올라오느라 약간 숨을 몰아쉬던 남자가 말했다. 그의 목소리는 체구에 어울리지 않게 하이톤이었다.

"최 박사님?"

"그렇습니다만."

남자가 안도의 숨을 내쉬며 말했다.

"아, 다행입니다. 여기서 최 박사님을 찾게 돼서요. 전화를 드렸는데 안 받으시더군요."

최민은 머릿속에 다음 퍼팅을 어떻게 할 것인지를 생각하며 건성으로 대답했다.

"네. 제가 경기 도중에는 전화기를 꺼놓고 있어서요. 그런데 무슨 일이신지요?"

"제 이름은 조 메이슨이라고 합니다. 마이크 펄슨 씨를 위해 일하고 있지요. 펄슨 씨가 지금 최 박사님을 급히 찾으십니다."

최민은 생애 최초의 이븐파를 눈앞에 두었다는 것을 말해봤자 남자에게는 아무런 의미가 없다는 것을 되새기고 그것을 방해하는 그에게 짜증을 느꼈지만 최대한 부드럽게 말했다.

"아, 그러시면 경기를 마치고 클럽하우스에서 말씀하시지요. 한 시간 정도면 마무리할 수 있을 것 같네요."

남자는 슬쩍 인상을 찌푸렸다.

"죄송하지만 지금 당장 최 박사님을 모셔오라는 명령이십니다. 이미 경기 주최하는 쪽에는 양해를 구한 상태입니다."

"하지만 거의 끝나가는 상태이고 제 옷도 라커룸에 있는데……."

"펄슨 씨는 '지금 당장!'이라고 말하셨습니다. 라커룸의 박사님 짐은 저희가 따로 운반해 드리도록 하겠습니다."

최민은 타인이 어떻게 자신의 라커룸 옷장 문을 열 수 있을까 의아해하다가 문득 이 골프장 자체도 마이크 펄슨의 소유라는 것을 떠올렸다. 마이크 펄슨은 원하는 것이 있다면 수단방법을 가리는 사람이 아니었다. 그의 불같은 성격을 생각하자 어쩔 수 없이 펄슨의 부탁을 따를 수밖에 없다는 것을 느끼고 한숨을 내쉬었다. 거기다가 마이크 펄슨은 그의 고용주였다!

"알겠습니다. 그럼 차는 어디 있습니까?"

남자는 하늘을 동쪽 하늘을 가리키며 말했다.

"저기 오고 있군요."

그의 손가락이 가리킨 방향으로 헬리콥터 한 대가 날아오고 있었다.

헬기가 천천히 골프장 옆의 공터를 이륙하자 헬기의 뒷좌석에 앉은 최민은 수건을 꺼내어 얼굴의 땀을 닦았다. 헬기 안은 생각보다 조용해서 밖의 프로펠러 소리가 그리 크게 들리지 않았다. 그는 점점 작게 보이는 골프장의 전경을 내려다보았다. 그가 친 공이 아직도 놓여있는 16번 홀의 그린은 헬기가 상승함에 따라 점점 작아져서 이제 콩알만 한 크기로 줄어들어 보였다. 그는 아쉬움에 가볍게 한숨을 내쉬었다. 그리고 앞에 앉아 있는 조 메이슨에게 물었다.

"펄슨 씨는 지금 어디에 있나요?"

"오늘 이사회가 있어 참석 예정이십니다."

"제가 오늘 일정이 있는 것을 알고 계실 텐데 급히 부르시는 이유가 뭔가요?"

조 메이슨은 어깨를 으쓱였다.

"아시다시피 펄슨 씨는 이유를 말씀하지 않으십니다. 다만 이사회가 열리는 장소로 모시고 오라는 것을 보면 이사회에서 박사님의 도움이 필요하신 것 같군요."

최민은 동감한다는 표정으로 고개를 끄덕였다.

'마이크 펄슨은 사람들에게 이유를 설명하는 사람이 아니지.'

그는 문득 몇 년 전 마이크 펄슨을 처음 만날 때를 생각했다.

# 2008년 애틀랜타

최 박사는 미국 전기전자 학회(Institute of Electrical and Electronics Engineering, IEEE)가 주최하는 연례 학회에 참석 중이었다. 이번 학회는 조지아 주의 애틀랜타에서 월요일부터 목요일까지 진행되며 최민은 둘째 날인 화요일에 발표가 예정되어 있었다.

최민은 천천히 연단에 올라갔다. 흰색 와이셔츠에 깔끔한 아르마니 정장을 입고 머리를 말쑥하게 넘긴 그는 자신에 찬 표정으로 커다란 콘퍼런스 룸을 가득 메운 청중을 둘러보았다.

"오늘 저는 여러분께 인간과 기계 간의 소통에서 새로운 레벨의 연구가 이루어지고 있음을 소개드리려고 합니다. 인간은 지금까지 인간이 할 수 있는 작업을 대신할 수 있는 기계를 발명해 왔고 실생활에 응용해 왔습니다. 그 대표적인 것이 컴퓨터라고 할 수 있지요."

그는 청중의 반응을 보기 위해 잠시 말을 멈추었다.

그는 프레젠테이션을 좋아했다. 그가 이룬 노력과 성취를 다른 사람들에게 알려주고 정당한 비판을 통해서 더 나은 연구를 할 수 있다고 믿었다. 그래서 그는 프레젠테이션을 진행할 때 언제나 청중의 반응을 유심히 살폈다. 그가 말하는 것이 정확히 전달되는지, 청중이 지루해하지 않는지가 중요한 체크 포인트였다.

"초기의 컴퓨터와 인간은 컴퓨터가 이해할 수 있는 언어 즉, 기계어를 통해 소통했습니다. 인간은 0과 1로 이루어진 숫자열을 종이에 구멍을 내어 컴퓨터에 집어넣었습니다. 이것이 발전해서 고급 컴퓨터 언어가 개발되었고 인간은 키보드를 통해 문자와 숫자를 조합한 언어를 사용해서 컴퓨터에게 필요한 작업을 명령할 수 있었지요. 컴퓨터는 그 결과를 모니터에 표시하게 되었습니다.

단순히 2차원적이던 입출력은 인간이 마우스라는 혁신적인 도구를 발명함으로써 보다 많은 정보를 빠르게 컴퓨터와 소통할 수 있게 되었습니다. 마우스와 윈도우 시스템이 결합하여 몇 개의 작업을 동시에 진행할 수 있게 되었지요."

그는 객석의 맨 앞줄에 앉은 흰머리의 교수들을 쳐다보았다. 그들은 권위에 가득 찬 근엄한 표정으로 무표정하게 그를 바라보고 있었다.

'마치 하이에나 같군.'

아닌 게 아니라 학회에는 언제나 하이에나가 존재했다.

그들은 발표자가 대답하기 어려운 질문만 골라서 하거나 아니면 아예 발표자가 설명하는 이론을 정면으로 반박하고, 자신의 논리를 주장해서 발표자를 깔아뭉개고 그 자신의 학문적 권위를 보이려는 사람들이었다. 이들에게 조금이라도 틈을 보이면 이들은 하이에나처럼 달려들어 발표자를 만신창이로 만드는 것이었다.

"그리고 몇 년 전부터 컴퓨터의 디스플레이 자체에 손가락이나 펜으로 직접 입력할 수 있는 터치스크린 기술이 보급되어 컴퓨터, 휴대전화 등 많은 분야에 쓰이게 되었습니다. 하지만 그 모든 방법을 다 동원해도 인간의 뇌가 인간의 감각기관과 소통하는 정도의 속도와 효율을 내기는 불가능합니다. 인간의 뇌와 기계가 보다 가깝게 소통할 수 있다면 기계는 혁신적으로 효율을 올릴 수 있습니다. 오늘 저는 그 방법에 대하여 새로운 이론을 제시하려 합니다."

잡담으로 약간 소란스러웠던 좌중이 순식간에 조용해졌다.

컴퓨터가 아무리 혁신적으로 발전해도 인간의 뇌의 효율에는 아직 근접하지도 못한 것이 현실이었다. 인간이 쉽게 할 수 있는 일을 컴퓨터는 오랜 시간과 복잡한 과정을 거쳐 계산을 해내어야 한다. 예를 들면 인간은 과거의 어떤 경험을 떠올릴 때 별다른 계산이 필요 없이 순간적으로 뇌 속에 저장된 정보를 떠올릴 수 있다. 그러나 컴퓨터는 특별한 링크가 없는 이상 하드드라이브에 저장되어 있는 정보를 찾기 위해 별도의 서치 프로그램을 돌려서 찾아야 한다.

또한 인간은 주위의 모든 것으로부터 배운다. 사람으로부터 또는 자연으로부터 학습한 내용을 바탕으로 인간은 사물을 구별할 수 있다. 즉, 일단 언어를 배우면 인간은 문자가 어떤 필체로 쓰여 있더라도 구별할 수 있다. 정말 터무니없는 악필이 아니라면 말이다. 또한 어린아이는 직접 본 적이 없어도 동물원의 사슴과 기린이 다른 동물이라는 것을 그동안의 경험으로 알 수 있다.

한 단계 더 나아가면 인간은 그동안의 경험을 바탕으로 전혀 경험해 보지 못한 새로운 상황이 닥쳤을 때 최적의 선택과 결정을 할 수 있다. 즉, 한 남성이 여성들 여러 명을 알게 된다면 그들이 모두 처음 보는 사람들이라도 어떤 사람이 자신과 잘 어울리는지를 판단하고 선택할 수가 있다. 물론 모든 여성을 다 소유하려는 욕심을 부리려는 사람을 제외한다는 전제조건에서이다. 아무리 컴퓨터가 발전했다 하더라도 컴퓨터 스스로가 자신과 어울리는, 단순히 계산이 빠른 고성능 컴퓨터가 아니고 오랜 시간 동안 협업을 해도 문제가 생기지 않을 다른 컴퓨터를 찾아낼 수 있을까?

"인간은 눈, 코, 입, 손, 발 등의 감각기관을 통해서 외부 정보를 접하게 됩니다. 외부 정보는 아날로그 신호이지요. 인간의 감각기관이 전달하는 정보는 신경망을 통해 전기적인 디지털 신호로 전환되어 신경망을 통해 뇌로 전달되게 됩니다."

그는 슬라이드에 신경망 회로의 그림을 보여주었다.

"이 전기신호를 우리가 컨트롤할 수 있다면 인간은 기계를 통해 입력신호를 받고 반대로 기계를 뇌로부터 나오는 신호를 사용해 완벽하게 컨트롤할 수 있게 되는 것입니다."

이러한 연구는 몇 년간에 걸쳐 전 세계적으로 발전되어 왔다. BCI(Brain Computer Interface)라 불리는 기술을 통해 인간의 뇌와 기계를 연결하는 연구에 많은 진척이 이루어졌다. 특히 장애인들을 위한 연구 개발이 많이 이루어졌는데, 일례로 2010년 독일 하노버에서 열린 정보통신기술 전시회(CeBIT)에서는 장애인의 생각만으로 휠체어를 움직이는 기계가 선보이기도 했다.

"문제가 되는 것은 어떻게 사람의 뇌와 연결되는 신경망의 신호를 인터셉트하느냐는 것입니다. 현존하는 BCI 기술에서도 물론 뇌에서 나오는 신호를 잡을 수는 있습니다. 하지만 방대한 뇌의 정보를 정확하게 잡아내는 것은 아직까지는 불가능하다고 여겨져 왔습니다. 물론 가장 좋은 방법은 영화에서처럼 사람의 목 뒤쪽에 구멍을 뚫고 척추에 직접 연결하는 방법이지요. 하지만 여러분 중에 목에 구멍을 뚫고 철심을 연결하고 싶으신 분은 없으시겠지요?"

좌중에 폭소가 터졌다.

"그래서 저희 연구팀은 무선통신기술을 응용해서 사람의 신경 신호를 잡아내고 분석하는 것을 연구했습니다."

슬라이드에는 이상하게 생긴 장비가 보였다. 사람 머리보다 조금 큰 원형의 구조물이었는데 표면에 그물처럼 선이 연결되어 있고 안쪽으로 작은 돌기들이 수없이 나와 있었으며 돌기 끝에는 정사각형의 조그만 금속 물체들이 달려 있었다.

"이 장비 속으로 사람의 머리를 넣습니다. 이 안의 돌기들은 전기신호를 탐지할 수 있는 일종의 프로브(Probe)입니다. 프로브는 사람의 감각기관과 뇌가 연결되는 부위에 위치한 신경망에 전달되는 신호를 탐지할 수 있습니다. 하지만 정확히 어떤 신호가 어떤 인체 부위와 연동되는지를 탐지하려면 매우 정밀한 신호 탐지가 필요하게 됩니다."

다음 슬라이드에는 커다란 방 안에 뒤로 젖혀진 의자가 보이고 사람이 의자에 앉아있는 것이 보였다. 사람의 머리 주위에는 전 슬라이드에서 보인 장비가 씌워져 있었다. 그리고 방의 벽에는 사각뿔처럼 생긴 조그만 구조물이 촘촘하게 벽 사방과 천장까지 뒤덮고 있었다.

"실험에서 문제점은 인간의 전기신호가 매우 미약하므로 외부 신호에 간섭 받을 우려가 있었다는 점입니다. 아시다시피 우리가 살고 있는 세상은 여러분의 휴대전화 같은 무선통신을 위한 전자 파 신호로 가득 차 있습니다. 이것이 싫으신 분은 남극으로 가셔서 사시는 수밖에 없겠지요."

다시금 폭소가 터졌다. 최 박사는 청중이 그에게 완전히 몰입해 있는 것을 보고 미소를 지었다.

"그래서 우리는 실험을 외부 전기신호가 완벽히 차단된 아나코 익 체임버*에서 실시했습니다. 체임버 내부는 외부 전자파는 물론 내부에서의 전파 반사까지 완전히 제거하여 장비가 사람의 전 기신호만을 감지할 수 있게 만들었습니다."

그리고 그는 아래에 앉아 있던 대학원생에게 고개를 끄덕여 다음 슬라이드로 넘어갈 것을 주문했다.

"저희는 장비를 가동시킨 후에 실험에 응한 대학원생에게 그림을 하나 보여주었습니다."

---

*아나코익 체임버(Anechoic chamber): 외부의 전자파가 차단될 수 있도록 접지된 금속물로 완전히 둘러싸인 공간. 내부에는 전자파 흡수물질(Absorber)을 벽에 붙여 전자파의 반사를 없앤다. 무선통신, 자동차 업계 등에서 통신기기의 성능 테스트를 위해 광범위하게 사용된다.

슬라이드에는 유명한 앵그르의 그림 '샘'이 보였다.

"저희가 이 작품을 선택한 것은 아무래도 실험에 응한 사람이 젊은 남자 대학원생이라서 그림에 쉽게 집중할 것이라 생각했기 때문입니다. 이 기회를 틈타서 실험에 응해준 제임스에게 감사를 표합니다."

그가 앞줄에 앉아 있던 한 인도계 학생에게 미소를 지으며 말하자 제임스라는 이름을 가진 그 학생은 얼굴이 빨개져서 어쩔 줄을 몰라 했다. 청중은 그를 보며 다시금 폭소를 터뜨렸다.

"이 그림의 이미지는 제임스의 눈을 통해서 신호가 뇌로 전달되었습니다. 이 신호를 저희 프로브가 감지해서 분석했습니다. 물론 뇌에는 수많은 신호가 전달되고 있기 때문에 어떤 것이 눈으로부터 오는 신호인지 정확하게 알기가 어렵습니다. 그것을 해결하기 위하여 저희는 특별한 시스템을 도입했습니다.

돌기 끝의 프로브는 신호를 감지하는 작은 안테나 역할을 합니다. 저희는 이 프로브를 4×4의 어레이로 묶었습니다. 그래서 눈으로부터 전달되는 신호의 위치를 정확히 파악한 후에 신호를 프로브를 통해서 읽습니다. 그래서 자세히 보시면 각 프로브들이 4개씩 짝을 지어 있는 것을 보실 수 있습니다. 이것은 16개의 프로브가 하나의 안테나 어레이* 같이 동작할 수 있도록 한 것입니다. 그리고 머리를 둘러싼 어레이들이 두뇌에서 오는, 혹은 두뇌로

---

*안테나 어레이(Antenna Array): 여러 개의 안테나를 배열하여 원하는 방향으로 보다 강한 이득(Gain)을 얻을 수 있도록 하는 시스템. 무선통신 기지국, 위성이나 우주공학 등에서 많이 사용된다.

가는 신호들을 탐지하고 통제할 수 있도록 합니다. 이 모든 어레이들은 여기 아래에 보이는 소형 마이크로프로세서(Microprocessor)에 연결되어 있습니다. 여기서는 각 신호를 코릴레이션(Co-relation) 기법을 사용하여 필요한 신호만 추출하게 됩니다. 즉, 이 장치는 마치 무선통신에서 사용하는 소형 기지국 같은 역할을 하게 되는 것이죠."

다음 슬라이드에는 어떤 그림이 보였는데 사람의 형체가 보였으나 군데군데 검은 부분이 보였고 눈, 코, 입 등이 비틀려 있어 괴물의 형상처럼 보였다.

"하지만 신호를 컴퓨터를 통해 이미지를 재생했지만 완벽히 재생할 수는 없었습니다. 이유는 아무리 신경의 전기신호를 정확히 인터셉트했다고 해도 동시다발적으로 전송되는 다른 뇌파들, 여기서는 노이즈(잡음)인데, 그 잡음들이 간섭을 일으켰기 때문입니다. 그래서 저희는 완벽한 신호 분석을 위하여 특별한 신경망 컴퓨터를 개발했습니다. 이 컴퓨터는 이전에 몇십 번에 걸쳐서 제임스가 본 이미지와 컴퓨터가 재생한 이미지를 비교하고 내부의 신경망 회로를 훈련(training)시킴으로써 컴퓨터가 제임스의 사물을 보는 패턴을 인식하게 만든 것입니다. 그리고 이것이 그 결과물입니다."

이번 슬라이드에는 거의 완벽하게 재생된 앵그르의 그림이 보였다. 이 그림을 보고 청중 사이에서 감탄의 탄성이 들렸다.

"지금은 일단 사람의 눈을 대상으로 실험을 실시했지만 조만간 다른 모든 인체의 감각기관까지 대상을 넓힐 생각입니다. 언젠가 저희 연구가 더 발전이 될 때에 저희는 인간의 오감을 완벽하게 컴퓨터나 기계가 대신할 수 있는 시대가 올 것이라고 확신합니다."

최민은 계속해서 기술적인 사항에 대하여 자세히 설명을 했다. 그의 발표가 마무리되자 많은 질문이 이어졌다. 그는 질문에 여유 있게 답을 하고 연단을 천천히 걸어 내려왔다. 그가 프레젠테이션을 마치자 우레와 같은 박수가 터져 나왔다.

그가 앞줄에 앉아 있던 노교수들과 악수를 하고 콘퍼런스 룸을 떠나려 할 때였다.

"최 박사님. 잠시 이야기를 나눌 수 있을까요?"

최민이 고개를 돌리자 한 남자가 보였다.

그는 큰 키에 반백의 머리카락을 가진 60세 가량의 백인 남성이었다. 몸에 꼭 맞는 맞춤 정장에 롤렉스시계와 손에 끼고 있는 큼지막한 다이아몬드 보석이 박힌 반지만 보고는 그냥 주식이나 부동산에서 일확천금을 번 졸부처럼 생각될지도 모르지만, 단단하고 완고하게 다물려진 입과 사각형의 얼굴, 그리고 무엇보다도 위압적으로 빛나는 날카로운 눈을 보면 결코 보통 사람으로는 보이지 않는 사람이었다. 그의 매력적인 저음의 말투에서는 또한 오랫동안 사람을 다스려본 사람만이 가지고 있는 권위와 카리스마가 엿보였다.

"저는 마이크 펄슨이라는 사람입니다. 혹시 들어보셨나요?"

최민은 잠시 생각해 보다가 경악으로 눈을 크게 뜨고 남자를 바라보았다.

"혹시 펄슨 앤 앰마 미디어(Paulson & Emma Media)의 회장이신 마이크 펄슨 씨이신가요?"

남자는 웃으며 속주머니에서 명함을 꺼내서 최민에게 건네주었다.

"제가 바로 그 마이크 펄슨입니다. 최 박사님을 뵙게 돼서 반갑습니다."

최민은 잠시 어리둥절했다. 마이크 펄슨은 그가 일하는 분야와는 전혀 다른 분야에서 막강한 영향력을 가진 사람이었고, 엄청난 부와 수많은 미녀 영화배우들과의 스캔들로 일반인들 사이에서도 유명한 사람이었다.

'이 사람이 왜 나에게 관심을 보이는 거지?'

최민은 자신의 명함을 건네주면서 속으로 의아해했다. 펄슨 같은 사람은 결코 다른 사람에게 먼저 말을 걸지도 명함을 주지도 않는다는 것을 최민은 경험상 잘 알고 있었다. 그 정도의 지위에 있는 사람들은 자신들에게 필요한 사람이거나 비슷한 레벨의 사람이 아니면 절대로 상대하지 않으려 하는 습성이 있었다. 최민 자신이 아무리 학계에서 성공가도를 달려왔다 해도 아직 전도유망한 젊은 교수 그 이상도 이하도 아닌 것을 스스로도 잘 알고 있었다.

더군다나 대부분의 시간을 전 세계에 흩어져 있는 자신이 소유한 회사들의 최고 경영자를 윽박지르거나, 시간이 난다면 어디 플로리다 바다에서 금발의 미녀들과 요트를 타고 파티를 즐길 사람이 이런 학회에 참석한다는 것도 뜻밖이었다.

"아! 만나서 반갑습니다. 펄슨 씨. 펄슨 씨에 대해서는 익히 잘 알고 있었습니다."

펄슨은 슬며시 미소를 지었다.

"하하. 아마도 제 사생활에 대한 소문을 들으신 것이겠지요. 대다수 사람들은 저에 대해 그리 좋지 않은 이미지를 품고 있답니다. 돈 많은 바람둥이에 이혼을 밥 먹듯이 한다고 해서 여성 인권 단체들이 저를 아주 미워하는 편이지요."

최민은 순간 당황해서 손을 내저었다.

"아, 죄송합니다. 그런 의미로 말씀드린 것이 아니었습니다. 회장님과 어린 여자 배우들 간의 스캔들 따위 그저 삼류 잡지에서 관심을 끌려는 것 아니겠습니까."

펄슨은 웃으며 말했다.

"사실은……."

그는 잠시 말을 끊었다.

"그들이 말하는 것은 모두 사실이랍니다. 제가 여자를 좋아하는 것은 제 천성이지요. 그래서 그 어린 여자배우들과 놀아난 것도 사실이지요."

펄슨은 최민에게 한쪽 눈을 윙크하며 말했다.

"물론 그 덕분에 전 와이프에게 엄청난 대가를 지불해야 했지요. 하하."

순간 최민은 마이크 펄슨이 소문과는 조금 다른 사람이라는 생각을 했다. 소문상의 그는 자신의 회사 내에서는 독재자로 군림하고 부하 직원들을 하인 다루듯이 한다고 악명이 자자했다. 그

의 회사에서 일하는 임원들은 마이크 펄슨의 호통 때문에 노이로
제에 걸릴 정도라고 했다.

하지만 워낙 보수가 좋고 한 번 일을 맡기면 질책을 할지언정
믿고 일할 수 있도록 신뢰하는 편이기에 아직도 많은 사람들이
펄슨 밑에서 일하고 싶어 한다고 했다.

최민이 직접 만난 펄슨은 생각보다 젠틀했고 유머가 있었다. 그
는 속에 품고 있던 조그만 경계심을 풀고 같이 웃었다.

"그런 점에서는 제가 회장님보다 조금 낫군요. 전 대가를 지불
할 와이프가 없으니 말입니다. 하하."

펄슨은 슬며시 웃으며 최 박사의 팔목을 잡았다.

"오늘 프레젠테이션을 매우 잘 경청했습니다. 대단히 인상적이
더군요. 사실은 제가 최 박사님의 연구 결과에 매우 관심이 많습
니다. 제가 추진하고 있는 사업이 하나 있는데 최 박사님의 연구
가 큰 도움이 될 것 같군요. 혹시 시간이 되신다면 잠시 자리를 옮
겨 이야기하고 싶은데 괜찮으신지요?"

최민은 그의 팔목을 잡고 있는 펄슨의 커다란 손을 보면서 고개
를 저었다.

"죄송하지만 제가 오늘은 학회의 임원 분들과 모임이 있습니
다. 다음 기회에 제가 연락드리는 것이……."

펄슨은 순간 굵은 눈썹을 살짝 찌푸렸다.

"박사님, 한 시간이면 충분합니다. 그리고 저 역시 그리 시간이
많은 사람이 못 됩니다!"

완고한 그의 얼굴을 바라보며 최 박사는 펄슨 같은 사람이 한

번 꺼낸 말은 다시 번복하지 않는다는 것을 되새겼다.

"알겠습니다. 그럼 가시지요."

이들이 펄슨의 리무진을 같이 타고 이동한 곳은 애틀랜타 시내의 한 호텔 꼭대기 층에 위치한 고급 레스토랑이었다. 창밖은 어둠이 서서히 깔리고 있고 주위의 건물들에 하나둘씩 불이 들어오기 시작했다.

펄슨은 자리에 앉자 최 박사의 의견은 묻지도 않고 웨이터를 불러 칵테일 두 잔과 몇 가지 음식을 시켰다.

"제가 이 레스토랑은 잘 압니다. 아마도 제가 주문한 음식이 마음에 드실 겁니다."

최민은 쓴웃음을 지었다. 펄슨이 주문한 음식들은 그가 평소에 별로 선호하지 않는 음식들이었다. 하지만 그런 불만을 내색할 만큼 그는 애송이가 아니었다.

"물론 저도 좋아합니다. 감사합니다."

펄슨은 메뉴판을 웨이터에게 주고 나서 최민을 똑바로 쳐다보았다.

"저는 최근에 새로운 사업을 시작했습니다. 엄청난 자본과 인력이 투입된 사업이지요."

최 박사는 펄슨이 말한 투자 자본의 크기를 듣고 하마터면 들고 있는 잔을 떨어뜨릴 뻔했다.

"그렇게 거대한 자본이 필요한 사업이 어떤 것인지 모르겠군요."

"아, 지금은 그리 자세히 아실 필요 없습니다. 다만 그 사업의 가장 중요한 부분이 인간이 리모트 컨트롤링으로 기계를 완벽히 조절할 수 있느냐 없느냐는 것입니다."

최민은 고개를 갸웃했다.

"리모트 컨트롤링이라면, 어떤 방식을 말씀하시는 건지……."

"무선통신망을 이용한 것이지요. 사용자가 특정 공간에서 무선통신망을 통해 원거리에 떨어져 있는 기계를 실시간으로 완벽히 자기 몸처럼 제어할 수 있어야 합니다."

"기계를 어떤 방식으로 제어하시려는 생각이신지요?"

펄슨은 슬쩍 웃음을 지었다.

"바로 최 박사님이 제안하신 신경망회로를 이용한 방식입니다. 이미 저희 회사는 박사님이 작년에 발표하신 논문과 출원하신 특허를 검토한 결과 박사님의 이론이 가장 저희 사업에 부합된다는 결론을 내린 상태입니다."

최민이 질문했다.

"그럼 저에게 어떤 것을 원하십니까?"

"최 박사님의 특허권을 향후 15년간 독점적으로 사용할 수 있는 권한과 최 박사님이 저희 회사의 고문으로서 향후 7년간 일해 주시는 겁니다."

최 박사는 고개를 저었다.

"죄송합니다만 그것은 곤란할 것 같습니다. 제가 지금 진행하는 연구도 그만둘 수 없고 더군다나 특허권을 15년간이나 독점적으로 드린다는 것은 생각해 본 적이 없습니다. 아무래도……."

펄슨은 말을 끊었다.

"제 말을 끝까지 들어보면 생각이 바뀌실 겁니다. 교수님은 현재 연구를 중단하실 필요가 전혀 없습니다. 아니 저희 회사에 교수님의 연구팀을 전부 데리고 오셔도 좋습니다. 연구비용 및 설비는 전부 저희가 제공하겠습니다. 그리고 교수님 특허를 독점적으로 사용하는 권리에 대한 대가로 5년간 매년 1백만 달러를 드리고 추가로 교수님이 일해주시는 대가로 매년 연봉 50만 달러를 드리겠습니다. 어떻게 생각하십니까? 교수님이 근무하시는 대학에는 별도로 기부금 1백만 달러를 제공하겠습니다."

최 박사는 순간적으로 마시던 칵테일이 목에 걸려 가볍게 기침을 했다. 매년 백오십만 달러라는 거금은 최 박사가 학교에서 받는 연봉의 열 배가 넘는 거금이었다. 그것은 도저히 뿌리칠 수 없는 유혹이었다. 그는 작은 목소리로 질문했다.

"언제부터 일하면 됩니까?"

펄슨은 웃으며 말했다.

"당장 다음 주부터…… 계약서는 저희 변호사가 내일 보내드릴 겁니다. 일단 사인하시면 향후 7년간은 최 박사님의 인생이 저에게 속한다는 것을 잊지 말아주시기 바랍니다."

펄슨과의 만남 이후 그 다음 주부터 최민은 펄슨의 대규모 프로젝트에 동참하게 되었다. 펄슨은 소문 그대로 독재적인 리더였다. 그러나 최 박사의 연구를 위해서는 최선의 도움을 아끼지 않았고 그의 의견은 언제나 경청해 주었다.

최 박사가 일하는 대학교는 펄슨이 내어 놓은 기부금 때문인지 최 박사가 강의를 대학원생들에게 맡기고 펄슨의 연구 개발 프로젝트에 전념을 다해도 별다른 제동을 걸지 않았다. 최민은 지난 몇 년간 그야말로 최선을 다해서 펄슨의 프로젝트를 위해서 일했고 최근에야 결실을 보게 되었다.

잠시 회상에 잠겨있던 최민은 조 메이슨의 목소리에 다시 현실로 돌아왔다.

"박사님 이제 거의 다 도착했습니다."

헬리콥터는 광활한 네바다의 사막 위를 비행하고 있었다. 헬기가 몇 분을 더 비행하자 끝없이 펼쳐진 사막의 지평선으로 신기루와도 같이 고층빌딩들의 실루엣이 눈에 들어오기 시작했다.

'환락의 도시로군.'

그들이 탄 헬리콥터는 인간이 사막 위에 건설한 지상 최고의 환락도시인 라스베이거스로 진입하고 있었다. 저 멀리 호텔 파리스 파리스(Paris Paris) 앞의 에펠탑과 거대한 피라미드 형상의 룩소 호텔의 모습이 보이기 시작했다.

# 라스베이거스

헬기가 착륙하고 최민과 조 메이슨이 내리자 한 명의 흑인 남성이 기다리고 있다가 말을 걸었다.

"어서 오십시요. 기다리고 있었습니다. 이쪽으로 가시지요."

그들이 조금 걸어 내려가자 주차장에 주차되어 있는 링컨 타운카가 보였다. 남자는 운전석 문을 열다가 아직도 골프복장을 하고 있는 최 박사를 보고 말했다.

"차 안에 박사님이 입으실 만한 옷이 준비되어 있습니다. 차 안에서 갈아입으시면 됩니다."

조 메이슨이 운전석 옆자리에 앉고 최민은 뒷좌석에 앉았다. 좌석 창문 옆 옷걸이에는 와이셔츠와 정장이 걸려있었고 바닥에는 구두가 놓여있었다.

흑인 남자가 시동을 걸어 차가 출발하자 최민은 골프복을 벗고 새 옷으로 갈아입었다. 뒷좌석은 그가 옷을 힘들지 않게 갈아입을 만큼 충분히 넓었다. 옷을 갈아입은 후에 구두를 신었다. 옷과 구두는 그의 체형에 완벽하게 잘 맞았다. 옆 좌석을 보니 작은 상자가 보였다. 상자를 열어보니 안에는 일회용 수건과 로션, 그리고 빗과 거울까지 준비되어 있었다.

최민은 마이크 펄슨의 세심함에 속으로 혀를 내둘렀다. 펄슨은 거대한 기업을 이끌고 있는 사람이었지만 어떨 때는 작은 일에도 무척 세심한 편이었다.

'하기야 그런 세심함이 없다면 회사를 운영할 수는 없겠지.'

그가 간단히 얼굴과 손을 닦고 로션을 바른 후에 머리를 정리하자 차는 피라미드 모양의 호텔 룩소를 지나 파리 에펠탑을 모방하여 세운 미니 에펠탑의 맞은편에 위치한 목적지인 호텔 벨라지오에 도착하고 있었다. 거리에는 수많은 사람들이 한가롭게 걷고 있었다. 호텔 맞은편의 노천카페에서는 사람들이 식사를 하면서 거리 예술가들이 벌이고 있는 공연을 관람하고 있었다.

그들이 탄 링컨 타운카는 르네상스 풍의 커다란 문을 통과하고 있었다. 호텔 오른편에는 거대한 호수가 보였고 마침 분수 쇼가 진행되고 있었다. 웅장한 이탈리아 오페라 음악에 맞추어 수십 개의 물기둥이 엄청난 힘으로 허공 수십 미터로 치솟는 모습은 보기에도 장관이었다.

그 모습을 보던 최민은 문득 인간의 능력이 어디까지일까 생각했다. 라스베이거스라는 도시를 도시건설에 적합하지 않은 사막 한복판에 세운 것도 불가사의지만 이 인공 호수만 해도 사막의 열과 건조한 기후로 인해 엄청난 양의 물이 공중으로 증발되어 버리므로 매일같이 외부에서 물을 가져와서 퍼부어야만 한다. 물론 그 돈은 지금도 카지노 안에서 도박에 몰두해 있는 사람들의 호주머니에서 나오는 것이긴 하지만 말이다.

최민은 도박을 좋아하지는 않았지만 라스베이거스라는 도시 자체는 무척 좋아했다. 이곳은 고급 레스토랑과 멋진 호텔들, 그리고 무엇보다도 다른 어디서도 볼 수 없는 독창적인 쇼를 무척 저렴한 가격에 즐길 수 있기 때문이었다.

링컨 타운카가 호텔 정문에 멈추고 최 박사와 조 메이슨이 내렸다. 호텔 입구로 들어서자 로비 옆에 매우 아름답게 꾸며진 실내 정원이 보였다. 최민은 곁눈질로 실내 정원을 쳐다보며 조 메이슨을 따라 걸었다.

조 메이슨이 최민을 이끌고 걸으면서 말했다.

"지금 펄슨 씨는 다빈치 1이라는 콘퍼런스 룸에 계십니다. 그리로 안내하겠습니다."

"어떤 분들이 회의에 참여 중이신가요?"

"글쎄요, 저는 그것까지는 모르겠습니다. 비공개 회의라서요."

이들이 복도를 따라 한참을 걷자 마침내 목적지에 도착했다. '다빈치 1'이라고 쓰여 있는 콘퍼런스 룸 밖에는 두 명의 건장한 남자가 문 양쪽에 서 있었다. 문에는 '뉴로 엔터테인먼트 비정기 이사회'란 팻말이 붙어 있었다.

조 메이슨이 이들에게 말했다.

"펄슨 씨가 모시고 오라고 명령하신 데이비드 최 박사시네."

남자 중 한 명이 말했다.

"죄송하지만 신원 확인을 해야 합니다. 신분증을 볼 수 있을까요?"

최민은 남자에게 운전면허증을 보여주었다. 남자가 운전면허증을 받으려고 손을 뻗는 순간 양복 속에 차고 있는 권총이 보였다. 남자는 면허증의 사진과 최 박사의 얼굴을 대조해 보고 고개를 끄덕였다.

"들어가십시오. 펄슨 씨가 기다리고 계십니다."

조 메이슨이 최민에게 말했다.

"저는 밖에서 기다리고 있겠습니다."

최민이 문을 열고 안에 들어서자 커다란 콘퍼런스 룸 안이 보였다. 콘퍼런스 룸에는 기다란 테이블들이 참석자들이 서로 얼굴을 볼 수 있도록 사각형으로 배치되어 있었다. 테이블 위에는 하얀 천이 씌워져 있었고 참석자 앞에는 생수와 간단한 스낵이 준비되어 있었다. 회의실 한쪽 벽은 유리로 되어 있어 창밖으로 아름다운 정원이 보였고 한쪽 벽에는 커다란 화면에 프레젠테이션 자료가 띄워져 있었다. 프레젠테이션 화면 밑으로는 연단이 마련되어 있었다.

테이블 주위에는 약 십여 명의 사람들이 둘러앉아 있었다. 이들은 세계 각지에서 이번 회의를 위해 날아온 사람들로서 국적도 매우 다양했다. 이들은 한쪽 귀에 작은 이어폰을 끼고 있었는데, 이 이어폰을 통해 앞에서 프레젠테이션을 진행하고 있는 사람의 말이 동시통역되어 각자의 모국어로 들려오고 있었다.

입구에서 정면으로 보이는 자리에 마이크 펄슨이 앉아있었다.

펄슨은 최민을 보자 손짓을 하며 비어있는 자신의 옆자리를 가리켰다. 최민은 진행되고 있는 프레젠테이션을 방해하지 않기 위해 최대한 소리를 내지 않으려 조심하며 걸어가 펄슨의 옆자리에 앉았다. 펄슨은 검은색 와이셔츠에 흰색 정장을 입고 있었다.

마이크 펄슨은 60대 초반이지만 지금도 에너지가 넘치는 사람이었다. 그는 그야말로 신화적인 경력을 가지고 있었다. 그는 20세에 스탠퍼드에서 공학 학사 학위를 받고 23세에 펜실베이니아 대학(University of Pennsylvania) 와튼 스쿨에서 MBA 학위를 받았다. 24세부터 대기업인 GE 사에서 일을 하기 시작하여 30세에 임원(Division Director)이 되었고 33세에 부사장이 되었다. 그 이후에 회사에서 나와 스스로의 회사를 설립하고 노련한 수완과 철저한 조직 관리를 통해 회사를 6년 만에 3억 달러에 매각하여 40대에 억만장자가 되었다.

1990년대에는 미디어 회사인 펄슨 엔 앰마(Paulson & Emma) 사를 설립하여 세계에서 다섯 손가락 안에 드는 종합 미디어 회사로 키워 업계의 신화적인 인물이 되었다. 그는 잠시 은퇴하여 세계 각지를 여행하였다. 한동안 요트 여행을 하며 여배우들과 스캔들을 뿌리고 파파라치들의 표적이 되다가 갑자기 새로운 회사인 뉴로 엔터테인먼트(Nuro Entertainment) 사를 창업하고 CEO로 취임한 것이 약 4년 전 일이었다.

최민과 가볍게 악수를 교환한 그는 최민의 귀에 대고 작은 목소리로 말했다.

"잘 왔네! 데이비드. 내가 자네 도움이 필요해서 말이야. 오는

데 불편하지는 않았나?"

최민은 16번 홀컵 옆에 떨어진 자신의 공을 잠시 생각하며 말했다.

"전혀요. 그리고 준비해주신 옷 감사합니다."

"다행이군. 지금 내게 약간의 문제가 생겼다네. 이사회 멤버 중 몇 명이 이번 뉴로 엔터테인먼트 사의 증자에 대해 부정적이라네. 이들을 오늘 설득시켜야 하는데 몇 명이 자네 의견을 듣고 싶어 하는군. 잠시 후에 내가 부탁할 때 자네가 나와서 저들의 질문에 잘 대답해 주게나."

"알겠습니다."

최민은 고개를 돌려 정면을 바라보다가 오른편에서 풍기는 샤넬 향수 냄새를 맡고 옆에 앉아있는 사람을 쳐다보았다. 그의 오른편에는 젊은 여자 한 명이 앉아있었는데 매우 아름다운 외모를 지니고 있었다. 하얀 피부에 긴 금발을 뒤에서 묶고 있었고 몸에 딱 맞는 투피스 정장을 입고 있었는데 테이블 밑으로 길게 뻗은 아름다운 다리를 꼬고 있었다. 나이는 삼십 대 초반 정도로 보였는데 최 박사의 시선을 느꼈는지 최민을 향해 고개를 돌리고는 살짝 미소를 지었다.

"안녕 데이비드."

최민은 그녀의 다리를 보지 않으려 애쓰며 말했다.

"안녕 비비안. 오래간만이네."

"반가워, 네가 와줘서. 지금 좀 문제가 생겼거든."

"무슨 문제인데?"

"들어보면 알아."

그녀, 비비안 심슨(Vivian Simpson)은 매우 아름다운 여성이었다. 지금 35세인 그녀를 처음 보면 아름다운 외모와 뛰어난 패션 감각만 가지고 판단하여 그저 예쁘고 머리가 빈 캘리포니아 여자 중 한 명이라고 생각할지도 모르지만, 그녀는 아름다운 외모 못지않게 뛰어난 두뇌를 지니고 있었다.

어렸을 때부터 천재라고 소문난 그녀는 MIT에서 제어기술을 전공하고 버지니아 테크에서 박사학위를 취득한 후에 하버드에서 MBA 학위까지 취득하였다. 박사와 MBA 학위를 취득했을 때 그녀의 나이는 불과 20대 후반이었다. 그리고 그녀는 샌프란시스코에 와서 박사과정 동료들과 같이 벤처 기업을 창업하고 큰 성공을 거두었다. 그리고 젊은 나이에 펄슨의 스카우트 제의를 받고 뉴로 엔터테인먼트 사에 입사한 지 3년째였다.

그녀는 현재 로봇 장비 개발을 총괄하는 이사(Director of Robotic Equipment)직과 더불어 재무 이사직(Director of Finance)까지도 겸임해서 맡고 있을 정도로 그녀에 대한 펄슨의 신임은 매우 두터웠다. 학문적인 영역에서 언제나 자신만만한 최민 박사마저도 비비안에게는 그 날카로운 두뇌에 언제나 한 수 접고 들어가는 형편이었다. 네덜란드에서의 장거리 비행을 마치고 막 도착한 그녀인데도 옷차림이나 태도에서는 조금의 빈틈도 보이지 않았다.

지금 연단 위에서는 남자 한 명이 막 프레젠테이션을 마치고 있었다. 그는 50대 정도로 보이는 통통한 체격의 남자였다. 자리에 있는 사람들이 질문을 시작하자 실내 온도가 약간 서늘한데도 불

64

구하고 그는 연신 얼굴에 땀을 흘리고 있었다. 그런 그를 보며 펄슨은 속으로 생각했다.

'쓸모없는 놈 같으니.'

연단 위에 있는 사람은 뉴로 엔터테인먼트 사의 재무 부사장인 토마스 캠벨이었다. 그는 비비안 심슨의 상사였지만 펄슨은 비비안의 능력을 토마스 캠벨보다 훨씬 높게 평가하고 있었다. 토마스 캠벨은 회계나 감사 등 회사 내무 업무에는 강점이 있었지만 대외적인 프레젠테이션이나 투자 유치 등의 외부 업무에서는 대단히 무능한 사람이었다. 그가 펄슨의 옛 친구의 조카라는 사실만 아니었어도 벌써 예전에 해고했을 터였다.

지금 펄슨과 마주보고 있는 입구 쪽 자리에 앉은 한 사람이 질문을 하고 있었다. 그는 5, 60대로 보이는 동양인이었는데 깡마른 체구에 안경을 쓰고 있었고 인상이 매우 날카로워 보였다. 그는 동양식 발음이 섞인 영어로 질문을 하고 있었다.

"캠벨 씨, 아직도 저는 이해가 잘 되지 않습니다. 지금 설명하신 계획이 현실성이 있다고 생각하십니까? 지금 이사회에 요청하신 자금에 비해 향후 5년간의 매출 계획이 지나치게 추상적인 것 같습니다. 조금 더 구체적인 자료는 없습니까?"

연단 위에 캠벨은 속주머니에서 손수건을 꺼내 이마에 맺힌 땀을 닦았다.

"구체적인 자료는 아직 준비되지 않았습니다. 준비되는 대로 이사회 여러분들께 보내드리도록 하겠습니다."

좌중에선 불만 섞인 웅성거림이 들리기 시작했다. 그런 그들을 잠시 바라보던 펄슨은 말을 다시 시작하려는 켐벨에게 손을 들어 보였다.

"그만 되었네. 켐벨. 지금부터는 내가 직접 대답하기로 하지."

펄슨은 자리에서 일어나 천천히 연단 위로 올라갔다. 그가 마이크 앞에 서서 사람들을 잠시 쳐다보자 좌중이 조용해졌다. 마이크 펄슨에게는 언제나 좌중을 압도하는 카리스마가 있었다.

"여러분들의 우려는 잘 알고 있습니다. 하지만 저에게는 확신이 있습니다. 구체적인 숫자를 이야기하기보다는 여러분께 저의 꿈에 대해서 말씀드리고 싶습니다."

잠시 말을 멈춘 그가 다시 말을 이어갔다.

"인간은 원시시대부터 무한한 호기심을 가지고 있었습니다. 이러한 호기심이야말로 인류의 문명을 발전시킨 원동력이었습니다. 인간은 아메리카 대륙을 발견하고 개척하였고 아프리카를 구석구석 탐험하였습니다. 이제는 남극과 바다 밑까지 탐험하고 있습니다.

하지만 지구상에서는 더 이상 인류의 호기심을 충족시켜줄 만한 탐험 장소가 없어지고 있습니다. 인간이 자유롭게 미지의 세계를 모험하면서 위기를 극복하고 마침내 어떤 목적을 성취하는 그런 장소가 없어졌고, 있다고 해도 극소수의 탐험가만을 위한 곳이 되어가고 있습니다."

좌중의 몇 명이 고개를 끄덕였다. 에베레스트 등반이나 남극 탐험이 아무나 할 수 있는 일은 아니니까 말이다.

"그래서 저는 6년 전에 뉴로 엔터테인먼트 사를 창립한 것입니다. 인간의 무한한 호기심과 탐험정신을 충족시킬만한 회사, 그를 통해 엄청난 부가가치를 창출할 수 있는 회사를 만들고 싶었기 때문입니다. 저는 인터넷과 컴퓨터, 그리고 휴먼 인터페이스(Human Interface)를 결합하여 인류가 한 번도 보지 못한 환상의 세계를 경험할 수 있다고 믿었습니다.

물론 기존에도 컴퓨터와 인터넷을 응용한 게임시장이 광범위하게 존재하고 있었습니다. 하지만 게임이란 것은 거의 젊은 층에 사용자가 분포되어 있고 기성세대에게는 그저 어린아이 장난, 혹은 시간 낭비로밖에 여겨지지 않았습니다."

그랬다. 50이 넘은 사람이 새벽 2시가 넘도록 게임에 집중하고 있다면 이 사회에서는 대개 패배자로 분류되니까 말이다.

"하지만 만약에 단순한 게임이 아니라 유저들이 실제로 모험을 경험할 수 있게 하면 어떨까? 컴퓨터 내의 가상공간이 아니라 실제로 존재하는 장소에서 진짜 무기를 가지고 적과 싸우고 모험을 즐길 수 있다면 어떨까? 광활한 장소에서 탐험하고 적을 만날 때 진짜 총이나 칼을 가지고 적을 쓰러뜨릴 수 있다면, 그리고 그 과정에서 전혀 유저가 다치지 않고 안전이 보장된다면, 인간의 잠재된 야성과 탐험심, 잔인함까지도 거리낌 없이 마음대로 발산할 수 있는 장소가 있다면……. 그리고 그러한 전투를 통해 내가 점차 강력해져서 다른 사람들보다 훨씬 강하게 될 수 있다면……. 그리고 이렇게 강력해진 '나'를 돈을 내고 영원히 소유할 수 있다면……."

펄슨은 잠시 말을 멈추고 좌중을 둘러보았다.

"저는 기성세대가, 돈 많은 은퇴자들이, 반복되는 일상에 질린 부모들이, 새 차를 사고 요트를 사는 대신에 거리낌 없이 돈을 쓰리라고 확신합니다.

그럼 문제는 어떻게 그것을 지구상에 실현시킬 수 있는가에 달려 있습니다. 그래서 저희는 첨단기술을 동원하여 가장 진보된 휴먼 인터페이스를 개발해 내었습니다. 이 인터페이스에 대해서는 여기 있는 데이비드 최 박사가 설명을 할 것입니다."

펄슨은 최민에게 고개를 끄덕여 보였다. 최민은 잠시 호흡을 고른 후에 자리에서 일어났다. 연단에 오른 그가 프레젠테이션 자료가 있는 컴퓨터 앞에 앉아 있는 젊은 여성에게 말했다.

"기술 자료 15페이지를 열어주시기를 부탁합니다."

화면에 곧 자료가 보이기 시작했다. 첫 번째 페이지에는 그가 수년 전에 애틀랜타 학회에서 발표했던 것과 비슷해 보이는, 하지만 훨씬 복잡하게 보이는 장비가 보였다.

"여기 보이는 것이 각 유저와 컴퓨터를 연결하는 인터페이스입니다. 이것은 뇌로 연결되는 인간의 각 감각 전달 신호를 인터셉트하여 뇌와 컴퓨터가 직접 연결될 수 있도록 합니다. 현재 시각, 후각, 청각, 촉각 등 감각을 컴퓨터가 보내는 신호에 의해 뇌가 느낄 수 있게 하였고 반대로 팔, 다리 등을 움직이는 뇌가 보내는 신호를 컴퓨터에 보낼 수 있는 것이 가능한 상태입니다."

두 번째 슬라이드에는 동영상 링크가 포함되어 있었다.

"이것은 저희가 몇 주 전에 실시한 실험을 녹화한 것입니다."

화면에서는 한 여자가 전 페이지에서 보인 장비를 머리에 달고 의자에 앉아 있고, 그 옆에 기계로 만든 팔 두 개가 사람 몸통처럼 생긴 장비 양옆에 달려 있었다. 기계의 머리 부분에는 두 개의 카메라가 사람의 눈처럼 달려 있었다. 그녀는 눈에 안대를 하여 눈을 가린 상태였다.

"지금 이 사람의 뇌의 일부분 중에 시신경과 팔을 움직이는 부위가 컴퓨터와 인터페이스 장비를 통해 연결되어 있습니다. 유저가 여기 있는 카메라를 통해서 사물을 보고 컴퓨터에 팔을 움직이려는 의지를 보이면 그 신호를 사용해서 여기 있는 로봇 팔을 움직이게 됩니다. 그리고 여기 있는 작은 화면은 어떤 장면이 실험자의 뇌로 전달되고 있는지를 보여줍니다."

화면의 로봇 팔이 천천히 움직이기 시작했다. 팔이 좌우로 움직이다가 앞의 테이블 위로 움직였다. 테이블 위에는 달걀 하나와 컵이 놓여 있었다. 로봇 팔이 천천히 한 손으로 달걀을 잡고 들어 올렸고 다른 한 손으로는 컵을 잡았다. 달걀을 든 팔이 움직여 달걀 아래쪽을 컵의 가장자리에 가볍게 부딪히자 달걀 아래쪽에 구멍이 뚫리면서 속이 흘러나왔다. 다른 로봇 팔은 흘러나온 달걀 속이 전부 컵에 들어갈 때까지 컵을 들고 있다가 천천히 팔을 내려 컵을 다시 테이블 위에 올려놓았다.

"보시다시피 로봇의 팔을 유저의 의지에 따라 완벽하게 컨트롤할 수 있습니다. 이번 실험은 좀 더 발전된 것입니다."

다음 페이지에는 다른 동영상이 보였다. 역시 같은 사람 몸통 장비가 보였는데 장비는 야외에 나와 있었다. 이번에는 몸통이 철제 구조물 위에 놓여 있었는데 구조물 밑에는 바퀴 네 개가 달려 있었고 뒤편에는 기다란 안테나가 달려 있었다. 그리고 장비 뒤 십여 미터 뒤에 트레일러 한 대가 보였다.

"이번에는 유저가 무선통신을 통해서 기계를 컨트롤하는 것을 보실 수 있습니다. 이 기계 몸통 뒤에 보이는 것이 안테나입니다. 이 안테나를 통해 뒤쪽의 트레일러 안의 컴퓨터와 신호를 교환하게 됩니다. 사용자는 지금 트레일러 안에 있습니다."

화면의 로봇 팔이 천천히 움직였다. 로봇 팔에는 권총 두 자루가 각각 손에 들려 있었다. 화면이 천천히 움직이자 로봇 팔 정면으로 널따란 공터가 보이고 공터에 여러 개의 표적 판들이 눕혀져 있는 것이 보였다. 어디선가 벨 소리가 울리자 표적 판 중의 하나가 세워졌다. 로봇 팔에 들린 권총이 불을 뿜으며 총알을 발사했다. 총알은 표적에 그려져 있는 사람 그림의 한가운데에 정확히 명중했다.

벨 소리가 다시 울리자 여러 개의 표적 판이 동시에 세워졌다. 로봇 팔의 권총이 불을 뿜으면서 표적 판들의 중심에 정확히 구멍이 뚫리는 것이 보였다. 사격은 권총의 탄창에 총알이 다 떨어질 때까지 계속되었다.

"지금 사용자의 몸은 트레일러 안에 있지만 자신의 눈으로 표적 판을 보면서 자신이 직접 사격을 하는 것으로 느끼고 있습니다. 도리어 원래 자신이 가진 신체의 시력과 완력보다 훨씬 날카로운 시력과 강력한 힘을 발휘할 수 있는 것이죠. 지금까지 몇 년간의 연구 결과로 이제 사용자가 거의 완벽하게 로봇을 통제할 수 있습니다."

자리에 앉아 있던 사람들 중 중년 백인 여성 한 사람이 질문했다.

"그럼 아무나 당장 저 기계에 연결하면 로봇을 컨트롤할 수 있는 겁니까?"

최민이 대답했다.

"아닙니다. 지금 여기 사용자의 뇌에 달린 인터페이스는 신경망 컴퓨터를 사용하여 신호를 인식하고 전송합니다. 따라서 신경망 회로가 완벽히 동작할 때까지 사용자는 일정 기간 동안 트레이닝을 해야 합니다. 신경망 회로 안의 각 웨이트(Weights)들이 모두 적절한 수치를 보여 각 사용자의 감각신호에 대한 정보를 저장하여 어떤 상황에서도 즉각적으로 올바른 신호전달이 될 때까지 트레이닝을 반복해야 합니다."

다른 사람이 질문했다. 이번에는 아까 질문했던 백인 여성의 옆에 있던 중년의 흑인 남성이었다.

"그럼 보통 얼마나 오랜 기간 동안 트레이닝을 해야 합니까?"

최민이 대답했다.

"저희는 일반인에게 모두 적용할 수 있는 특별 트레이닝 과정을 준비해 놓고 있습니다. 하지만 개개인마다 적응하는 기간과 적응하는 레벨이 다릅니다. 원래는 몇 주 정도 시간이 걸렸지만 지금은 신경망 컴퓨터의 발달과 저희가 자체 개발한 소프트웨어의 도움으로, 일반인들은 평균 10분 정도의 트레이닝이면 기계를 통해 사물을 인식할 수 있고 다시 십여 분 정도면 기계를 통제하여 움직일 수 있습니다. 하지만 오차 없이 얼마나 완벽하게 기계를 컨트롤하는가는 개개인마다 차이가 있습니다.

저희는 왜 개인마다 차이가 있는지에 대한 명확한 이유는 아직 알지 못합니다만 개인의 타고난 지적 능력과 운동신경에 많이 좌우된다는 것은 알아내었습니다. 저희는 기계를 완벽히 컨트롤하는 레벨을 싱크로율(Synchro rate)이라고 표시하고 있습니다. 조금 전 동영상에서 보신 것과 같이 기계를 컨트롤하여 사격을 정확히 할 정도면 싱크로율이 98% 이상이어야 합니다. 저희는 원래 타고난 운동신경이 뛰어난 사람일수록 싱크로율이 높다는 것을 알아내었습니다."

흑인 남자가 다시 물었다.

"그럼 이 사업이 진행되려면 이러한 트레이닝을 할 장소가 필요하겠군요."

그러자 아래에 앉아 있던 펄슨이 대답했다.

"물론입니다. 이러한 트레이닝 장소를 미국 각지의 대도시마다 세울 생각입니다. 마치 운전을 처음 배우는 사람들이 운전학원에 다니듯이 말입니다. 그리고 트레이닝을 마친 사람들에게는 저희 회사가 특별한 자격증을 수료할 계획입니다. 오로지 이 자격증을 가진 사람들만이 게임을 즐길 수가 있게 되는 것이지요."

흑인 남자가 웃으며 물었다.

"그런 트레이닝은 무료입니까?"

펄슨이 역시 웃으며 대답했다.

"물론 아니지요. 하지만 너무 비싸지 않게 적정한 수준으로 유지할 생각입니다. 이러한 트레이닝 센터 건립비용에 대한 자료는 나눠드린 재무 자료에 포함되어 있으니 검토하시기 바랍니다."

펄슨이 연단 위에 있는 최민을 보면서 말했다.

"질문이 더 없으시면 다시 재무적 논의로 돌아갔으면 합니다. 데이비드, 수고했네."

좌중에 앉은 사람들 중 아까의 흑인 남자가 박수를 치자 모두가 따라서 박수를 쳤다. 최민은 다시 제자리에 앉았다.

그가 자리에 앉자 옆의 비비안이 귓속말로 말했다.

"잘했어. 언제나처럼. 나도 저 사람들한테 벌써 한참 시달렸었거든. 저 사람들한테는 깊은 기술 따위는 전혀 관심의 대상이 아니야. 투자한 돈을 언제 회수할 수 있는가가 훨씬 큰 관심사이지."

최민은 비비안의 숨결이 귓가에 느껴지자 얼굴을 살짝 붉혔다. 하지만 곧바로 다른 상념에 빠지면서 약간 근심 어린 표정을 지었다. 물론 자료에서 보인 것은 거짓은 아니었다. 하지만 싱크로율을 높이는 것은 그리 쉽지 않은 일이었고, 싱크로율이 높다고 해도 아직도 수많은 컴퓨팅과 인터페이스상의 오류가 있었다. 이 오류를 잡기 위해서 다섯 명의 소프트웨어 및 기계공학을 전공한 팀이 지금도 일을 하고 있었다.

연단에서는 마이크 펄슨이 다시 말하고 있었다.

"현재 저희가 예측하는 수입에 관한 자료는 47페이지에 상세하게 나와 있습니다. 저희가 타깃으로 삼고 있는 고객은 주로 40대 이상의 사회 중산층 이상의 사람들입니다. 먼저 수입은 기계 구입비입니다. 현재 저희는 여러 개의 모델을 준비하고 있으며 각 기계마다 값을 다르게 책정할 예정입니다.

돈 많은 사람들이 벤츠 같은 고급 차를 구입하듯이 좋은 성능의 기계, 여기서는 더 좋은 시력과 강한 힘 등을 말하는 것입니다만, 그러한 기계는 한정판으로 소량 제작하여 프리미엄 고객에게 판매할 생각입니다. 가격은 자동차와 비슷한 정도로 책정할 예정입니다. 자동차 가격이 천차만별이듯이 이 기계들의 가격 또한 약 1만 달러에서 10만 달러 사이로 다양하게 책정될 것입니다. 한 번 기계를 구입하면 유저의 트레이닝을 거쳐 사용자에게 완전히 최적화되므로 기계를 구입한 사용자만이 사용할 수 있게 됩니다. 만약 중고 기계를 다른 사용자에게 팔려고 할 경우에는 구입하는 사람이 새롭게 트레이닝을 거쳐서 기계와 싱크로율을 맞추어야 합니다."

동양인이 질문을 했다.

"계획상 몇 명의 가입자를 유치할 생각이십니까?"

펄슨이 대답했다.

"일단 총 가입자 수를 향후 5년 안에 10만 명 정도 생각하고 있습니다. 그러니까 기계 판매 수입은 약 50억 달러 정도 가능하다고 생각합니다."

중년 여성이 질문했다.

"기타 수입은 어떻습니까?"

"매달 지불해야 하는 사용료가 있습니다. 저희는 이 비용을 최소로 할 예정이지만 현재 매달 천 달러 정도 생각하고 있습니다. 현재 공간상의 제약으로 인해 동시에 게임을 즐길 수 있는 인원은 최대 1만 명 정도라고 보고 있습니다. 그러므로 매달 사용료를 통한 수입은 약 천만 달러 정도가 될 것입니다."

잠시 말을 멈춘 펄슨은 테이블에 앉아 있는 이사회 멤버 및 신규 투자가들을 둘러보았다.

"3년이면 충분히 출구전략을 실행하여 증권시장에 상장할 수 있을 것입니다. 그리고 여러분들은 이번에 투자하신다면 3년 내로 몇 배의 투자자금을 회수하실 수 있을 것입니다. 물론 여러분들에게 매년 지급되는 배당금을 즐기시다 보면 저희 회사 지분을 매각할 생각은 없어지겠지만 말입니다."

좌중에 웃음이 터졌다. 하지만 건너편 테이블 중앙에 앉은 동양인은 전혀 웃지 않고 냉정한 표정으로 다시 질문을 했다.

"펄슨 씨가 말씀하신 대로라면 저희가 투자를 주저할 필요가 전혀 없겠지요. 아니, 저희는 펄슨 씨가 요청하신 자금 이외에 추가 자금도 충분히 투입할 여력이 있습니다. 하지만 제가 들은 바로는 현재 문제가 있다고 알고 있습니다."

모든 사람들이 이 동양인을 쳐다보았다. 펄슨은 속으로 짜증을 내고 있었다.

'저 일본 놈한테 투자받은 게 내 일생일대의 실수야.'

그는 속으로 한숨을 쉬었다. 그가 예전 와이프들에게 지불한 천문학적인 돈만 가지고 있었다면 굳이 저 일본인에게서 투자받을 필요가 없었을 것이었다. 몰래 만나던 미모의 가수와 지중해의 리조트에서 즐기던 것을 파파라치에게 걸리지만 않았어도, 그의 전 와이프가 가장 유력한 이혼전문 변호사를 고용하여 그에게 재산 분할을 청구하지도 않았을 것이며 그가 그토록 큰돈을 쓰지 않아도 되었을 것이다.

그는 짜증을 참으며 최대한 부드러운 웃음을 지었다.

"이토 씨. 보다 자세하게 질문을 해 주시겠습니까?"

질문을 하는 일본인은 이토 오카다(Itto Okada)라는 이름을 가지고 있었다. 그는 거대 투자회사인 PDC(Pacific Development Capital)의 MD(Managing Director)였다. PDC는 중국 등 아시아 지역의 IT 관련 기업에 투자하여 막대한 수익을 올린 굴지의 투자 회사였고, 뉴로 엔터테인먼트 사 지분의 15%를 가지고 있는 2대 주주였다. 이토 오카다는 PDC 창업자의 아들이었고 손대는 사업마다 성공시켜 투자의 귀재라고 불리고 있었다. 그는 날카로운 판단력을 지니고 있었지만 적에게는 무자비할 정도로 냉혹하게 대하는 사람으로 악명이 높았다. 이토는 현재 뉴로 엔터테인먼트 사 이사회의 의장을 맡고 있었다.

이토가 감정 없는 목소리로 질문했다.

"제가 받은 정보에 의하면 최근 사이트에서 사고가 빈발하여 재무적 손실은 물론 인명 손실이 심각하다고 들었습니다. 이에 대해 왜 펄슨 씨가 이사회에 보고를 하지 않았는지 이사회는 심히 우려하고 있습니다."

펄슨이 대답했다.

"아마도 사이트 건설 중에 생긴 사고를 말씀하시는 것 같은데 이미 해결되고 있습니다. 그리고 베트남 정부에서도 사고 조사를 마무리해서 사업 진행에는 문제가 없는 상태입니다."

이토가 말했다.

"글쎄요. 펄슨 씨가 베트남 정부와 어떤 거래를 했는지까지 제 입으로 말씀드리고 싶지는 않습니다. 그리고 그것을 제가 어떻게 알았는지에 대해서도 굳이 설명드리고 싶지 않습니다. 하지만 이 자료를 보면……."

말을 잠시 마친 그는 테이블 위에 놓여있던 몇 장의 자료를 옆에 있던 다른 이사회 임원들에게 주었다.

"현재까지 사고로 사망하거나 실종된 사람 숫자가 무시할만한 수준을 넘어선다고 되어 있습니다. 베트남 정부의 고위 인사가 아마도 손을 써서 언론에 노출이 되지는 않는 것 같습니다만, 제가 보기에 정보가 외부로 유출되면 사업에 큰 문제가 발생할 것임이 분명해 보입니다."

펄슨은 대답 없이 이토를 노려보고 있었다.

"이사회를 대표해서 제가 말씀드린다면, 저희 이사회는 여기 오기 전에 따로 회의를 가졌습니다. 그리고 이번 사건에 대해 논의했으며 몇 가지 결론을 내었습니다."

그는 펄슨을 향해 차갑게 웃으면서 말했다.

"먼저 이러한 사고가 이사회에 사전에 보고되지 않은 것에 대해서 문제가 있다고 판단됩니다. 그리고 이번 사고의 원인이 명확히 규명되고 그 해결책이 분명하게 제시되지 않는다면 저희 이사회는 펄슨 씨가 요청하신 추가 투자의 집행을 승인할 수가 없습니다."

펄슨이 이제는 화가 난 것을 숨기지도 않고 격한 목소리로 말했다.

"이런 작은 일을 가지고 사업의 진행을 막으려는 이토 씨의 의중을 모르겠군요. 지금까지 보신대로 저희 회사는 천문학적인 보상을 여러분들께 해드릴 수가 있습니다. 그런데도 주저하시는 이유를 납득할 수가 없네요."

이토가 말했다.

"저희도 물론 뉴로 엔터테인먼트 사가 어떤 가치를 가지고 있는지 잘 알고 있습니다. 그렇기 때문에 투자를 한 것이고 펄슨 씨가 요청하신 추가 투자도 기꺼이 할 의향이 있습니다. 하지만 이번 사고로 인하여 사업에 문제가 될 가능성이 보인다면 섣불리 투자를 집행할 수 없습니다."

그의 말에 좌중이 웅성댔다. 여기저기서 사람들이 이토의 말에 동의를 한다는 듯이 고개를 끄덕이고 있었다.

좌중을 둘러보던 펄슨이 이토에게 말했다.

"그럼 어떻게 하면 납득을 하실 수 있겠습니까?"

이토가 대답했다.

"저희는 펄슨 씨에게 외부 감사를 요청하고 싶습니다. 감사팀은 저희 이사회가 선임하겠고 크게 재무적인 감사와 실제 운영에 대한 감사로 나뉘게 될 것입니다. 특히 사고가 난 베트남의 사이트에는 팀을 직접 파견하여 감사를 수행하겠습니다."

펄슨은 잠시 고개를 숙이고 고민을 했다. 마침내 고개를 든 그가 말했다.

"알겠습니다. 기꺼이 감사를 받아드리겠습니다. 언제쯤 감사팀을 보낼 생각이십니까?"

이토가 말했다.

"2주일 후 정도를 예상하고 있습니다. 최대한 빠른 시일 내에 팀을 조직하여 알려드리겠습니다. 그리고 뉴로 엔터테인먼트 사에서도 기술적인 질문과 재무적인 질문에 대답할 수 있는 임직원을 같이 파견해 주시기를 요청 드립니다."

"알겠습니다. 저희도 준비하고 있겠습니다."

이토가 주위의 다른 이사들을 보며 말했다.

"그럼 더 이상 추가 질문이 없으시다면 이상으로 이번 이사회를 마치도록 하겠습니다. 모두 수고하셨습니다."

이사들이 가볍게 박수를 치는 소리를 들으며 펄슨은 연단에서 내려왔다.

✝

쨍그랑!

잔이 깨지는 소리가 들리면서 펄슨이 소리를 질렀다.

"개자식 같으니! 저 일본 녀석을 죽여 버리고 말겠어!"

최민은 길길이 날뛰며 잔을 집어던지는 펄슨을 보며 한숨을 쉬고 있었다. 그들은 이사회가 열린 회의실 옆의 작은 회의실에 있었다. 방에는 펄슨과 그 외에 비비안과 조 메이슨, 그리고 토마스 켐벨이 함께 있었다.

"회장님 너무 비관적으로 생각하지 않으시는 것이……."

켐벨이 조심스럽게 말하자 펄슨이 그를 노려보았다.

"자네가 이토에게 자료를 전달했나?"

켐벨이 펄쩍 뛰며 손을 좌우로 흔들었다.

"그럴 리가 있겠습니까? 저도 이토가 이번 사고 관련 자료를 어디서 구했는지 궁금합니다."

펄슨은 화를 참는지 잠시 숨을 골랐다.

"그래. 어차피 완벽히 숨길 수는 없는 일이지. 어떻게 보면 차라리 잘되었어. 이번 기회에 사이트를 녀석들이 직접 보게 되면 생각이 완전히 달라질 거야."

켐벨이 말했다.

"그럼 회장님은 이번 감사를 받아들이실 생각이십니까?"

"이미 내가 그렇게 하겠다고 이사회에서 말하지 않았나. 자네 귀머거리인가?"

켐벨이 다시 진땀을 흘렸다.

"아니 그런 게 아니라……."

펄슨이 말했다.

"자네는 앞으로 프레젠테이션 같은 건 하지 말도록 하게. 그리고 내가 이번 감사팀에 같이 보낼 우리 쪽 사람을 생각했는데."

켐벨이 말했다.

"혹시 저를 보내실 생각이신가요?"

펄슨이 짜증 섞인 눈으로 그를 쳐다보았다.

"걱정 말게. 자네는 장거리 비행을 하기에는 다이어트가 필요할 것 같으니. 일단 로봇 관련 전문가가 가야 하니까 우리 쪽 사람으로는 먼저 비비안을 보내겠네. 비비안이 재무 문제까지 같이 검토할 수 있으니까 적어도 자네 같은 멍청이한테 들어가는 비행기 값은 아낄 수 있을 테니까 말이야! 비비안, 문제없겠지?"

비비안이 생글생글 웃으면서 말했다.

"물론입니다. 회장님. 전혀 문제없습니다."

펄슨은 그리고 고개를 돌려 최민을 쳐다보았다. 그는 뜨끔하여 펄슨과 눈을 마주치지 않으려 다른 곳을 쳐다보았다.

"그리고 인터페이스 기계 및 통신 관련된 기술적인 사항을 커버할 사람은 아무래도 데이비드, 자네가 가줘야 할 것 같군."

최민은 속으로 한숨을 쉬었지만 그에게 선택의 여지가 없다는 것을 이미 알고 있었다. 지금까지 펄슨이 그에게 베풀어준 여러 가지 혜택을 생각하면 도저히 거절할 수가 없었다. 그리고 현실적으로 그만큼 뉴로 엔터테인먼트 사의 보유 기술에 대해 잘 알고 있는 사람도 없었다. 그리고 최민은 아직 한 번도 베트남 현지 사이트에 가본 적이 없었다. 그래서 그가 개발한 기술이 어떻게 실현되고 있는지에 대해서도 궁금한 것이 없지 않았다.

"회장님이 말씀하시는데 거절할 수가 있겠습니까? 기꺼이 가겠습니다."

펄슨이 다가와 최 박사의 어깨를 가볍게 두드렸다.

"그럴 줄 알았네. 자네가 가서 저 고집불통 이사회 작자들에게 제대로 세상의 미래를 우리가 어떻게 바꿀지 보여주고 오게나."

비비안이 다가와서 그의 팔을 가볍게 두드렸다.

"너와 같이 가니까 심심하지는 않겠네. 우리 잘해 보자고!"

최민은 비비안의 아름다운 얼굴을 보며 속으로 생각했다.

'그래 심심하지는 않겠어.'

펄슨이 다시 모두를 둘러보며 말했다.

"두 명만 보내기에는 안전의 문제도 있고 하니까 여기 있는 조 메이슨도 같이 보내기로 하겠네. 조 자네는 여기 두 명이 안전하게 임무를 수행할 수 있게 도와주게."

조 메이슨은 말없이 고개를 끄덕였다.

"모두 이번 주 내로 준비를 완료하고 내가 검토할 수 있도록 감사 대응 자료를 보내주도록 하게. 이번 감사를 잘 마무리할 수 있도록 나도 최대한 지원하겠네. 그럼 모두 열심히 해보도록 하자고!"

모두가 대답했다.

"네, 펄슨 씨."

펄슨은 기분이 풀렸는지 웃으면서 말했다.

"그럼 같이 저녁식사나 하러 가세나. 여기 호텔 지하층에 있는 스테이크 하우스의 스테이크가 맛이 무척 좋다네. 내가 이미 예약은 다 해놓았어. 식사 후에는 갬블이나 하면서 편히 좀 쉬도록 하게. 앞으로 몇 주 동안 무척 바쁠 테니까 말이야."

그가 말을 마치면서 모두가 자리에서 일어났다.

# 2장

죽음의 천사 1권

# 플로리다 주 동부 해안

화창한 날씨였다. 하늘에는 구름도 거의 없었고 비행기의 제트
엔진에서 만들어진 기다란 하얀 선들만이 보였다.

미국 동부 해안선을 따라 남북으로 길게 뻗은 I-95 고속도로에
는 이른 아침이라 다른 차량은 거의 눈에 띄지 않았다. 길가에는
파란 잔디들이 아직도 아침 이슬을 머금고 있었고 작은 동물들이
그 사이에서 먹이를 찾아다니고 있었다. 고속도로 역시 약간의
이슬로 덮여 있었다. 몇 개의 자동차 바퀴 자국만이 도로 위에 새
겨져 있을 뿐 주위는 조용했다.

이윽고 도로 위에 몇 대의 차량이 나타났다. 앞에는 짙은 갈색
칠을 한 지프차가 달리고 있었고 중간에는 군용 트럭 한 대가 달
리고 있었다. 그리고 트럭 뒤에는 검은색 밴 한 대가 달리고 있었
다. 이들 차량은 플로리다 주 케이프 케너베럴 근처에 위치한 패
트릭 공군기지(Patrick Air force)에서 막 출발하여 모종의 목적지

로 이동 중이었다.

뒤쪽의 밴 안에서는 릭 허드슨(Rick Hudson)이 창문을 열고 담배를 피우고 있었다. 릭은 국가 안전 보장국(NSC)의 요원이었고, 오늘은 그가 그동안 맡은 임무 중 가장 재미없는 임무 하나를 수행 중이었다. 그것은 앞에 달리고 있는 트럭 안에 있는 모종의 실험장비를 독일에서부터 목적지까지 후송하는 것을 호송하는 임무였다. 안에 무엇이 있는지 알지 못했지만 그는 알 필요도 없다고 생각했다. 왜 이런 간단한 임무에 그를 포함하여 NSC 요원이 두 명이나 배치되었는지 의아했지만, 처음 물건이 있던 독일의 미군기지에서부터 미국의 패트릭 공군기지까지 어떤 문제도 없이 무사히 운송되었기 때문에 그는 마음속에 있던 조그마한 걱정도 날려버린 상태였다.

패트릭 공군기지로부터 목적지까지의 거리는 백여 마일에 불과했고 차로 이동하면 몇 시간이면 도달할 수 있는 거리였다. 도로에는 아무런 위협도 없어 보였고 앞의 트럭과 지프차에 타고 있는 완전무장한 6명의 군인, 자신이 타고 있는 밴의 2명의 NSC 요원들을 물리치고 물건을 어떻게 해보려는 사람들이 존재하리라고 믿기도 힘들었다.

릭은 담배를 피며 며칠 앞으로 다가온 그의 아들 생일을 어떻게 보낼까 고민하고 있었다. 그의 아들 척(Chuck)은 어릴 때 큰 병을 앓은 이후에 거의 밖에서 시간을 보내지 못했다. 그러다 보니 성격도 너무 소심하게 변해서 한참 뛰어놀 8살인데도 거의 친구가 없었다. 심지어는 아버지인 자신에게도 별로 말을 하지 않아 릭은 언제나 걱정이 많았다. 척이 유일하게 마음을 터놓고 말을 하는 상대는 릭의 동생인 제프(Jeff)뿐이었다. 제프는 척이 태어날 때부터 척과 유달리 가까워져서 가끔은 제프와 릭 중 누가 척의 아버지인지 주위 사람들이 혼동할 정도로 척은 제프를 잘 따랐다. 척의 생일 파티에는 제프도 참석할 예정이었다. 지금쯤 자기처럼 어떤 선물을 준비할까 고민 중일 것이었다.

릭은 입술을 오므려 담배연기를 동그랗게 만들어보려 했지만 차창으로 들어오는 바람 때문에 연기는 순식간에 사라지고 말았다. 릭이 다시금 척의 생일에 대해 생각하고 있을 때 갑자기 운전석 옆에 달려있던 라디오에서 목소리가 들려왔다.

"올리베라스입니다. 앞에 약간 문제가 생긴 것 같습니다."

목소리는 행렬 맨 앞의 지프차에 타고 있던 두 명 중 올리베라스 상사의 것이었다. 릭은 라디오의 마이크에 대고 말했다.

"무슨 문제이지?"

"고속도로 정면에서 검은 연기가 나고 있습니다. 아무래도 교통사고인 것 같습니다."

릭은 눈살을 약간 찌푸렸다. 지금까지 순조롭게 진행되어 오던 임무의 거의 마지막 단계에서 그는 어떤 문제도 발생하는 것을 원하지 않았다.

"일단 시야가 확보될 때까지 전진하고 어떤 문제가 있는지 파악하도록. 그리고 내 지시가 있기 전까지 절대로 차 밖으로 나가지 말도록."

"알겠습니다."

86

올리베라스 상사는 지프차 안의 조수석에서 앞을 바라보면서 통신을 마쳤다. 앞 유리를 통해 저 멀리 약 1마일 정도 거리에서 연기가 올라오는 것을 보고 있었다. 그는 약간의 긴장을 느끼며 허리에 찬 권총을 습관적으로 쓰다듬었다. 그는 권총을 쓰다듬다 보면 언제나 마음이 가라앉는 것을 느끼곤 하였다.

"차 속도를 약간 늦춰."

옆의 운전병에게 지시한 그는 다시금 정면을 쳐다보았다. 약 3분 정도 달리고 나서 그는 정면에 어떤 일이 벌어졌는지 파악할 수 있었다. 정면에 트럭 한 대와 자동차 한 대가 보였다. 트럭은 고속도로 차선을 가로지르다시피 하면서 멈춰서 있었고 왼쪽 옆이 찌그러져 있었다. 그리고 트럭 앞에는 자동차 한 대가 거꾸로 뒤집혀져 있었는데 앞이 완전히 박살나 있었고 유리창도 다 깨진 상태였다. 검은 연기는 이 자동차에서 나고 있었다. 그리고 뒤집힌 자동차 운전석 문은 반쯤 박살난 상태로 열려 있었는데 문 바로 옆에 한 사람이 쓰러져 있었다. 치마를 입고 있는 것으로 보아 여자인 것 같았다. 여자의 얼굴은 보이지 않았지만 타는 듯한 붉은색 머리카락이 멀리서도 잘 보였다. 그녀의 한쪽 다리가 차 아래에 깔려 있었다.

올리베라스 상사는 라디오를 켰다.

"허드슨 요원님. 앞에 교통사고가 났습니다. 트럭 한 대와 승용차 한 대가 충돌한 것처럼 보이는데 승용차는 심하게 파손되어 있고 부상자가 있는 것으로 보입니다. 트럭은 크게 대미지를 입은 것 같지는 않지만 도로를 가로막고 있어서 저희 차량의 전진이 어려울 것 같습니다."

잠시 후 라디오에서 릭의 목소리가 들렸다.

"차를 정지하고 911에 신고해. 그리고 만약의 사태를 대비해서 경계를 강화하고 차에서 절대 내리지 말 것."

"네. 알겠습니다."

올리베라스는 즉시 휴대전화로 911에 전화를 돌렸다. 곧 중년 여자의 목소리가 들렸다.

"911입니다. 무슨 일이신가요?"

"안녕하세요. 교통사고를 신고하고 싶은데요."

"말씀하세요."

"네. 지금 I95 고속도로에서 사고가 났습니다. 트럭 한 대가 전복되어 도로를 막고 있는데 빨리 구급차와 경찰을 보내주셔야 할 것 같습니다."

911 상담자는 예상 외로 매우 친절했다. 그는 상담자에게 사고 위치를 알려주고 자신의 연락처를 남기고 전화를 끊은 다음 시계를 보았다. 문득 신고를 접수한 후에 과연 몇 분 만에 경찰이 나타날지 무척 궁금해졌던 것이다.

'요즘 경찰 기강이 해이해졌다고 하는데, 아마도 15분은 걸리지 않을까?'

하지만 그의 생각과는 달리 불과 5분도 채 지나지 않았는데 멀리 경찰차 한 대가 사이렌을 켜고 달려오는 것이 보였다. 바로 뒤에는 구급차가 달려오고 있었다.

'요즘은 경찰도 자기 일은 제대로 하는 편인가 보군.'

순식간에 다가온 두 대의 차들이 갓길에 멈추었다. 그리고 구급차에 타고 있던 사람 두 명이 사고 현장으로 달려가고 경찰차에 타고 있던 두 명의 경찰이 올리베라스 상사가 타고 있는 지프로 다가왔다. 두 명 모두 짙은 선글라스를 끼고 있었다. 그중 한 명이 다가와서 물었다.

"사고 신고하신 분이신가요?"

"네. 제가 올리베라스 상사입니다."

"신분증을 잠시 볼 수 있을까요?"

올리베라스는 순간적으로 고민을 했다. 자신이 교통법규를 위반한 것도 아닌데 굳이 신분증을 보자는 경찰이 마음에 들지 않았던 것이다. 그때 그를 구원이라도 하듯이 라디오에서 목소리가 나왔다.

"허드슨 요원이요. 경찰관 두 분을 나한테 오라고 해요."

올리베라스는 안도의 한숨을 내쉬고는 경찰관 두 명에게 뒤쪽 차량을 손짓으로 가리켰다. 경찰관들도 릭의 목소리를 들었는지 아무 소리도 하지 않고 맨 뒤의 릭 허드슨이 타고 있는 밴으로 다가갔다.

릭은 다가오는 경찰을 보면서 창문을 내렸다.

"안녕하세요. NSC의 릭 허드슨 요원입니다. 지금 공무집행 중이니까 앞의 사고를 빨리 처리해 주셨으면 합니다."

말을 하면서 릭은 자신의 NSC 신분증을 보여 주었다. 경찰들은 신분증을 보고는 약간 놀란 표정을 지었다.

"아, 그러시군요. 죄송합니다. 빨리 처리하도록 하겠습니다. 잠시 기다려 주십시오."

한편 앞차의 올리베라스는 차의 앞 유리를 통하여 구급차에서 내린 대원들이 뒤집힌 승용차에서 여자를 구해내려고 힘을 쓰는 것을 보고 있었다. 여자는 다리가 차에 눌려서 빠져나오지 못하고 있었다. 두 명의 응급 요원들은 차를 들어 올려서 여자의 다리를 빼려고 노력하고 있었지만 차의 무게 때문에 성공하지 못하고 있었다. 응급 요원 중의 한 명이 올리베라스를 쳐다보면서 무슨 말을 하면서 손짓을 했다. 말소리는 들리지 않았지만 그가 도움을 요청하고 있다는 것은 누구나 알 수 있었다.

올리베라스는 잠시 주저하다가 운전석에 앉은 운전병에게 눈짓을 주고는 문을 열고 밖으로 나갔다. 운전병도 즉시 그를 따라 차 밖으로 나갔다. 그들은 뒤집힌 승용차 쪽으로 달려갔다. 올리베라스가 생각하기에 이미 911 신고에 따라 경찰이 온 상태이니 무슨 별다른 일이 벌어질 것 같지는 않았다.

뒤차에 타고 있던 릭 허드슨은 앞의 올리베라스와 운전병이 차에서 뛰어내려 사고 현장으로 달려가는 것을 보고 있었다. 그도 승용차 아래 깔린 여자를 보았고 구급대원들이 차를 들어 올려 여자의 다리를 빼려는 것을 보고 있었기 때문에 올리베라스가 그의 지시를 따르지 않고 차 밖으로 나간 것에 대해서 심각하게 생각하지 않았다.

올리베라스와 운전병은 두 명의 구급대원을 도와서 마침내 여자의 다리를 빼내는 데 성공했다. 이미 기절한 듯 축 늘어져 있는 여자를 이들이 도로 옆으로 운반하고 있었다.

그때 문득 릭은 이상한 생각이 들었다. 무엇인가 정상이 아닌 것 같은데 꼭 집어서 말할 수 없는 그런 느낌이 든 것이다. 잠시 고민하던 그의 시선이 여자의 얼굴에 다다랐을 때 그는 이유를 알 수 있었다. 여자는 선글라스를 쓰고 있었는데 선글라스는 전혀 깨지지 않고 여자의 얼굴에 꼭 맞게 씌워져 있었다. 몸이 튕겨 나갈 정도의 충격이라면 선글라스도 역시 벗겨지던지 적어도 삐뚤어져 있어야 할 텐데 그녀가 쓰고 있던 선글라스는 지나치게 단정하게 상처 하나 없이 씌워져 있었던 것이다.

릭이 이상한 것을 느끼고 있을 때 멀리서도 여자의 얼굴에 변화가 있는 것을 볼 수 있었다. 올리베라스 일행 몇 명이 여자의 몸을 들어서 길가로 운반한 후였는데 실신한 줄 알았던 여자의 고개가 들려지면서 릭 쪽을 보고 있었던 것이다. 그녀의 얼굴에 떠오른 것은 분명히 웃음이었다. 그것도 매우 차가운 미소였다.

무엇인가 말할 수 없이 불안한 감정이 든 릭이 막 창문을 열고 올리베라스에게 소리치려고 하기 직전이었다. 쓰러져 있던 여자의 오른손이 들려지면서 '퍽' 소리가 났다. 그러자 그녀의 옆에서 그녀의 다리에 난 상처를 돌보고 있던 운전병이 앞으로 힘없이 고꾸라졌다. 올리베라스가 깜짝 놀라서 허리에 찬 권총으로 손을 움직였다. 그러나 그는 이내 머리에 차가운 쇠붙이가 닿는 느낌에 몸이 얼어붙었다. 구급대원 중 한 명이 꺼내든 총이 올리베라스의 머리에 닿아 있었다.

릭은 여자의 웃음을 보자마자 옆의 다른 요원에게 '밟아' 하고 소리쳤다. 그러나 요원은 릭의 명령을 따르지 않았다. 그는 도리어 손을 운전대 위에 가만히 올려놓고 릭을 바라보았다. 릭은 그 요원의 눈길을 따라 오른쪽 차창 밖을 보았다. 경찰관 중 약간 키가 큰 사람이 열려있는 창문을 통해 릭의 머리에 권총을 조준하고 있었다.

"손을 천천히 들어서 손바닥을 나한테 보여."

경찰관이 강압적으로 말했다. 릭은 아무런 말도 못하고 품속으로 가져갔던 손을 천천히 밖으로 빼어 들고는 상대가 손바닥이 잘 보이도록 폈다.

"차에서 내려."

경찰관이 문을 열면서 말했다. 릭은 천천히 열린 문을 통해서 밖으로 나왔다. 그의 머리에는 아직도 경찰관의 총이 닿아있는 상태였다. 경찰관은 릭의 품에서 권총을 빼내서 자신의 속주머니에 넣었다. 맨 앞의 지프차와 뒤의 밴에 타고 있던 사람들이 제압당하고 있었지만 중간의 물건이 실려 있는 트럭에 타고 있던 사람들은 아무런 반응이 없었다.

그때 구급차의 응급대원 한 명이 손에 휴대용 기관총을 들고 트럭으로 접근하는 것이 보였다. 아무래도 아무런 반응을 보이지 않자 직접 트럭에 타고 있는 사람들을 제압하려는 것이 분명해 보였다. 그가 트럭에서 몇 발자국 떨어져 있지 않을 때 갑자기 부-웅 소리와 함께 트럭이 급히 출발했다. 트럭 운전사가 액셀러레이터를 밟은 것이 분명했다.

트럭은 순식간에 달려 나가면서 앞에 뒤집혀져 있던 승용차를 아슬아슬하게 피해 왼쪽으로 크게 돌았다. 아무래도 운전자는 차의 방향을 돌려 중간지대를 건너 반대편 차선으로 들어가려는 것 같았다.

릭은 트럭이 움직이는 것을 보고 속으로 '잘한다!' 하고 응원을 했다. 지금 자신의 머리에 총구를 들이댄 자들이 노리는 것은 분명 트럭에 실려 있는 물건임에 틀림없었다. 트럭만 이곳을 빠져나간다면 저들은 실패하는 것이다.

트럭 운전자는 사고로 막혀있는 이쪽 차선과 반대 차선 사이에 있는 중간지대로 차를 몰았다. 그러나 트럭이 중간지대로 막 들어섰을 때 '펑' 하는 소리와 함께 트럭의 타이어가 터져나갔다. 터진 타이어 안의 프레임이 도로를 긁으면서 불꽃이 튀었다. 트럭은 타이어가 터진 채로 몇 십 미터를 움직였으나 더 이상 가지 못하고 중간지대의 잔디밭 한복판에 멈춰 섰다.

릭이 보니 트럭이 지나간 도로와 중간지대 사이에 반짝이는 물체가 보였다. 햇빛을 받아 반짝이는 물체는 가시가 달린 체인 모양의 금속 물체였다. 경찰이 범죄 차량을 단속할 때 타이어를 고의적으로 펑크 내는 띠 모양의 장비였다. 릭이 자세히 보니 이 금속 띠가 도로의 좌측 중간지대 쪽과 도로 오른쪽 둔덕에도 깔려 있었다.

구급대원 두 명이 올리베라스를 앞세우고 트럭 쪽으로 걸어가고 있었다. 올리베라스의 머리에 총을 겨눈 채로 천천히 트럭의 운전석 쪽으로 접근한 이들은 트럭 운전사에게 내리라고 명령했다. 트럭의 문이 열리면서 두 손을 든 운전병과 그 옆에 타고 있던 군인이 같이 내렸다. 구급대원 한 명이 이들의 손에 수갑을 채웠다. 그리고 잔디 위에 세 명을 무릎 꿇게 하였다. 다른 구급대원 한 명이 트럭 뒤로 걸어가서 잠겨있는 자물쇠에 작은 휴대용 폭약을 설치했다.

뒤쪽으로 빠르게 물러난 그는 손에 들고 있던 기폭장치를 눌렀다. '퍽' 하는 소리와 함께 잠겨있던 자물쇠가 부서졌다. 구급대원은 화물칸의 문을 열기 위해서 다시 앞으로 걸어갔다.

이때 갑자기 화물칸 문이 좌우로 활짝 열렸다. 그리고 그 안에서 '탕' 소리와 함께 불꽃이 튀었다. 화물칸 안에 화물과 같이 타고 있던 군인 두 명이 총을 발사한 것이다. 구급대원이 가슴에 총을 맞고 쓰러졌다.

릭은 이 모습을 보면서 순간적으로 머리를 굴렸다.

'경찰관 두 명, 구급대원 한 명, 여자 한 명.'

릭은 계속해서 제압당한 상태에서 벗어나는 방법을 생각하고 있었다. 마침 앞의 트럭에서 벌어진 돌발 사태에 자신의 머리에 총을 겨누고 있던 경찰관의 시선이 순간적으로 트럭 쪽으로 돌려졌다. 릭은 그것을 보자마자 머리를 숙이면서 팔을 앞으로 내밀었다가 힘껏 팔꿈치로 경찰관의 허리를 쳤다. 경찰관이 '헉' 소리를 내면서 몸을 앞으로 굽혔다. 릭은 앞으로 굽혀져 있던 경찰관의 머리를 양손으로 잡고 허리 반동을 이용해서 앞으로 집어던졌다. 경찰관은 도로에 등부터 '쿵' 하는 소리를 내며 떨어졌다. 기절은 하지 않았더라도 한동안 동작 불능일 것이 분명했다.

릭은 경찰관이 떨어뜨린 총을 향해 몸을 날렸다. '탕' 소리와 함께 그가 조금 전까지 서 있던 자리에 흙먼지가 날렸다. 릭은 몸을 굴리면서 재빠르게 방금 총을 쏜 사람의 위치를 파악했다. 다른 경찰관 한 명이 릭의 동료의 머리를 쳐서 바닥에 쓰러뜨린 후에 자신을 향해 총을 겨누고 있는 것이 보였다. 릭은 바닥에 떨어진 총을 집고서는 몸을 계속 굴려 경찰관과 자신 사이에 있는 자동차 뒤쪽으로 몸을 숨겼다. 자동차 밑을 통해서 경찰관의 다리가 보였다. 릭은 경찰관의 다리를 향해 총을 쏘았다. 두발 째가 경찰관의 오른쪽 다리에 명중했다. 경찰관은 신음과 함께 바닥에 쓰러졌다.

릭은 경찰관이 쓰러지는 것을 보고 몸을 일으켜 차 문을 열고 문 뒤에 몸을 숨겼다.

'구급대원 한 명, 여자 한 명.'

이제 트럭 속에 타고 있던 군인 두 명과 자신을 합하면 이쪽은 세 명, 상대는 두 명이었다. 릭은 구급대원 쪽을 쳐다보았다. 구급대원은 바닥에 무릎을 꿇고 있는 사람들의 옆에서 총을 들고 지키고 있었고 여자는 자신을 향해서 총을 겨누고 있었다. 여자가 들고 있는 총구가 불을 뿜었다. 릭의 바로 옆 도로에 총알이 박히면서 불꽃이 튀었다.

여자가 몇 발을 쏜 후에 탄창을 갈아 끼고 있는 것이 보였다. 마침 트럭에서 군인 두 명이 뛰어내려 트럭 뒤에 몸을 숨기는 것이 보였다. 여자가 탄창을 갈아 끼우고 구급대원이 군인들을 감시하느라 자신에게 총을 쏘지 못하는 지금이 기회였다. 릭은 재빨리 구급대원 쪽으로 뛰어가기 시작했다.

릭이 열 발자국 정도 뛰어갔을 때 그는 가슴에 뭔가 강력한 충격을 느꼈다. 속에 입고 있던 방탄조끼 때문에 가슴이 뚫리지는 않았지만 총알의 위력 때문에 가슴에 심한 고통을 느꼈다. 이어서 다리에 불로 지지는 듯한 통증이 오면서 그는 그 자리에서 무릎을 꿇었다. 다리를 보니 피가 흘러나오고 있었다.

릭은 순간적으로 자신의 실수를 알아차렸다. 구급대원과 경찰들, 그리고 뒤집힌 차의 여자만 생각하느라 다른 한 대의 차 즉, 사고로 정지해 있던 트럭에 타고 있었을 사람들을 간과한 것이다.

릭이 고개를 들어 상대편을 확인하려는 순간 머리에 강력한 충격이 오면서 그대로 바닥에 쓰러졌다. 이미 몸을 움직일 수는 없었고 눈을 뜨려 했으나 피가 흘러들어와 앞이 잘 보이지 않았다. 그는 왼쪽 볼을 땅에 댄 채 흐릿한 눈으로 앞을 바라보았다. 저 멀리서 사고로 위장했던 트럭의 운전석 쪽 문이 열리면서 조준경을 장착한 라이플을 든 남자 한 명이 내리는 것이 보였다. 반대쪽 문으로는 휴대용 로켓포를 든 남자가 내리고 있었다.

트럭에서 내린 남자가 로켓포를 중간지대에 서 있는 트럭 쪽으로 겨냥하자 트럭 뒤에 숨어 있던 군인 두 명이 뒤쪽으로 뛰어 달아나기 시작했다. 릭이 마지막으로 본 광경은 달아나던 군인 두 명이 차례로 라이플을 든 남자가 쏜 총탄에 맞아 바닥에 쓰러지는 것이었다. 릭은 귀가 멍해지고 앞이 흐려지면서 세상이 어두워지는 것을 느끼면서 의식을 잃었다.

# 태평양 상공

샌프란시스코 공항을 이륙한 제트기가 태평양 상공을 날고 있었다. 제트기는 펄슨이 소유한 두 개의 자가용 제트기 중 하나였다. 기내의 고급스런 가죽의자에 몸을 깊숙이 파묻고 최민은 생각에 잠겨 창밖을 바라보고 있었다. 창밖 아래로 하얀 구름이 석양의 빛을 받아 아름답게 반짝이고 있었다.

"칵테일 한 잔 드시겠어요?"

젊은 20대의 여자 승무원이 말을 걸었다. 최민은 빙긋이 웃으며 손을 내저었다.

"마티니 한 잔."

바로 앞좌석에 앉아있던 사람이 말했다. 그는 뉴로 엔터테인먼트 사의 이사회에서 선임한 감사팀의 법률 담당인 크리스토퍼 브라운(Christopher Brown)이었다. 브라운은 50대 중반의 백인 남성으로, 키가 큰 편이고 매우 잘생긴 외모를 지니고 있었다. 그는 은

빛의 머리를 단정히 뒤로 넘기고 있었다.

이번 이사회에서 선임한 감사팀은 크리스토퍼 브라운 외에 유니 컨트롤 인터내셔널(Uni-Control International)의 동아시아 총괄인 안나 해킨슨, 그리고 놀랍게도 이사회 의장인 이토 오카다 세 명이었다.

해킨슨은 약 155cm 정도의 그리 크지 않은 키에 마른 체형을 지니고 있었다. 작고 좌우로 찢어진 눈과 뾰족한 턱은 그녀의 인상을 차갑고 냉정하게 만들고 있었다.

최민의 옆에는 비비안이 앉아있었고 앞에는 브라운과 해킨슨이 테이블을 사이에 두고 마주보고 앉아있었다. 이토는 앞좌석에 혼자 앉아 컴퓨터를 보고 있었다.

"그런데 말입니다. 정말로 로봇이 사람처럼 움직일 수 있다는 겁니까?"

스튜어디스가 가지고 온 마티니를 한 모금 들이키면서 브라운이 비비안에게 질문했다. 그는 아름다운 비비안의 외모에 호감을 느낀 것 같았다. 계속해서 비비안 옆에서 그녀에게 말을 걸고 있었다.

비비안이 싱긋 웃으면서 대답했다.

"제가 말로 대답하는 대신에 직접 보시면 더 이해가 빠르실 겁니다."

그녀는 말을 마치자마자 가방에서 자신의 노트북을 꺼내고는 전원 버튼을 눌렀다. 컴퓨터 화면이 밝아지자 그녀는 곧바로 자신이 원하는 파일을 찾아서 더블클릭했다. 브라운은 공연히 말을 꺼냈다가 비비안이 자신에게는 관심을 보이지 않고 컴퓨터를 꺼내어 설명을 하려 하자 속으로 귀찮은 생각이 들었다. 기술적인 사항에 대해서 그리 관심도 없었지만 어쩔 수 없이 비비안이 꺼낸 컴퓨터 화면을 쳐다보았다.

곧바로 동영상 하나가 화면에 나타났다. 동영상에서는 로봇 하나가 천천히 걷고 있었다. 이 로봇은 수많은 부품으로 복잡하게 이루어져 있었는데 로봇의 등에는 여러 가닥의 전선이 연결되어 있었다.

"이것은 제가 몇 년 전에 박사과정에 있을 때 저희 팀에서 개발하던 로봇입니다."

로봇이 걸어가는 화면 우측에 대학원생처럼 보이는 안경을 쓴 젊은 남자가 나타났다. 그는 걸어가고 있는 로봇 앞에 섰다. 그의 손에 기다란 장대가 들려 있었다.

그는 다가오는 로봇을 보다가 장대를 들어 로봇의 가슴에 대고 힘껏 밀었다. 로봇의 상체가 남자가 미는 힘에 뒤로 넘어질 것처럼 젖혀졌다. 하지만 로봇은 넘어지지 않았다. 로봇은 왼쪽 다리를 뒤로 빼고 오른쪽 다리는 앞으로 내밀면서 엉덩이를 빼어 균형을 잡았다. 남자가 몇 번을 다른 각도에서 다른 힘으로 로봇을 밀어도 넘어지지 않고 균형을 잡았다.

"이 로봇이 지금처럼 쓰러지지 않는 것을 우리가 직접 컨트롤하는 것이 아닙니다. 로봇에게 무슨 일이 있어도 쓰러지지 말아야 한다는 명령을 했을 뿐인데 로봇은 스스로 쓰러지지 않는 방법을 자체적으로 찾아낸 것입니다."

브라운은 무슨 신기한 동물을 보듯이 비비안의 컴퓨터 화면을 들여다보았다. 그 모습에 맞은편에 앉아있던 해킨슨까지 비비안의 좌석 옆으로 다가와서 화면을 같이 쳐다보았다.

비비안은 그런 그들을 쳐다보며 미소를 띠고는 다른 동영상을 컴퓨터 화면에 띄웠다. 이번에는 사람 키만 한 로봇이었는데 조금 전과는 다르게 어떤 케이블도 외부로 연결되어 있지 않았다.

"조금 전 로봇은 외부에 있는 컴퓨터 제어 회로를 통해서 통제되고 있었습니다. 하지만 이번 로봇은 모든 컴퓨터 회로 및 자체 인식 카메라 등이 로봇 내에 장착되었습니다. 그래서 이 로봇은 자체적으로 움직일 수 있습니다. 다만 로봇의 눈 즉, 카메라로 보이는 광경을 로봇이 모두 분석하고 그에 알맞게 행동을 취하는 것은 아직 매우 어렵습니다. 그래서 이번 단계에서는 간단하게 보이는 시야에서 중요한 아이템을 선정하여 이 아이템을 발견하면 로봇에 입력된 명령대로 움직이도록 하였습니다."

화면 속에서 천천히 움직이던 로봇의 앞에 누군가 축구공 하나를 던졌다.

"이 로봇은 지금 축구공 크기의 둥근 원형 물체가 시야에 잡히면 그 공을 발로 차서 정면에 보이는 골대로 집어넣도록 명령이 입력되어 있습니다."

화면의 로봇이 바닥에 떨어져 있던 축구공 앞으로 천천히 걸어갔다. 그 다음 몸을 좌우로 움직여 정면에 보이는 골대와 축구공과 자신의 몸을 일직선으로 만들었다. 자세를 잡은 로봇은 왼발을 뒤로 빼었다가 앞으로 내밀었다. 로봇의 왼발에 차인 축구공이 때굴때굴 굴러서 정면의 골대 안으로 들어갔다.

"보시다시피 간단한 동작 같지만 이 정도 수준까지 로봇기술이 발전한 것은 최근입니다."

해킨슨이 질문했다.

"현재 박사님이 개발하신 로봇의 수준은 어느 정도이죠? 비슷한 수준의 다른 연구팀은 누구인가요?"

비비안이 대답했다.

"이제까지 로봇 기술에서 가장 앞선 것은 일본이었습니다. 국제적으로 로봇 관련 각종 시상을 할 때마다 일본 연구팀이 휩쓸고는 하였죠. 하지만 최근에는 미국의 각종 대학 및 연구기관도 일본을 거의 따라잡았거나 이미 능가하는 수준에 이르렀습니다. 그 외에도 한국과 유럽의 몇 개 나라도 높은 수준의 기술력을 가지고 있죠."

해킨슨이 다시 물었다.

"다시 질문 드립니다만. 그렇다면 박사님 연구팀의 수준은 어느 정도인가요?"

비비안은 속으로 약간 짜증을 내었지만 겉으로는 아직도 생글생글 웃고 있었다.

"글쎄요. 저희가 뉴로 엔터테인먼트 사를 위해서 개발한 것은 단순한 로봇이 아닙니다. 로봇 공학은 프로젝트의 일부일 뿐이고 가장 중요한 파트는 옆에 계신 최 박사님이 주도하셨죠. 하지만 질문에 간단히 대답한다면 저희 자체 로봇기술 수준은 세계 최고라고 자부하고 있습니다."

"관련 특허는 어느 정도 가지고 계신가요?"

해킨슨이 깐깐하게 물었다.

"간단한 콘셉트를 담은 특허는 출원되어 있는 상태입니다. 하지만 자세한 노하우에 관한 특허는 아직 출원되지 않았습니다. 섣불리 출원했다가는 경쟁사의 연구진이 저희 특허 출원서를 보고 카피하여 기술개발을 할 우려가 있기 때문이죠."

비비안의 대답에 옆에서 브라운이 거들었다.

"펄슨 회장님은 이번 감사가 마무리되는 대로 정식으로 언론을 통해 이번 사업에 대하여 설명회를 개최하여 알릴 생각입니다. 그를 전후하여 준비된 특허 수십 종을 대대적으로 출원할 계획이죠. 경쟁사들이 우리 특허를 무단 도용하지 못하게 하려는 생각이십니다."

해킨슨은 아무런 말도 하지 않고 고맙다는 인사도 없이 다시 자신의 자리로 돌아가 앉았다.

'뭐 저런 여자가 다 있지!'

비비안은 속으로 기분이 나빴으나 내색하지 않고 해킨슨에게 말을 걸었다.

"그런데 유니 컨트롤 인터내셔널은 어떠한 회사지요?"

해킨슨이 무표정한 얼굴로 대답했다.

"저희 회사는 리스크 매니지먼트를 담당하는 회사입니다."

"리스크 매니지먼트라면 주로 어떤 업무를 하시는 것인가요?"

비비안이 계속 물었다.

"저희 회사는 글로벌 회사의 내부 감사를 통해 경영진이나 이

사회가 알지 못하는 어떤 불법적인 일이 회사 내에서 벌어지고 있는지, 혹은 부정부패가 있는지 적발하고 그에 대응하는 적절한 조치를 취하는 일을 주로 합니다."

비비안은 가볍게 고개를 끄덕였다.

1980년대에 냉전이 끝나고 세계는 본격적인 다극화로 접어들었다. 냉전시대에서는 미국과 소련을 정점으로 하는 양대 진영이 체제 경쟁을 통해 상대를 이기려 했기 때문에 국가가 정치논리로 자국 기업을 보호하는 일이 흔했다. 하지만 냉전이 끝나고 세계가 하나의 경제적 네트워크로 묶여가면서 기업들에게 국가의 보호를 떠나 무한경쟁에서 살아남아야 하는 현실이 닥치게 되었다. 기업들은 우수한 고급인력이 많은 지역에 연구개발과 중요한 컨트롤 기능만 남겨둔 채, 고정비를 낮추기 위해 인건비가 싼 나라로 공장을 이전하기 시작했다. 기업들이 여러 개 나라에 법인을 설립하면서 글로벌화가 이루어진 것이다.

그러나 이러한 글로벌화에는 부작용이 따르게 되었다. 각 나라마다 법률 및 조세 제도가 다르고 사회의식이 달라, 법인들을 각 나라에 맞게 지역화(Localization)할 수밖에 없었다. 지역 법인의 수장으로 아무래도 지역 사정에 밝은 현지인을 채용하는 경우가 늘어나면서 자연히 본사의 지역 법인 장악력이 떨어지는 경우가 생겼다. 그로 인하여 각 법인들에 부정부패나 불법적인 일들이 자행되어도 본사에서는 이를 알지 못하거나 알아도 손쓸 방법이 없게 되는 경우가 많아지게 되었다.

따라서 이러한 일들을 바로잡는 일이 중요해지게 되었는데 리스크 매니지먼트 회사들이 바로 이러한 일들을 맡아서 처리해 주는 역할을 하였다. 이들 회사는 각 지역마다 법률, 회계, 경영, 재무 등의 전문가를 모아서 글로벌 회사의 내부 감사나 부정부패 적발, 나아가 후속조치까지 일괄적으로 맡아 처리해 주고 있었다. 물론 이러한 회사에 의뢰를 할 때에 많은 비용이 들어가게 되지만, 기업 입장에서는 지역법인의 문제로 인한 손실에 비하면 아무것도 아니라는 생각에 기꺼이 고액의 컨설팅 비용을 지불하곤 하였다.

해킨슨은 자기 앞에 놓인 물컵을 집어 한 모금 마신 후에 말을 계속했다.

"예전에는 사건이 발생해도 매우 단순한 경우가 많았어요. 예를 들어 아시아에 있는 공장에서 관리자들이 물건을 빼돌리거나 납품 업체와 손잡고 이윤을 조작하는 경우 같은 것이었죠. 하지만 요즘 들어서 기업들이 점차 거대해지면서 단순히 지역법인들 내부의 문제가 아니라 본사까지 연결된 문제가 많이 발생하게 되었지요."

비비안이 물었다.

"본사까지 연관되는 경우가 어떠한 것이죠?"

"저희 회사가 얼마 전에 맡은 사건을 보면 본사의 CEO가 CFO와 짜고 지역법인의 매출을 조작한 경우가 있었어요. 이 경우는 매출 목표를 달성하지 못한 CEO가 이사회에게 문책당할 것이 두려워 지역의 경영진과 손잡고 회계 장부를 조작한 것이죠. 지역의 재무 감사를 피해가기 위해서 현지 회계 법인에게 뇌물을 주고 회계사와 공모해서 재무 감사 리포트까지 감쪽같이 조작해서 2년이나 이사회에서 그 사실을 알지 못했어요. 하지만 계속 자금 흐름(Cash Flow)이 나빠지고 CEO가 지속적으로 이사회에 추가 투자를 요청하는 것을 의심한 이사회에서 저희 회사를 고용했죠. 저희가 현지에 가서 감사를 진행해서 사실을 알아내고 이사회에 결과를 보고했죠."

"그래서 결과는 어떻게 되었나요? 물론 CEO와 CFO가 법적인 책임을 지게 되었나요?"

해킨슨이 슬쩍 웃으며 말했다.

"안타깝게도 이러한 경우에 법적 고소로 가는 경우가 많지 않답니다. 왜냐하면 이러한 부정이 회사 내부에 있었다는 것이 외부에 알려지면 회사의 평판이 나빠지고 주가가 하락하거든요. 주가가 하락하면 가장 피해를 보는 것이 이사회에 소속되어 있는 투자자들이니까요. 대개는 내부에서 재무 장부를 다시 작성하고 관련자들을 해고하는 선에서 끝나죠. 저희가 잘할 수 있는 것이 그러한 작업이 외부에 알려지지 않고, 해고된 사람들이 따로 문제를 발생시키지 않도록 무마하는 것이죠."

최민도 이야기를 들으면서 흥미를 느꼈다. 그가 물었다.

"재미있네요. 다른 경우는 어떤 것이 있나요?"

해킨슨이 대답했다.

"다른 경우, 특히 가장 까다롭고 문제가 되는 경우가 있어요. 기술이 연관된 경우인데, 단순히 재무적인 문제라면 숫자를 제대로 수정하면 되는 것이니까 복잡하지가 않지요. 그런데 기술의 경우에는 전문가가 아니라면 그 가치를 정확히 파악할 수가 없고, 그 기술이 첨단기술일수록 전문가들 사이에서도 이견이 많기 때문에 어려움이 많지요."

"기술이 왜 기업에 문제를 발생시키는 거죠? 대다수 기업들은 신기술 개발에 박차를 가하고, 그만큼 기술을 귀중하게 여기지 않나요?"

"물론 그렇죠. 그런데 이런 기술을 악용하는 경우가 많답니다. 가장 흔한 게 신규로 대규모 투자를 유치할 때 기술 수준을 뻥튀기하는 것이죠. 문제가 많고 실현 가능성이 없는 기술을 가지고 교수나 학자, 전문가들을 동원해서 대단한 기술이고 당장 사업화를 해서 매출을 창출할 수 있다고 속이는 것이죠. 그런 다음 기업 가치를 높여 실제 가치보다 훨씬 높은 가격에 주식 발행을 해서 신규 투자를 유치하는 경우죠. 단순 제조업이라면 회사 가치가 매출 대비 1~2배 정도 되는데, 만약 첨단기술이 있다고 검증되면 회사 가치가 매출 대비 수십 배까지 올라갈 수 있거든요."

최민이 물었다.

"그런 경우에도 본사경영진이 관련된 경우가 많은가요?"

해킨슨은 최민을 똑바로 쳐다보았다.

"거의 대부분이 그래요. 회사 경영진 차원에서 그러한 일이 실행되죠. 경영진은 교수들로부터 자문 받고 기자를 매수해서 매스컴에서 기술을 크게 광고한 다음 대규모 투자를 유치하고 높은 연봉과 인센티브를 받는 거죠. 그런 경우가 참 해결이 어려운데, 뚜렷하게 부정을 잡아내기도 힘들고 잡아내도 해결하기가 쉽지 않아요. 하지만 저희 회사는 특히!"

그녀는 유달리 '특히'라는 말을 강조했다.

"특히 그런 기술관련 문제에 전문이죠."

최민은 해킨슨을 보면서 입을 다물었다. 이사회에서 왜 이 여자를 고용했는지 알 것 같았다. 이사회는 펄슨과 자신이 주장한 기술에 대해서 신뢰를 하지 못하는 것이다. 그리고 기술이 문제점이 있다고 확신하기 때문에 이 여자를 고용해 감사를 하려는 것이 분명했다.

'피곤한 일정이 되겠군.'

최민은 다시금 좌석에 몸을 파묻었다.

이때 비행기 스피커에서 기장의 목소리가 들렸다.

"편안한 여행이 되셨습니까? 저희 비행기는 약 한 시간 후에 목적지인 베트남 다낭 공항에 도착하겠습니다. 현지 온도는 섭씨 34도, 습도는 약 80퍼센트입니다. 최종 목적지까지 안전한 여행이 되시기를 바랍니다."

최민은 도착하기 전에 잠시라도 잠을 자두기 위해 눈을 감았다. 하지만 여러 가지 생각 때문에 잠이 오지 않았다.

'피곤한 일정이 되겠어.'

최민은 한숨을 내쉬고 고개를 돌려 다시금 창밖을 내다보았다.

# 워싱턴 DC

제프 허드슨(Jeff Hudson)은 눈앞에 놓인 위스키 잔을 멍하니 바라보고 있었다. 주위는 술 마시고 떠드는 사람들로 시끄러웠지만 그의 귀에는 아무런 소리도 들리지 않았다.

'릭이 죽었어!'

제프는 손을 뻗어 위스키 잔을 들었다. 손이 떨리면서 안에 있던 위스키가 바닥에 떨어졌다.

릭과 그는 다섯 살 차이로, 어릴 때 부모가 이혼하고 어머니까지 암으로 세상을 떠난 후에 서로만을 의지하며 살아왔다. 평탄하지 않은 가정이었고 아무도 돌봐주지 않아 그들 형제는 스스로의 힘으로 세상을 살아와야만 했다. 어릴 때 싸움꾼이고 반항적이었던 제프를 릭은 언제나 따뜻하게 대해주었고 제프가 그의 친구들처럼 마약에 빠져 인생의 절반을 감옥에서 보내지 않도록 돌봐주었다. 릭은 제프에게 형이자 아버지 같은 존재였다.

제프가 대학 졸업 후에 FBI에 들어가게 된 것도 릭의 영향이 컸다. 어릴 때부터 머리가 좋았던 릭은 NSC에 들어가 승승장구했고 그런 형이 제프는 언제나 자랑스러웠다. 형을 닮기 위해 제프도 열심히 노력했고 마침내 FBI에 들어가게 되었을 때 릭은 자신의 일처럼 기뻐했다. 릭이 결혼하고 아들인 척을 낳았을 때 제프는 그들 형제의 고난이 끝났다고 생각하고 행복해했다. 제프는 척을 자신의 아들처럼 사랑했다.

그러나 그런 릭은 이미 세상에 없었다. 며칠 전 독일에 있던 릭과 통화할 때만 해도 릭은 이번 임무가 단순한 것이라서 아무 문제가 없을 것이라고 말했다. 그리고 그들 형제는 척의 생일을 어떻게 치를지에 대해서 한참 동안 논의했었다. 그런 릭이 임무 수행 중에 미국에서 어처구니없게 살해당한 것이다.

제프는 손에 든 위스키를 단숨에 들이켰다.

"바텐더, 여기 한 잔 더."

가라앉은 목소리로 제프가 술을 주문했다. 바텐더가 그의 잔에 술을 따라주자 제프는 다시 술잔을 노려보았다.

'어떤 놈들이 릭을 죽인 거지?'

술잔을 쥔 그의 손이 다시 떨렸다. 가슴속의 슬픔과 분노 때문에 참을 수가 없었다. 술잔을 노려보던 그는 참지 못하고 잔을 옆으로 집어던지고는 머리를 감싸 쥐었다.

"어떤 개자식이야!"

옆자리에서 멕시코계 웨이트리스와 농담을 주고받던 한 남자가 자리에서 일어섰다. 그는 우락부락한 몸매에 가죽 재킷을 걸치고 있었다. 근육질의 팔뚝엔 문신이 잔뜩 새겨져 있었고 얼굴에는 방금 제프가 던진 잔에 맞아 위스키 방울이 묻어 있었다.

"이 새끼야! 너 죽고 싶어?"

그가 자리에서 일어나자 같은 테이블에 있던 다른 남자 두 명도 같이 일어났다. 모두 우락부락한 체격에 험상궂은 얼굴을 하고 몸에 문신을 가득 새긴 사람들이었다. 남자는 테이블에서 일어나 제프에게 다가왔다. 그러고는 제프의 머리를 큰 손으로 잡았다.

"너 벙어리냐? 사고를 쳤으면 사과를 해야 할 것 아냐? 정말 죽고 싶냐?"

제프는 양손에 고개를 파묻은 채로 말했다.

"꺼져."

남자는 어처구니가 없다는 듯이 고개를 돌려 친구들을 바라보았다.

"이 개자식이 꺼지라는데. 하하."

친구들도 제프를 비웃었다.

"야. 적당히 손봐줘. 죽이지는 말구."

남자는 제프의 뒷덜미를 잡고 그를 일으키려 했다.

"기분도 좋지 않은데 너 오늘 잘 걸렸다. 이 새끼. 갈비뼈 하나만 부러뜨려 주지!"

남자가 제프의 목덜미를 잡은 손에 힘을 주고 오른손 주먹을 치켜드는 순간 제프가 고개를 들었다. 그러고는 오른팔로 남자의 가슴께 가죽 재킷을 움켜잡고 머리로 남자의 얼굴을 들이받았다. 퍽 소리와 함께 남자의 코피가 터졌다.

남자는 코를 움켜잡고 뒤로 물러섰다.

"이 새끼가!"

그 순간 제프가 왼손으로 남자의 얼굴을 쳤다. 남자의 고개가 돌아가자 오른손으로 턱을 강하게 때렸다. 남자는 더 이상 버티지 못하고 친구들 쪽으로 쓰러졌다. 친구 둘이 그것을 보고는 제프에게 달려들었다.

제프는 바 테이블에 놓여있던 유리로 된 머그잔을 잡고 힘차게 휘둘렀다. 머그잔은 그에게로 돌진해 오던 남자의 머리를 정확히 타격했다. 유리가 깨지면서 잔에 들어있던 맥주가 남자의 핏방울과 함께 사방에 튀었다. 남자가 바닥으로 쓰러졌다. 그 사이에 다른 남자 한 명이 제프에게 돌진했다. 제프는 몸을 굽혀 남자의 주먹을 피하고 오른손을 수도처럼 만들어 남자의 목을 쳤다. '컥' 하는 소리와 함께 남자가 목을 붙잡고 비틀대며 물러났다. 제프가 몸을 띄워 발로 그의 배를 찼다. 남자는 꿍 소리와 함께 뒤에 있던 테이블로 쓰러졌다.

처음에 제프에게 시비를 걸었던 남자가 욕설을 퍼부으면서 일어섰다. 그는 손을 뒷주머니에 가져갔다. 그리고 번뜩이는 휴대용 칼을 꺼내들고 제프에게 달려들었다. 제프는 남자의 칼을 쥔 손을 왼손으로 잡고는 그 손을 옆에 있던 바 테이블로 내리찍었다. '쾅' 소리와 함께 남자의 손에서 칼이 떨어졌다. 제프는 남자의 목을 오른손으로 잡고 테이블에다 밀어 붙였다. 남자가 뒤로 밀려나며 테이블로 쓰러졌다. 남자를 쓰러뜨린 제프는 그에게 올라타고 양 주먹으로 남자의 얼굴을 때리기 시작했다. 피투성이가 된 남자는 한동안 버둥거리며 반항했지만 결국 손발을 축 늘어뜨렸다.

이미 바의 음악은 그친 상태이고 주위 사람들은 이 살벌한 광경에 얼어붙은 듯이 구경만 하고 있었다. 오로지 '퍽, 퍽' 하는 제프의 주먹질 소리만이 홀에 울려 퍼졌다.

정신없이 남자를 때리던 제프가 다시 강력한 주먹을 날리려 손을 들었을 때 누군가 그의 팔을 잡았다. 제프가 화난 눈으로 고개를 돌려 보니 젊은 여자 한 명이 그의 손을 붙잡고 있었다.

"그만해 제프, 이제 충분하잖아."

제프는 숨을 몰아쉬면서 여자를 쳐다보다가 일어났다. 바닥에 깔려있던 남자는 얼굴이 피투성이가 되고 부어올라 형체를 알아보기 힘들 정도로 처참한 몰골이 되어 있었다.

"이봐요. 이 사람 빨리 병원으로 데려가요. 그리고 문제가 생기면."

그리고 그녀는 품속에서 지갑을 꺼내어 FBI 마크가 선명하게 보이는 신분증을 보여주었다. 신분증에는 제니퍼 추우(Jennifer Chiou)라는 이름이 쓰여 있었다.

"FBI로 연락하세요."

바닥에서 일어난 두 남자가 슬금슬금 제프의 눈치를 보며 다가와 제프에게 맞아 인사불성이 된 남자를 일으켜 세우곤 좌우에서 부축해서 바를 떠나갔다. 제프는 나가는 남자들을 쳐다보지도 않고 다시 바의 의자에 털썩 주저앉았다. 여자도 다가와 옆의 의자를 끌어당기곤 제프의 옆에 앉았다.

제프가 고개를 숙인 채 작은 목소리로 말했다.

"안녕 제니퍼. 내가 여기 있는 것을 어떻게 알았지?"

제니퍼라 불린 여자는 30대 초반 정도로 보이는 나이에 검은 단발머리에 짙은 갈색 눈을 한 동양계 여성이었다. 날씬한 몸매였지만 운동으로 다져진 듯이 매우 단단한 몸매를 지니고 있었다. 그녀는 바텐더를 불러 다시 위스키 두 잔을 주문했다.

웨이터들이 와서 난장판이 된 테이블과 의자들을 정리하고 바닥에 떨어진 유리조각들과 핏자국을 대충 정리하자 바텐더가 다시 음악을 틀었다. 바 안은 잠시 전의 살풍경한 광경에서 평상시의 왁자지껄한 분위기로 되돌아왔다. 바텐더가 위스키를 가져오자 그녀는 단숨에 잔을 들어 술을 입에 털어 넣었다.

"네가 우울할 때 올 곳이 뻔하지. 네가 지금 어떤 심정인지 이해해. 많이 힘들겠지. 내가 어떻게 위로의 말을 해야 될지 모르겠어."

제프는 멍하니 술잔을 보다가 자신도 잔을 단번에 비웠다.

"좀 전 놈들 그냥 놔두지 그랬어. 어차피 인간쓰레기 같은 놈들인데."

"그 남자를 그렇게 만들어 놓고도 직성이 안 풀린 거야? 그러다가 그놈들이 정말 경찰에 가서 신고라도 하면 어쩌려고?"

제프는 코웃음을 쳤다.

"그놈들 동네서 어린애들에게 마약 팔아서 먹고 사는 놈들이야. 무슨 일이 생겨도 경찰엔 죽어도 못 찾아갈걸? 아니, 경찰을 피해 도망 다녀야 할 놈들이라고."

제니퍼는 가볍게 한숨을 쉬었다.

"알겠어. 그리고 이제 그만 마셔."

제프가 말했다.

"난 괜찮아. 이 정도 마셔도 아무렇지 않다는 건 알고 있잖아? 그보다 내가 부탁한 건 어떻게 됐어?"

제니퍼는 품속에 손을 넣어 속주머니에서 서류를 꺼냈다.

"알겠어. 이번에 여러 경로로 조사가 진행되었는데…… 이번에 릭을 죽인 놈들 매우 치밀한 놈들이야. 먼저 범행에 사용된 차량들은 전부 도난 차량이야. 위조 번호판을 달고 고속도로 경찰의 단속을 피한거지. 그리고 수송 차량의 이동경로를 파악한 다음 범행 장소 주변에 강력한 이동통신 교란망을 설치했어. 사고로 위장된 트럭 속에 설치되어 있었는데 상용 이동통신망 주파수와 동일한 주파수를 가진 소형 기지국을 포함하고 있었어. 릭 일행이 사고 차량을 발견하고 911로 신고할 것을 예상한 거지.

릭 일행이 911로 전화했을 때 실제 전화는 911로 간 것이 아니라 그 트럭 속에 있던 범인들 중 한 명한테로 전화가 걸려 간 거지. 그리고 미리 구급요원과 경찰관으로 위장하고 있던 범인들이 달려와 릭 일행을 안심시키고는 그들을 순식간에 제압한 거야."

제프는 말없이 듣고만 있었다. 제니퍼가 말을 이었다.

"이번에 현장에서 릭을 포함해서 두 명이 죽고 두 명은 중상, 두 명은 경상을 입었는데 생존자들이 말한 바에 따르면 릭은 무척 용감했어. 혼자서 범인 두 명을 쓰러뜨리고 포로가 된 사람들을 구하러 이동하다가 저격용 라이플에 세 발을 맞은 거야. 치명

114

상은 머리 오른쪽에 맞은 총상이었고. NSC에서는 릭한테 특별훈장 수여를 고려한다는데."

순간 제프가 오른손으로 테이블을 내리치면서 소리를 질렀다.

"그 따위가 뭐가 중요해. 릭은 죽었어. 죽었다고! 척은 이제 아버지 없는 아이가 된 거야. 그 애는 아직도 자기 아버지가 자기 생일 때 선물을 가지고 올 거라고 생각하고 기다리고 있다고!"

제니퍼는 손으로 제프의 오른손을 가볍게 잡고 부드럽게 쓸어주었다.

"그래, 맞아. 릭은 죽었어. 정말 미안해. 네 심정을 내가 어떻게 다 알 수 있겠어."

제프는 잠시 숨을 고르더니 목소리를 죽였다.

"미안해, 화내서. 네가 옆에 있어서 얼마나 나한테 도움이 되는지 모를 거야."

"괜찮아. 난 네 여자 친구잖아. 나한테 다 이야기해."

제프는 제니퍼의 손을 꼭 잡고 잠시 흐느꼈다. 제니퍼는 그런 그에게 아무 말도 하지 않고 가만히 손을 잡아주고 있었다. 어깨를 들썩이며 눈물을 흘리던 그는 한참 울고 나서 이윽고 평정심을 되찾은 듯 그녀에게 다시 물었다.

"범인들이 트럭에서 훔쳐간 게 뭐지?"

"내가 여러 군데에 알아봤는데 정확히 뭔지 알아내지는 못했어. NSC에서는 국가 기밀이라고 정보를 통제하고 있고. 내가 알아낸 건 그게 일종의 첨단 무기라는 것밖에 없어."

"무기라고? 어떤 종류의 무기란 거지?"

"몰라. 그냥 첨단 무기래. 아직 실전 배치는 되지 않은 것 같고 테스트 중이었던 거 같아."

제프가 말했다.

"범인들이 어디 있는지는 알아냈어?"

"위성사진으로 추적해 본 결과 범인들은 범행 후에 사고로 위장한 트럭으로 짐을 나른 후에 해변 쪽으로 이동했어. 부둣가의 버려진 창고로 이동했는데 FBI가 창고로 쳐들어갔을 때는 아무 것도 없었어."

"그놈들이 어디로 간 거지?"

"아무런 흔적도 없는 것으로 보아 이미 미국을 빠져나간 게 분명해. 그리고 창고에 남아있던 연료나 부품 등을 조사해 보니 아마도 범인들은 잠수함을 사용해서 미국을 빠져나간 거 같아."

제프는 약간 놀란 표정을 지었다.

"잠수함까지 동원하다니. 보통 놈들이 아니군."

"그래. 내가 생각하기에 일단 강력한 조직과 막강한 자금을 가진 자들의 소행인 거 같아. NSC에서는 아랍계 테러리스트와 연관성을 우려하고 있지만 그자들은 이 정도까지의 자금력은 가지고 있지 않거든. 더구나 상용 통신망을 교란할 정도의 첨단 장비를 가지고 있을 정도면 분명 산업계의 전문가들이 포함된 집단일 거야."

"그럼 현재까지 범인들에 대한 아무 단서도 없는 거야?"

제니퍼는 살짝 미소를 지었다.

"아니. 단서는 있어."

제프는 제니퍼를 바라보면서 말했다.

"어떤 단서인 거지?"

그녀는 제프를 똑바로 쳐다보면서 말했다.

"범인들이 물건의 이동경로를 파악하기 위해서 국방성의 서버를 해킹했었어. 국방성은 해킹당한 것도 모르고 있었고. 그런데 며칠 전에 일리노이 주에서 어떤 사람이 우연히 음주운전을 하다가 경찰에 붙잡혔는데 이자가 그동안 FBI가 오랫동안 추적해왔던 유명한 해커였던 거지. 근데 이자가 생각보다 소심해서 FBI가 협박과 형을 감면해 주겠다는 회유를 하니까 그동안 자기가 해왔던 해킹을 자랑스럽게 불었는데, 그중 하나가 국방성의 이번 수송 루트를 해킹한 거야."

"그럼 그놈이 범인 일당인 거야?"

"아니, 그놈은 그저 누구에게서 돈을 받고 의뢰 받은 대로 일을 처리한 거야. 이자 말로는 50대 정도로 보이는 중국계 남자라고 하는데 자신이 누군지 밝히지 않아서 신원은 알 수 없었대."

"그럼 결국 아무것도 모르는 거잖아."

제니퍼가 살며시 웃었다.

"아니야. 이번 건만 있었다면 몰랐겠지. 그런데 그 중국 남자가 이자한테 의뢰를 한 게 이번에 첫 번째가 아니었던 거지."

"그러면?"

"약 4년 전에 이 중국인이 처음 이 해커에게 이메일로 콘택트를 했대. 해커니까 자기 본명을 숨겼을 거고 의뢰는 일단 전부 자신이 만들어놓은 가짜 이메일 계정을 통해서 받은 거지. 첫 번째 의뢰를 한 일이 국방성의 어떤 자료를 해킹해 달라는 거였는데 보안등급도 그리 높지 않은 문서라서 쉽게 해킹할 수 있었대. 그런데 요구 조건이 자료를 해킹한 후에 자료 자체를 국방성 서버에서 영구 삭제하고 문서가 존재했다는 흔적까지 없애달라는 것이었기에 이상하게 느낀 거지. 더구나 그 일에 대한 보수가 터무니없이 후한 게 의심스러워 이 해커가 자료를 해킹한 후에 의뢰인을 직접 만나기를 요청했더니 이 남자가 나타나서 직접 돈을 주고 자료를 가져간 거지.”

“어떤 자료를 해킹한 거지?”

“국방성 서버의 자료가 지워져서 알아낼 수가 없었어. 그리고 자료들을 정리해 놓은 목록도 해킹당해서 이 자료에 대한 부분이 삭제되어 있었어. 다만 목록들이 연도순으로 정리되어 있는 것으로 볼 때 1940년대에 작성된 거 같아.”

“자료 복구는 불가능한 건가?”

제니퍼가 미소를 지었다.

“아직 모르겠어. FBI와 국방성이 이제야 해킹당한 사실을 알고 복구를 시도하고 있는데 워낙 몇 년 전에 벌어진 일이라 가능할지는 알 수 없어. 하지만 최고의 팀이 지금 복구하기 위해 일하고 있어.”

“그럼 의뢰인은? 그 의뢰인의 신분은 알아낼 수 없는 건가?”

“기다려봐. 이 해커가 아무래도 미심쩍어서 처음에 자신한테 보내온 이메일을 역추적했어. 각국에 있던 여러 개의 서버 경로를 거쳐온 거라서 쉽지는 않았지만 마침내 처음 이메일의 발신지와 보낸 사람을 알아낸 거야. 이자는 그걸 매우 자랑스러워했다더군."

제프의 눈이 번득였다.

"그게 어디지?"

제니퍼는 손에 들고 있던 문서를 제프에게 보여주었다. 그는 문서를 읽고 제니퍼를 쳐다보았다.

"베트남 지역개발 연합(Vietnam Local Development Association). 이게 뭐 하는 회사지?"

"베트남에서 외부의 토목이나 건설 수주를 받아서 공사를 하는 회사야. 위치는 베트남 중부 꽝빙성에 있고. 이 회사는 그저 그런 중급 정도 규모의 회사였고 한동안 수주가 없었어. 그런데 몇 년 전에 큰 수주를 받아서 꽝빙성 모처에서 대규모 토목공사를 몇 년간 벌이고 있어. 그리고 그 공사를 의뢰한 회사는, 여기 있군."

제프는 제니퍼가 건네준 다음 문서를 읽었다.

"뉴로 엔터테인먼트."

제프는 잠시 문서를 쳐다보다가 제니퍼를 바라보았다.

"제니퍼, 난 베트남으로 가야겠어."

제니퍼는 놀란 눈으로 그를 쳐다보았다.

"하지만……."

"이 일은 내 손으로 직접 해결하고 싶어. 이미 국장님께는 장기 휴가원을 제출했어. 국장님도 릭의 일 때문인지 별다른 말없이 수락해 주더군. 내가 여기 가서 이 회사를 직접 조사하고 릭을 죽인 놈들과 어떤 관계인지 알아내고야 말겠어."

제니퍼는 잠시 제프를 쳐다보다가 말했다.

"이해해, 제프."

그는 제니퍼의 손을 가볍게 감싸 쥐었다.

"고마워, 나 때문에 이거 알아내느라 고생한 거 다 알아. 내가 범인들을 잡을 때까지 기다려줘. 이걸 내 손으로 해결하지 못하면 난 아마 미쳐버릴 거야."

제니퍼는 그의 눈을 똑바로 쳐다보았다.

"제프. 네가 가면 나도 갈 거야."

그는 놀란 표정을 지었다.

"하지만."

"쉿! 이 자료를 가지고 오면서 벌써 네가 직접 가서 해결하려고 할 거라 생각했어. 너 혼자 가는 것보다는 내가 같이 가서 도와주면 더 빨리 해결할 수 있지 않겠어? 이미 비행기 좌석도 예약해 놨어. 나도 장기휴가 신청했고."

제프는 그녀의 손을 잡고 가볍게 키스했다.

"고마워. 네가 같이 가준다면 정말 마음이 든든할 거야."

제니퍼는 아무 말 없이 그의 머리를 살며시 자신의 가슴으로 안아주었다.

"다 잘될 거야."

그들은 아무 말 없이 한동안 서로를 안은 채로 있었다. 그들 주위는 시끄러운 음악으로 가득 찼고 술 취한 사람들의 목소리로 시끄러웠으나 그들은 서로의 온기를 느낀 채 조용히 앉아 서로를 위로하고 있었다.

# 베트남 꽝빙성

최민 일행을 태운 차량은 베트남의 도로를 따라서 달리고 있었다. 현지 법인에서 제공한 두 대의 차량 중에 최민, 비비안, 메이슨이 앞차에 타고 있었고 이토, 브라운, 해킨슨이 뒤차에 타고 있었다. 날씨는 화창했고 기후는 후덥지근했다. 이들은 이미 몇 시간째 차 안에서 시달리고 있었다. 바닷가를 따라 달리던 차는 어느새 내륙으로 꺾어져 들어온 길을 따라 달리고 있었다.

최민은 뒷좌석에 앉아 창밖으로 지나가는 풍경을 보고 있었다. 창밖은 얕은 초목들이 끝없이 펼쳐져 있었다. 그는 이마에 맺혀 있던 땀을 손수건으로 가볍게 닦았다. 그들이 탄 차는 혼다 어코드였는데 출고된 지 오래된 듯 시트에 얼룩이 져 있었고 천장은 담배연기로 거무스름하게 변해 있었다. 실내에는 에어컨이 가동되고 있었지만 충분히 열을 식혀주지 못하고 있어 내부는 후덥지근했다. 최민은 땀을 닦다가 앞의 조수석에 앉아있는 메이슨을 쳐다보았다. 메이슨은 이 더운 날씨에도 정장을 입고 땀을 비 오듯 흘리고 있었다. 그로부터 풍겨오는 땀 냄새 때문에 최민은 눈살을 찌푸리고는 잠시 코를 손수건으로 막았다.

"이봐요, 그렇게 더우면 재킷을 좀 벗고 있는 게 어때요?"

메이슨이 뒤돌아보며 말했다.

"아, 괜찮습니다. 이 정도 더위쯤은 아무렇지도 않죠. 하하하."

최민은 노골적으로 코를 손수건으로 막았다. 메이슨이 그 모습을 보고 자신으로부터 땀 냄새가 난다는 것을 알아차리게 하기 위함이었는데 메이슨은 전혀 눈치 채지 못한 듯 다시 앞을 바라보고 휴지를 꺼내어 땀을 닦고 있었다.

'이렇게 둔한 사람이 어떻게 펄슨을 위해 일하는 거지?'

최민은 문득 의아한 생각이 들었다. 펄슨은 어떤 일을 하든 최고의 능력을 지닌 사람을 썼다. 그의 주위에서 펄슨을 위해 일하는 사람들은 하나같이 빈틈없이 명석하고 자기 분야에서 특출나게 뛰어난 사람들이었다. 예외가 있다면 재무 부사장인 토마스 캠벨이었는데 그는 펄슨 친구의 친인척이었으므로 예외로 쳐야 했다. 그리고 실제로 뉴로 엔터테인먼트의 모든 재무를 실무적으로 총괄하는 사람은 캠벨이 아니라 옆에 앉아있는 비비안이었다.

최민의 눈에는 메이슨은 전혀 펄슨이 일을 맡길만한 사람이 아니었다. 일단 그는 몸집이 비대했고 머리가 잘 돌아가는 편도 아니었다. 펄슨이 좋아하는 스마트한 사람과는 거리가 멀었다. 물론 메이슨의 임무가 경호이므로 굳이 머리가 뛰어날 필요까지는 없겠지만, 메이슨의 둔한 모습을 보면 위기상황에서의 재빠른 상황판단을 기대하기 힘들 것 같았다.

'그러고 보면 펄슨이 좋아할 만한 스타일은 딱 비비안이지.'

최민은 그런 생각을 하면서 옆 좌석의 비비안을 살짝 곁눈질했다. 비비안은 청바지에 반팔 와이셔츠 차림이었는데 이렇게 더운 실내에서도 땀 한 방울 흘리지 않고 있었다. 더구나 장시간의 비행으로 피곤할 법도 할 텐데 얼굴에는 전혀 피곤한 기색이 없었다. 햇빛에 눈부시게 빛나는 금발과 연한 메이크업을 한 아름다운 얼굴을 하고 비비안은 꼿꼿한 자세로 좌석에 몸을 싣고 창밖을 보고 있었다. 그 빈틈없는 모습을 보고 최민은 한숨을 쉬었다.

'이 여자는 너무 완벽해.'

아름다운 외모와 명석한 두뇌, 깔끔한 매너, 그리고 빈틈없는 대인관계. 비비안은 완벽한 여성의 표본과도 같은 여자였다. 펄슨이 인터뷰를 하자마자 당일에 전화를 걸어 고액의 연봉을 제시하고 비비안을 스카우트한 것도 무리는 아니었다. 하지만 그녀는 지나치게 완벽하기 때문에 남자들이 도리어 쉽게 접근하지 못했다. 최민이 알기에도 비비안을 좋아하는 남자들이 많았지만 비비안은 누구와도 데이트를 한 적이 없었다. 수많은 남자들이 비비안에게 접근했다가 거절당하는 것을 반복하자 더는 그녀에게 치근대는 남자가 없었다.

최민 또한 비비안을 처음 만났을 때 그녀의 미모에 호감을 느꼈다. 그리고 시간이 지나면서 그녀와 업무상 여러 가지 대화를 나누면서 그녀가 자기 못지않은 뛰어난 두뇌를 가지고 있다는 것을 알게 되었다. 그녀는 그가 지금까지 만나왔던 어떤 여자와도 달랐다. 언제부터인가 그는 그녀를 볼 때마다 가슴이 뛰는 것을 느꼈다. 하지만 그가 보기에 그녀는 성공에 대한 야망이 너무 강했고 사소한 남자와의 사랑 따위에는 전혀 관심이 없는 듯이 보였다. 그는 자신의 감정을 숨겨야만 했다.

그와 비비안은 동료로서 지난 몇 년간 같이 일해 왔다. 그의 연구에 필요한 자금을 비비안이 결재해 주어야 했기 때문에 언제나 최민은 비비안에게 요청을 하는 입장이었다. 비비안은 그때마다 최민이 혀를 내두를 만큼 꼼꼼하게 밤새도록 자료를 검토하고, 자금이 올바른 곳에 정확한 시간에 집행되는지 검토하고, 조그마한 문제라도 있으면 그의 제안서를 다시 반려하기 일쑤였다. 그 때문에 그와 비비안은 싸움까지는 아니더라도 많은 논쟁을 벌여야만 했고 한때는 그가 비비안을 정말로 미워한 적도 있었다. 그러나 몇 년 동안 같이 일하면서 그들은 서로를 많이 이해하게 되었다. 물론 직장 동료로서의 이해이지만 말이다.

최민은 스스로의 감정에 대한 통제에 대해서는 언제나 자신이 있는 사람이었다. 그 역시 성공을 위해 달려왔고 그 사이에 어떤 여자도 그의 인생에서 중요한 역할을 한 적은 없었다. 대부분의 여자들은 그의 호감이 가는 외모와 세련된 매너, 그리고 날카로운 두뇌에 매력을 느끼고 쉽게 넘어오곤 하였다. 그리고 최민은 그러한 여자들에게 진심으로 애정을 느낀 경우는 없었다.

'하지만 비비안은……'

최 박사는 비비안을 다시 쳐다보았다. 그가 비비안을 단순히 직장 동료로서 좋아하는 것 이상인 것은 자신도 알고 있었다. 그러나 지금은 그가 비비안을 진정 이성으로서 좋아하는 것인지 그 자신도 정확히 알 수 없었다. 하지만 그가 비비안에 대해서 다른 여자들과는 다른 감정을 지니고 있는 것은 사실이었다. 그가 무의식중에 그러한 감정을 비비안에게 드러낼 뻔한 적도 있었지만 최민은 그럴 때마다 그것을 잘 숨겨왔다고 생각했다. 어쩌면 비비안은 이미 최민이 자신에게 호감 이상의 감정을 가지고 있다는 것을 눈치 챘을지도 모르지만 비비안 역시 그런 것을 내색할 만큼 애송이는 아니었다. 그래서 그들 둘은 회사에서 일을 해 오면서 가장 친한 동료로서, 친구처럼 편하게 맥주를 같이 마시는 사이가 되었다. 물론 그들의 대화는 사적인 것은 거의 없고, 대부분 회사 일에 연관된 것이긴 했지만 말이다.

비비안은 창밖을 보다가 최민의 시선을 느꼈는지 고개를 그에게 돌리며 미소를 지었다.

"좀 덥지?"

최민은 비비안이 갑자기 말을 걸어온 것에 당황하여 헛기침을 터뜨렸다.

"아, 뭐 별로. 그런데 넌 여기 베트남에 와본 적이 있니?"

"물론이지. 여기에 우리 회사가 얼마나 돈을 퍼부었는지 넌 모를 거야. 도대체 여기 사람들은 관리라는 개념이 없는 것 같아. 효율적으로 관리하면 비용이 들어가지 않을 곳에도 일단 자금 지원을 요청하고 본다니까!"

최민은 회사의 재무적인 문제에는 별로 관심이 없었지만 건성으로 비비안의 말에 고개를 끄덕였다.

"자금을 쓰는 사람들은 돈 끌어 모으기가 얼마나 힘든지 잘 모를 테니까."

비비안은 눈을 반짝이며 말했다.

"그러니까 말이야. 사람들은 투자 받는 게 무슨 은행예금을 찾아오는 것처럼 쉽다고 생각해! 실제로는 몇십만 불의 소액을 투자 받는 데에도 전문가들이 한참 일해서 자료를 작성하고 직접 만나서 설득해야 하는 과정을 거쳐야 하는데 말이야. 우리 회사처럼 투자 규모가 큰 경우에는 기본 회사 소개 자료만 해도 수백 페이지에 달하게 된단 말이야."

그녀는 최민에게 찡긋 윙크를 해 보였다.

"나도 공학을 전공했지만 특히 너 같은 외골수 과학자 혹은 기술자들은 그런 노력을 우습게 생각하겠지? 너희는 뭔가 새로운 것을 연구하고 발견해내는 중요한 역할을 하지만, 재무나 관리를 맡은 사람은 뭔가 새로운 것을 만들지도 못하면서 언제나 까다롭게 굴고 높은 연봉을 받아간다고 속으로 생각하고 있지? 나도 요즘은 재무쪽 일에 더 많은 시간을 보내고 있으니 네가 생각하는 그런 사람들 중 하나이겠지?"

최민은 속으로 뜨끔했다. 비비안이 말한 대로 그는 평상시에 기술을 가진 사람만이 진정한 가치를 가지고 있다고 믿는 사람이었다. 그는 연구개발부서 외에 다른 조직 즉, 재무·인사 등은 창조력 없이 돈이나 세면서 다른 사람에게 큰소리 치고 비싼 임금을 축내는 사람들이라고 우습게 보는 편이었다. 물론 그런 속마음을 비비안에게 직접 이야기할 만큼 바보는 아니었다.

"무슨 소리야. 그렇지 않아. 그리고 그게 너에 대한 이야기라면 더더욱! 네가 하는 역할이 회사에서 얼마나 중요한지 모두가 다 알고 있어. 아무리 연구개발을 잘해도 돈이 없거나 있다고 해도 제대로 집행되지 않으면 아무 결과도 내지 못하는 것 정도는 나도 알아."

비비안은 최민의 말이 거짓말이라는 것을 안다는 듯이 살며시 웃으면서 최민의 손등을 자신의 손으로 찰싹 때렸다. 최민은 아픔을 느끼는 대신 말로 표현하지 못할 설레는 감정을 느꼈다. 그는 자신의 볼이 약간 달아오르는 것을 느끼고는 그것을 비비안에게 보여주지 않기 위해 고개를 반대로 돌렸다.

그때 앞좌석에 앉아 있던 메이슨이 갑자기 나직하게 말했다.

"잠시만 조용히 해주세요."

최민이 의아한 표정을 지으며 물었다.

"무슨 일인가요?"

"지금 저희들을 미행하는 차량이 있는 것 같습니다."

최민이 놀라서 다시 물었다.

"미행이라니요? 누가요?"

"아까부터 사이드 미러로 살펴보고 있었는데 차량 한 대가 한 시간 전부터 계속 저희를 따라오고 있네요."

비비안과 최민은 유리창을 통해서 뒤쪽을 돌아보았다. 그들 차량 바로 뒤에 이토 일행을 태운 토요다 캠리가 달리고 있었는데 그들 두 대 차량 외에는 근처에 다른 차량이 없었다. 하지만 뒤쪽 멀리를 자세히 살펴보니 백여 미터 뒤쪽에 검은색 밴 한 대가 달려오는 것이 보였다.

"저 뒤쪽 멀리 보이는 검은색 밴 말인가요?"

메이슨이 대답했다.

"네, 아까 저희가 공항에서 출발한 직후에 저 차가 바로 뒤쪽에 있었는데 지금 외곽도로로 빠진 다음에 몇 번 방향을 바꾸었는데도 계속 뒤에 따라오고 있어요. 조금 의심스럽군요."

비비안이 걱정스러운 말투로 말했다.

"확실한가요? 누가 우리를 왜 따라오는 걸까요?"

"아직 확실한 건 아닙니다만 한번 확인할 필요가 있을 것 같습니다."

메이슨은 운전사에게 고개를 돌렸다. 운전사는 현지 베트남인이었는데 영어를 어느 정도 구사할 줄 알아서 의사소통에는 문제가 없었다.

"지금 목적지까지 얼마나 남았지?"

메이슨이 운전사에게 물었다.

"앞으로 두 시간 정도 더 가야 합니다."

메이슨이 멀리 앞에 보이는 사거리를 가리키며 물었다.

"저 사거리에서 목적지가 어느 방향이지?"

"계속 직진하면 됩니다."

"그럼 좌회전하면 어디로 가나?"

"좌회전하면 아무것도 없는 막다른 길입니다. 지금 새로 도로를 만드느라 공사 중이라서 한 10 km 정도 가면 길이 막혀 있어요."

메이슨이 말했다.

"저 사거리에서 좌회전을 하게."

"네, 알겠습니다."

그리고 메이슨은 휴대전화를 들고 전화를 걸었다.

"이토 씨, 저 메이슨입니다. 네. 다름이 아니라 저희가 지금 미행을 당하고 있는 것 같습니다. 아직 확실한 건 아닙니다. 하지만 확인은 해 봐야 할 것 같습니다."

잠시 이토가 하는 말을 듣고 있던 메이슨이 말했다.

"일단 저 앞의 사거리에서 이토 씨는 계속 직진하십시오. 저희는 좌회전을 해서 저 차가 어디로 가는지 확인을 해 보겠습니다."

전화를 끊은 다음 메이슨은 뒤를 돌아보며 비비안과 최민에게 말했다.

"정말로 미행이 있다고 해도 걱정하지 마십시오. 제가 알아서 처리하겠습니다."

비비안은 그래도 걱정스러운 얼굴이었다. 최민은 비비안의 몸 위로 손을 뻗어 안전벨트를 잡아당긴 다음 비비안에게 채워주었다. 그리고 자신도 안전벨트를 찼다. 비비안이 최민에게 살짝 웃으며 말했다.

"고마워."

그들이 탄 어코드가 사거리에 도착하자 운전사는 핸들을 꺾어 좌측 도로로 진입했다. 그리고 바로 뒤따라오던 이토가 탄 캠리는 그대로 사거리를 지나쳐서 직진했다. 최민이 뒤쪽을 살펴보니 뒤따라오던 밴이 사거리에서 잠시 멈춰서는 게 보였다. 몇 초 동안 서 있던 차는 방향을 좌측으로 바꾸어 그들이 달리고 있는 도로로 진입하고 있었다. 그것을 보던 최민은 나직하게 신음을 냈다.

메이슨이 말했다.

"미행이 분명하군요. 준비를 하셔야 할 것 같습니다."

그는 양복 속주머니에서 권총을 꺼내 들고 총알을 장전했다.

최민은 아까까지 둔하고 어리석게 보이던 메이슨이 사람이 바뀐 것처럼 냉철하고 침착한 모습을 보이자 속으로 적잖이 안심했다. 만약의 일이 벌어진다면 그들이 믿을 사람은 메이슨밖에 없었기 때문이었다.

그가 고개를 돌려 뒤를 돌아보자 갑자기 무시무시한 속력으로 달려오는 밴이 보였다. 그들이 탄 차와 밴과의 간격이 순식간에 좁혀졌다. 메이슨이 운전사에게 소리쳤다.

"더 빨리 달려!"

운전사가 액셀러레이터를 갑자기 세게 밟자 최민과 비비안의 몸이 뒤로 확 젖혀졌다. 어코드가 속력을 올렸지만 밴과의 간격은 계속 좁혀지고 있었다. 어코드가 노쇠한 차라서 아무리 액셀러레이터를 밟아도 더 이상 빠르게 달릴 수는 없는 것 같았다.

최민은 뒤차와의 간격을 속으로 계산하고 있었다.

'30m, 20m, 10m, 5m……'

차가 순식간에 다가오자 최민은 차문에 달려있는 손잡이를 꽉 움켜잡았다. 메이슨이 소리 질렀다.

"고개를 숙이고 머리를 무릎 사이로 숙이세요!"

밴은 속력을 늦추지 않고 그대로 그들이 탄 차를 강하게 들이받았다. 쿵 하는 굉음과 함께 일행의 몸이 앞으로 확 숙여졌다가 뒤로 다시 젖혀졌다. 베트남인 기사가 베트남어로 욕설을 지껄였다.

계속해서 몇 번을 뒤의 차가 들이박으면서 최민과 비비안의 몸이 앞뒤로 크게 흔들렸다.

"더 빨리 밟아요!"

그러나 밴의 속도가 더 빨라서 그들이 타고 있는 어코드는 밴의 추격을 따돌릴 수가 없었다. 검은색 밴이 잠시 속도를 늦추어 어코드와 거리를 벌렸다. 그러다 갑자기 속도를 올려 어코드의 옆으로 다가왔다.

최민은 다가오는 차를 바라보았다. 밴의 뒷좌석 검은색 차창이 내려오는 것이 보였다. 그리고 안에 붉은 머리의 선글라스를 쓴 여자가 보였다. 최민이 보고 있는 사이 그 여자는 그들을 향해 웃어 보였다. 최민이 어리둥절하고 있는 사이 여자가 손을 들어 보였다. 그녀의 손에는 검은색 경기관총이 들려 있었다.

"모두 머리 숙이세요!"

최민이 소리를 질렀다.

여자의 손에 들린 경기관총에서 불꽃이 튀었다. '타타당' 소리와 함께 어코드의 유리창이 박살났다. 부서진 차창의 유리가 어코드 안으로 날아들었다. 최민은 볼에 섬뜩함을 느끼고 볼을 만져 보았다. 손에 피가 묻어 나왔다. 최민은 자기도 모르게 신음을 냈다.

앞좌석의 메이슨이 차창을 내리고 밴을 향해 권총을 들고 응사를 했다. 밴의 옆에 총알이 박히면서 그 안의 운전자가 핸들을 꺾는 것이 보였다. 밴이 순간적으로 멀어졌다.

"핸들을 틀어!"

메이슨이 소리쳤다. 어코드의 운전사가 핸들을 꺾었다. 차는 도로를 벗어나 작은 잡목이 나 있는 벌판으로 들어섰다. 차가 심하게 흔들렸다. 어코드는 잡목을 헤치면서 울퉁불퉁한 황무지를 달리기 시작했다. 차창의 좌우로 길게 자란 잡풀이 시끄럽게 부딪치는 소리가 났다. 그때 운전사가 소리를 질렀다.

"모두 조심하세요!"

그 순간 커다란 굉음과 함께 차가 앞으로 곤두박질을 치고 갑자기 멈춰 섰다. 도로 옆 황무지에는 도로를 따라 작은 도랑이 파여 있었다. 아마도 배수 목적으로 사람들이 만들어 놓은 것 같았다. 이 작은 도랑을 운전사가 보지 못하고 차를 몰다가 도랑에 처박힌 것이다.

최민은 차가 도랑에 박히는 순간 자신도 모르게 안전벨트를 양손으로 꽉 움켜쥐었다. 그 다음은 모든 게 마치 슬로우 모션으로 움직이는 것처럼 세상이 천천히 움직였다. 그는 그의 몸이 충격으로 순간적으로 앞으로 튀어나가다가 어깨부터 허리까지 가로지른 안전벨트 때문에 다시 좌석으로 스프링처럼 부딪치는 것을 마치 다른 사람이 자신을 보는 것처럼 생생하게 느낄 수 있었다. 옆을 보니 비비안이 안전벨트에도 불구하고 충격으로 인해 앞좌석에 순간적으로 머리를 부딪치는 것이 보였다.

슬로우 모션 같은 시간이 흐르자 다시 세상은 바쁘게 돌아갔다. 비비안의 신음이 커다랗게 들렸다. 최민은 볼에 뜨듯한 느낌이 들어 볼을 손으로 만져보았다. 손을 펴보니 붉은 피가 적지 않게

132

묻어 나왔다.

'제길 흉터가 남을지도 모르겠는데.'

그는 순간적으로 그런 생각을 하며 손에 묻은 피를 옷에 비벼 닦았다. 그리고 뒤쪽 창문을 통해 뒤를 살폈다. 금이 간 유리를 통해 뒤쪽이 흐릿하게 보였다. 그들에게 총격을 가한 검은색 밴은 그들을 지나쳐 가다가 도로에서 차를 돌려 이쪽으로 차를 움직이고 있었다.

"제길!"

메이슨이 나지막이 중얼거리면서 차 문을 열었다. 비틀대며 나간 그는 도랑 밖으로 기어 올라가 반쯤 도랑에 처박힌 차의 뒷문을 열고 그 뒤에 몸을 숨겼다. 검은색 밴이 그들의 차가 도로 밖으로 벗어난 지점에서 속력을 줄였다.

메이슨은 밴을 향해서 권총을 발사했다. 총알이 밴의 헤드라이트를 맞히면서 깨진 파편이 사방으로 튀었다. 밴은 더 이상 다가오지 않고 도로 가에 멈춰 섰다. 자동차의 문이 열리면서 몇 사람이 밖으로 나와 열린 차문에 몸을 숨기고 이쪽을 향해 총을 발사했다. 굉음과 함께 어코드의 차체에 총알이 박히는 소음이 울려 퍼졌다. 비비안은 두 손으로 귀를 막고 몸을 굽혔다.

최민은 비비안의 등 위로 몸을 굽혀 비비안을 보호하면서 생각했다.

'도대체 저들이 왜 우리에게 총질을 하는 거지?'

그는 다만 그 상황에서 살아날 수 있기를 기도할 수밖에 없었다. 그의 가슴은 빠르게 뛰고 있었다. 그는 물론 대한민국 군대에서 2년여를 보내면서 총을 많이 쏘아 보았지만 이미 오래전 일인데다가 누군가 그를 향해 총을 쏘아대는 것은 처음이었기에 정신을 차리기가 힘들었다. 그의 아래에 있는 비비안의 몸이 떨리고 있는 것이 느껴졌다. 그는 그녀를 진정시키기 위해서 상체를 숙여 그녀를 보호하고 오른손으로 비비안의 옆구리를 가볍게 다독여 주었다.

그때 멀리서 윙윙대는 소리가 들렸다. 최민이 날아오는 총알을 피해 조심스럽게 고개를 들어 살펴보니 멀리서 차량 한 대가 다가오는 것이 보였다. 흰색 차량 한 대가 빠른 속도로 다가오고 있었다. 차 위에는 붉고 푸른 사이렌이 돌아가면서 소리를 내고 있었다.

검은색 밴 쪽에서 총을 쏘아대고 있던 사람들도 다가오는 차를 보았는지 총질을 멈추고 다가오는 차를 바라보았다. 그들은 서로 뭐라고 논의하더니 다시 차에 올라탔다. 타기 전 붉은 머리를 한 여자가 최민 일행 쪽을 바라보며 싱긋 웃는 것이 멀리서 보였다. 그들은 재빨리 차에 올라타고는 곧바로 차를 돌리고 빠른 속도로 차를 몰았다.

다가오는 흰색 차량 쪽으로 엄청난 속도로 달린 밴은 곧바로 흰색 차량을 스쳐 지나갔다. 최민은 속으로 흰색 차가 과연 밴을 쫓아갈까 아니면 자신들 쪽으로 올까 궁금해했다. 물론 그는 흰색 차량이 자신들에게 와서 구조해주기를 바랐다. 그의 바람을 알았는지 흰색 차는 지나치는 밴을 무시하고 최민 쪽으로 달려왔다. 급하게 브레이크를 밟는 소리가 들리면서 도로 옆 도랑에 박혀

134

있는 어코드에 가까운 도로 가에 차가 멈춰 섰다. 그리고 몇 사람이 차에서 내렸다.

내린 사람은 건장한 체격의 백인 한 명과 늘씬하고 탄탄한 몸매의 동양인 여성 한 명이었다. 그중 여자가 소리쳤다.

"모두들 괜찮아요?"

그때까지도 다가오는 사람들을 향해 총을 겨누고 있던 메이슨이 말했다.

"당신들은 누구요?"

여자가 품속에서 지갑을 꺼내어 들어 보였다. 선명한 FBI 문양이 멀리서도 보였다.

"우리는 FBI 소속 요원이에요. 안심하고 총을 내리세요."

메이슨이 총을 내렸다. 그때까지도 뒷좌석에 웅크리고 있던 최민과 비비안도 고개를 들고 다가오는 사람들을 쳐다보았다. 최민은 안고 있던 비비안을 놓아주면서 가볍게 그녀의 등을 두드려 주었다.

"이젠 괜찮아."

비비안은 최민의 얼굴을 바라보면서 말했다.

"너 괜찮아? 얼굴에 피가 나!"

최민은 얼굴을 손으로 쓰다듬었다. 찌릿한 통증이 느껴졌지만 뼈까지 다친 것 같지는 않았다.

"문제없어. 그냥 스친 상처야. 일단 여기서 나가자."

최민은 반쯤 부서진 차 문을 힘겹게 열고 밖으로 나갔다. 그리고 비비안이 빠져나올 수 있도록 도와주었다. 베트남인 운전기사는 충돌 때의 충격으로 아직 정신을 차리지 못하고 핸들에 고개를 묻고 늘어져 있었다. 최민은 그가 큰 상처를 입지 않은 것을 확인하고 비비안과 같이 다가오는 사람들에게 걸어갔다.

"저는 FBI 수사관인 제프 허드슨이라고 합니다."

다가오던 건장한 체격의 백인 남자가 말했다. 그리고 그는 옆의 동양 여성을 가리키며 말했다.

"여기는 저와 같이 일하는 수사관인 제니퍼 추우이구요. 여러분들은 뉴로 엔터테인먼트에서 오신 분들이시지요?"

"네, 그렇습니다만."

비비안이 구겨진 옷을 손으로 탁탁 털며 대답했다. 현재 그 자리에서 뉴로 엔터테인먼트 사의 최고 임원은 비비안이었으므로 그녀가 대표로 대답한 것이다.

"반갑습니다. 저는 뉴로 엔터테인먼트 사의 재무 이사인 비비안 심슨입니다. 여기는 저희 기술 고문인 데이비드 최 박사이고 이쪽은 경호팀장인 조 메이슨입니다."

제니퍼가 말했다.

"모두 무사해서 다행입니다. 그런데 무슨 일이 있었던 거죠?"

비비안이 대답했다.

"저희도 영문을 모르겠어요. 저희는 업무상 도착해서 여기 현지 법인으로 이동 중이었는데 갑자기 나타난 사람들이 저희에게 총질을 하지 뭐예요. 여러분들이 오시지 않았으면 무슨 일이 벌어졌을지 몰라요."

메이슨이 의심스런 눈으로 제니퍼와 제프를 쳐다보았다.

"그런데 FBI 요원분들이 여기는 어떻게 오시게 된 겁니까?"

제니퍼가 웃으며 말했다.

"저희는 여러분들을 따라왔어요."

비비안이 놀라서 물었다.

"FBI가 왜 저희를 따라온 거죠?"

"사실은 얼마 전에 미국 국방성에서 보안사고가 터졌어요. 몇 가지 자료들이 유출되었는데 저희는 그것을 조사 중입니다."

"그게 저희 회사와 무슨 관계가 있는 거죠?"

"별다른 문제는 아니고 해커들을 조사하다 보니 뉴로 엔터테인먼트 사의 베트남 현지 법인과 조그만 거래가 있는 것으로 알려져서 확인차 온 거죠. 마침 본사 여러분들이 오신다는 소식에 여러분들과 만나려고 이동 중이었답니다."

비비안은 의심스러웠지만 더 이상 질문해도 자세히 대답해 줄 것 같지 않아 질문하지 않았다. 일단은 이들 덕분에 위기를 모면했으므로 고마운 마음이 더 큰 점도 작용했다.

"그럼 저희가 여기 법인으로 이동 중이었으니 여러분들도 같이 가셔서 더 자세한 대화를 나누는 것이 어떨까요?"

제니퍼가 대답했다.

"잘됐네요. 안 그래도 여러분들과 면담한 후에 그쪽으로 이동할 생각이었거든요? 거기까지는 저희 차로 같이 이동하도록 하시죠."

최민 일행이 타고 온 차는 박살이 나서 더 이상 움직이지 않았으므로 그들은 제니퍼의 제안에 반색을 하고 환영을 했다. 사고 뒤처리는 베트남 운전기사에게 맡긴 후 일행은 제니퍼가 몰고 온 흰색 차로 옮겨 탔다. 제니퍼가 운전을 하고 제프가 옆좌석에 앉은 다음 최민 일행은 차의 뒷좌석에 앉았다.

최민은 옆에 앉은 메이슨에게서 풍기는 땀 냄새에 눈살을 찌푸렸으나 아무런 내색을 하지 않고 좌석에 몸을 파묻었다. 난생 처음 당해보는 총격에 최민의 가슴은 아직도 뛰고 있었다. 비비안은 손수건을 꺼내어 최민의 볼에서 흐르는 피를 닦아주었다.

사고를 겪은 직후여서인지 비비안도 아직 냉정을 찾지 못한 듯 아무 말도 하지 않았다. 모두들 침묵을 지키는 동안 제니퍼는 빠른 속도로 차를 몰았다. 그들은 도로 가에 버려진 어코드를 뒤에 놓아둔 채 길게 뻗은 도로를 달려갔다. 그들에게 총격을 가한 검은색 밴의 자취는 어디에도 보이지 않았다. 이유도 모른 채 위기를 넘긴 그들이지만 모두들 큰 상처 없이 살아났고 두 명의 FBI 요원과 메이슨이 동행하고 있었으므로 최민은 안심하고 마음을 진정시킬 수 있었다. 마음이 진정되자 피곤이 몰려와 자신도 모르게 잠에 빠지고 말았다.

# 3장

죽음의 천사 1권

# 뉴로 엔터테인먼트

"데이비드, 일어나!"

최민은 옆에 앉은 비비안이 옆구리를 치며 말하는 소리에 잠에서 깨어났다. 최민이 정신을 차리고 시계를 보니 어느새 사고현장에서 출발한 지 2시간 정도 지나 있었다. 그들이 탄 차량은 울창하게 우거진 숲을 지나고 있었다. 차는 경사로를 따라 좁은 길을 아슬아슬하게 달리고 있었다. 그들이 달리는 지역은 산악지역이었는데 양 옆에 커다란 나무들이 빽빽하게 들어찬 사이로 좁은 1차선 도로가 나 있었다. 도로는 아스팔트 포장을 한 지 얼마 되지 않았는지 아직도 검은색이 남아있었다. 최민이 뒤를 돌아보자 끝없이 펼쳐진 숲이 눈에 들어왔다. 가끔 보이는 지평선 끝까지 온통 검은 숲만이 보였다.

정면을 바라보자 그들이 달리는 앞에 높이가 꽤 되어 보이는 산이 솟아올라 있는 것이 보였다. 그들이 달리고 있는 도로는 구불구불한 능선을 따라 산의 중턱까지 뻗어 있었다. 최민이 자세히 살펴보니 도로 끝의 산 중턱에 커다란 건물이 보였다. 건물의 유리창에서 반사되는 햇빛이 눈부시게 빛나고 있었다.

건물에 가까이 다가가자 최민은 그 건물이 생각보다 훨씬 거대하다는 것을 알 수 있었다. 산을 둘러싼 숲 중심에 건설된 건물은 이런 산중에 있을 것 같지 않는 건물이었는데, 높이는 약 5층 정도였지만 좌우 길이가 매우 길었다. 마치 보스턴에서나 볼 수 있을법한 최신식의 건물로 외벽은 부드럽게 곡면 처리가 되어있었고 전체가 유리로 덮여있었다. 건물 정면에는 높은 담장이 둘러쳐져 있었고 입구에 커다란 철제문이 달려있었다. 담장은 높이가 3m 정도로 높았고 담장 꼭대기에는 담장을 따라 철조망까지 둘러쳐져 있었다.

철제문 옆에는 경비실이 딸려 있었다. 유니폼을 입은 베트남 경비원들이 문을 지키고 있었는데 마치 군사시설과 같이 어깨에 자동소총을 메고 있었다. 그들이 탄 차가 입구에 멈춰 서자 경비원들이 다가왔다.

"정지. 여기는 개인 소유지이므로 더 이상 진입할 수 없습니다."

메이슨이 창문을 열고 말했다.

"우리는 뉴로 엔터테인먼트 본사에서 나온 사람들일세. 뒤쪽에 본사 이사이신 비비안 심슨 씨와 연구 고문이신 데이비드 최 박사가 타고 계시네."

경비원이 말했다.

"아, 그러십니까? 먼저 오신 이토 씨로부터 연락은 받았습니다.

죄송하지만 신원 확인차 필요하니 신분증을 제시해 주시면 감사하겠습니다."

비비안과 최민은 지갑을 열어 신분증과 뉴로 엔터테인먼트 사명함을 꺼내 주었다. 신분증을 확인한 경비원이 말했다.

"감사합니다. 확인되었습니다. 그런데 다른 두 분에 대해서는 연락받지 못했는데 신원 확인을 할 수 있을지요?"

제니퍼가 FBI 신분증을 꺼내 보여주었다.

"저희는 미국 FBI 요원이에요. 간단하게 조사할 일이 있어 방문했는데 오기 전에 베트남 정부를 통해 출입 허가를 요청했으니 확인해 보세요."

모든 FBI 요원들이 그렇듯이 이들도 전 세계에 친구들이 있었다. 그들 중 한 명이 베트남 정부의 고위층 인사였고 그를 통해 이미 이곳의 방문을 예약한 상태였다.

"알겠습니다. 잠시만 기다려 주십시오."

경비원은 경비실로 들어가 내부 전화를 통해 누군가와 잠시 대화를 나눴다. 이윽고 전화를 끊은 그는 다시 차로 다가왔다.

"두 분의 방문도 확인되었습니다. 따로 오실 줄 알았는데 본사 임직원 분들과 같이 오실 줄은 몰랐습니다. 모두 들어가셔도 됩니다."

경비원은 제니퍼와 제프에게는 방문자 명패를, 최민 일행에게는 임직원 명패를 나누어 주었다. 차에 탄 사람들은 명패를 목에 걸었다.

경비원이 경비실 안에서 버튼을 누르자 철제문이 천천히 열렸다. 그들은 차를 몰아 안으로 진입했다. 입구로부터 건물까지 곧바로 뻗은 도로가 있었는데 양옆은 정원을 꾸며 놓았고 분수대와 그리스풍의 조각상들까지 설치되어 있었다. 정원은 관리가 잘 되어 있어 꽃들이 만발하여 아름답게 보였다.

그들이 건물 입구로 다가가자 입구에서 이미 연락을 받은 듯 몇 명의 사람들이 기다리고 있는 것이 보였다. 그들 중 4~50대로 보이는 콧수염을 기른 동양인 한 명이 다가왔다. 그는 반백의 머리카락에, 흰색 와이셔츠와 파란색 바지를 입고 있었고, 두꺼운 뿔테 안경을 쓰고 있었다. 매우 활달한 사람인 듯 안면에 사람 좋아 보이는 미소를 띠고 있었다.

"어서 오십시오. 환영합니다."

그는 일행에게 악수를 청했다. 비비안이 그를 보며 말했다.

"월터, 오래간만이네요."

그는 비비안을 보며 싱긋 웃었다.

"여전히 아름다우시구먼. 갈수록 더 젊어지는 것 같고……. 비결이 뭐지?"

비비안도 웃으며 최민을 돌아보았다.

"데이비드, 아마도 이분은 만난 적이 없을 거야. 뉴로 엔터테인먼트의 현지 책임자인 월터 챙 씨야."

최민은 월터와 악수를 하며 말했다.

"만나서 반갑습니다. 데이비드 최라고 합니다."

"오, 그 유명하신 최 박사님이시군요. 반갑습니다. 그런데……"

그는 최민의 볼에 난 상처를 살펴보았다.

"오시면서 무슨 일이 있으셨나요? 많이 다치신 거 같은데."

최민은 아직도 얼얼한 볼을 쓰다듬으며 말했다.

"오다가 문제가 좀 있었지만 괜찮습니다."

"다행이군요. 안으로 들어가 어서 치료를 받으세요. 그리고 여기 두 분은 아마도 FBI에서 오신 분들 같은데?"

제니퍼가 악수하면서 말했다.

"FBI의 제니퍼 추우입니다. 갑자기 연락하고 방문해서 죄송합니다만 조사할 일이 있어 방문 요청을 드렸어요. 이미 연락을 받으셨을 것으로 알고 있습니다."

"네. 베트남 정부로부터 최대한 협조하라는 요청을 받았습니다. 마침 본사 분들과 같이 오셨으니 잠시 쉬시다가 제가 사이트를 안내할 때 같이 동행하시면 될 것 같군요."

월터는 일행을 안으로 안내했다. 입구의 리셉션 데스크는 아직도 일부 공사 중이었고 아무도 앉아있지 않았다. 그곳을 지나자 커다란 홀이 나왔다. 높다란 천장은 유리로 되어있어 햇볕이 따듯하게 안을 밝히고 있었고 내부는 대리석과 원목으로 아름답게 장식되어 있었다.

월터가 손짓으로 지나가던 직원 한 명을 부르더니 베트남어로 뭐라고 지시했다. 그리고 최민을 향해 고개를 돌려 말했다.

"일단 최 박사님은 이 직원을 따라서 의무실로 가세요. 의무실에는 휴게실이 딸려 있으니 잠시 안정을 취하시고 계십시오. 저희가 준비될 때 연락드리겠습니다."

최민은 감사하다는 표시로 고개를 끄떡여 보이고 현지 직원을 따라갔다. 그의 안내로 의무실로 가니 50대의 인자하게 생긴 여자 의사가 다가와서 볼의 상처를 살펴보았다.

"다행히 얼굴뼈에는 이상이 없고 피부가 조금 긁힌 정도네요. 금방 치료해 드릴 테니 걱정 마세요."

여의사는 미소를 지으며 말했다.

치료는 30분 만에 끝났다. 얼굴에 붙인 커다란 반창고를 쓰다듬으며 최민은 쓴웃음을 지었다.

"바로 옆에 휴게실이 있으니까 잠시 쉬고 계세요."

여의사가 말했다.

최민은 그녀의 말에 따라 옆방으로 이동했다. 휴게실은 안락한 소파와 위성 텔레비전이 구비되어 있었고 구석에는 각종 음료를 제공하는 바까지 마련되어 있었다. 그는 화장실에 들러 손을 닦고 다시 휴게실로 돌아왔다. 바에서 냉장고에 보관된 맥주 한 캔을 꺼내어 들고 창문 옆에 놓여있는 소파로 이동했다. 그는 그곳에 앉아 한쪽 벽 전체를 차지하고 있는 커다란 유리창을 통해 밖의 경치를 감상하면서 잠시 휴식을 취했다. 창밖으로는 산 아래로 끝없는 숲이 펼쳐져 있었고 햇살을 받아 나무들이 밝은 갈색 물결을 이루고 있었다. 눈에 보이는 끝까지 어떤 건물도 보이지 않았다. 그는 따뜻한 햇볕을 느끼며 고개를 뒤로 편히 젖히고 눈을 감았다.

한 시간쯤 지난 후에 직원 한 명이 다가왔다.

"월터 챙 씨가 최 박사님을 회의실로 모시라고 하십니다."

최민은 조금 더 쉬고 싶었지만 아쉬움을 남겨둔 채로 자리에서 일어섰다. 직원을 따라 휴게실을 나서서 한참 동안 복도를 따라 걷고 나서야 회의실에 도착했다. 회의실은 규모가 매우 컸다. 중앙에는 고급 오크 목으로 만든 커다란 원형 테이블이 있었고 그 주위로 좌석들이 배치되어 있었다. 약 30명은 한꺼번에 앉아 회의를 진행할 수 있을 만큼의 크기였다. 테이블 옆 한쪽 벽에는 뷔페가 차려져 있었다. 그곳에는 온갖 과일과 샌드위치, 스낵, 그리고 시원해 보이는 음료수가 배치되어 있었다.

최민이 마지막으로 도착한 듯 이미 테이블에는 많은 사람들이 앉아있었다. 먼저 도착한 이토도 언제나처럼 차가운 눈으로 최민이 들어오는 것을 쳐다보고 있었고 비비안은 그를 향해 살짝 윙크를 해 보였다. 테이블 주위에는 크리스토퍼 브라운, 안나 해킨슨, 그리고 조 메이슨이 한쪽에서 접시에 담은 샌드위치와 샐러드를 먹고 있었고 제니퍼와 제프는 음료수 잔을 앞에 놓고 나란히 앉아서 무슨 말인지 귓속말로 대화하고 있었다.

이토가 자리에서 일어나 최민에게 다가왔다.

"무슨 일이 벌어졌는지는 메이슨에게서 들었네. 이유는 모르지만 누군가가 우리를 고의적으로 방해하려고 하는 게 분명해. 일단 베트남 경찰에게 신고를 했지만 그들을 믿을 수는 없고…….하지만 적어도 여기는 안전하니 마음 놓게나."

최민은 아무 말 하지 않고 고개를 끄덕였다. 조금 전 휴게실에서 마신 맥주 말고는 하루 종일 아무것도 먹지 못하고 시달린 덕분에 그의 뱃속에서는 꼬르륵 소리가 나고 있었다.

"이제 다 오셨네요. 환영합니다."

정면에 앉아있던 월터가 말했다.

"일단 시장하실 테니 식사를 하시지요. 제가 여러분들이 식사하는 도중에 현재 현황에 대하여 보고 드리도록 하겠습니다."

최민은 뷔페로 가서 샌드위치며 샐러드며 스낵 등을 접시에 잔뜩 담고는 자리에 앉아 먹기 시작했다. 정신없이 먹어대는 사람들을 보며 월터가 웃었다. 그는 일행이 어느 정도 식사를 할 때까지 기다리다가 일행이 음식을 거의 다 먹고 후식으로 커피를 마시는 것을 보자 천천히 자리에서 일어났다.

"저희 사이트의 인력 구조 및 공사 진행 상태는 이미 검토하였으리라고 믿습니다. 하지만 간략하게 먼저 요약해서 말씀드리겠습니다."

최민은 식사를 마치고 기분이 좋아진 상태로 커피 향을 음미하며 월터의 말을 듣고 있었다. 월터는 일행이 자신을 쳐다보는 것을 확인하고 벽에 있는 커다란 화면에 자료를 띄웠다.

"몇 년 전 베트남 안남산맥에서 현지 사냥꾼이 우연히 어디선가 불어오는 바람에 의해 나뭇가지가 흔들리는 것을 발견했습니다. 호기심에 바람이 불어오는 곳을 찾아보니 습기 찬 이끼와 풀밭에 가려진 동굴 입구를 발견할 수 있었죠. 안으로 들어가 보았으나 동굴이 있다는 것만 확인했고 그 동굴이 얼마나 깊은지는 알 수 없었습니다. 그러다가 2009년 영국의 탐험대가 이 동굴을 탐험하게 되었는데 동굴의 크기가 상상을 초월할 만큼 거대하다는 것을 알아내게 되었습니다. 지금 보여드리는 사진은 개발 전의 동굴 입구 사진입니다."

사진에는 영국인들이 바위틈 사이의 동굴 입구에서 웃고 있었다. 그는 말을 계속했다.

"이 동굴 이름은 '항손둥' 즉, 현지어로 '산-강-동굴'이라는 뜻입니다. 영국 탐험팀이 처음 마주친 것은 석회석으로 이루어진 바위 터널이었습니다. 바위 터널을 지나자 수백 미터 길이의 빠르게 흐르는 강을 만나게 되었고 강을 건너 절벽을 마주치게 되었죠. 절벽을 타고 올라갈 만한 장비가 없었으므로 탐험대는 일단 추가 탐험을 포기하고 나중에 다시 준비를 하여 재탐험에 도전하게 됩니다. 그때까지만 해도 그들은 그들이 발견한 동굴이 얼마나 대단한 곳인지를 알지 못했지요."

월터는 마치 자신이 동굴을 발견한 당사자인 양 자랑스럽게 말했다.

"재탐험에서 탐험팀은 마침내 절벽을 넘을 수 있었습니다. 그들이 그곳에서 발견한 것이 무엇일까요?"

월터는 잠시 말을 멈추었다가 다시 말을 이어갔다.

"그들이 발견한 것은 거대한 지하 광장이었습니다. 제가 거대하다고 하면 여러분들은 그저 흔하디흔한 종유석 동굴 중간중간에 나 있는 수십 미터 높이의 그런 공간을 생각하실지도 모릅니다. 뭐 중국에 가면 그런 공간마다 상인들이 점령하고 있지요. 하하……."

아무도 그를 따라 웃지 않자 약간 머쓱해진 그는 다시 정색을 하고 말을 이어갔다.

"하지만 이들 탐험대가 발견한 지하 광장은 단순히 거대하다는 단어로 표현할 수 없을 만큼 대단했습니다. 어느 정도였냐 하면 광장의 크기가 너무나 광대해서 하나의 완벽한 지하세계를 이루고 있었습니다. 40층 높이의 빌딩 수십 채가 들어설 만큼 거대한 공간에는 밀림이 우거져 있었고 작은 호수가 있었지요. 심지어 천장에는 구름까지 떠 있었습니다. 믿을 수 있으시겠어요? 밀폐된 공간에 구름이 떠 있더란 말입니다! 그리고 그 밀림에는 갖가지 동물들이 서식하고 있었습니다. 이 사진을 보시지요."

일행은 탄성을 질렀다. 동굴이라면 좁고 어두운 곳이라는 생각만을 가지고 있던 사람들에게 월터가 보여준 동굴 안 모습은 동굴이라기보다는 소설 속에서나 나오는 미지의 지하세계를 연상케 하였던 것이다.

"이러한 거대한 공간이 한 군데가 아니라 동굴 내에 몇 군데나 존재합니다. 이 동굴은 현재까지 알려진 바로 세계 최대라 보입니다. 아직까지 동굴 끝에 무엇이 있는지 탐험을 완료하지 못했을 정도니까요."

월터는 잠시 말을 멈추고 테이블에 있던 물컵을 들어 물을 한 모금 마시고 이야기를 계속했다.

"저희 회장님은 이 동굴이 발견된 직후부터 이 동굴에 큰 관심을 가지셨습니다. 여러분도 아시겠지만 저희가 추진하는 사업의 경우 몇 가지 제약이 있었습니다. 즉, 저희는 외부세계와 완벽히 격리된 공간이 필요했습니다. 물리적인 격리 외에 외부의 전자파까지 완벽히 차단할 수 있는 공간 말입니다. 그리고 그 공간이 충분이 커야 했습니다. 저희 계산으로 적어도 수십 평방킬로미터 이상이 되어야 했으니까요. 하지만 그런 장소를 찾기는 무척 어려웠습니다. 외딴섬도 고려했습니다만 섬은 선박으로 사방에서 접근이 가능하므로 완벽히 격리되어 있다고 보기 어려웠습니다. 더구나 저희가 원하는 크기의 섬에는 대개 사람들이 이미 살고 있어 저희가 원하는 대로의 개발은 불가능에 가까웠습니다.

하지만 이 동굴은 저희가 바라던 모든 조건을 가지고 있었습니다. 광대한 크기에 외부와의 완벽한 단절, 그리고 전혀 사람이 살지 않았기 때문에 저희가 원하는 대로의 개발이 가능했던 것입니다. 그래서 회장님은 베트남 당국과의 협상 끝에 이곳 동굴의 사용권을 향후 50년 동안 살 수 있었습니다. 물론 만만치 않은 비용이 들었습니다만 이런 크기의 장소를 다른 나라에서 구입하는 것에 비하면 아무것도 아니었죠."

감사팀의 법률 담당인 크리스토퍼 브라운이 질문했다.

"계약 시 베트남 정부에서 별도로 요구한 사항이 있었나요?"

월터가 대답했다.

"물론 있습니다. 아무래도 환경보호 단체의 눈도 있고 해서 베트남 정부는 동굴 안의 자연 상태를 최대한 훼손하지 않고 보존하기를 요청했습니다. 그래서 저희도 동굴을 개발하는 도중 자연 경관 보전에 많은 신경을 썼습니다. 웬만하면 장비의 경우 눈에 띄지 않게 설치했고 건물의 경우 동굴의 자연 경관과 자연스럽게 어울릴 수 있도록 디자인했습니다."

브라운이 고개를 끄덕였다. 월터가 말을 이었다.

"지금 여러분이 계신 곳이 바로 예전 동굴의 입구입니다. 저희는 동굴 입구 앞에 이와 같은 방문센터(Visiting center)를 건축했습니다. 이곳은 방문객이나 여행객이 안으로 들어가기 전에 쉴 수 있도록 모든 설비를 구현했습니다. 식당, 호텔, 상점 등이죠. 이미 많은 레스토랑과 호텔 체인이 이곳에 입주하기를 희망하고 있는 상태입니다."

브라운이 다시 물었다.

"카지노나 테마파크는 어떤가요?"

월터가 미소 지었다.

"물론 고려중입니다. 테마파크는 이곳 방문센터보다 조금 아래 위치한 숲을 개발하여 만들 생각입니다. 그리고 카지노는 베트남 당국과의 협상이 필요할 것 같군요."

이때 제니퍼가 물었다.

"그런데 좀 엉뚱한 질문일 수도 있는데……."

그녀는 잠시 뜸을 들인 후에 말했다.

"도대체 이곳이 무엇을 하는 곳이죠?"

월터가 제니퍼를 보면서 크게 웃었다.

"제니퍼 양은 이곳이 뭐하는 곳인지 모르는 상태로 오셨나 보군요. 그럼 마침 잘됐습니다. 제가 입으로 설명하는 것보다는 직접 보면서 느끼시는 게 어떨까요? 식사도 다 하신 것 같으니 제가 이곳 사이트를 안내하며 설명 드리겠습니다. 아마 기대하셔도 좋을 겁니다. 세상에 단 하나밖에 없는 곳이니까요."

이토가 말했다.

"우리가 이곳에 온 목적은 얼마 전에 발생한 사고원인을 파악하기 위해서이네. 그에 대해 자세한 설명을 듣고 싶군."

월터는 제니퍼와 제프가 신경 쓰이는지 두 사람 쪽을 슬쩍 흘어 보았다.

"사고에 대해서는 이미 베트남 당국에 자세하게 보고한 상태입니다만. 원하신다면 직접 사고 장소까지 안내해 드리겠습니다. 그곳에서 궁금하신 점을 질문해 주시면 대답해 드리도록 하겠습니다. 여기 전문가 분들이 계시니 원인 파악에 도움이 될 수도 있겠군요."

"그럼 시간 낭비 하지 말고 지금 가보도록 하세."

이토는 말을 마치자마자 자리에서 일어났다. 느긋하게 커피를 즐기고 있던 최민은 황급히 머그잔에 담겨있던 남은 커피를 마시고 뒤따라 자리에서 일어났다.

월터가 일행을 안내하면서 말했다.

"일단 저희 연구소부터 보여드리겠습니다. 저희가 이곳에서 어떤 일을 하고 있는지 아실 수 있을 겁니다."

일행은 회의실을 나와서 복도를 따라 걸었다. 연구소는 방문센터의 주 건물에 연결된 부속 건물에 따로 있었는데, 주 건물과 부속 건물 사이에 좌우와 위가 전부 유리로 덮인 통로로 연결되어 있었다.

최민이 걸으면서 주위를 살펴보니 좌측으로는 높은 산이 보이고 우측 아래로는 끊임없이 펼쳐진 숲이 내려다보였다. 밖은 무척 더웠지만 통로 내부는 에어컨 시설이 잘 되었는지 쾌적한 온도를 유지하고 있었다.

부속 연구소는 3층 높이의 사각형 건물이었다. 입구에 도착해 월터가 목에 걸려 있는 보안카드를 문 옆의 인식기에 대자 문이 좌우로 소리 없이 열렸다. 건물 안으로 들어서자 다시금 보안 검색대가 있었다. 경비원 두 명이 그들에게 다가왔다. 월터가 말했다.

"여기는 허가 받지 않은 일체의 저장 매체를 반입하거나 반출할 수 없습니다. 혹시 USB 저장매체나 촬영이 가능한 카메라나 휴대전화가 있으면 경비원에게 보여주시면 됩니다."

최민이 주머니에서 휴대전화를 꺼내어 경비원에게 주었다. 경비원은 휴대전화를 가지고 가서 옆에 마련된 테이블에 놓인 어떤 장비에 연결했다. 잠시 후 경비원은 휴대전화를 최민에게 돌려주었다.

월터가 설명을 해 주었다.

"휴대전화를 안에서도 사용하실 수 있지만 건물 내에서 사진촬영 및 녹음은 안 될 겁니다. 나가실 때 락(lock) 걸은 것을 풀어드릴 겁니다. 참고로 이 규정은 회사 임직원이라도 예외는 아닙니다."

일행이 전부 휴대전화에 보안소프트웨어로 락(lock)을 건 후에 안으로 진입할 수 있었다. 그들은 복도를 따라 조금 걸었다. 월터는 '무반사 실험실 1'이라고 쓰여 있는 문 앞에서 멈춰 섰다.

"일단 여기부터 시작하지요."

월터가 웃으면서 말했다.

그들이 안으로 들어가자 커다란 방이 나왔다. 천장의 높이가 거의 10m는 되어 보일 정도로 높았는데 특이하게 창문이 없었다. 그리고 벽과 천장 전체가 가로 세로 30cm 정도로 보이는 사각뿔 모양의 녹색 물체로 빼곡히 뒤덮여 있었다. 천장의 강한 조명으로 방 안은 매우 환했다.

"이 방은 완벽히 외부와 격리되어 있습니다. 사방의 벽과 천장은 전부 금속판으로 완벽히 밀폐되어 있습니다. 따라서 외부에서 오는 전자파가 이 방 안에는 들어오지 못합니다. 여러분들의 휴대전화를 꺼내서 신호가 뜨는지 확인해 보세요."

제니퍼가 그녀의 휴대전화를 꺼내서 보니 수신 바가 전혀 뜨지 않았다. 네트워크를 찾지 못하는 것이 분명했다. 그녀가 물었다.

"사방 벽에 붙어 있는 것이 뭔가요?"

월터가 대답했다.

"저건 옵서버(absorber)라고 합니다. 저걸 저렇게 벽에 붙이면 어떤 전자파라도 벽에 흡수되어 버리고 말지요. 즉, 이 방 내부에는 반사파라는 게 존재하지 않게 됩니다. 여러분이 밖에서 통화를 할 때 가끔 전화가 끊기거나 혹은 말하는 게 밀려서 들릴 때가 있지요? 그런 현상이 발생하는 것은 기지국에서 오는 신호가 여러분들의 휴대전화로 직접 오는 것 이외에 주위 건물 등에서 반사되어 오는 신호와 뒤섞이기 때문입니다. 이 방 내부는 벽과 천장에서 반사파를 없앰으로써 실험 장치에서 전달되는 신호가 간섭이나 잡음 없이 완벽히 수신기로 전달될 수 있습니다."

제프가 말했다.

"그런데 저만 그런 건지 모르겠는데 귀가 좀 먹먹하네요."

월터가 미소 지었다.

"그건 옵서버가 전자파뿐만이 아니라 일반적인 소리신호의 반사까지 막기 때문이지요. 그러니까 여러분이 벽에 대고 말하는 소리는 벽에서 흡수되어 버리니까 조금 이상하게 느껴지실 겁니다."

브라운이 웃으며 말했다.

"요즘 유해 전자파 때문에 두통이 생긴다는 사람이 많은데 여기 오면 치료가 되겠네요."

월터가 말했다.

"그래서 저희 연구원 중에는 가끔 일이 없어도 이 방 안에서 시간을 보내는 사람들이 있답니다. 안에 오면 머리가 맑아진다고 하지요. 하하."

일행이 방 중심으로 걸어갔다. 중앙에는 복잡하게 생긴 기계와 치과병원에서 쓰는 듯한 의자가 놓여 있었다. 의자 머리 부분에는 반구형의 금속 물체가 있었는데 물체 안쪽에는 작은 돌기가 빽빽하게 나 있었다. 최민은 그것이 그가 개발한 뇌파 탐지 인터페이스임을 알아보았다.

그리고 약간 떨어진 지점에 최민이 미국 이사회에서 보여주었던 것과 비슷한 반신 로봇이 있었다. 제프와 제니퍼는 처음 보는 것이니만큼 신기해하였으나 이토 등 다른 사람들은 이미 알고 있는 장치여서 크게 관심을 두지 않는 눈치였다. 이토가 말했다.

"이건 이미 우리가 소개받은 것이네. 실험실 장치 말고 실제 필드에 어떻게 구현되었는지 보고 싶은데?"

월터가 잠시 난감한 표정을 지었으나 곧바로 표정을 풀고 말했다.

"아직 필드 테스트 중이라서 완벽하지는 않습니다만…… 좋습니다. 그럼 여기서 시간을 보내지 말고 곧바로 실제 어떤 식으로 구현되었는지 보실 수 있도록 안내하겠습니다."

그는 벽으로 걸어가 벽에 붙어 있는 인터컴의 수화기를 들었다.

"제임스, 그래. 나야. 그런데 지금 본사에서 오신 분들께서 필드를 보고 싶어 하시는데 준비 가능하겠나? 오케이. 그럼 한 시간 내로 가도록 하지."

월터가 이토를 향해 몸을 돌렸다.

"의장님, 지금 곧 준비가 될 테니 이동하셔도 될 것 같습니다."

이토는 고개를 끄덕이고 월터를 따라 방을 나섰다. 제니퍼와 제프는 아직도 그들이 보고 있는 기계가 어떤 것인지 궁금해하는 눈치였다. 최민은 그들에게 다가가서 예전에 이사회에서 그가 발표했던 내용을 간략하게 설명해 주었다. 그들은 최민이 말하는 내용에 놀라움을 금치 못했다.

일행이 연구소를 다시 나와서 본관으로 들어서자 월터는 그들을 중앙홀에서 건물 뒤쪽으로 안내했다. 수십 미터는 될 듯한 넓고 기다란 복도 양쪽에는 빈 공간이 늘어서 있었다. 월터가 말했다.

"이곳은 나중에 기념품 판매 매장이 들어올 예정입니다. 아직 정식 오픈을 하지 않아서 지금은 빈 공간이지요."

몇 분을 걷고 나자 작은 광장이 나오고 그 반대편에 화려하게 장식된 문이 보였다. 아치형의 문은 반짝이는 LED 조명으로 빛나고 있었고 위에는 크게 '뉴로 게임 월드'라는 간판이 반짝이고 있었다. 광장 내부는 아직도 공사가 바쁘게 진행되고 있었다. 많은 사람들이 시설물을 짓느라 움직이고 있었고 전기톱과 망치 소리가 요란하게 울려 퍼지고 있었다. 그들의 좌우로 건설자재를 실은 소형 전기자동차가 휙휙 지나다니고 있었다. 최민은 어린아이처럼 주위를 신기하게 둘러보았다.

어찌 보면 약간은 유치하게 보이는 입구의 아치형 문을 지나자 좌우에 난간이 있는 계단이 나왔다. 계단은 아래로 경사가 심하게 져 있었다. 이 계단은 원래 있던 천연 동굴을 개조한 듯 좌우 벽에 자연산 암석들이 박혀 있었다. 계단은 철제로 만들어져 약간 삐걱대는 소리가 났다. 계단 중간중간에는 천장에서부터 늘어뜨려진 모니터가 사람 키 높이보다 약간 높은 곳에 설치되어 있었는데 모니터는 꺼진 상태였다. 아마도 이곳에 많은 사람들이 들어올 때 그들이 기다리는 동안 심심하지 않게 뭔가 보여주려는 목적인 것 같았다. 계단을 한참 걸어 내려가자 이윽고 평평한 곳에 다다랐다.

최민이 앞을 보자 그들 앞으로 좁고 기다란 동굴이 뻗어있는 것이 보였다. 동굴이 구불구불한지, 그 끝이 보이지 않았다. 바닥은 평평하게 잘 닦여 있었고 길 양쪽에는 금속 난간이 있었다. 천장에는 천연의 석순이 늘어서 있고 좌우에는 기묘한 종유석들이 동굴 벽에 나 있었다. 천장과 벽에 은은한 조명이 동굴 내부를 신비롭게 비추고 있었다.

일행은 좌우를 두리번거리며 한참을 걸어갔다. 그들은 거의 삼십 분 가까이를 구불구불한 동굴을 따라 걸었다. 중간중간에 경사가 진 곳이 많아서 일행은 약간 지친 상태가 되었다. 그때 문득 최민의 귀에 작게 물 흐르는 소리가 들렸다. 옆에 있던 비비안도 들었는지 최민의 옆구리를 슬쩍 찌르며 말했다.

"물소리가 나는데? 뭘까?"

"글쎄, 지하에 강이 있나 보지?"

그들이 말한 대로 잠시 후 작은 강이 앞에 나타났다. 그 위에는 강을 가로지르는 다리가 놓여있었다. 일행이 다리 위로 올라가자 귀가 먹먹할 정도로 강물이 흐르는 소리가 들렸다.

"이렇게 걷게 해서 죄송합니다. 아무래도 동굴 내부를 훼손하지 않도록 신경을 쓰다 보니 동굴 벽을 부수고 넓혀서 도로를 만드는 원래 계획을 실행하지 못해서요. 조금 더 걸으시면 첫 번째 구역이 나옵니다."

월터가 설명했다.

"안에 장비나 시설물은 어떻게 운반하셨나요?"

브라운이 물었다.

"제3구역 위쪽 천장은 산 정상부로 연결되는데 그곳에 자연적으로 생긴 커다란 구멍이 있었습니다. 그래서 장비는 그쪽을 통해 공수했지요. 물론 지금은 저희가 산 위쪽으로부터 일부만 남겨 놓고 막아 놓은 상태입니다."

다리를 건너자 그들 정면에 수십 미터는 되어 보이는 절벽이 나타났다. 고개를 들어 위를 쳐다보니 절벽 위에 다시 동굴이 뚫려 있는 것이 보였다.

"이 장소가 이곳을 처음 발견한 탐험대가 1차 탐험을 중지한 곳입니다. 장비 없이는 도저히 저 절벽을 기어 올라갈 수 없었기 때문이죠. 하지만 지금은……."

158

말을 마친 그는 다리 옆으로 이동하였다. 그곳에는 은색으로 번쩍이는 새장 같은 것이 놓여있었다. 최민이 자세히 보니 새장 위에 철선이 천장까지 연결되어 있었다. 그는 그것이 무엇인지 금세 알아보았다.

"이곳에 엘리베이터까지 만들어 놓으셨군요."

비비안이 감탄한 듯이 말했다.

월터는 말을 하는 대신 먼저 엘리베이터 앞으로 다가가서 문을 열고는 비비안을 보고 말했다.

"숙녀분 먼저!"

그들이 차례차례 올라타자 월터는 새장 벽에 붙어 있던 스위치를 눌렀다. 엘리베이터는 천천히 위로 올라가기 시작하였다. 수십 미터 즉, 거의 일반 빌딩 10층 정도 높이를 올라오자 마침내 아래에서 보이던 절벽 위 동굴 입구가 보였다. 입구 주위에는 사람들이 떨어지지 않게 난간을 둘러쳐 놓았다. 엘리베이터에서 내린 일행은 차례로 그 입구 안으로 들어갔다.

이들이 들어온 동굴은 좁고 구불구불하게 굽어 있었다. 물론 동굴 위에 달아놓은 조명의 밝은 빛 때문에 앞이 보이지 않거나 하지는 않았지만 이렇게 좁은 공간을 오랫동안 걷는 것은 누구에게나 힘든 일이었다.

이들은 말없이 한참을 걸었다. 차츰 일행이 지쳐갈 무렵이었다. 갑자기 좁은 동굴이 끝나면서 넓이가 대단한 광장 같은 곳으로 나오게 되었다.

최민은 앞에 펼쳐진 광경에 감탄을 금치 못했다. 천연 동굴 내부의 거대한 광장은 고개를 들어도 그 천장이 아득하게 잘 보이지 않을 정도로 높이가 엄청났다. 최민이 대략 짐작하기에 적어도 높이가 백여 미터는 될 것 같았다. 희미한 안개 같은 것이 동굴 내부에 끼어 있어 천장은 보일 듯 말 듯하였다. 좌우를 쳐다보니 폭이 거의 수백 미터는 되어 보였다. 정말로 거대한 공간이었다. 정면을 바라보니 희미한 안개 사이로 뭔가 거대한 구조물이 보였다. 최민이 호기심에 일행보다 먼저 길을 따라 걸어 내려갔다.

그 구조물에 가까이 다가가니 그게 무엇인지 확실히 보였다. 그것은 거의 오십 미터는 넘어 보이는 거대한 석순이었다. 이것은 광장 중앙에 똑바로 천장을 향해 치솟아 있었다. 사방에는 갈색의 암석과 기기묘묘한 석순들이 가득 차 있었다.

정면 좌측으로 암석으로 이루어진 언덕이 보였는데 그들이 서 있는 위치보다 약 삼십 미터는 높아 보였다. 멀리서 보기에도 언덕의 크기가 커다랗다는 것을 알 수 있었다. 그들이 서 있는 위치로부터 언덕 위까지 길이 연결되어 있었다. 그리고 그 언덕 위에는 돔형의 이 층짜리 건물이 서 있었다.

비비안이 최민을 돌아보며 말했다.

"정말 아름다워. 이런 곳이 있을 줄은 상상도 못 했어."

월터가 말했다.

"저희도 처음에 여기에 왔을 때 정말 감탄을 금치 못했었죠. 마치 지구가 아닌 새로운 혹성에 온 것 같은 느낌이었으니까요. 하지만 다음 구역들로 가시면 더 멋진 모습을 보시게 될 겁니다. 기대하세요."

# 스튜디오1

일행은 언덕 위로 걸어서 돔형 건물로 들어섰다. 건물 입구에는 '스튜디오1 통제센터'라는 간판이 달려있었다. 일행은 유리로 된 커다란 입구의 문을 통과하여 홀로 들어섰다.

월터는 그들을 홀 오른쪽에 보이는 방으로 안내했다. 방은 무척 컸는데 어림잡아 보아도 1만 평방피트는 되어 보였다. 입구에서 보니 방은 정사각형이 아닌 직사각형 모양이었다. 좌우로 기다란 공간이었고 넓은 한쪽 벽에는 통유리로 된 대형 유리창이 설치되어 있어 밖의 전망이 내려다보였다. 이 통제센터는 광장을 한눈에 바라볼 수 있는 언덕 위 절벽 가에 위치하고 있어 동굴 광장 내부가 아주 잘 보였다. 유리창을 통해 광장 중간의 거대한 석순이 매우 가깝게 보였다. 동굴 천장을 통해 스며드는 희미한 햇살과 동굴 벽 내에 위치한 조명을 받아 석순은 신비롭게 빛나고 있었다. 석순 주위에는 갖가지 작은 석순들이 솟아 있었다. 사람 키보다 큰 것도 많았다. 그 안에 들어가면 마치 미로처럼 길을 찾기가 쉽지 않을 것 같았다.

창가 쪽에는 창을 바라보며 작은 셀(Cell)들이 배치되어 있었다. 셀들은 높이 약 1.5m 정도 높이의 벽으로 격리되어 있었는데 언뜻 보면 일반 사무실의 간이 벽같이 보였다. 각 셀 안에는 아까 연구소에서 본 인터페이스 좌석이 하나씩 배치되어 있었다. 방 중간에는 약간 높은 단이 설치되어 있었고 수십 개의 커다란 LCD 모니터가 둘러싸고 있었다. 그곳에 열 명 정도의 사람들이 바쁘게 일하고 있었다. 월터는 일행을 단 위로 안내했다.

"이곳 지하세계에는 여러분들이 보시는 것과 같은 커다란 공간이 여러 개 존재합니다. 저희는 각각의 공간을 개발하고 스튜디오로 부르고 있습니다. 즉, 이곳은 스튜디오1의 통제센터가 되는 것입니다. 유저는 저 앞에 보이는 셀에서 자신의 캐릭터를 조종하게 됩니다. 유저의 모든 활동은 이곳 모니터를 통해 통제됩니다."

이때 제니퍼가 물었다.

"도대체 이곳이 무엇을 하는 곳이죠? 아까 설명해 주신다고 하셨는데……."

월터가 빙긋 웃었다.

"알겠습니다. 그럼 이곳에 처음 오신 분들을 위해서 설명 드리겠습니다."

그는 말을 이었다.

"이곳은 쉽게 말해 온라인 게임을 하는 곳입니다."

제니퍼는 약간 황당한 표정을 지었다. 지금까지 그녀가 보아온 시설은 그야말로 엄청난 자본이 투입된 거대 연구 산업 시설이었다. 그런데 고작 온라인 게임이라니? 게임이란 건 그저 어린 아이나 일부 사회 낙오자들이나 하는 것이라 생각해온 그녀는 순간 어안이 벙벙했던 것이다. 월터는 그런 그녀를 바라보며 말했다.

"물론 온라인 게임이라고 말씀드리면 이해를 잘 하지 못하실 겁니다. 단순한 온라인 게임이라면 게이머가 컴퓨터 앞에 앉아 게임 서버에 접속해서 게임 개발사가 만들어 놓은 가상공간에서 다른 유저와 게임을 즐기는 것이라 생각하실 수 있겠죠. 하지만 여러분들이 아셔야 할 것은 게임 산업이야말로 지난 수십 년간 가장 빨리 성장한 산업분야 중 하나이고 또한 가장 충성도 높은 고객을 확보하고 있는 분야라는 것입니다."

최민은 이미 알고 있는 내용이었지만 실제 이곳 사이트에 온 것은 처음이므로 관심 있게 월터가 말하는 내용을 경청하였다.

"하지만 기존 게임은 한계가 있습니다. 첫 번째 문제는 컴퓨터로 구현한 가상공간은 결국 컴퓨터 프로그램이 만든 비현실적인 세계에 불과하므로 플레이어들이 진짜 모험을 하는 몰입감을 주는 것에 한계가 있다는 것입니다. 아무리 프로그램을 잘 구현한다고 해도 사람이 실제로 정글이나 극지 혹은 고산을 탐험하는 모험에 비하면 현실감이 떨어질 수밖에 없죠.

두 번째 한계는 휴먼 인터페이스입니다. 만약 정말로 정교한 컴퓨터 프로그램으로 가상세계를 구현해서 실제 세상에 근접하게 만든다고 해도 게임에 접속해서 컨트롤하는 방법이 단순히 컴퓨터 키보드나 마우스에 의존하는 한 실제 세상에서 눈, 코, 입, 손,

발로 느끼고 컨트롤하는 것과는 천양지차의 현실감이 존재할 수밖에 없는 것입니다."

그는 최민을 슬쩍 바라보았다.

"그래서 저희 회사는 새로운 개념을 도입했습니다. 먼저 휴먼 인터페이스의 문제는 여기 계신 최 박사님의 도움을 얻어 인간의 뇌와 인간의 감각기관을 연결하는 신경망의 전자기파를 완벽히 컨트롤할 수 있는 인터페이스를 개발했습니다. 저희는 이것을 애니(AHNI, Advanced Human Neural Interface)\*라 명명했습니다. 저기 보이는 셀에 있는 장치가 그것입니다. 애니(AHNI)는 기존의 단순한 뇌파 탐지 기능을 넘어 뇌의 각 부분에서 나오는 전기신호를 정밀히 분석해서 그 신호가 인간의 미세한 감각기관과 어떤 연관이 있는지를 파악하고, 자체 신경망 컴퓨터를 통해서 완벽히 감각기관들을 통제할 수 있도록 합니다."

이때 비비안이 끼어들었다.

"제가 약간의 부연 설명을 드리죠. 처음에는 저희도 애니를 사용해서 단순히 가상 컴퓨터 프로그램에 연결하는 것을 고려했습니다. 즉, 사용자가 애니(AHNI)를 통해 서버에 접속하고 서버에 구현된 게임 프로그램 안에서 게임을 하는 방법이었죠. 사용자가 구현된 가상현실 내에서 자신이 살아가는 것처럼 느낄 수 있도록 고안하였죠.

---

\* AHNI(Advanced Human Neural Interface): 인간의 뇌파를 탐지하여 인간의 뇌와 신체 사이에 전달되는 신호를 통제하는 가공의 장치.

하지만 저희가 시도한 결과 아무리 완벽한 휴먼 인터페이스를 사용해서 컴퓨터 게임 프로그램에 접속해도 테스트 유저들은 프로그램상의 가상현실을 진정한 현실로 받아들이지 못했습니다. 아무래도 직접 몸으로 느끼는 것과는 차이가 있을 수밖에 없었습니다. 여러 가지 수익성 검토를 한 결과 이 모델은 포기하게 되었습니다."

월터가 말을 받았다.

"고마워요, 비비안. 그래서 저희가 생각한 것이, 아예 이러한 게임 세상을 컴퓨터 프로그램으로 구현하는 것이 아닌 실제 세상에 구현하는 것이었습니다."

그는 제니퍼를 보면서 다시 말을 시작했다.

"자세히 설명 드리죠. 일단 게이머들은 애니(AHNI)를 통해 각자에 할당된 캐릭터에 접속합니다. 그런데 이 캐릭터는 아까 말씀 드렸듯이 컴퓨터 안 가상세상에 존재하는 가상의 존재가 아니라 실제로 존재하는 일종의 로봇입니다. 이 로봇 캐릭터는 실제 구현된 공간에서 게이머의 통제를 받아 움직일 수 있게 만든 것입니다.

이것을 위해 저희는 이곳의 광대한 동굴을 완벽히 외부와 격리된 게임 공간으로 새로이 구현해 내었습니다. 게이머는 게임에 접속하는 순간 로봇을 자기 몸처럼 인식하고 컨트롤할 수 있게 됩니다. 일반 세상에서는 하지 못했던 신비로운 세계를 탐험하고 모험하며 자신의 로봇 캐릭터를 성장시킬 수 있게 된 겁니다. 사용자들이 게임에 접속한 후 자신의 분신과 같은 로봇으로 새롭게 태어나 가상현실이 아닌 진짜 현실세상에서 모험을 즐길 수 있게 된 것입니다."

제니퍼는 월터의 말에 처음에는 황당한 표정을 짓다가 나중에는 감탄하는 표정으로 바뀌었다.

"정말 그런 것이 가능한 것인가요?"

"물론 가능하니까 여러분들이 지금 보시는 모든 설비들이 만들어진 것이 아니겠습니까? 이곳은 현재 일부 게이머들의 베타 테스트를 위해서 만들어진 곳입니다. 일단 게임이 정식으로 상용화되면 세계 각지에 이와 유사한 게임 센터가 설립될 것입니다. 전세계 게이머들은 그곳에서 게임에 온라인으로 접속하여 이곳에 설치된 대형 슈퍼컴퓨터 서버를 통해 자신들이 소유한 캐릭터 로봇과 접속할 수 있게 될 것입니다. 물론 이곳은 단순한 게임 센터만이 아니라 게임 관련 관광이나 실제 투어를 위해서 완벽한 테마파크 형식으로 구현될 예정입니다. 회사에서는 게임에서 오는 수입 이외에 이러한 관광 사업을 통해서도 적지 않은 매출을 기대하고 있지요."

이토가 말했다.

"게임이 어떤 식으로 진행되는지 우리가 볼 수 있을까?"

"물론입니다. 시연하기 전에 여러분들 중에 지원자가 있으면 좋겠군요. 보는 것보다 직접 게임을 해 보는 게 더 이해하기 빠를 겁니다."

제니퍼가 손을 들었다.

"재미있을 것 같은데 제가 해 봐도 될까요?"

월터가 말했다.

"제니퍼 양이 하시겠다면 환영입니다. 게임을 처음 접해보는 분이 해 보면 아무래도 이 게임에 대해서 더 정확히 판단하실 수 있을 테니까요. 그럼 먼저 제니퍼 양이 하시는 것으로 하고…… 한 분만 더 지원해 주시면 좋겠는데."

최민이 잠시 주저하다가 말했다.

"제가 해 보는 게 어떨까요? 제가 개발했지만 아직 한 번도 실제 구현되는 것을 본 적이 없거든요. 저도 제 인터페이스가 어느 정도로 작동하는지 무척 궁금하군요."

"좋습니다. 최 박사님이 게임을 해 보신 후에 부족한 점이 있다면 지적해 주시면 될 것 같군요. 그럼 두 분이 테스트를 해 보시는 것으로 하지요."

월터는 옆에서 바쁘게 기기를 조작하고 있던 직원에게 다가가서 뭐라고 말을 한 후에 일행에게 다시 돌아왔다.

"시작하시기 전에 먼저 두 분이 사용하실 게임 캐릭터(로봇)를 선택하셔야 합니다."

그는 전방의 커다란 디스플레이를 가리켰다.

"저희가 개발한 로봇에는 여러 종류가 있습니다. 게이머의 취향에 따라 선택하실 수 있습니다. 각 로봇에는 고유의 특징이 있습니다. 특징은 크게 파워(Power), 방어력(Defense), 민첩(Agility), 지구력(Duration)으로 나눠집니다. 파워가 강한 로봇은 무기가 다른 로봇에 비해 강력하고 순간적으로 강한 힘을 낼 수 있으므로 공격 시 적에게 큰 타격을 줄 수 있습니다. 방어력이 높은 로봇은 강력한 합금과 방어 장비로 방어가 되므로 웬만한 타격에는 끄떡없죠. 민첩이 높은 로봇은 순간 움직임이 빠르고 정확도가 높습니다. 그러므로 공격을 잘 피할 수 있고 또한 정확한 공격을 가할 수 있죠. 그리고 지구력이 강한 로봇은 전투에 들어가서 오랫동안 버틸 수 있습니다."

그는 터치스크린 디스플레이의 화면을 손가락으로 건드렸다.

"각 특징을 조합하여 현재 저희가 만든 로봇은 크게 세 가지 종류가 있습니다. 먼저 보실 로봇은 기사형 로봇입니다."

화면에는 크기가 190cm 정도 되어 보이고 커다란 몸에 오른손에는 작은 금속으로 만든 몽둥이와 왼손에는 육중한 방패를 들고있는 로봇이 보였다. 로봇은 거의 사람과 유사한 체형을 가지고있었고 얼굴 부위 또한 사람과 유사했다. 전신은 은빛으로 빛나고 있었고 두 눈은 파란색 광채가 빛나고 있었다. 한눈에 보기에도 매우 멋지게 디자인된 인간형 로봇이었다.

"이 로봇은 강력한 방어력과 지구력을 가지고 있습니다. 몸체는 스테인리스 강철 탄소 합금으로 되어 있고 손에 든 방패 역시티타늄 재질의 합금으로 웬만한 공격에는 흠집도 나지 않습니다. 그리고 강력한 배터리가 장착되어 오랜 시간 전투에 임할 수 있습니다.

다만 단점이라면 아무래도 무거운 재질의 합금으로 만들고 대용량 배터리를 장착한 바람에 움직임이 느린 편이죠. 기본 사양은 파워 10, 방어력 15, 민첩 5, 지구력 15입니다. 여기서 각 수치는 저희가 만든 표준 샘플 로봇 대비 성능을 말하는 것입니다. 즉,

특별히 장점과 단점 없이 만든 평범한 로봇의 성능을 각각 10으로 봤을 때의 대략적인 성능치이죠. 보시다시피 이 로봇은 방어력에 중점을 두고 만들어졌습니다."

그는 디스플레이를 조작하여 다음 화면으로 넘어갔다. 이번에 보이는 로봇은 키가 180cm 정도 되는 로봇이었는데 매우 날렵한 몸매를 가지고 있었다. 약간 은회색으로 빛나는 몸체가 반짝이고 있었는데 한 손에 작은 단검을 들고 있었고 등 뒤에는 커다란 활을 들고 있었다. 몸의 굴곡은 마치 여자 인간처럼 디자인되어 늘씬했다.

"이번 로봇은 사냥꾼형 로봇입니다. 이 로봇은 무게가 가벼운 알루미늄 합금으로 만들어져서 매우 빠르게 움직일 수 있습니다. 그리고 가벼운 만큼 정확한 움직임이 가능하므로 특히 원거리 공격 시 적중률이 높다고 볼 수 있습니다. 기본 사양은 파워 5, 방어력 10, 민첩 20, 지구력 10입니다."

제니퍼가 탄성을 질렀다.

"정말 멋지네요!"

월터는 빙긋이 웃고 다음 화면을 보여주었다. 이번에 화면에 보이는 로봇은 키가 2m 정도 되어 보이는 매우 거대한 로봇이었다. 몸은 짙은 검은색으로 번쩍이고 있었고 몸집이 우람했다. 등 뒤에는 커다란 장검, 마치 중세의 바스타드 소드를 연상케 하는 거대한 칼이 걸려 있었다. 한눈에 보기에도 매우 강력하게 보이는 로봇이었다.

"마지막 로봇은 전사형 로봇입니다. 전신이 티타늄 합금으로 제작되어 가볍고 강한 탄성을 지녀 기사형 로봇보다는 민첩하게 움직일 수 있습니다. 그리고 순간 마력이 높은 배터리를 가지고 있어 강력한 힘으로 공격할 수 있습니다. 하지만 그만큼 배터리 소모량이 많아서 지구력은 기사형 로봇에 비해 약한 편이죠. 기본 사양은 파워 15, 방어력 10, 민첩 10, 지구력 10입니다."

잠시 말을 멈춘 월터는 일행을 둘러보았다.

"제니퍼 양과 최 박사님은 먼저 마음에 드는 로봇을 선택해 주세요. 일단 한 번 선택하시면 나중에 교체가 안 되니 신중하게 고르세요."

제니퍼가 응답했다.

"저는 두 번째, 사냥꾼형 로봇을 선택할래요."

월터가 말했다.

"그러실 줄 알았습니다. 아무래도 사냥꾼형 로봇은 여성 플레이어들에게 어필할 수 있도록 디자인한 것이거든요. 잘 어울리실 겁니다. 그럼 최 박사님은 어느 로봇을 선택하시겠습니까?"

최민은 잠시 고민하다가 말했다.

"저는 기사 로봇으로 해 보죠. 제일 멋지게 보이는군요."

비비안이 최민의 손등을 살짝 치면서 말했다.

"너와 무척 닮아 보이는데. 얼굴 생김새도 너와 비슷해 보여."

최민은 아무 말 없이 비비안을 보며 어색하게 웃었다. 주위 사람들도 화면에 보이는 로봇과 최민의 얼굴을 번갈아 보면서 입가에 미소를 띠었다.

그런 그들을 보던 월터는 제니퍼와 최민을 향해 손짓을 했다.

"그럼 두 분은 이리로 오세요."

그는 두 명을 창가에 위치한 셀로 안내했다. 제니퍼의 옆 셀로 도착한 최민은 셀 안에 놓인 애니(AHNI)를 감회 깊게 쳐다보았다. 그가 수년간 노력해서 개발한 결과물이 눈앞에 놓여 있었다. 이제까지 연구실에서 수없이 이 기계를 보아 왔지만 막상 완성품이 실제 사용을 위하여 놓여있는 것을 보니 그동안의 고생이 떠올라 잠시 상념에 잠겼다.

셀로 들어가는 입구에 뉴로 엔터테인먼트 사의 직원이 기다리고 있었다. 각각의 셀 입구에는 가로세로 1m, 높이 3m 정도 되는 사방이 유리로 만들어진 방이 있었다. 직원이 최민을 그곳으로 먼저 안내했다.

"들어가서 삐 소리가 나면 잠시 눈을 감아주시면 됩니다. 두 번째 삐 소리가 나면 눈을 뜨고 나오셔도 됩니다."

"최 박사님, 지금 우리가 뭐 하는 거죠?"

옆 셀에서 대기하던 제니퍼가 물었다.

"이건 머리카락 속에 있을지도 모르는 작은 금속 입자나 다른 자성을 띤 물질을 제거하는 겁니다. 머리카락에 그런 방해 물질이 있으면 뇌로부터 나오는 정확한 전기신호를 감지할 때 오류가 날 수 있거든요."

고개를 끄덕이는 제니퍼를 보면서 최민은 유리방 속으로 들어갔다. 문이 닫히고 삐 소리와 함께 그는 눈을 감았다.

잠시 후에 곧바로 기계가 동작하면서 갑자기 머리카락이 곤두서는 듯한 느낌이 들었다. 유리벽 천장에 있던 자기력 발생기가 순간적으로 강한 자기장을 형성했기 때문이다. 그와 동시에 최민은 머리가 시원해지는 느낌을 받았다. 최민의 머리카락과 두피에 있던 자성을 띠고 있던 작은 불순물들이 자력으로 인하여 순간적으로 천장으로 빨려 올라가면서 마치 머리를 감은 듯한 시원한 느낌을 가지게 된 것이다.

몇 초 후 자기력 발생기가 멈추면서 벽에 장착된 튜브에서 강한 바람이 나와 머리카락을 날렸다. 약 10여 초가 흐른 후 바람이 멈추면서 삐 소리가 났다. 최민은 눈을 뜨고 유리문을 열고 다시 밖으로 나왔다.

직원의 안내를 받은 최민은 셀로 들어갔다. 그는 이미 장비의 조작법을 누구보다도 잘 알고 있었으므로 곧바로 기다랗게 놓여 있는 의자에 누웠다.

"몸에 힘을 빼시고 마음을 편안히 가지세요. 그리고 머리는 잠시 움직이지 말아주세요."

직원의 말에 최민은 머리를 의자의 등받이에 기대고 숨을 가볍게 내쉬었다. 잠시 후 목 부위로 부드러운 재질의, 마치 비행기의 좌석에 달린 취침용 머리 받침대 같은 판이 좌우로 나와 최민의 목을 고정시켰다. 직원이 그의 머리 위로 작은 돌기가 잔뜩 나 있는 반원구형의 금속 물체를 씌웠다. 머리에 닿는 작은 바늘 같은 감촉을 느끼며 최민은 최대한 마음을 편안하게 하려 노력했다.

그가 개발했지만 아직 그 자신이 이 기계에서 직접 테스트해 본 적은 없었다. 그도 개발기간 중에 테스트해 보고 싶은 마음이 굴뚝같았으나 만에 하나 발생할지도 모르는 불상사를 대비해서 언제나 테스트는 연구원들만이 진행할 수 있도록 펄슨이 강하게 요청했기 때문에 그는 한 번도 자신이 개발한 장비를 스스로에게 사용해본 적이 없었다. 아마도 펄슨은 그의 안위보다는 그가 잘못될 경우 회사에 생길 손실을 생각해서 그랬을 것임을 최민은 누구보다도 잘 알고 있었다. 그는 마치 첫 데이트에 나가는 것처럼 약간 설레는 감정이 들었다.

"그럼 시작하겠습니다. 처음 몇 분 동안 몸이 움직이지 않을 테니 너무 놀라지 마시고요. 그럼 좋은 꿈꾸세요."

직원은 농담 섞인 말에 이어 스위치를 올렸다. 순간 최민의 눈앞이 어두워지면서 주위의 소음이 사라졌다. 그리고 마치 테마파크의 롤러코스터를 타는 듯한 어지러움을 느꼈다. 아무도 없는 공간에 던져진 듯 그는 아무것도 느끼지도 듣지도 보지도 못하는 상태가 되었다.

그런 시간이 계속되자 그는 문득 불안감을 느꼈다. 그가 진행하던 프로젝트는 매우 민감한 분야로서 인간의 모든 오감을 뇌로부터 곧바로 외부의 기계로 연결하는 것이므로 어찌 보면 위험할 수도 있는 일이었다. 만약 뇌로부터 기계로 연결되는 사이에 조그마한 문제가 생긴다면 몸의 신경조직에 문제가 발생할 수도 있기 때문이었다. 물론 수많은 테스트를 통해 그럴 확률이 거의 0%에 가깝다는 것을 증명하기는 했지만 만약이라는 것은 어디서나 존재하는 것이었다. 그는 이러한 잠재적인 문제점에 대해 누차 펄슨에게 이야기했지만 펄슨은 실제로 사고가 나기 전까지 문제될 것이 없다는 투였다. 아무것도 모르는 제니퍼는 편안한 마음으로 있었겠지만 전문가인 그로서는 문제점을 알고 있으니만큼 불안감도 커진 것이다.

최민이 불안한 마음을 다스리려 노력하고 있을 때 갑자기 눈앞이 밝아졌다 어두워지기를 반복했다. 밝아질 때마다 눈앞의 사물은 그로테스크한 모양으로 일그러져 보였다. 그때 그의 귀로 월터의 목소리가 들렸다.

"처음에 약간 적응이 안 되겠지만 신경망 프로그램의 웨이트 트레이닝이 완료되는 대로 괜찮아질 겁니다. 걱정하지 마세요."

월터의 말대로 그는 잠시 기다렸다. 몇 번의 어두움과 밝음을 반복한 후에 앞에 보이는 것이 점차 정확한 윤곽을 잡아가고 있었다. 약 10분 정도가 흐르자 그는 마침내 주위의 사물을 식별할 수 있게 되었다.

주위가 갑자기 밝아졌다. 그리고 최민은 자신이 어디에 있는지 인식했다. 그는 커다란 광장의 한구석에 서 있었다. 그는 조심스럽게 고개를 돌려 주위를 살펴보았다. 그가 서 있는 주위에는 크고 작은 석순들이 늘어서 있었고 환하게 조명으로 빛나고 있었다. 그가 고개를 돌려 아래를 보자 은빛으로 반짝이는 몸체가 보였다.

"천천히 손을 올려보세요."

어디선가 들리는 월터의 목소리에 그는 오른손을 들어보았다. 역시 은색으로 반짝이는 금속 재질의 손이 천천히 올라가는 것을 볼 수 있었다. 최민은 신기한 마음을 감출 수가 없었다. 자신의 실제 팔이 아니라 로봇의 팔이란 것을 알고 있었지만 지금 그는 완전하게 자신의 팔을 움직이는 것과 같이 느끼고 있었다.

"왼쪽을 보시면 최 박사님의 지금 모습을 보실 수 있을 겁니다."

최민이 고개를—실제로는 로봇의 고개가 돌려진 것이지만— 돌리자 왼편에 반질대는 커다란 유리창이 보였다. 유리창에는 은빛으로 빛나는 로봇이 한쪽 팔을 들고 서 있는 것이 반사되어 보였다. 그것이 자신의 지금 모습이라는 사실에 최민은 자신이 이 프로젝트의 개발을 주도했음에도 신기한 감정을 누를 수 없었다.

한편 이때 통제실 안의 일행은 눈앞의 디스플레이를 보고 있었다. 디스플레이에는 지금 최민의 눈이 보고 있는 것이 그대로 보이고 있었다. 월터는 옆의 직원에게 물었다.

"지금 최 박사님과 제니퍼 양의 싱크로율은 어느 정도지?"

직원이 대답했다.

"최 박사님은 약 88%, 제니퍼 양은 약 90% 정도입니다. 움직이는 데는 문제없습니다."

월터가 웃었다.

"아무래도 타고난 운동신경은 제니퍼 양이 더 뛰어난 것 같군요. 처음인데도 90% 싱크로율이면 대단히 훌륭한 수준이니까요. 아참, 싱크로율이라는 것은 각 게이머와 로봇 사이에 신호 통제가 어느 정도 이루어지는가에 대한 수치입니다. 100%라면 거의 완벽히 뇌의 신호에 따라 캐릭터 로봇을 통제할 수 있는 것입니다.

처음에는 낮은 싱크로율을 보이는 게 정상이지만 계속 트레이닝을 하다 보면 점차 수치가 올라가게 됩니다. 일단 85% 이상의 싱크로율이라면 걷고 움직이는 데는 문제가 없습니다. 작은 오차 정도는 로봇 내부에 장착된 비선형 컨트롤 시스템(Non-Linear Control System)으로 수정하여 로봇이 비정상적으로 움직이거나 넘어지는 것을 막아줄 수 있으니까요."

그는 어느새 머리에 쓰고 있던 헤드 마이크를 통해 말했다.

"최 박사님, 천천히 걸어보세요."

최민은 그의 말을 듣고 다리를 움직였다. 뭔가 약간 부자연스러운 느낌이었지만 곧 오른발을 움직일 수 있었다. 그러나 왼발을 내딛는 순간 균형을 잠시 잃은 그의 몸이 흔들렸다. 그러나 곧바로 로봇 내부의 제어장치가 동작했는지 넘어지지 않고 똑바로 설 수 있었다.

그는 몇 번의 노력 끝에 천천히 앞으로 걸어나갈 수 있었다. 최민은 걸으면서 주위를 둘러보았다. 놀랍게도 자신이 걷고 있는 발에서 나는 육중한 발자국 소리와 주위에서 들리는 작은 소음도 선명히 들리고 있었다. 그는 코를 킁킁거려 냄새를 맡아 보았다. 물론 실제로 코가 움직인 것은 아니지만 약간은 눅눅한 동굴 특유의 냄새까지 맡을 수 있었다.

컨트롤 센터 안에서 월터가 일행에게 설명해주었다.

"지금 최 박사님은 몸을 움직이는 것 말고도 소리도 들을 수 있고 냄새까지 맡을 수 있습니다. 로봇의 귀 부분에는 음파 탐지기가 설치되어 음파를 전기신호로 바꾸어 컴퓨터로 전송한 후에 최 박사님의 뇌로 전송하므로 최 박사님은 완벽하게 주위의 소리를 들을 수 있습니다.

또한 냄새는 코에 장착된 작은 화학물질 탐지기를 사용해서 화학 성분을 분석합니다. 컴퓨터는 십여 가지 기본 화학 물질 성분의 조합을 통해 완벽하지는 않지만 거의 모든 냄새를 구분할 수 있게 합니다. 그리고 그 결과는 역시 최 박사님의 뇌로 전달되는 것이죠."

일행 중 몇 명이 탄성을 내질렀다. 그런 일행을 보고 싱긋 웃은 월터가 최민에게 말을 걸었다.

"최 박사님, 저에게 한번 말을 해 보세요."

그 말을 들은 최민은 '기분이 좋군요'라고 말했다. 그러나 그의 귀에는 아무런 소리가 들리지 않았다. 그 대신 최민이 보고 있는 시야의 왼쪽 위에 갑자기 글씨가 떠올랐다.

'채팅 최민: 기분이 좋군요.'

월터의 목소리가 들렸다.

"현재 로봇에는 음성장치가 달려있지 않습니다. 대신 플레이어가 말하는 것은 전부 이와 같이 글자로 나타나게 됩니다. 음성이란 것이 조금 까다로워서 모든 인간은 각자 틀린 음색을 가지고 있거든요. 컴퓨터를 이용해서 구현이 아주 불가능한 것은 아닙니다만 아직은 그렇게까지 정교하게 개발하지는 못한 상태입니다. 물론 현재 연구진이 기계음보다 사람의 음성에 가까운 음성 발생 장치를 개발하는 대로 장착할 예정입니다만, 현재 플레이하는 데는 아무 문제가 없으실 겁니다."

최민은 은색으로 반짝이는 머리를 끄덕였다.

"이번에는 '게임 컨트롤 디스플레이 온'이라고 말해 보세요."

월터의 목소리가 들려왔다.

최민이 그의 말을 따라 '게임 컨트롤 디스플레이 온'이라고 말했다(실제로는 말하려고 생각했다). 그러자 갑자기 최민의 눈앞에 몇 가지가 나타났다.

먼저 최민이 보는 시야의 좌측 밑에 빨간색 가로막대 표시가 나타났다. 그 위에 작은 글씨로 '파워'라고 적혀 있었다. 그리고 오른쪽 시야 밑에는 파란색 가로막대가 보였는데 그 위에 '배터리'라고 적혀 있었다. 두 막대는 모두 숫자 100을 가리키고 있었다. 그리고 가운데 아래쪽 시야에는 반투명하게 로봇형체가 그려진 위에 '대미지'라고 적혀 있었다. 형체는 모두 녹색을 띠고 있었다. 시야 오른쪽 위에는 '경험'이라고 적혀 있었고 현재 수치는 0을 가리키고 있었다.

"시야 아래편에 붉은색과 파란색 막대가 보일 겁니다. 먼저 파란색은 로봇에 장착된 메인 배터리의 잔량을 나타내는 겁니다. 오랫동안 움직이거나 과격한 전투를 즐기신다면 배터리가 빨리 소진되겠죠. 그럴 경우에는 사이트 중간중간에 있는 배터리 충전소에 들러서 충전해 주시면 됩니다.

그리고 붉은색은 파워 차저(Power charger)의 잔량을 가리키는 겁니다. 파워 차저는 메인 배터리에서 파워를 어느 정도 받아서 저장해 놓았다가 순간적으로 강한 힘을 낼 수 있도록 합니다. 그러므로 파워가 최고치일 때 상대방에 대해 공격을 해야 더 강한 충격을 줄 수가 있습니다. 파워 차저의 파워가 떨어진다면 잠시 움직임을 멈추고 메인 배터리부터 다시 파워 차지가 될 때까지 기다리셔야 합니다."

월터가 설명을 계속했다.

"아래쪽에 있는 대미지 표시는 현재 로봇의 몸체가 외부 공격으로 인해서 어떤 대미지를 입었는지 보여주는 겁니다. 현재 녹색 표시지만 만약 대미지를 입으면 점차 노란색에서 붉은색으로 변하게 될 겁니다. 몸체 일부분이 붉은색으로 변하면 지정된 수리소에서 수리를 받아야 합니다. 일단 게임에서는 몸체 일부분이 노란색으로 바뀌면 상대방 로봇은 자동적으로 공격을 멈추게 됩니다. 만약 한 부분이 완전히 파괴되면 수리에 큰 비용이 발생하기 때문이지요."

통제소 안에서 모니터를 보고 있던 브라운이 물었다.

"현재 로봇 한 기당 제작비용이 어느 정도인가요? 저런 장비를 다 가지는 로봇을 만들려면 무척 비쌀 것 같은데?"

"물론 개발에 많은 비용이 들었습니다만, 현재 한 기당 순수 재료비와 조립비만 따지면 약 십만 달러 정도입니다. 로봇들도 여러 가지 종류가 있어서 비용이 천차만별이기는 하지요. 하지만 대량생산을 시작하면 현재의 비용보다는 낮아질 것이라고 생각합니다."

"현재 몇 기나 제작된 상태이죠?"

브라운이 다시 물었다.

"지금까지 제작된 프로토 타입은 총 20기 정도 됩니다. 아직 대량생산 전 연구소에서 자체 제작한 것이라 많이 만들기는 힘들었죠."

말을 마친 월터는 다시 대형 모니터를 쳐다보았다.

"그럼 본격적으로 게임을 해 보도록 할까요?"

그는 통제센터 안에서 모니터를 주시하고 있는 사람들을 향해 눈을 찡긋해 보이고는 마이크를 통해 최민과 제니퍼에게 말했다.

"시야에 미션이 보이나요?"

최민은 시야 위쪽 정면에 글자가 나타나는 것을 보았다. 아무것도 없는 눈앞의 허공에 갑자기 글자가 나타나는 듯한 신기한 경험이었다.

> 미션: 무기 저장소로 가서 적합한 무기를 고르시오. 무기 저
> 장소는 시야에 보라색 화살표 표시로 나타날 것임.

그리고 최민은 오른쪽 전방 약 50m 정도 떨어진 지점의 허공에 보라색 화살표시가 나타나는 것을 보았다.

'채팅 최민: 하늘에 보라색 화살표시가 나타나는군요. 진짜로 존재하는 것인가요?'

월터가 대답했다.

"아닙니다. 저 화살표시는 최 박사님 눈에만 보이는 겁니다. 각자 미션에 따라 필요할 때 시신경 쪽 신호를 조작하여 가상의 표시를 나타낼 수 있지요."

최민은 고개를 끄덕인 후에 지시받은 대로 그곳을 향해 걷기 시작했다. 오른쪽을 보니 제니퍼가 조종하는 로봇이 보였다. 은회색으로 빛나는 날렵한 모습의 로봇이었다. 최민은 제니퍼에게 말했다.

'채팅 최민: 매우 멋진데요!'

곧바로 허공에 제니퍼가 말하는 것이 글자로 보였다.

'채팅 제니퍼: 와우! 너무 신나는 경험이에요. 움직임이 진짜 내 몸을 움직이는 것 같네요.'

'채팅 최민: 어디, 누가 저기까지 먼저 도착하는지 내기할까요?'

'채팅 제니퍼: 좋아요. 그럼 빨리 따라오세요!'

말을 마치자마자 제니퍼가 갑자기 달리기 시작했다. 깜짝 놀란 최민도 같이 달리기 시작했다. 하지만 최민의 로봇이 훨씬 무게가 더 나가는 관계로 금방 제니퍼에게 뒤처지고 말았다. 제니퍼는 사람이 달리는 속도만큼의 빠르기로 무척 빠르게 최민을 훨씬 앞서나갔다.

관제센터 안에서 제프가 물었다.

"그런데 지금 로봇을 통해 촉각 같은 감각도 느낄 수 있나요? 다른 말로 말하면 사람처럼 고통도 느낄 수 있는 건가요?"

월터가 말했다.

"아닙니다. 지금은 비용문제나 게이머의 안전을 위해서 그런 감각신경기관은 연결되어 있지 않습니다. 하지만 기술적으로는 충분히 가능하지요. 저희는 게임이 상용화되고 활성화된 이후에 리얼 하드코어 모드라는 것을 만들 생각입니다. 원하는 게이머들에 한하여 즉, 추가 비용을 지불하는 사람들에게 한해 이러한 감각센서를 장착하고 로봇이 타격을 받으면 실제로 고통을 느낄 수 있게 하는 거죠. 아무래도 그런 강한 자극을 원하는 게이머가 분명 있을 테니까요."

제프가 다시 물었다.

"이런 기술이라면 군사 쪽에도 적합할 것 같은데. 그러니까 저런 로봇을 동원해서 전투에 사용한다면 어떨까요? 병사들의 안전도 보장되고 무척 위력적일 것 같은데요."

월터는 슬쩍 비비안을 쳐다보았다.

"비비안 양, 전에 이에 대해서 회사 내에서 논의가 있었죠?"

비비안은 화살을 자신에게 돌리는 월터를 슬쩍 째려보았지만 곧 웃음을 되찾으며 말했다.

"저희 회사의 기밀이므로 자세하게 말씀드릴 수는 없습니다. 하지만 간단하게 말씀드리면 분명 회사 내에서 저희 기술을 군사 쪽으로 사용하는 것에 대한 논의가 있었고 여러 가지 검토를 했었습니다."

제프가 물었다.

"그래서 어떻게 되었나요?"

비비안이 대답했다.

"결론적으로 말씀드리면 진행하지 않기로 했습니다. 먼저 문제는 기술적으로 저희 로봇이 전장에서 쓰이는 데 적합하지 않다는 것이죠. 지금 군사적으로 사용하고 있는 무인정찰기 같은 경우에야 간단한 위치조작신호와 몇 가지 공격신호만 컨트롤하면 충분합니다.

하지만 보시다시피 저희 로봇을 무선통신을 통해서 원격조정을 하려면 완벽한 데이터 전송이 필요합니다. 후각, 시각, 청각 등의 오감을 느끼고 팔, 다리, 머리, 몸통 등을 완벽히 제어하려면 많은 양의 데이터를 로봇과 서버가 상호 전송해야 합니다. 여기 스튜디오처럼 특수 제작된 무선통신망이 완벽히 깔려 있는 곳에서는 그러한 대용량 데이터 전송이 가능하겠지만 실제 전장처럼 통신망 상태도 열악하고 더구나 적군의 통신 교란까지 있는 곳이라면 로봇을 제대로 컨트롤하는 것은 불가능합니다."

비비안은 말을 이었다.

"그리고 회장님의 생각도 이러한 신기술을 파괴적인 군사용으로 개발하는 것보다는 만인이 즐길 수 있는 엔터테인먼트 사업에 적용하는 것이 더 옳다고 판단하셨습니다."

이때 이토가 끼어들었다.

"그런 결정에 이사회가 전부 찬성한 것은 아니라네."

이토의 차가운 말에 비비안은 말을 잇지 못했다. 약간 어색한 침묵이 흐를 때 디스플레이 상에 최민과 제니퍼가 어떤 건물에 다다른 것이 보였다.

최민은 제니퍼에게 한참 뒤쳐져서야 보라색 화살표가 찍힌 위치에 다다를 수 있었다. 반투명한 화살표가 하늘에서 수직 아래 방향을 가리키고 있었고 그 아래에는 건물이 하나 있었다. 건물은 금속 재질로 만들어져 있었는데 입구 역시 금속 재질의 문으로 막혀 있었다.

'채팅 제니퍼: 많이 늦으셨네요.'

'채팅 최민: 달리기는 아무래도 안 되겠어요. 하하.'

'채팅 제니퍼: 그럼 안으로 들어가 볼까요? 그런데 어떻게 들어가는 거지?'

제니퍼의 고민을 덜어주기라도 하는 듯 그들이 건물의 철제문 앞으로 다가서자 입구의 위쪽에 달린 센서가 그들을 탐지하고는 곧바로 철컥 하는 소리와 함께 문이 열렸다.

'채팅 최민: 아무래도 센서가 우리를 스캔해서 현재 진행 중인 미션이 있을 때 문을 열어주는 것 같군요.'

'채팅 제니퍼: 재미있네요. 안에 뭐가 있을까요?'

이들이 천천히 문을 열고 안으로 들어서자 생각보다 널찍한 내부가 나왔다. 내부에는 기다란 선반이 좌우로 늘어서 있고 선반에는 각종 무기 및 장비들이 걸려 있었다. 가장 커다란 선반에는 '무기' 라는 레이블이 붙어 있었다.

그들의 귀로 월터의 목소리가 들렸다.

"지금 보시는 곳이 게임 장비를 보관하고 있는 곳입니다. 이곳에서 여러분들은 각자의 로봇에 맞는 무기 및 방어구, 그리고 배터리 등 각종 부품을 얻을 수 있습니다."

최민은 '무기' 라고 적혀있는 선반으로 다가섰다. 수많은 무기들이 늘어서 있었는데 단순하게 생긴 곤봉부터 작은 칼, 반월도, 기다란 일본도, 커다란 중세식 양손검, 도끼 등 근접전용 무기가 있었고 약간 떨어진 곳에는 각종 활도 보였고 맨 끝에는 엽총까지 보였다.

그는 둘러보다가 멋지게 생긴 한 손 장검 쪽으로 다가서서 손을 뻗어 장검을 쥐려 하였다. 하지만 장검의 손잡이 부근까지 손이 다가가서는 아무리 힘을 주어도 손을 뻗어 손잡이를 잡을 수가 없었다.

184

이때 월터의 목소리가 들려왔다.

"최 박사님은 아직 그 무기를 사용하기 위한 조건을 갖추지 못하셨기 때문에 그 무기를 사용하실 수 없습니다. 그 무기를 자세히 보면 약간 붉은색을 띠고 있는 것이 보이실 겁니다."

최민이 유심히 보자 월터의 말대로 그가 잡으려던 한손검 전체가 약하게 붉은색을 띠고 있는 것이 보였다. 그가 눈치 채지 못했던 것은 원래 무기의 색깔이 붉은 것이라 생각했기 때문이다.

"지금 사용 가능하신 무기는 희미한 파란색을 띠고 있습니다. 한번 둘러보세요."

최민이 주위를 둘러보자 군데군데 파란색을 띠고 있는 무기들이 보였다. 그가 그중 가장 가까이 보이는 무기 쪽으로 가보니 대충 만든 듯 표면이 울퉁불퉁하고 길이가 40cm 정도 되어 보이는 곤봉이었다. 재질은 금속 재질이었는데 정확히는 알 수가 없었다. 최민이 손을 뻗자 이번에는 문제없이 손잡이를 잡을 수가 있었다.

"아까 보신 고급 무기들은 나중에 로봇 내부에 장착된 자동 컨트롤 락(LOCK)을 푸시면 사용하실 수 있습니다."

'채팅 최민: 그 락은 어떻게 푸는 겁니까?'

"세 가지 방법이 있는데 먼저 사용자의 레벨이 올라가면 자연스럽게 풀리는 경우가 있습니다. 레벨을 올리는 방법은 잠시 후에 경험하시게 될 겁니다. 그리고 두 번째 방법은 지금과 같이 특별히 주어진 미션을 수행하면 포상으로 받게 되는 경우입니다. 게임을 진행하면 점차 고난도의 미션이 주어지는데 어렵게 그 미선을 달성하면 그에 걸맞은 보상을 받게 되는 거지요. 그리고 마지막 방법은 돈을 주고 사는 방법이 있습니다."

'채팅 최민: 돈을 주고 산다면…… 기본 사용료 말고 추가로 일정 돈을 내면 된다는 것인가요?'

월터가 친절하게 말을 이었다.

"그렇습니다. 사용자가 보다 강력해지고 싶을 때 돈을 지불하면 사이트 내에 설치된 무기고나 정비소에서 필요한 무기나 장비를 구입할 수 있습니다. 물론 더욱 강력한 무기나 튼튼한 방어구, 혹은 강력한 파워를 내는 배터리 등은 좀 비싸겠지요."

'채팅 제니퍼: 와우! 저처럼 박봉에 시달리는 사람들은 어렵겠네요.'

"물론 돈을 지불하기 힘들 때는 시간을 투자하여 미션을 계속 수행하거나 레벨을 높이면 됩니다. 그리고 저희가 판단할 때 중산층 정도 되는 사람이 사치품이나 유흥 등으로 낭비하는 비용에 비하면 이렇게 새로운 모험을 즐기는 데 들어가는 비용이 그리 크다고 판단되지는 않습니다."

제니퍼는 동의하지 않는다는 듯이 침묵을 지켰다. 그녀는 별다른 말없이 역시 무기가 진열된 선반에서 작은 활을 집어 들었다. 활은 대나무로 만들어져 있었고 튼튼한 줄로 시위가 묶여 있었다. 그 옆의 화살 통에는 화살 수십 발이 꽂혀 있었다. 그녀는 화살 통도 집어 들었다. 그녀의 로봇 등에는 화살 통을 걸 수 있게 특수 제작된 갈고리가 있었다. 그녀는 화살 통을 등의 갈고리에 부착하였다.

최민은 곤봉을 집어 들고 건물 밖으로 나왔다. 건물 밖으로 나오자마자 다시금 눈앞에 글이 보였다.

'축하합니다. 미션을 완료하셨습니다.'

그와 동시에 시야 오른편 위에 있던 '경험'이라고 쓰여 있던 막대 수치가 50으로 올라가는 것을 볼 수 있었다.

'채팅 최민: 경험 숫자가 올라갔네요.'

월터가 대답했다.

"그렇습니다. 그 경험이 쌓여 특정 수치를 넘어가면 레벨이 올라가게 되고, 레벨이 올라가면 보다 강력한 장비를 갖추어 다른 플레이어들을 압도할 수 있게 됩니다."

그는 이어서 두 사람에게 말했다.

"그럼 이제 무기를 지녔으니 한번 대련을 해 보실까요? 방법은 간단합니다. 그저 상대방을 가지고 계신 무기로 공격하여 대미지를 입히면 됩니다. 일정 대미지 이상 입게 되면 자동적으로 싸움을 멈추도록 할 테니 걱정 마세요. 하하."

그 말을 들은 제니퍼가 재빨리 건물 앞의 공터 중앙으로 달려갔다.

'채팅 제니퍼: 최 박사님! 한번 덤벼보시죠!'

최민도 천천히 제니퍼에게 다가가며 말했다.

'채팅 최민: 재미있겠네요. 어디 한번 해 볼까요?'

다가오는 최민을 보고 제니퍼는 등 뒤에서 화살을 하나 뽑아 활에 장착하였다. 일반적인 활과 달리 활 손잡이 바로 위에 구멍이 나 있고 그곳을 통해 화살을 장전하여 쏘게 되는 구조라 처음 활을 잡아보는 제니퍼도 별 무리 없이 장전할 수 있었다.

하지만 장전을 하는 사이에 어느새 다가온 최민을 보고 제니퍼는 얼른 뒤로 물러났다. 손에 든 곤봉으로 제니퍼를 치려고 다가선 최민은 물러나는 제니퍼를 보고 쫓아가려 했지만 제니퍼가 훨씬 빨라 둘 사이에 순식간에 거리가 벌어졌다.

제니퍼는 충분히 거리를 확보한 후에 활의 시위를 당겨 최민에게 발사했다. 최민은 제니퍼가 활을 겨누는 것을 보고는 반사적으로 왼팔을 들어 올려 가슴을 보호했다. 바람을 가르는 소리를 내며 날아간 화살이 최민의 왼팔에 정확히 명중했다. 하지만 화살은 박히지 않고 최민의 왼팔에 작은 흠집을 내고는 바닥으로 튕겨져 나갔다. 최민은 속도를 줄이지 않고 곤봉을 휘두르며 제니퍼에게 돌진했다.

자신이 쏜 화살이 별다른 대미지를 입히지 못하자 제니퍼는 약간 화가 났다. 그녀는 뒤로 빨리 이동하여 다시금 거리를 확보한 후에 두 번째 화살을 활에 메겼다. 그러고는 있는 힘껏 시위를 당겼다. 시야에 보이는 파워 게이지가 점차 올라가 100까지 올라갔을 때 시위를 놓았다. 좀 전과는 비교도 할 수 없는 속도로 날아간 화살이 최민이 팔로 방어를 하기도 전에 최민의 가슴을 강타했다.

'퍽' 하는 소리와 함께 최민의 가슴에 살짝 흠집이 났다. 그리고 최민의 몸이 순간적인 타격 때문에 뒤로 넘어졌다. 넘어지면서 바닥에 있던 작은 종유석이 부서져 먼지를 날렸다. 최민은 고통을 느끼지 못함에도 순간 어지러움을 느꼈다. 눈앞의 대미지 게이지를 보니 0%였던 대미지가 2%로 증가해 있었다.

최민이 비틀거리면서 일어나자 제자리에 가만히 서 있는 제니퍼가 보였다.

'왜 후속공격을 하지 않는 거지?'

최민은 의아해 했지만 곧바로 제니퍼에게 달려갔다. 제니퍼는 뒤로 피하는 듯했으나 동작이 아까보다 훨씬 느려보였다.

'왜 몸이 잘 안 움직이지?'

제니퍼가 속으로 생각하고 있을 때 월터가 말하는 것이 들렸다.

"좀 전에 제니퍼 양이 파워를 과다하게 사용해서 배터리가 순간적으로 소비된 바람에 잠시 움직임이 느려진 겁니다. 파워 차저는 조심해서 사용해야 하죠."

월터의 말이 끝나기가 무섭게 최민이 휘두른 곤봉이 눈앞에 다가왔다. 제니퍼는 얼른 허리를 숙여서 피했다. 하지만 두 번째로 휘두른 최민의 곤봉에 허리를 정통으로 가격 당하고 말았다. '쾅' 하는 소리와 함께 제니퍼가 뒤로 나동그라졌다. 최민이 다시 공격하려 달려들어 곤봉을 휘둘렀다. 하지만 제니퍼의 배터리가 다시 정상 작동되면서 움직임이 빨라졌다. 재빨리 몸을 굴려 곤봉을 피한 제니퍼는 발로 최민의 무릎을 걷어찼다. 최민의 무릎이 꺾이면서 무릎을 꿇었다. 제니퍼는 일어나서 뒤로 다시금 물러났다. 최민도 일어나 둘은 다시 거리를 두고 대치하게 되었다.

이때 박수소리와 함께 월터의 목소리가 들렸다.

"뭐 이 정도면 충분한 것 같군요. 처음치고는 두 분 모두 대단히 적응을 잘 하시네요. 움직임이 매우 자연스럽군요. 두 분 모두 로봇 격납고로 돌아오세요. 위치를 파악하려면 '게임컨트롤 맵

온'이라고 말씀해보세요."

최민은 월터의 말대로 '게임컨트롤 맵 온'이라고 말했다. 그러자 그의 눈앞에 지도가 나타났다. 그의 현재 위치는 중앙의 붉은 점으로 표시되어 있었고 주위에 지형과 주요 건물의 이름이 나타나 있었다. 그는 지도에 나와 있는 '격납고'를 확인한 후에 그쪽을 향해 걸어가기 시작했다.

'채팅 제니퍼: 와아! 생각보다 훨씬 재미있네요. 정말로 제가 목숨을 걸고 싸운 느낌이에요. 아까 최 박사님을 화살로 넘어뜨렸을 때 정말 엔도르핀이 솟는 느낌이었다니까요. 그리고 최 박사님한테 맞았을 때는 정말 화가 나더라고요.'

제니퍼는 흥분이 가시지 않았는지 재잘대었다. 최민도 무척 흥분한 자신을 돌아보고 약간 놀라고 있었다. 불과 몇십 분도 되지 않은 체험이었지만 그가 생각했던 것보다 훨씬 현실감이 있었다. 실제 자신의 몸으로 체험하는 것만 같았고 따라서 그 현실감이 매우 뛰어났다. 매일 연구실이나 강의실에서 따분한 연구와 강의를 하던 그에게 이렇게 직접 무기를 들고 누군가와 싸우는 것은 색다른 경험이었다. 그가 좋아하는 골프보다 훨씬 더 자극적이었다.

'정말 이 사업이 대성공을 거둘 수도 있겠는걸!'

최민은 속으로 생각하며 격납고로 이동하였다. 자신이 맨 처음 로봇으로서 첫발을 내디뎠던 공터를 지나 격납고 문을 열고 들어섰다.

그 안은 그리 크지 않은 공간이었는데 자신의 캐릭터 로봇 모양이 나오는 모니터 아래 마치 작은 주차장 같이 노란색 선으로 사각형 박스가 바닥에 그려져 있는 것이 보였다. 그는 그 노란 선의 박스 안으로 걸어 들어갔다.

"최 박사님, 제니퍼 양, 이제 돌아오실 시간입니다. 준비되셨으면 말씀하세요."

최민과 제니퍼가 즉시 대답했다.

'채팅 최민: 준비되었습니다.'

'채팅 제니퍼: 네. 괜찮습니다.'

월터의 목소리가 다시 들렸다.

"그럼 돌아옵니다. 천천히 눈을 감고 마음을 편하게 가지세요."

그리고 누군가가 카운트하는 것이 들렸다.

"5, 4, 3, 2, 1"

최민은 순간 다시금 눈앞이 어두워지는 것을 느꼈다. 마치 몸이 좁은 동굴로 빨려가는 듯한 느낌. 그리고 잠시 후 눈앞이 밝아지는 것을 느끼고 서서히 눈을 떴다. 잠시 눈의 초점이 맞지 않아 흐릿하던 사물이 점차 분명하게 보였다.

"크게 심호흡을 해 보세요."

누군가의 말에 따라 그는 크게 호흡을 했다. 아직도 가시지 않은 흥분 때문에 가볍게 뛰고 있는 심장 박동을 느끼며 그는 주위를 둘러보았다.

월터와 비비안이 그의 옆에 서 있었다. 월터는 장난스럽게 눈을 찡긋 하며 말했다.

"축하합니다. 최 박사님. 첫 번째 라이드를 성공적으로 마치셨습니다."

# 스튜디오 통제센터

최민이 관제센터로 돌아오자 월터가 물었다.

"최 박사님 기분이 어떠세요? 혹시 구토나 어지럼증 같은 증상을 느끼진 않으시나요?"

최민이 대답했다.

"기계에서 일어난 직후에는 약간 어지러웠는데 지금은 괜찮습니다. 다른 증상은 없고요."

월터가 엄지손가락을 들어 보였다.

"최 박사님의 싱크로율이 아주 좋습니다. 타고난 신체적, 정신적 능력이 아주 좋으시군요."

비비안이 다가와 최민의 어깨를 손으로 탁 치며 말했다.

"재미있었어? 잘하던데?"

최민은 말없이 싱긋 웃어 주었다.

브라운과 이토는 이 사업의 장래 수익성에 대해서 토론을 벌이고 있었다.

"나는 아직도 이사회에 제출된 ROI(Return of Investment)* 계획에 완전히 동의할 수 없네."

이토가 말했다.

"과연 5년 내에 투자금을 충분히 회수할 수 있다고 생각하나?"

비비안이 끼어들었다.

"의장님의 우려는 충분히 이해하고 있습니다. 하지만 저희 계획대로 5만 명 가입자를 확보하고 동시 접속자 1만 명을 달성한다면 5년이 아니라 그 전에 투자금을 충분히 회수할 수 있다고 생각합니다."

21세기 들어서 온라인 게임 사업은 황금알을 낳는 거위로 인식되고 있었다. 물론 게임 개발비가 만만치 않은 액수이기는 하지만 일단 충성도 있는 유저를 확보하기만 하면 지속적인 수익을 가져다주는 사업이었다. 하나의 예로 블리자드 사의 WOW(World of Warcraft) 같은 게임은 유료 가입자 수가 수천만 명에 이르렀던 때도 있을 정도이다.

"저희는 기존의 온라인 게임과 같이 저소득층이나 청소년을 주요 타깃으로 하는 것이 아닙니다. 지금 사회에서 활발하게 활동하고 있는 경제력 있는 연령층인 30대부터 50대 사람들은 어릴 때부터 컴퓨터를 접하고 게임을 즐겨온 사람들이 많습니다. 이들 중 많은 이들은 기존의 단순한 모니터 앞의 게임에 질려 있습니

---

* ROI(Return of Investment): 투자수익률. 가장 널리 사용되는 경영성과 측정기준 중의 하나로, 기업의 순이익을 투자액으로 나누어 구한다.

다. 이 중 일부만 흡수해도 저희 사업이 크게 성공할 것이라 확신합니다."

비비안이 브라운에게 질문을 던졌다.

"브라운 씨는 여가활동으로 무엇을 하시나요?"

갑작스런 질문에 흠칫한 브라운이 대답했다.

"글쎄요. 주말에 시간이 날 때 승마를 하고 휴가기간에는 친구들과 사냥을 많이 하는 편입니다만."

비비안이 물었다.

"그럼 조금 전에 보신 광경, 그러니까 유저가 실제 로봇과 한 몸이 되어 게임을 즐기는 것을 사냥과 비교한다면 어떤가요?"

브라운이 잠시 생각했다.

"사냥은 여러 가지 제약이 많지요. 사냥할 수 있는 장소나 동물도 제한적이고……. 그리고 오발사고나 산악지대에서의 사고 확률도 있어 안전 문제도 좀 있고. 조금 전에 제가 본 대로 이 게임은 충분히 안전을 보장하면서도 남자들의 로망인 모험이 가능하고 다른 사람들과의 대결을 즐길 수 있으니 더 매력적인 거 같습니다. 다만……."

그는 화면에 보이는 로봇을 힐끔 쳐다보았다.

"로봇을 구입하는 비용이 부담될 것 같군요."

이야기를 듣던 메이슨이 말했다.

"물론 그렇지요. 처음에 비용이 들겠지만, 여러분들이 자동차에 돈을 아끼지 않듯이 여유가 있는 사람들은 자기가 좋아하는 것에 돈을 아끼지 않습니다. 특히 다른 어느 곳에서도 경험할 수 없는 것이라면 더더욱이요. 저도 제가 정말 좋아하는 것에 돈을 아끼지 않습니다."

비비안이 물었다.

"좋아하는 게 뭔데요?"

메이슨은 얼굴이 약간 붉어지더니 말을 얼버무렸다.

"뭐…… 대답하기가 좀 그렇군요. 하하."

브라운이 흥분하면서 말했다.

"정말로 이 게임이 완벽히 안전하다면…… 이것은 정말 큰 사업이 되겠는데요. 생각해보세요. 동시 접속자 수만 명이 게임을 하면서 매달 지불하는 비용이 얼마나 될지. 사람들은 태어나면서부터 다른 사람들과 싸우는 것을 즐기는 본성이 있습니다. 아이들이 전쟁놀이에 열중하고 청소년기에 컴퓨터 게임에 빠지는 게 다 그런 이유지요. 저는 충분히 가능성이 있다고 생각합니다."

비비안이 덧붙였다.

"지난번 이사회에서 말씀드렸듯이 저희는 일단 초기 가입자 1만 명에 매달 천 달러 정도의 사용료를 생각하고 있습니다. 그러니까 한 달에 약 천만 달러(한화 약 110억 원), 첫해에 1억 2천만 달러(1천 3백억 원)의 사용료 수입이 발생할 것이라 예상됩니다. 물론 이 사용료 수입은 전체 수입의 일부분에 불과합니다. 진짜 수입은 먼저 로봇 판매로부터 발생될 것인데 첫해 예상으로 약 50억 달러(5,500억 원) 정도 전망됩니다. 그 외에 게임 내의 무기나 방어구 등의 아이템 판매로 약 1천만 달러, 기타 방문자를 위한 테마파크 및 라이선스 사업을 병행하여 3년 내에 200억 달러의 매출을 올릴 것이라고 예상하고 있습니다.

이미 유니버설 스튜디오 같은 테마파크, 여러 영화사들, 그리고 호텔 및 카지노 체인들과도 협상을 시작한 상태입니다. 게임 자체 수익보다는 이에 따르는 추가 수익이 훨씬 클 것이라 기대됩니다."

사람들은 이 사업의 장밋빛 전망에 너도나도 한마디씩 하기 시작하였다. 거의 대부분은 그들이 본 장면에 감명을 받은 상태였으므로 무척 흥분한 상태였다.

이토는 말없이 다른 사람들의 이야기를 듣고 있었다. 그러다가 갑자기 월터를 손짓해 불렀다.

"월터, 자네는 아직 얼마 전에 벌어졌던 사고에 대해서 말을 하지 않았네. 구체적으로 어떠한 문제가 발생한 것이지?"

이토의 질문에 좌중은 다시 조용해졌다.

월터는 잠시 머뭇대었다.

"의장님. 그 사항은 제가 이미 보고서를 통해 보고드린 바 있습니다만."

이토는 안경 너머로 월터를 노려보았다.

"내가 묻는 것은 자네가 보고서를 보냈는가 안 보냈나 하는 것이 아닐세. 자네 입으로 여기서 벌어진 문제점에 대해서 듣고 싶은 거네!"

월터는 나직이 한숨을 쉬었다.

"그럼 다시 말씀드리겠습니다."

그는 말을 이어갔다.

"여기 지하 동굴은 중간중간에 지금 보시는 바와 같이 거대한 공간이 존재합니다. 이런 비슷한 공간이 모두 4개가 있고 각 공간들은 좁은 동굴들로 연결되어 있습니다. 저희는 그러한 거대 공간을 각각 스튜디오1, 스튜디오2 하는 식으로 구분하였습니다. 그러니까 이곳은 모두 4개 스튜디오들로 이루어져 있는 것이죠.

지금 여러분들이 있는 곳이 스튜디오1입니다. 그리고 이곳이 게이머가 처음 게임을 시작하는 장소이죠. 게임 즐기다 보면 아까 최 박사님이 시연하실 때 보신 바와 같이 유저는 경험치를 얻습니다. 충분히 경험치가 쌓이면 아까 설명 드린 대로 레벨이 올라가게 됩니다."

제니퍼가 관심 있어 하며 물었다.

"레벨이 올라가면 구체적으로 어떻게 되는 건가요?"

"먼저 더 강력한 무기를 사용할 수 있게 됩니다. 그리고 자신의 로봇 장비도 업그레이드할 수 있게 됩니다. 예를 들면 배터리도 고용량으로 교체할 수 있어 더 강력한 힘을 낼 수 있게 되는 것이죠. 그래서 더 강한 상대와도 대결을 할 수 있고 어려운 미션도 수행할 수 있게 됩니다."

월터는 말을 이었다.

"다음 단계의 스튜디오는 레벨이 올라감에 따라 진입할 수 있게 됩니다. 즉, 여기 스튜디오1에서 충분히 레벨이 올라간 후에 스튜디오2로 진출하여 즐길 수 있는 것이죠. 여기 동굴의 각 구역은 완전히 다른 자연 환경을 가지고 있습니다. 자연의 신비라고밖에 말씀드릴 수 없는데. 예를 들어 스튜디오1은 보시다시피 종

유석과 돌로 이루어진 황량한 지역이지요. 그런데 스튜디오3에
는 밀림이 우거져 있습니다. 유저들은 한정된 동굴 안이지만 마
치 지구상의 여러 지역을 탐험하는 듯한 경험을 할 수 있게 되는
거지요."

이토가 말을 끊었다.

"사고에 대해 설명해 보게!"

월터는 겸연쩍은 미소를 지었다.

"아! 죄송합니다. 그럼 설명 드리겠습니다."

월터가 설명을 하기 시작했다.

"저희가 여기 동굴을 게임 공간으로 꾸미면서 가장 신경을 많
이 쓴 부분이 통신망입니다. 조금 전에 보셨다시피 게이머들은
특별히 제작한 장비에 누워서 뇌와 로봇 사이를 무선신호로 연결
하게 됩니다. 아까 보신 애니(AHNI)를 통해서 뇌에서 나온 신호가
시스템에 전달됩니다. 그럼 그 신호는 메인 시스템으로 입력되어
시스템에서 발생되는 12GHz의 캐리어 주파수(Carrier
Frequency)* 신호에 실려 로봇으로 전달됩니다. 이 신호가 미치는
범위 밖에 로봇이 위치하게 되면 동작을 하지 않습니다. 그러니
까 로봇은 저희 근거리 통신망이 커버하는 지역인 이곳 동굴 내
에서만 작동하는 것이죠. 따라서 누군가가 불순한 생각으로 로봇
을 밖으로 유출하려 해도 소용이 없습니다. 이곳을 나가기 전에

---

* 캐리어 주파수(Carrier Frequency): 무선통신에서 공간에 전자파를 보낼 때 사용하는 신호의
주파수. 음성이나 데이터 신호는 이 캐리어 주파수 신호로 변조되고 합쳐져서 공간으로 전송
된다.

로봇은 동작을 멈춰버릴 테니까요.

뇌에서 나오는 신호는 매우 민감합니다. 그래서 조그마한 오차나 에러가 나면 로봇이 오작동을 일으키게 됩니다. 노력을 하고 있습니다만, 그래도 100% 완벽한 신호 전달은 쉽지 않습니다."

제니퍼가 끼어들었다.

"잡음(Noise) 때문이군요."

월터가 살짝 박수를 치는 시늉을 했다.

"맞습니다. 전공자도 아닌데 똑똑하시군요. 이곳뿐만이 아니라 어디서나 잡음은 존재합니다. 이곳은 도시에서처럼 심한 잡음이 생기는 것은 아니지만 그래도 자연적으로 발생하는 잡음은 어쩔 수가 없죠."

실제로 현대 문명은 많은 부분을 무선통신에 의존하고 있다. 어린아이부터 노인까지, 특히 스마트폰이 보급되고 난 이후에 인간의 일상은 무선통신이 없으면 생활이 어려워질 정도가 되었다. 이러한 무선통신은 촘촘히 구성되어 있는 통신망을 통해서 이루어지는데, 통신망에서 큰 문제는 잡음의 제거이다.

도심 지역 같은 경우에는 빌딩이나 차 등에서 갖가지 신호가 굴절되고 반사되어 전달되어야 하는 신호를 방해하고 있다. 인류가 무선통신 초기에 사용하던 아날로그(Analog) 전송 방식은 특히 잡음에 취약하여 지금도 AM라디오의 음질이 좋지 않은 이유가 여기에 있다. 이후 디지털(Digital) 전송 방식을 사용함으로써 확률 통계적으로 전송된 원래 신호를 높은 확률로 복원이 가능하게 되어 무선통신에 혁신을 일으켰다.

근래 특히 LTE 같이 대단위 데이터를 빠른 속도로 전달해야 하는 시스템에서는 이러한 잡음 제거가 더욱 큰 문제가 되고 있다. 그래서 LTE의 경우 MIMO(Multiple Input Multiple Output)* 같은 방식을 사용하여 시스템을 개선시키고 있다. 최근 바르셀로나에서 개최된 세계 모바일 회의(World Mobile Congress)에서는 이러한 MIMO를 응용한 더욱 빠른 LTE-A(LTE Advanced)*가 중점적으로 소개되기도 하였다.

"저희가 여기 외진 곳에 위치한 동굴 내에 이러한 스튜디오를 설립한 이유 중 하나가 도시에 설치된 통신망이 닿지 않는 곳이라 외부에서 오는 신호가 내부의 컨트롤 신호를 간섭할 확률이 적기 때문이기도 했죠."

월터는 말을 이었다.

"저희는 완벽한 통신을 위해서 이곳 각 스튜디오에 많은 소형 기지국을 건설했습니다. 소형 기지국은 나무나 돌 같은 곳에 교묘하게 위장되어 쉽게 알아보지 못하게 숨겨져 있죠. 그런데 얼마 전부터……."

잠시 말을 끊은 월터는 이토를 슬쩍 쳐다보고는 말했다.

"구체적으로 말씀드리면 약 한 달 전부터 스튜디오3에서 자꾸

---

* MIMO(Multiple Input Multiple Output): 단말기나 기지국에서 여러 개의 안테나를 사용하여 동시에 여러 개의 신호를 보내고 받는 기술. 음영지역에서의 신호 감도 개선이나 데이터의 전송 속도를 올리기 위하여 사용된다.
* LTE-A(Long Term Evolution-Advanced): 주파수 집성(CA: carrier aggregation, 다른 주파수 대역을 묶어 주는 첨단기술)과 MIMO를 활용한 이동통신서비스로 서로 떨어져 있는 주파수 2개를 묶어서 빠른 속도를 구현한다.

통신망이 끊기는 일이 발생했습니다. 더구나 여러 군데에 설치한 CCTV도 같이 파손되는 일이 발생했습니다. 그래서 수리를 위해 인부를 파견했는데…….”

제니퍼가 놀라 소리쳤다.

“인부들도 사고를 당한 건가요?”

월터가 대답했다.

“불행하게도 그렇습니다. 보낸 인부들 중 몇 명이 갑자기 실종되는 일이 발생했습니다. 그래서 실종자를 찾으려 다시 사람들을 보냈는데 찾기는커녕 수색대 중 일부가 또 실종되는 사고가 났습니다.”

브라운이 심각한 표정으로 물었다.

“그래서 경찰에 신고도 하지 않았다는 것인가요?”

월터가 쓴웃음을 지었다.

“왜 안 했겠어요. 수색대 중 몇 명이 실종된 후에 즉각 현지 경찰에 연락해 도움을 청했죠. 경찰이 도착해서 저희 안내자와 같이 스튜디오3에 들어갔었죠.”

“그런데요?”

브라운이 질문했다.

“경찰은 아무것도 찾지 못했습니다. 아무런 흔적도 없고. 더구나 이곳은 보시다시피 밀폐된 공간이라서 어디로 나갈 곳도 없는데 말이죠.”

이토가 소리쳤다.

“그게 말이 되는 소린가? 여기가 무슨 도시 한복판도 아니고……. 그 많은 사람들이 사라졌는데 단서 하나 찾지 못하다니!"

이때 조용히 있던 안나 해킨슨이 물었다.

"그런데 도대체 몇 명이나 실종되었다는 거죠?"

월터는 난처하다는 듯이 고개를 떨어뜨리고 작은 목소리로 말했다.

"총 20명 정도가 실종되었습니다."

해킨슨이 깜짝 놀랐다.

"아니 20명이나? 그렇게 많은 사람들이 없어졌는데 가만히 있는 거예요?"

월터가 대답했다.

"왜 가만히 있었겠습니까? 사실 원래 실종자는 10명 정도였는데 경찰들이 아무런 단서도 찾지 못하고 돌아간 이후에 저희가 따로 다시 수색대를 고용해서 보냈어요. 그런데 이번에는 보낸 사람들 전부가 실종된 거죠."

해킨슨이 기가 막힌다는 듯이 말했다.

"인명사고가 났는데 사람들을 또 들여보내다니…… 생각이 없으신 거 아닌가요?"

리스크 매니지먼트 회사 출신인 그녀는 이번 사건에 남달리 관심을 많이 보이고 있었다. 그녀는 속으로 뉴로 엔터테인먼트 사의 일처리에 화가 난 상태였다.

"저희도 그러려고 그런 게 아닙니다."

월터는 이토의 눈치를 보았다.

"사실은 베트남 정부에서 이번 사건의 결론이 나기 전까지 이곳 스튜디오를 폐쇄하라고 공문이 내려왔어요. 한창 마무리 공사 중인데 지금 중지한다면 정말 곤란한 일이 발생하게 됩니다. 그 래서 저희도 울며 겨자 먹기로 어쩔 수 없이 자체적으로 해결해 보려고 한 것인데 일이 그만……."

이때 이토가 손을 내저었다.

"되었네, 월터……. 그만하게."

그는 사람들을 둘러보며 말을 이어갔다.

"지금까지 잘 들으셨다시피 현재 이 사업은 중대한 기로에 서 있습니다. 이번 사건을 제대로 해결하지 않고서는 원활한 사업진 행이 불가능하다고 생각합니다."

브라운이 말했다.

"이토 씨, 이런 사소한 일로 전반적인 사업까지 문제 삼는 것은 지나친 게 아닐까요?"

이토가 브라운에게 쏘아붙였다.

"무슨 말이오! 사람이 실종되는 인명사고가 사소한 일이라니! 그리고 이번 사건 때문에 공사를 중지해야 한다는 말을 듣기나 한 거요?"

브라운이 머쓱한 표정으로 입을 다물자 이토는 말을 이었다.

"우리 이사회에서도 이번 사건을 중대하게 생각하고 있습니다. 따라서 이번에 온 감사팀은 반드시 이 문제의 원인을 파악하고 해결해야 할 의무가 있습니다."

그는 제니퍼와 제프를 향해 고개를 돌렸다.

"그리고 마침 이런 문제에 전문가들이신 FBI 요원분들께서도 여기에 와 계시는군요. 저희를 도와주실 수 있으신지요?"

제프가 입을 열기도 전에 제니퍼가 말했다.

"물론이지요. 저희도 관심이 많습니다. 최대한 돕도록 하겠습니다."

그녀는 속으로 생각했다.

'이게 뉴로 엔터테인먼트 사의 문제점을 정확히 알게 될 좋은 기회야.'

그녀는 뉴로 엔터테인먼트 사가 제프의 형인 릭의 죽음과 어떤 식으로든지 연관이 있다고 확신하고 있었다. 그것이 무엇인지 파악하기 위해서 최대한 깊게 뉴로 엔터테인먼트 사의 비밀에 접근하는 것이 필수적이었다. 월터의 이야기를 듣고 그녀는 수사관의 촉감으로 이번 인명사고가 릭의 죽음에 밀접한 관련이 있다는 생각이 들었고, 이토가 권하지 않았더라도 떼를 써서라도 조사해 볼 생각이었다. 이토의 제안은 제니퍼에게 더없이 반가운 것이었다.

이토가 다시 말했다.

"그럼 이렇게 하지요. 감사팀을 두 팀으로 나누도록 하겠습니다. 먼저 여기 남아서 지금까지 사고 관련 자료를 조사할 팀은 브라운 씨, 해킨슨 씨, 그리고 제가 맡도록 하겠습니다."

브라운과 해킨슨은 고개를 끄덕였다. 법률 담당인 브라운과 회사 자료 검토에 능숙한 해킨슨은 당연히 그러한 일에 적합한 사람들이었다.

"그리고 최 박사님과 비비안에겐 어려운 부탁이지만 문제가 생긴 스튜디오3으로 가서 필드에서 문제점을 파악하기를 요청 드립니다. 아무래도 그곳에서 발생한 기술적인 문제는 최 박사님이 가장 잘 파악하실 수 있을 것 같군요. 물론 곤란하다면 거절하셔도 됩니다."

최민은 내심 '네. 거절합니다.' 라는 말을 내뱉고 싶었다. 그러나 지금까지 뉴로 엔터테인먼트에서 받은 대우와 연구비를 생각하고는 어쩔 수 없이 고개를 끄덕이고 말았다.

"물론 만일의 위험을 대비해서 조 메이슨이 같이 갈 겁니다. 두 분 잘 모시게."

메이슨은 오른손으로 권총을 차고 있는 왼쪽 가슴을 툭 침으로써 무언의 대답을 했다.

"그리고 두 분 중 한 분이 필드에 같이 나가주시는 게 어떨까 합니다만."

이토가 제프와 제니퍼를 보고 말했다.

제프가 즉시 대답했다.

"제가 가겠습니다."

그는 고개를 돌려 제니퍼에게 말했다.

"내가 아무래도 조금 더 위험한 일을 하는 게 좋겠지. 너는 여기서 자료 검토하는 것을 도와드려."

제니퍼는 무슨 말인가를 하려다 입을 다물고 고개를 끄덕였다. 그녀는 제프가 의도하는 바를 눈치 챈 것이었다. 자료를 조사한다고 하지만 정말로 문제가 있다면 몇몇 뉴로 엔터테인먼트의 사람들이 자신들에게 불리한 자료를 폐기할 가능성이 있을 수 있다. 제프는 제니퍼가 남아서 이러한 자료 폐기 및 은폐를 감시하기를 바란 것이다. 제니퍼는 눈으로 '조심해' 라는 눈짓을 제프에게 주었다.

이토가 월터를 보면서 말했다.

"자네는 최 박사님 일행을 모시고 스튜디오3까지 안내해 드리게. 거기 통제센터에서 최 박사님이 필요한 게 있다면 도와드리게."

월터가 말했다.

"스튜디오3은 현재 입구를 잠정적으로 폐쇄한 상태입니다만."

이토가 신경질적으로 말했다.

"그러니까 자네가 가야지. 자네가 그 문을 여는 열쇠를 가지고 있을 것이 아닌가!"

월터는 아무 말도 하지 못하고 고개를 숙였다.

브라운이 물었다.

"조사는 언제 시작할까요?"

이토가 대답했다.

"내일 아침부터 당장. 우리한테는 시간이 그리 많지 않아. 각 팀이 조사한 결과를 오후 6시에 모여서 같이 검토해 보도록 합시다."

임무를 맡은 사람들이 자리에서 일어나 통제센터 안에 구비된 침실로 이동하기 시작하였다. 최민은 무엇인가 불안한 느낌이 들었지만 위험한 일에 전문가인 FBI 수사관과 경호전문가와 같이 간다는 사실을 마음의 위안으로 삼으려 노력했다.

그는 배정된 침실에 들어와 간단히 샤워를 한 후에 침대에 쓰러지다시피 누웠다. 여행의 피로와 총알이 스치는 긴장감에 녹초가 된 그는 순식간에 잠에 빠져들었다.

# 스튜디오3 숲 속 이른 아침

최민은 눈앞으로 펼쳐진 장대한 광경을 보고 입을 다물지 못하고 있었다.

그는 아침 일찍 스튜디오1에서 일행과 같이 출발하였었다. 스튜디오1을 지나 스튜디오2를 가로질렀는데, 스튜디오2는 돌로 된 바닥이 밭고랑처럼 기하학적인 모양을 띠면서 갈라져 있는 기묘한 공간이었다. 크기는 스튜디오1보다 약간 작게 보였는데 그래도 직경이 수백 미터는 되어 보였다.

스튜디오2에서 스튜디오3으로 이동하기 위해서는 긴 동굴을 지나야 했다. 구불구불한 동굴을 지나면 스튜디오3으로 통하는 입구가 나오는데, 입구는 단단한 문으로 막혀 있었고 높은 레벨의 보안장치로 잠겨 있었다. 그러나 월터가 자신의 눈동자와 지문 인식을 입력하자 문이 손쉽게 열렸다.

마침내 스튜디오3으로 접어들자 그야말로 놀라운 광경이 펼쳐졌다. 동굴을 빠져나오자마자 그들은 광대한 공간에 접어들었는데 그 크기가 놀라울 만큼 컸다. 원형 가깝게 이루어진 거대한 지하공간이었는데, 반대편 벽까지 거리가 아무리 적게 잡아도 3km는 되어 보였다. 바닥에는 울창한 열대우림이 우거져 있었다. 그리고 중간중간에 작은 강이 흐르고 있었고 가지각색의 새들이 날아다니며 새소리가 멀리서 울려 퍼지고 있었다. 이 공간은 마치 사발을 엎어놓은 듯한 구조였는데, 사방이 벽으로 막혀 있고 위로 올라갈수록 점점 좁아지는 구조였다. 천장 꼭대기까지 높이는 적어도 4백 미터는 되어 보였다.

고개를 들어 보니 위쪽에는 가느다란 구름까지 떠 있었다. 지금까지 그들이 지나온 공간이 전부 인공적인 조명에 의존했던 것에 비해 이곳은 어디선가 흐릿하나마 햇빛이 들어오고 있었다. 자세히 천장을 보니 천장 꼭대기에서 햇빛이 스며들어 숲을 비추고 있었다. 그곳에서 나온 햇살은 구름을 뚫고 분산되어 숲을 은은하게 비추고 있었는데, 사방에 옅은 무지개까지 끼어 있어 그야말로 지상세계가 아닌 환상의 세계 같은 풍경을 보여주고 있었다.

비비안은 이곳에 와본 적이 있었다. 그녀는 놀란 입을 다물지 못하고 있는 최민을 보며 놀렸다.

"뭐야, 데이비드. 입을 그렇게 벌리고 있다니!"

최민은 그녀의 말은 아랑곳하지 않고 말했다.

"이런 곳이 세상에 존재한다니 정말 놀랍군요!"

그가 감탄을 하자 월터가 말을 받았다.

"저희도 이곳에 처음 와보고는 정말 놀랐습니다. 지하에 이렇게 광대한 공간이 있는 것도 놀라운데……. 보세요, 저 아름다운 광경을. 이런 광경은 정말 돈 주고도 못 보는 것일 겁니다."

최민이 물었다.

"그런데 햇빛이 어디서 들어오는 건가요?"

월터가 싱긋 웃었다.

"이곳 거대 공간은 아까 여러분들이 밖에서 보신 산의 정상 바로 밑에 존재합니다. 이 스튜디오3이 산의 딱 중심부이지요. 그리고 이곳 천장은 바로 산의 꼭대기와 닿아있는데 신비하게도 그 산 꼭대기에 이곳 동굴로 통하는 구멍이 뚫려 있었습니다. 그곳을 통해서 지금 햇빛이 들어오고 있는 것이죠. 하지만 지금은 안전 문제 때문에 정상의 구멍을 거의 막아놓은 상태입니다. 물론 전부 다 막아버리면 지금 여러분들이 보시는 이 아름다운 광경을 잃게 되므로 햇살이 조금은 들어올 수 있도록 적당히 남겨놓았죠."

그는 말을 이어갔다.

"이곳에는 많은 종류의 동식물이 번식하고 있습니다. 저희는 그 식물들의 씨앗이나 동물들이 저 천장의 구멍을 통해서 유입되었다고 생각하고 있습니다."

그는 나직이 한숨을 쉬었다.

"왜 실종자 수색작업이 쉽지 않았는지 이해하시겠지요? 이곳은 크기도 엄청난데다 숲이 울창하게 우거져 있어서 일단 숲 속에 들어가면 저도 가끔 길을 잃을 때가 있습니다. 그나마 통신망이 제대로 작동할 때에는 무선통신망을 통해 여기서 일하는 사람들의 위치를 추적할 수 있었는데, 통신망에 문제가 생기고 나니까막눈이 되어버린 거죠. 그러니 아무리 CCTV를 많이 달아놨다고 해도 모든 지역을 전부 감시하는 게 불가능하고, 길을 잃으면 수색이 결코 쉽지가 않답니다."

그들은 스튜디오3 안으로 걸어 들어가기 시작했다. 지금까지와는 다르게 바닥은 돌이 아닌 부드러운 흙으로 덮여 있었고 풀이 무성하게 자라나 있었다. 수십 미터를 더 걸어 들어가자 숲 속으로 진입하게 되었는데 나무가 높이 자라서 시야가 극히 좁아졌다. 다행히도 숲에는 콘크리트길이 만들어져 있어 그들은 그 길을 따라 걸었다. 잠시 걷자 2층 건물이 나타났다. 그 건물은 중남미 풍으로 지어진 건물이었는데 입구에 '스튜디오3 통제센터' 라는 간판이 보였다.

"이곳 통제센터 창고에 관리자용 차량이 있습니다. 그 차량을 타고 이동하면서 통신망에 문제가 생긴 곳을 확인해 보도록 하지요."

월터의 제안에 따라 그들은 건물 옆의 창고로 움직였다. 월터가 같이 따라온 현지인 직원에게 현지 언어로 뭔가 지시하자 그 인부가 카드키를 대고 문을 열었다. 문을 열고 들어가자 4인승 전기자동차가 다섯 대 정도 있는 것이 보였다.

"이곳 스튜디오 안의 모든 차량은 친환경 전기차입니다. 아무래도 아름다운 자연을 최대한 훼손하지 않도록 저희도 많이 노력하는 편이거든요. 그럼 여러분은 이 차를 타고 문제 지역으로 이동하시기 바랍니다. 제가 이곳 통제센터에서 무선으로 여러분들께 위치를 안내해 드리도록 하겠습니다."

최민이 말했다.

"같이 가시는 게 아니었나요?"

월터가 손을 내저었다.

"아뇨. 누군가는 여러분들을 이곳에서 안내해 드려야 하니까
요. 그럼 조심히 다녀오세요."

웬일인지 월터는 숲에 더 깊이 들어가는 것을 무척 꺼리는 것
같았다. 최민은 비비안을 향해 고개를 돌렸다.

"비비안, 너도 여기 남아있는 게 어때? 조금 위험할지도 모르니
까?"

비비안이 싱긋 웃었다.

"오케이. 안 그래도 너무 많이 걸어서 다리가 아플 지경이었
거든."

최민, 제프, 메이슨, 그리고 현지 직원 3명이 두 대의 전기자동
차에 나눠 타고 출발했다. 이들은 콘크리트길을 따라 통제센터를
뒤로 하고 숲 속으로 진입했다.

앞 차량에서는 현지 직원이 운전석에 앉아 운전을 하고 최민이
운전석 옆자리에 앉았다. 뒷좌석에는 조 메이슨과 다른 현지인
한 명이 타고 있었다. 최민이 보니 좌석 앞 사물함에 워키토키가
구비되어 있었다. 지금 이곳 스튜디오3에서는 모든 최첨단 통신
장비가 멈춰져 있는 상태였다. 첨단 스마트폰에 익숙해져 있는
그에게 워키토키는 마치 구석기 시대의 유물처럼 보였다. 하지만
기지국을 통하는 통신에 문제가 생긴 지금, 무선통신 수단은 단
말기와 단말기가 직접 송수신할 수 있는 고전적인 아날로그 방식

의 워키토키가 최선의 방법이었다.

그가 손을 뻗어 워키토키를 잡으려는 순간 마침 워키토키로부터 월터의 목소리가 들렸다.

"최 박사님, 잘 들리십니까? 오버."

최민이 워키토키를 통해 응답했다.

"네, 잘 들립니다. 오버."

"먼저 아까 드린 지도를 펼쳐보세요."

물론 차량에는 원래 기지국을 기반으로 하는 지도 및 위치 추적 장치가 달려 있었다. 그러나 이미 기지국이 동작 불능인데다가 이곳이 지하에 위치해 있어 GPS마저 사용 불가능한 상태에서는 역시 고전적인 방법 즉, 종이 지도를 보고 위치를 파악하는 수단밖에 없었다.

월터의 목소리가 들려왔다.

"지도에 파란색 점들이 찍혀 있지요? 그곳이 이곳 통신을 연결하는 소형 기지국들의 위치를 표시한 겁니다. 그리고 붉은색 원이 보이시지요?"

최민이 보니 지도에는 파란색 점 이십 개 정도가 사방에 퍼져서 찍혀 있었다. 그리고 숲 속에서 지도상 북서쪽 위치와 북쪽, 그리고 동남쪽 세 방향에 붉은색 원이 그려져 있었다.

"그 붉은색 원이 통신망이 두절된 곳입니다. 그리고 원인 규명을 위해 들어갔던 사람들이 실종된 곳이기도 합니다. 일단 여러분들이 계신 곳에서 가장 가까운 곳부터 조사해 보세요. 오버."

최민이 지도를 살피니 숲의 북서쪽 위치가 현재 그들과 가장 가까웠다.

"북서쪽 지점이 제일 가깝네요. 이곳으로 이동하도록 하겠습니다. 오버."

"행운을 빕니다. 오버."

일행은 차를 몰아 숲 깊을 따라 움직였다. 하지만 목적지는 도로에서 멀리 떨어진 곳에 위치하고 있었다. 그들은 십 분 가량 차량으로 움직인 후에 차에서 내려 도보로 목적지까지 움직이기로 결정했다.

일행은 차에서 내린 다음 각종 수리장비를 챙겨 나눠 들었다. 그리고 그들은 도로를 벗어나 숲 속으로 이동하기 시작하였다. 잡목과 풀이 사람 키만큼 우거져 있어서 인부 몇 명이 앞장서서 큰 칼로 나뭇가지를 자르며 천천히 전진하였다. 일행은 지도를 살펴가면서 신중하게 천천히 움직였다. 한참을 그렇게 전진한 끝에 마침내 목적지에 도달하였다.

그들이 다다른 곳은 숲 속 한가운데 위치한 공터였다. 작은 연못이 있었고 그 주위에는 낮은 풀들이 자라고 있었다. 연못을 둘러쌓듯이 자란 키 큰 나무들이 울창하게 우거져 있었다. 일행은 연못가로 이동하여 현지 직원들이 들고 온 장비들을 땅에 내려놓았다. 제프와 메이슨은 가지고 온 총을 꺼내 들고 약속이라도 한 듯이 양쪽으로 벌려 서서 주위를 감시하기 시작했다.

이곳은 사방이 막힌 지하공간인데도 불구하고 공기는 신선하고 상쾌했다. 희미한 햇살에 어디선가 비치는 인공조명까지 더해져 숲 속 공간은 신비로운 분위기를 풍기고 있었다. 최민은 다시

214

워키토키를 켰다.

"저희는 목적지에 도착했습니다. 이제부터 무엇을 해야 하는지 지시를 내려주기 바랍니다. 오버."

잠시 후 월터의 목소리가 들렸다.

"잘 도착하셔서 다행이군요. 그럼 일단 소형 기지국 위치를 말씀드리겠습니다. 주위에 나무가 많이 자라있을 텐데 일단 연못 북쪽에 있는 나무들을 살펴보세요."

최민이 살펴보니 연못 북쪽에도 숲이 우거져 있었는데 숲 가장자리에 여러 그루의 키 큰 나무들이 자라나 있었다.

"나무들 중에 사람 키 높이에 붉은색으로 뉴로 엔터테인먼트 로고가 찍혀 있는 나무가 있을 겁니다. 찾아보세요. 오버."

최민은 연못 북쪽의 나무들을 가리키며 주위 사람들에게 말했다.

"저기 서 있는 나무들 중에 사람 키 높이에 뉴로 엔터테인먼트 로고가 찍혀 있는 나무를 찾아보세요."

일행은 북쪽 나무들 근처로 이동해서 나무를 하나하나 세밀히 살펴보기 시작했다. 사람들이 흩어져서 나무들을 조사하고 나서 몇 분 지났을 때 제프가 외쳤다.

"여기다!"

사람들은 그 목소리를 듣고 제프가 서 있는 곳으로 뛰어갔다. 제프는 근처 나무들 중에서도 유달리 커 보이는 나무 앞에 서 있었다. 최민이 제프의 곁으로 다가가서 살펴보았다. 밑동의 둘레 직경이 거의 2미터는 될 것 같은 커다란 나무였다. 높이 솟은 나무 꼭대기는 너무 높아서 최민이 고개를 들어 쳐다보아도 그 꼭대기가 잘 보이지 않을 정도였다. 아무리 적게 잡아도 꼭대기까지 20미터는 될 것 같았다. 나무 중간부터는 가지가 울창하게 나 있었고 나뭇잎이 크게 우거져 있었다.

제프는 사람들이 모이자 손가락으로 나무 중간을 가리켰다. 그가 가리킨 곳은 지상으로부터 약 2미터 정도 되는 높이였는데 붉은색으로 '뉴로 엔터테인먼트'라는 글씨와 함께 로고가 찍혀 있었다.

최민은 워키토키에 대고 말했다.

"로고가 찍힌 나무를 찾았습니다. 그 다음엔 뭘 해야 하나요? 오버."

월터가 즉시 대답했다.

"오케이. 잘하셨습니다. 소형 기지국은 그 나무 중간쯤 나뭇가지 사이에 숨겨져 설치되어 있습니다. 그곳으로 올라가서 조사하시면 됩니다. 오버!"

최민은 주위를 둘러보며 가지고 온 장비 중에 사다리가 있는지 찾아보았다. 그가 현지 직원에게 사다리가 있냐고 물어보았지만 현지 직원은 영어를 알아듣지 못해서 최민은 손짓으로 나무를 가리키고 사다리를 타고 오르는 흉내를 내었다. 직원은 큭큭 대고 웃더니 알았다는 표시로 손가락을 동그랗게 말아 '오케이' 사인을 내었다. 그 직원이 아까 연못가에 장비를 내려놓은 곳으로 뛰어가더니 접이형 사다리를 찾아냈다. 그는 사다리를 어깨에 메고 다시 최민이 있는 곳으로 뛰어왔다.

현지 직원 두 명이 사다리를 펴서 나무에 걸쳐 놓았다. 사다리는 몇 단계로 펴지게 되어 있었는데 다 펴니 꽤 높은 곳까지 올라갈 수 있을 만큼 길어졌다. 최민은 사다리 밑에 서서 사다리가 단단하게 고정되었는지 확인했다. 그리고 아까 차에서 내릴 때 가지고 온 갖가지 공구가 든 가죽 백을 오른쪽 허리에 찼다. 워키토키를 왼쪽 허리에 찬 그는 천천히 사다리를 올라가기 시작했다. 그가 올라갈 때 사다리가 흔들리지 않도록 밑에서 두 명의 현지 직원들이 사다리 밑을 손으로 잡고 있었다. 제프와 메이슨은 사다리 밑에서 권총을 꺼내 들고 다시 사방을 경계하기 시작했다.

최민은 천천히 사다리를 타고 나무를 오르고 있었다. 지상에서 몇 미터 올라가자 가지들 때문에 쉽게 올라가기가 어려웠다. 그는 손으로 작은 나뭇가지들을 부러뜨리면서 계속 나무를 타고 올랐다. 그는 지상에서 약 6~7미터 정도 올라간 후에야 무성하게 자라있는 가지들 사이에서 마침내 찾고 있던 것을 발견했다.

그것은 나뭇가지 사이에 교묘히 숨겨져 있었는데 길이가 약 50cm 정도 되는 원통형 박스였다. 박스는 위와 아래 부분이 나사로 나무줄기에 단단히 고정되어 있었고 나무줄기와 비슷한 색깔로 칠해져 있어 언뜻 봐서는 쉽게 찾아내기 힘들게 되어 있었다.

최민이 워키토키에 대고 말했다.

"오케이. 목표물을 찾았다. 이제 조사해 보도록 하겠다. 오버."

"건투를 빕니다. 오버."

월터의 응원을 받고 최민은 발을 사다리에서 내려 근처의 굵은 나뭇가지에 올라갔다. 가지는 두께가 충분히 두꺼워 그가 완전히 올라갔는데도 전혀 휘지 않았다. 그는 양다리를 벌려서 굵은 가지를 다리 사이에 끼어 몸을 고정한 후 가죽 백을 열어 소형 전기 드라이버를 꺼냈다. 드라이버로 원통형 기지국 덮개를 조인 나사를 하나하나 풀어나갔다. 그가 모든 나사를 풀고 덮개를 열자 내부가 드러났다.

주위 온도가 그리 높지 않았는데도 나뭇가지에 매달려 작업을 하다 보니 금방 땀이 흐르기 시작했다. 손으로 이마에 흥건히 난 땀을 훔치고 난 후에 내부를 살펴보니 십자형으로 포개진 여러 개의 금속형 바(bar)들과 바들을 연결하는 작은 케이블들이 보였다. 이들 케이블들은 밑 부분의 회로기판에 연결되어 있었다. 그는 그것이 무엇인지 금방 알아보았다. 십자형으로 포개진 바들은 신호를 전송하는 안테나들이었는데 이중편파(dual-polarization)를 위해서 십자로 포개어져 있었다. 그리고 MIMO를 지원하기 위해서 이러한 안테나들이 몇 개씩 쌍으로 묶여 여러 개 들어가 있었다.

최민은 유심히 내부를 살피다가 이번에는 허리에서 다른 장비를 꺼냈다. 작은 소형 디스플레이가 달린 휴대전화보다 약간 큰 크기의 장비였는데, 작은 커넥터 2개가 돌출되어 있었고 그곳에 케이블을 연결할 수 있게 되어 있었다. 최민은 그 장비를 박스 내부 소형 기지국의 커넥터에 연결한 후에 전원을 켜고 장비의 다이얼을 조작하며 조사하기 시작하였다. 그는 한참을 조사한 후에 문제가 무엇인지 알아내었다. 그는 워키토키로 월터에게 말을 걸었다.

"월터, 문제가 뭔지 발견했습니다. 오버."

"아, 잘 되었네요. 자세히 설명해 주세요. 오버."

최민은 잠시 기지국 내부를 살펴보다가 말했다.

"안에 부품들은 문제가 없네요. 고장도 없고 모든 연결도 다 제대로 되어 있고. 동작 센서를 봐도 현재 문제없이 동작하고 있다는 것을 보여주는 파란색 빛이 나고 있어요. 다만……."

"다만, 뭔가요?"

"제가 휴대용 네트워크 애널라이져(Network Analyzer)*를 사용해 조사해 봤는데요. 이상한 점이 있군요. 한 가지 물어 볼 것이 있는데, 여기 네트워크 주파수가 12GHz라고 하셨지요?"

"맞습니다. 여기 스튜디오 안의 통제 신호 주파수는 전부 12GHz 대역에서 동작하게 되어 있습니다."

최민은 이마를 찌푸렸다.

"그렇다면 이상하군요. 지금 여기 소형 기지국에서 나오는 신호의 주파수는 12GHz가 아니라 24GHz예요."

잠시 워키토키에선 침묵이 흘렀다.

"확실합니까?"

월터의 심각한 목소리가 들렸다. 최민이 대답했다.

"틀림없어요. 소형 기지국 안의 하드웨어는 전혀 문제없는데 누군가 이 기지국을 자기 마음대로 조작해서 엉뚱한 신호를 보내고 있는 것 같아요. 오버."

월터가 다시 물었다.

---

*네트워크 애널라이져(Network Analyzer): 고주파 전자기기의 전기적 특성을 측정하는 장비.

"12GHz에서 동작되도록 설계된 기지국이 어떻게 24GHz의 신호를 내보낼 수 있는 것이죠?"

최민이 대답했다.

"자세한 것은 더 조사해봐야 알겠지만 제가 짐작해 보건데, 여기 기지국은 단지 신호를 재전송하기 위한 장치에 불과한 것이거든요. 기지국의 하드웨어가 다른 주파수에서 적당히 작동하기만 한다면 불가능한 것은 아닙니다. 예를 들어 여기 있는 RF(Radio Frequency)* 부품들은 원래 12GHz에서 동작하도록 설계되었지만 대개 그 두 배의 주파수인 24GHz에서도 하모닉 공진(Harmonic resonance)*에 의해서 동작할 수도 있거든요."

월터가 물었다.

"지금 그걸 고칠 수 있겠습니까?"

최민이 대답했다.

"안 됩니다. 단순히 하드웨어 문제나 고장이라면 제가 여기서 고쳐보겠는데, 여기 소형 기지국 자체 문제가 아니에요. 지금 제가 보고 있는 소형 기지국은 전혀 문제 없이 잘 동작하고 있습니다. 문제는 이곳에 신호를 보내는 중앙 네트워크 쪽 같은데요. 여기 소형 기지국이 어디로 연결되어 있나요?"

월터가 잠시 후에 대답했다.

"여기 스튜디오 안에 깔려 있는 소형 기지국들은 전부 지하에

---

* RF(Radio Frequency): 원래는 고주파 주파수를 의미하지만 요즘은 고주파를 이용하는 무선통신 장비, 부품 및 설계를 포괄적으로 지칭한다.
* 하모닉 공진(Harmonic resonance): 특정 주파수에서 공진이 생긴다면 그 배수의 주파수에서도 공진이 생기는 현상.

매설된 케이블을 통해 중앙 네트워크 관제센터로 연결되어 있습니다."

최민이 급히 다시 물었다.

"그럼 그 중앙 네트워크 관제센터는 어디에 있나요? 그곳에 가면 제대로 원인 파악을 할 수 있을 것 같은데요."

월터가 대답했다.

"그곳은 바로……."

최민은 월터의 대답을 기다리고 있었지만 무슨 이유에서인지 월터의 대답은 더 이상 들려오지 않았다. 그때 갑자기 어디선가 '쿵' 하는 소리가 들렸다. 그 소리는 멀리서 들려왔지만 엄청 크게 지하공간을 가득 채우며 울려 퍼졌다. 그리고 나무 위에 올라가 있는 최민도 느낄 만큼의 진동이 전해졌다.

최민이 당황하여 주위를 둘러보고 있을 때 다시 '쿵' 소리가 계속해서 몇 번이나 연이어 울려 퍼졌다. 그리고 마지막 '쿵' 소리가 나면서 갑자기 주위가 어두워졌다. 이제까지 대낮같이 환하던 주위가 마치 갑자기 초저녁이 된 것처럼 어두워져서 간신히 눈앞 몇십 미터 정도밖에 보이지 않았다. 이제까지 지하공간을 밝혀주던 인공조명이 순간적으로 모두 꺼진 것 같았다. 그나마 천장을 통해서 스며든 햇빛 조각으로 인해서 완전히 깜깜해지지는 않아 흐릿하게나마 어느 정도 시야를 확보할 수는 있었다.

최민은 다급히 워키토키에 대고 소리쳤다.

"월터, 여기가 갑자기 어두워졌어요. 무슨 일입니까?"

그러나 워키토키에선 '치직' 거리는 잡음만 들릴 뿐 아무 응답이 없었다.

"월터, 응답하세요. 오버."

몇 번을 말해도 워키토키에서는 아무런 소리가 나지 않았다. 최민은 나직이 '제길' 하면서 욕을 내뱉었다.

그때 밑에서 누군가 소리쳤다.

"최 박사님, 괜찮으세요?"

그는 아래를 내려다보았다. 지상과는 불과 몇 미터밖에 떨어져 있지 않는데도 사람들의 형체만 희미하게 보일 뿐 얼굴은 분간되지 않았다.

"네, 괜찮습니다. 다들 괜찮으시죠?"

"여긴 모두 문제없습니다. 최 박사님, 아무래도 이제 내려오시는 게 좋을 것 같습니다."

하이톤의 목소리를 듣자 하니 메이슨이 말하는 것 같았다. 최민은 '오케이' 하고 응답한 후에 나뭇가지에서 조심스럽게 일어났다. 사다리를 향해서 몸을 움직이려고 할 때 그가 갑자기 멈춰 섰다.

"잠시 조용히 해 보세요."

최민이 아래를 향해 조심스럽게 말했다.

메이슨이 응답했다.

"뭐죠? 무슨 일입니까?"

최민은 대답하는 대신에 고개를 들어 희미한 어둠 속을 쏘아보았다. 그가 올라가 있는 나무에서 연못 쪽 대각선 방향의 반대편도 역시 숲이 우거져 있었는데 숲 속에서 뭔가가 움직이는 것이 보였다. 처음에는 어두워서 잘못 보았을 것이라 생각했으나 유심히 살펴보자 이번에는 확실히 뭔가가 숲 속에서 움직이면서 주위의 낮은 잡목들이 흔들리는 것이 보였다. 그리고 나뭇가지 부러지는 소리가 선명히 들렸다.

이 소리를 아래에 있는 사람들도 들었던 듯 누군가 '쉬잇' 하고 나지막이 소리 냈다. 잠시 정적이 흘렀다. 최민은 내려갈 생각을 하지 않고 연못 반대편 숲을 계속해서 살피고 있었다. 잠시 후 이번에는 아까보다 크게 '따닥' 하고 나뭇가지 부러지는 소리가 났다. 그러고는 잡목들이 크게 흔들리는 것이 보였다.

일행이 모두 긴장하여 주시하고 있을 때 갑자기 잡목 숲을 헤치며 커다란 형상이 나타났다. 어두워 자세히 보이지는 않았지만 크기가 거의 2m는 넘을 듯한 커다란 물체였다. 이 물체는 잡목 숲을 나오자마자 빠른 속도로 일행을 향해서 다가오기 시작했다. 연못을 빙 돌아 뛰어오면서 땅을 울리는 소리가 '쿵, 쿵' 하고 나지막이 울려 퍼졌다.

최민은 다른 사람들보다 높은 곳에 있었으므로 다가오는 물체를 보다 잘 식별할 수 있었다. 그것은 멀리서 볼 때는 사람 형상이었는데, 가까이 다가올수록 무엇인지 확실히 알 수 있었다.

흐릿한 햇빛을 받아 검은빛으로 윤이 나는 커다란 금속 몸통에 머리 부분은 투구 같은 것을 쓰고 있는 로봇이었다. 양손에는 보기에도 무지막지해 보이는, 역시 검은색으로 은은히 빛나는 칼을 들고 있었다. 최민은 그것이 무엇인지 한눈에 알아보았다. 어제 월터가 자랑스레 소개한 여러 게임 로봇 중 전사형 로봇임에 틀림없었다. 단순히 모니터로 보았을 때는 몰랐으나 실제로 보니 커다란 키와 커다란 체구에 검은색으로 번들거리는 몸통은 극도로 위압적이었다.

이 전사형 로봇은 키가 큰 만큼 보폭도 큰지 순식간에 일행 쪽으로 다가왔다. 밑에 있던 누군가가 '저게 뭐지' 하고 소리 지르는 게 들렸다. 최민이 살펴보니 현지 직원 한 명이 로봇을 손가락으로 가리키며 뭐라고 베트남어로 소리치는 것이 보였다. 로봇은 엄청난 속도로 달려오더니 그 직원 앞에서 속도를 줄였다. 직원은 설마 하는 심정으로 그 자리에 선 채로 검은 로봇이 달려오는 것을 보고만 있었다. 주위 사람들이 아무 생각 없이 쳐다보고 있는 사이, 로봇은 현지인의 앞으로 다가가 들고있던 커다란 칼을 머리 위로 쳐든 다음 엄청난 스피드로 좌우로 크게 휘둘렀다.

'서걱' 하는 섬뜩한 소리와 함께 '으악' 하는 비명이 울려 퍼졌다. 그리고 최민은 로봇 앞에 서 있던 현지 직원 몸에서 터져 나오는 피 분수를 보았다. 인간의 힘으로는 한 번의 칼질에 사람을 두 동강 내기가 거의 불가능하겠지만, 로봇의 어마어마한 힘과 예리한 칼날은 현지 직원의 살과 내부의 뼈까지 깨끗이 단숨에 두 동강을 내고 말았다.

잠시 전까지 멀쩡하게 농담을 지껄이며 웃고 있던 사람이 피 분수를 내뿜으며 두 동강이 나서 땅에 쓰러지는 모습은 참으로 비현실적이었다. 최민은 직접 눈으로 보면서도 무슨 일이 벌어지고 있는지 순간적으로 판단이 되지 않았다.

직원의 몸이 두 조각이 되어 땅으로 쓰러지는 순간, '탕탕탕' 하는 총소리가 울려 퍼졌다. 참혹한 광경을 넋 놓고 보고 있던 메이슨과 제프가 정신을 차리고는 다가서는 로봇을 향해 발포를 한 것이 분명했다. '타닥' 하는 소리와 함께 로봇의 몸에 불꽃이 튀었다. 그러나 로봇은 총알에 몸이 움찔대기는 하였지만 움직임에는 전혀 영향을 받지 않는 듯 계속해서 앞으로 움직였다.

"제길! 모두 도망쳐!"

누군가 크게 소리 지르는 것과 동시에 사람들이 사방으로 흩어져 도망치기 시작했다. 검은 로봇은 잠시 멈칫하더니 도망치는 사람들 중 한 사람을 향해 돌진했다. 체구나 복장을 보아 아무래도 메이슨인 것 같았다. 도망치던 그는 잠시 고개를 돌려 뒤를 돌아보다가 거대한 형체가 그를 쫓아오는 것을 보고는 미친 듯이 달리기 시작했다. 하지만 로봇이 그보다 더 빨랐다. 로봇은 메이슨을 거의 다 따라잡고 아직도 핏방울이 묻어 있을 거대한 칼을 다시금 휘둘렀다. 메이슨은 오랫동안 험한 곳에서 근무하면서 생긴 본능적인 느낌으로 몸을 앞으로 숙였다. 커다란 칼은 메이슨의 등 뒤를 스치며 아슬아슬하게 지나갔다. 메이슨은 그 순간 몸을 뒤집어 엄청난 속도로 로봇을 향해서 총을 발포했다. 시끄러운 소리와 함께 총알이 로봇의 머리 부위에 명중하여 로봇의 머리가 뒤로 젖혀졌고 달리던 속도가 줄어들었다. 이 사이 메이슨은 다시금 자세를 낮추고 앞으로 재빨리 뛰어나갔다.

로봇은 다시금 달려 메이슨과의 거리를 좁혀나갔다. 로봇이 메이슨을 거의 다 따라잡았을 때 그는 연못 서쪽의 숲 가장자리에 다다라 있었다. 로봇은 이번에는 칼을 휘두르는 대신 손을 뻗어 메이슨을 잡으려 하였다. 그는 로봇의 손을 간신히 피해 숲 속으로 뛰어들었다. 로봇의 손은 엉뚱한 잡목을 움켜쥐었다. 검은 로봇은 주저하지 않고 숲으로 뛰어들었다. 메이슨과 로봇은 순식간에 최민의 시야에서 사라졌다.

남은 사람들은 놀라움에서 아직 벗어나지 못하고 있었다. 메이슨과 검은 로봇이 숲 속으로 사라지고 나서 잠시 후였다. 최민의 아래쪽으로부터 그들이 사라진 반대 방향으로 누군가가 뛰쳐나갔다. 아마도 그 검은 로봇으로부터 최대한 멀리 벗어나려는 듯이 그는 연못가를 가로질러 재빨리 뛰어가기 시작했다. 몸집이 약간 왜소한 것으로 보아 그들과 같이 온 현지 직원 중 한 명인 듯했다. 그는 빠르게 연못 옆을 지나서 관제센터 쪽 숲으로 달려가고 있었다.

직원이 연못 반대편 숲에 거의 다다랐을 때였다. 최민이 보는 방향에서 연못의 좌측 숲 속으로부터 가지가 부러지는 소리가 들려왔다. 그리고 갑자기 로봇 하나가 모습을 드러냈다. 그 로봇은 은색으로 반짝이는 대단히 날렵하게 생긴 로봇이었다. 로봇은 한 손에 커다란 활을 들고 있었다. 그 활은 사람들이 일반적으로 쓰는 활보다 훨씬 거대하였고 사람의 힘으로는 시위를 당기는 것이 불가능할 것처럼 보였다. 최민은 그 로봇도 금세 알아보았다. 그와 제니퍼가 스튜디오1에서 로봇에 접속해서 시연을 할 때 제니퍼가 사용한 로봇과 같은 종류가 분명했다.

도망가는 직원은 아직 그 로봇을 보지 못한 듯 계속해서 일직선으로 숲을 향해 달려갔다. 이때 은색 로봇이 등 뒤에서 화살을 하나 꺼냈다. 화살은 나무로 된 보통 화살과는 달리 금속 재질로 만들어진 듯 멀리서 봐도 반들대고 있었다. 은빛 로봇은 활에 화살을 메이고 엄청난 힘으로 크게 당기기 시작했다. 활이 반달 모양으로 크게 휘어진 다음 직원의 등을 향해 조준을 하더니 시위를 놓았다.

활은 '쉬익' 하는 파공음을 내며 어마어마한 속도로 하늘을 가로질렀다. 직원이 미처 그 소리를 듣기도 전에 화살은 이미 그의 등을 뚫고 가슴을 관통하고 있었다. 화살은 그를 마치 꼬치에 꿴 고기처럼 관통한 후에도 강력한 힘으로 그의 몸을 끌고 앞으로 날아갔다. 그리고는 앞쪽에 있던 나무 중턱에 퍽 소리와 함께 박혀버렸다. 직원의 몸은 화살에 꿰인 채로 나무에 대롱대롱 매달려 있었다.

은빛 로봇은 목표물을 명중시킨 후에 그쪽으로 재빠른 속도로 이동하였다. 속도가 매우 빨라서 거의 보통 사람이 달리는 속도의 두 배는 될 것 같았다. 아까의 검은 로봇보다도 더 빨라 보였다. 그 로봇은 직원이 박혀있는 나무로 다가갔다. 직원은 놀랍게도 아직 숨이 붙어 있는 듯 보였다. 그는 몸이 나무에 박힌 채로 손발을 버둥거리고 있었다.

로봇은 그 나무에 다다라 손을 뻗어 나무에 박힌 화살을 움켜쥐었다. 천천히 화살을 나무에서 뽑아내자 가슴이 꿰뚫린 직원이 커다랗게 비명을 질러대기 시작했다. 로봇은 아직도 직원을 꿴 채로 화살을 나무에서 완전히 뽑아내었다. 직원은 고통을 견디다 못해 기절했는지 이제는 축 늘어져 있었다. 로봇은 커다란 손으로 직원의 몸을 잡더니 몸을 들어 올려 어깨에 걸쳤다. 그러고는 살았는지 죽었는지 알 수 없는 직원을 어깨에 메고서 숲 속으로 사라졌다.

최민은 이 모든 광경을 나뭇가지 위에서 지켜보고 있었다. 모든 것이 너무나도 갑작스럽게 벌어져 정신을 차리지 못하고 나뭇가지 위에서 꼼짝도 하지 못하고 있었다. 정신을 차리고 보니 주위는 언제 그런 일이 벌어졌냐는 듯 아무 소리도 들리지 않고 조용했다.

그는 조심스럽게 주위를 관찰했다. 어제 낮에 시연할 때 조종했던 로봇의 움직임과 조금 전 그가 본 검은 로봇의 움직임은 차원이 달랐다. 방금 본 검은 로봇은 그가 어제 로봇과 연결되어 움직일 때보다 훨씬 더 빠르고 위력적이었다. 평탄하지 않은 지형에서 그렇게 빠르게 움직일 수 있는 것을 보니 로봇을 조종하고 있는 사람은 이 로봇을 오랜 시간 동안 다룬 사람임이 분명해 보였다. 과연 그런 사람이 누구일까, 잠시 생각해 보았으나 지금은 아무 해답도 알아낼 수 없다는 것을 깨닫고는 생각을 멈추었다. 지금은 그 장소에서 어떻게 안전하게 다시 스튜디오3 통제센터로 돌아가느냐가 문제였다.

그는 소리를 내지 않으려 주의하면서 조심스럽게 사다리에 발을 걸쳤다. 그리고 한 걸음씩 천천히 지상으로 내려가기 시작했다. 주위는 고요했고 멀리서 들려오는 새소리 이외에는 별다른 소리도 나지 않았다. 한낮 시간이었지만 이곳 지하세계는 간신히 앞을 구분할 정도로 어두웠다.

최민은 마침내 땅으로 내려섰다. 그는 잠시 엎드려 바닥에 몸을 붙이고 주위를 살펴보았다. 그리고 작은 목소리로 말했다.

"누구 근처에 있나요?"

그가 몇 번 반복해서 말을 하자 잠시 후에 최민의 뒤에서 누군가가 나직이 말을 걸었다.

"최 박사님, 접니다."

최민이 고개를 돌려 뒤를 돌아보니 제프가 역시 땅에 몸을 붙인 채로 포복자세로 기어오고 있었다. 둘은 나란히 몸을 땅에 붙인 후 나직이 대화를 나누었다.

"좀 전의 그게 어제 본 그것이었나요?"

제프가 물었다.

"그런 것 같군요. 하지만 어제 제가 움직인 로봇보다 훨씬 더 강력해 보였어요."

"도대체 어떤 놈들이 로봇으로 사람들을 저렇게 거리낌 없이 해칠 수 있는 거죠? 그리고 왜 우리를 공격했을까요?"

최민은 한숨을 내쉬었다.

"저도 모릅니다. 다만 왜 저들이 이곳 소형 기지국의 주파수를 바꿨는지 알 것 같네요."

제프가 물었다.

"왜 그런 거지요?"

"저들은 이곳 스튜디오에 이미 있는 로봇들을 자기들이 마음대로 통제하려고 했던 것이 분명합니다. 단순히 통신을 마비시키려면 소형 기지국들을 파괴하거나 고장 내면 간단한 일이죠. 그런데 그렇게 하지 않고 기지국 하드웨어는 건드리지 않으면서 굳이

번거롭게 자기들이 원하는 주파수로 동작 주파수를 바꾼 것을 보면, 이곳 통신망을 단순히 멈추는 것이 목적이 아니라 자신들이 통신망을 직접 컨트롤하려고 했던 것이 분명합니다. 어떤 놈들인지 오랫동안 준비한 것 같습니다."

제프가 나직이 말했다.

"그럼 우리는 이제 어떻게 할까요?"

최민이 대답했다.

"확실한 것은 저놈들이 누구이든 간에 이곳의 모든 무선 네트워크를 장악했다는 것이죠. 그리고 원래 그렇게 만들어진 것인지 아니면 누군가가 로봇의 통신 수신 장치에 손을 댄 것인지는 알 수 없지만 로봇들은 12GHz뿐만 아니라 24GHz에서도 동작하게 만든 것 같군요. 그것은 다른 말로 말하면 통신뿐만 아니라 모든 로봇들도 저들의 통제 아래 있다는 이야기가 되죠."

제프는 대답 없이 앞을 노려보았다.

"일단 스튜디오3 통제센터로 돌아가서 월터를 만나는 것이 좋을 것 같습니다. 그만큼 이곳을 잘 아는 사람이 없을 테니까요. 그리고 그곳은 로봇으로부터 안전할 것이라 생각합니다."

최민의 말에 제프도 고개를 끄덕여 동의했다. 물론 최민도 지금 이곳이 이렇게 엉망진창이 된 것을 보면 스튜디오3 통제센터도 안전하리라는 보장이 없다는 것을 알고 있었다. 거기다가 아까 월터와 교신하다가 갑자기 교신이 끊긴 것을 보면 월터에게 무슨 나쁜 일이 생긴 것이 아닌지 우려되기도 했다. 하지만 이제 그들에게는 별다른 선택이 없었다. 그들은 사방이 막힌 광대한 지하세계에 갇혀 있었고, 그들이 아침에 들어온 입구를 제외하면 탈출할 길도 없었다. 정체를 알 수 없는 자들이 왜 그들의 목숨을 노리고 공격해 왔는지 전혀 알 수 없었지만 그들은 월터에게 돌아가는 것이 최선이라고 결론을 낼 수밖에 없었다.

"그럼 이동하도록 하지요. 최 박사님은 제 뒤를 따라오세요."

제프가 먼저 조심스럽게 몸을 일으켜 앞으로 천천히 걸어 나갔다. 최민도 제프의 뒤를 따라서 걸었다. 통제센터로 돌아가려면 연못 주위의 공터를 빙 돌아서 반대편에 나 있는 숲 속으로 가서 그들이 아침에 뚫고 온 숲 속 작은 길로 가야만 했다.

제프와 최민은 허리를 숙여 최대한 몸을 낮춘 상태로 천천히 앞으로 걸어 나갔다. 최민은 그들이 사방으로 시야가 트인 공터로 나가면서 어디선가 금방이라도 공격이 시작될 것 같은 생각이 들어 가슴이 빠르게 뛰는 것을 느꼈다.

그들은 조심스럽게 통제센터 방향으로 기어가듯이 걸었다. 그들의 우려와는 달리 어떤 로봇도 나타나지 않았다. 그들은 마침내 숲 속에 진입하였다. 숲 속에는 아까 그들이 지나온 좁은 길이 있었다. 이들은 그 길을 따라 걸었다. 사방에서 작은 나뭇가지가 어깨와 목을 쳤지만 최민은 긴장감에 아픈 것도 느끼지 못했다.

한참을 걸어서 마침내 도로에 다다를 수 있었다. 제프와 최민은 도로로 섣불리 나가지 않고 숲 속에 몸을 숨기고 사방을 관찰했다. 도로에는 아까 그들이 타고 온 전기자동차 두 대가 아직도 작은 길 중앙에 멈춰서 있었다. 최민은 문득 다른 사람들은 어떻게 되었을까 걱정이 되었다. 이미 현지 직원 한 명이 처참히 살해되는 것을 보았고 다른 직원 한 명도 가슴에 화살을 관통당했으니 살아있을 확률은 무척 적었다. 메이슨은 숲 속으로 탈출했으나 그 무시무시한 검은 로봇이 추격해 간 것을 보면 그의 안전도 장담할 수 없었다.

그들은 숲 속에서 오 분 가까이 기다리며 관찰했으나 주위는 간간이 들리는 새소리 말고는 아무 소리도 들리지 않았다.

제프가 나직이 말을 걸었다.

"이제 나가 볼까요?"

최민은 말없이 고개를 끄덕였다.

그들은 천천히 발소리를 내지 않으려 주의하면서 차량으로 이동했다. 두 대 중 뒤쪽에 주차되어 있는 차로 이동하여 제프가 운전석에 앉고 최민이 조수석에 앉았다. 제프는 조심스럽게 시동을 걸었다. 다행히도 가솔린을 쓰는 차량이 아니어서 차는 움직이면서도 거의 아무런 소리도 내지 않았다. 제프는 차를 천천히 회전시켜서 그들이 왔던 방향으로 돌렸다. 제프가 막 속도를 내려고 하는 순간 최민이 제프에게 속삭였다.

"앞을 보세요."

제프가 눈을 크게 뜨고 앞을 바라보자 희미한 어둠 속에서 사람의 형체가 나타나는 것이 보였다. 그것은 도로를 따라서 그들이 있는 방향으로 천천히 걸어오고 있었다. 다가오던 형체가 수십 미터 앞으로 가까이 오자 마침내 확연히 몸체가 드러났다. 은빛의 광택이 흐르는 날렵한 몸에 왼쪽 손에 커다란 활을 들고 있는 로봇이었다. 분명 아까 연못가에서 직원을 활로 쏜 그 로봇이 틀

232

림없었다.

"제길, 이제 어떻게 하죠?"

최민은 떨리는 목소리를 숨기려 노력하면서 나직이 말했다. 제 프는 아무 말도 하지 않고 앞을 노려보고 있었다.

다가오던 은빛 로봇은 걸음을 멈추더니 그들을 무감각한 검은 눈으로 응시했다. 그러더니 오른손을 등 뒤에 가져가서 그곳에 매달려 있던 금속 활을 꺼내 들었다.

이때 갑자기 제프가 차의 액셀러레이터를 밟았다. 자동차가 갑 자기 속도를 내며 앞으로 달려 나갔다. 최민은 몸이 뒤로 젖혀지 는 것을 느끼며 양손으로 안전벨트를 꽉 쥐었다. 차가 무섭게 돌 진해 오는데도 로봇은 움직이지 않고 화살을 활에 메겼다. 하지 만 로봇이 활을 그들에게 겨냥하기 전에 이미 차는 로봇에 거의 다 접근해 오고 있었다. 제프는 자동차의 방향을 틀 생각이 없는 지 계속해서 액셀러레이터를 끝까지 밟고 차를 로봇에게 똑바로 몰았다. 최민은 곧 차가 로봇과 충돌할 것이란 생각에 고개를 숙 이고 자기도 모르게 눈을 감았다. 제프는 눈에 핏발을 세우고 고 함을 지르며 차를 가속했다.

자동차와 로봇이 충돌하기 일보 직전, 로봇이 믿을 수 없을 만 큼 민첩한 동작으로 왼쪽으로 크게 한 발 움직였다. 차는 아슬아 슬하게 로봇을 피해서 지나갔다. 제프는 뒤도 돌아보지 않고 차 를 더욱 빠르게 몰았다.

최민은 아무런 충돌이 없자 눈을 뜨고 안도의 한숨을 내쉬었다. 고개를 돌려 뒤를 돌아보았다가 뭔가 이상한 느낌에 몸을 약간 옆으로 젖혔다. 순간 무시무시한 소리와 함께 무엇인가가 최민의 머리카락을 스치면서 지나갔다. '챙' 하는 소리와 함께 앞 유리가 부서졌다. 로봇이 발사한 화살이 최민의 머리 근처를 스치고 차량의 앞 유리를 박살낸 다음 앞으로 날아간 것이다. 지나간 화살이 일으킨 바람에 최민의 머리카락이 흩날렸다.

"더 빨리 가요!"

최민이 제프에게 소리치며 뒤를 돌아보자 천천히 활을 든 손을 내리고 있는 로봇이 보였다. 자동차가 빠르게 달린 덕분에 로봇의 형체는 순식간에 흐릿한 어둠 속으로 사라졌다.

╪

흐릿한 어둠 속에서 기계음만이 들리고 있었다. 탁한 공기가 밀폐된 방을 채우고 있었다. 이곳은 지하세계 어딘가의 건물 안이었고 그곳에서 누군가가 천천히 몸을 일으키고 있었다. 머리에 붙어 있던 장비를 옆으로 밀어치우고 상체를 일으킨 사람은 붉은 머리를 한 동양계 여자였다. 그녀가 잠시 숨을 고르고 있을 때 어둠 속에서 누군가가 말을 걸었다.

"놓치고 말았군."

여자는 어둠 속의 형체를 향해 짧게 말했다.

"죄송합니다."

잠시의 침묵 후에 목소리가 다시 말했다.

"괜찮아. 그들이 갈 곳은 뻔하다. 그곳 준비는 잘 되고 있겠지?"

그의 질문에 대답한 것은 여자가 아니라 어디선가 들려오는 다른 남자의 목소리였다.

"네. 걱정하지 않으셔도 됩니다. 모든 일이 순조롭게 진행되고 있습니다."

그의 목소리에 이어 다시금 어둠 속 방은 침묵에 빠져들고 있었다.

# 스튜디오3 통제센터

최민과 제프는 차를 달려 마침내 스튜디오3 통제센터에 이르렀다. 흐릿한 대기 속에서 통제센터의 낮은 지붕이 보였다. 그들은 조심스럽게 차를 몰아 건물 주차장 쪽으로 이동하기 시작했다. 어둠으로 인해서 시야가 그리 멀지 않았으므로 최민은 귀를 기울여 유심히 주위 소리를 들어보았다. 여전히 새소리 이외에 별다른 소리는 들리지 않았다.

그들이 타고 있는 전기자동차의 모터 소리가 나지막이 울리고 있었다. 최민은 그들이 공격받은 것을 생각하고는 월터와 비비안 일행도 무사할지 무척 걱정이 되었다. 물론 통제센터에는 외부인의 침입을 막는 보안장치가 있겠지만 상대가 무지막지한 로봇이니만큼 보안장치쯤은 간단히 파괴하고 내부로 들어갈 수도 있을 것이었다.

이때 갑자기 최민이 아직도 허리에 차고 있던 워키토키에서

'치직' 하는 소리가 났다. 최민은 속으로 '이게 뭐지?' 라는 생각을 하며 워키토키를 허리춤에서 빼내어 손에 들었다. 그러자 워키토키에서 사람 목소리가 흘러나왔다.

"데이비드, 데이비드, 지금 거기 있나요?"

최민은 그 목소리의 주인공이 누구인지 금방 알아들었다. 그는 작은 목소리로 대답했다.

"비비안, 나야. 지금 어디 있는 거야?"

"오 마이 갓! 데이비드 무사해서 다행이야. 다들 괜찮아?"

최민은 비비안이 무사하다는 사실에 안도의 한숨을 내쉬었다.

"나와 허드슨 씨는 괜찮아. 하지만 공격을 받았어. 로봇들이 갑자기 공격해서 몇 명이 당했어."

최민은 차마 몇 사람이 잔인하게 살해되었다는 이야기를 하지 못했다.

"비비안. 너는 어때? 어디 다친 곳은 없고? 무슨 일이 있었니?"

비비안이 대답했다.

"우리도 공격을 받았어. 갑자기 건물에 전기가 나가면서 어두워졌어. 그리고 뭔가가 우리가 있던 방문을 부수려 했어. 월터가 워키토키를 나한테 주고는 문이 부서지는 것을 막으려 했는데 금방 문이 부서졌어. 그리곤 커다란 로봇이 들어왔어. 그래서 정신없이 도망쳤는데 몇 명은 그들한테 잡혔어. 대체 무슨 일이 벌어지고 있는 거지?"

최민이 급히 질문했다.

"그래서 지금 어디 있니? 월터는 너와 같이 있는 거야?"

"아니. 월터는 여기 없어. 어디 있는지 모르겠어. 난 예전에 여기 왔을 때의 기억으로 지금 장비 저장 창고에 들어와 있어. 그런데 데이비드, 월터는 무사할까?"

최민은 그녀의 목소리에서 떨림을 느꼈다.

"괜찮을 거야. 너무 걱정하지 마. 일단 내가 그곳으로 갈게. 거기가 어디쯤 위치해 있어? 자세히 설명해줘."

비비안은 최민에게 자신이 숨어 있는 곳의 위치를 자세히 알려주었다. 그곳은 메인 통제실에서 그리 멀지 않은 곳에 위치한 장비 저장 창고였다. 그러나 그곳에 가려면 건물의 입구를 통해서 들어가야 했고, 입구는 아마도 정체를 알 수 없는 적들에게 이미 장악되어 있을 것이 분명했다.

"비비안. 거기 가만히 있어. 내가 그곳으로 갈 수 있는 방법을 찾아볼게."

최민은 비비안을 안심시킨 후에 제프와 잠시 어떻게 해야 건물 안으로 안전하게 들어갈 수 있을지 의논했다.

잠시 후, 스튜디오3 통제센터의 주차장으로 자동차가 천천히 진입했다. 주차장은 건물 정면의 도로와 이어져 있었는데, 자동차는 도로 위를 천천히 달려 건물의 입구를 향해서 똑바로 움직여 갔다. 이때 건물의 입구에 갑자기 은빛으로 빛나는 로봇이 나타났다. 커다란 몸집과 단단해 보이는 몸체는 어제 최민이 조종했던 로봇과 비슷한 유형의 로봇이었다. 이놈이 분명 비비안이 말한 비비안과 월터를 공격한 로봇인 것 같았다. 이 로봇은 한 손에 커다란 기관총을 들고 있었다.

로봇은 똑바로 달려오는 차를 향해 팔을 들었다. '위잉' 하고 탄창 돌아가는 소리에 이어 '타타타탕' 하는 요란한 소리와 함께 로봇은 차를 향해 무차별로 총알을 쏟아 부었다. 다가오던 자동차 몸체 사방에 불꽃이 튀면서 총알 자국이 나기 시작했다. 타이어가 총알에 맞아 펑크가 났다. 자동차는 더 이상 똑바로 전진하지 못하고 한 바퀴 크게 돈 후에 가속도에 의해 도로 옆에 심어져 있던 나무를 들이받고는 뒤집혀져 버렸다. 차량 내부에 불이 붙어 연기가 나기 시작했다.

로봇은 총을 내리고 차를 향해 이동했다. 마침내 차에 도착한 로봇은 연기가 자욱한 차량 내부를 살피기 시작했다. 하지만 연기 때문에 내부가 자세히 보이지는 않았다.

이때 로봇이 떠난 건물 현관으로 그림자 두 개가 조용히 스며들었다. 최민과 제프는 소리를 죽인 채로 조심스럽게 현관문을 열고 건물 내부로 들어섰다. 이들은 건물에 가까이 오기 전에 이미 차에서 내렸었다. 최민은 차량의 기어를 1단 전진 상태로 놓고 차가 천천히 전진하도록 한 후에 차에서 내려 건물 옆 숲을 빙 돌아 이곳에 잠입한 것이다. 작전은 성공해서 입구를 지키던 로봇을 밖으로 유인해 내고 건물 입구로 진입할 수 있었다.

차량 내부를 살피던 로봇은 내부에 아무도 없다는 것을 확인한 듯 몸을 일으키고 다시 건물 쪽을 돌아보았다. 그리고 마침 현관문을 열고 있던 최민과 제프를 발견했다. 로봇은 재빨리 총을 들어 올려 발포했다. '타타탕' 하는 소리와 함께 현관의 유리문이 총알에 맞아 깨져나갔다. 최민과 제프는 부서져 사방으로 터져

나가는 유리 파편을 몸에 뒤집어쓰면서 간신히 건물 내부로 들어섰다. 최민이 고개를 돌려 뒤를 보니 로봇은 더 이상 총을 쏘지 않고 그 대신 무서운 속도로 그들에게 돌진해 오고 있었다.

"최 박사님, 빨리요!"

제프가 다급히 소리쳤다.

이들은 현관에서 오른쪽 복도를 통해 있는 힘을 다해 뛰었다. 비비안이 알려준 대로 장비 저장 창고로 통하는 계단에 이르렀을 때 복도 입구에서 로봇이 나타났다. 로봇이 쫓아오는 육중한 발걸음 소리가 점차 가까워 오자 최민이 제프에게 소리쳤다.

"허드슨 씨! 여기가 맞는 겁니까?"

제프는 대답 대신 계단을 재빨리 뛰어 내려갔다. 계단을 통해 한 층을 내려가자 육중한 철문이 나타났다. 철문 위에는 '관계자 외 출입금지'라는 팻말이 붙어 있었다.

철문에 도착한 최민이 철문을 마구 두드리면서 외쳤다.

"비비안! 문 열어!"

최민의 생각에는 무척 길었지만 실제론 불과 몇 초가 지난 후에 '끼익' 하는 귀에 거슬리는 소리와 함께 철문이 조금 열렸다. 제프와 최민은 다른 생각을 할 겨를도 없이 재빨리 열린 철문 안으로 뛰어 들어갔다. 그들이 문 안으로 뛰어 들자마자 철문은 '쾅' 소리와 함께 닫혔다.

비비안은 최민과 제프가 안으로 들어오자 민첩한 동작으로 문을 닫고는 회전식 잠금 장치를 돌려 문을 잠갔다. 그녀가 문을 잠그자마자 문이 '쾅' 소리와 함께 흔들렸다. 문 반대편에서 로봇이 문을 열려고 몸을 문에 부딪친 것 같았다. 그 이후에도 몇 차례 '쾅' 소리가 나면서 문이 조금 흔들렸으나 문은 끄떡없이 충격을 견뎌내었다.

최민은 문이 버텨내는 것을 보고 안도의 한숨을 내쉬고 비비안을 쳐다보았다. 그녀는 머리카락이 약간 흩어져 있는 것을 빼고는 별 문제가 없어 보였다. 그는 비비안에게 다가가 손을 꼭 잡았다.

"비비안, 어디 다친 곳은 없어? 괜찮아?"

비비안이 대답했다.

"응. 난 괜찮아. 근데 너 어디 다쳤니?"

최민은 자신의 옷을 내려다보았다. 상의에는 조금 전 깨진 자동차의 유리 파편이 여기저기 묻어 있었고 하의에는 땀과 풀이 스친 자국으로 군데군데 검게 자국이 물들어 있었다. 그는 자신이 그리 말끔해 보이지 않는다는 것을 깨닫고는 한 걸음 뒤로 물러났다.

"이런! 지금 몰골이 형편없군. 하지만 다친 곳은 없어."

그는 말을 마치고 고개를 들어 주위를 살펴보았다. 좌우에 선반이 벽마다 붙어 있었고 방 중앙에도 선반들이 늘어서 있었다. 선반마다 많은 종류의 부품이나 장비들이 가득 쌓여 있었다. 방구석에는 짐을 나르는 용도로 쓰이는 소형 손수레들이 방치되어 있었다.

이때 비비안이 물었다.

"다른 사람들은 괜찮아? 왜 둘만 온 거야?"

최민은 약간 주저하다가 대답했다.

"비비안, 놀라지 마. 우리도 숲 속에서 아까 네가 본 것과 비슷한 로봇들의 공격을 받았어. 그래서…… 몇 명이 크게 다쳤어."

비비안은 손을 입으로 가져갔다.

"오 마이 갓! 누가 다쳤는데?"

그녀는 불안한 듯 제프를 쳐다보았다.

"같이 갔던 현지 직원들이 크게 다쳤는데 로봇들이 끌고 갔어. 그리고 메이슨은 숲에서 헤어졌는데 어떻게 되었는지 모르겠어. 마지막으로 봤을 때 메이슨이 숲 속으로 도망치고 로봇 하나가 뒤를 쫓아가고 있었어."

"그래서, 메이슨이 다쳤어?"

비비안이 다급히 물었다.

"모르겠어. 나도 정신이 없어서 자세히 보지 못했어."

하지만 최민은 속으로 메이슨이 무사하기 힘들 것이라고 생각하고 있었다.

이때 갑자기 문에서 '쾅' 하는 소리가 어마어마하게 울려 퍼졌다. 그들은 숨을 죽이고 문을 두려움이 담긴 눈으로 쳐다보았다. 잠시 시간이 지난 후에 이번에는 연달아서 '쾅, 쾅, 쾅' 하는 소리가 커다랗게 났다. 밀폐된 공간에 이 소리는 엄청나게 크게 들려 비비안은 귀를 틀어막았다.

제프는 문의 손잡이 윗부분이 '쾅' 소리가 날 때마다 조금씩 우그러지는 것을 걱정스럽게 쳐다보다 최민에게 말했다.

"최 박사님, 아무래도 문이 그리 오래 버틸 것 같지 않네요. 여기를 빠져나갈 방법을 찾아봐야겠습니다. 혹시 좋은 생각이 있으신가요?"

그러나 최민도 이곳에 처음 방문한 것이라서 이곳의 구조에 대해서는 아는 것이 없었다. 그는 그때까지도 귀를 막고 겁먹은 눈으로 문을 쳐다보는 비비안에게 다가서서 말했다.

"비비안! 이곳에 오래 있을 수는 없어. 여기를 빠져나가야 해. 너는 여기 와본 적이 있으니까 나가는 곳을 알지 않니?"

비비안은 최민을 바라보았다.

"데이비드, 나도 여기 자주 와본 것이 아니라서 잘 몰라. 어떻게 해야 할지 모르겠어."

최민은 그녀를 안심시키기 위해서 그녀의 두 손을 자신의 손으로 꼭 잡으면서 다시 말했다.

"비비안, 우린 다 괜찮을 거야. 오케이? 천천히 기억을 되살려 봐. 여기 와본 적 있지?"

그녀는 고개를 끄덕였다. 최민이 다시 최대한 침착하려 애쓰면서 말했다.

"좋아. 그럼 여기 창고에서 저 문을 통하지 않고 나갈 수 있는 방법이 있는지 한번 생각해봐."

비비안은 최민의 말대로 잠시 눈을 감고 생각에 잠겼다. 그녀가 생각하는 도중에도 문에서는 요란한 소리가 그치지 않았고, 그와 동시에 문이 점점 우그러지고 있었다. 최민은 초조한 마음을 가라앉히려 노력했다. 이때 비비안이 자신 없는 말투로 그에게 말했다.

"입구가 아니라면 이곳에서 나가는 곳은 하나밖에 없어. 저기 반대쪽 벽에 있는 선반 밑을 보면 작은 터널이 나 있는데 그곳을 따라가다 보면 아마도 정비소로 연결될 거야. 그곳에는 밖으로 통하는 철문이 있어."

제프가 그녀의 말을 듣고 급하게 말했다.

"그럼 빨리 그곳으로 갑시다. 시간이 없어요!"

그는 말을 마치자마자 비비안이 손가락으로 가리킨 곳을 향해 뛰어가기 시작했다. 최민은 고개를 끄덕이고 비비안의 손을 잡고 제프의 뒤를 쫓았다.

문에서 반대편 벽의 선반 쪽으로 가서 보니 선반과 선반 사이에 작은 사각형의 구멍이 나 있는 것이 보였다. 구멍이 그리 크지 않아서 구멍의 존재를 미리 알지 못하면 처음 이곳에 온 사람은 이 구멍을 방 안에서 쉽게 찾기 힘들었을 것 같았다.

최민이 다가가서 구멍 안을 들여다보니 길게 뻗은 터널이 보였다. 터널 바닥에는 레일이 깔려 있었다. 그는 이 터널의 용도를 금방 알아낼 수 있었다. 이 터널은 필요한 부품이나 장비를 다른 장소로 운반하기 위해 만들어진 것이 분명했다. 그 증거로 터널 입구 바로 앞의 바닥에는 작은 손수레가 놓여 있었고 그 손수레에는 레일용 바퀴가 달려있었다.

최민이 손가락으로 터널을 가리키며 비비안에게 물었다.

"이곳으로 들어가야 하는 거야?"

그녀는 말없이 고개를 끄덕였다. 그러자 제프가 얼른 말했다.

"뭘 기다리는 겁니까? 제가 먼저 들어가지요."

그는 말을 마치자마자 터널 안으로 몸을 던지고 재빠른 솜씨로 기어가기 시작했다. 최민은 비비안을 보며 말했다.

"먼저 가. 내가 뒤를 지키면서 따라갈 테니까."

그녀는 다시 고개를 끄덕이고는 신발을 벗어 양손에 나눠 쥐고 허리를 굽혀 터널 안으로 기어 들어갔다. 최민도 그녀의 뒤를 따라서 터널 안으로 진입했다. 터널은 높이와 폭이 그리 크지 않아서 어쩔 수 없이 기어서 전진할 수밖에 없었다.

그때 그들의 뒤쪽에서 '꽝' 하는 커다란 소음과 함께 문이 부서져서 바닥에 부딪히는 소리가 방을 채우고는 터널 안까지 커다랗게 울려 왔다. 최민은 앞에 기어가는 두 명에게 말했다.

"문이 부서진 것 같아요. 여기서 빨리 빠져나갑시다."

세 명은 아무 말도 없이 부지런히 팔다리를 움직였다. 터널은 좌우로 굽어 있었는데 이들이 몇 분 동안 기어가자 마침내 터널 끝으로 나갈 수 있었다. 최민은 터널을 빠져나와 두 발로 서자마자 주위를 둘러보았다. 이들이 다다른 곳은 폭이 10m 정도 될 것 같은 공간이었다. 사방에 여러 가지 기계와 장치가 잔뜩 들어차 있었는데 군데군데에 흰 천으로 덮여 있는 물건들도 보였다. 방의 정면에는 커다란 철문이 있었고 철문에는 빗장이 걸려 있었다. 그리고 문에 작은 창문이 뚫려 있었다.

제프는 이미 문으로 달려가서 창문을 통해 밖을 내다보고 있었다. 최민이 그에게 뭔가 말하려 할 때 제프가 그에게 돌아서더니 입 주위에 손가락을 세로로 세웠다. 최민은 아무 말도 하지 않고 비비안의 손을 잡고서 제프에게 다가섰다. 제프는 그들이 창문을 통해 밖을 내다볼 수 있도록 비켜주었다.

최민이 창밖을 내다보니 넓이가 수십 미터는 되어 보이는 공터가 보였다. 공터 저편은 숲이 빽빽이 우거져 있었는데 숲과 그들 사이의 공터에 커다란 금속 물체 두 개가 천천히 움직이고 있었다. 하나는 회색으로 반들거리는 로봇이었는데 키는 그리 커 보이지 않았으나 어깨가 좌우로 떡 벌어져 보기에도 단단해 보이는 놈이었다. 그리고 다른 하나는 최민이 숲 속에서 마주친 바로 그놈, 검은색의 거대한 놈으로 등 뒤에 역시 그 무시무시한 장검을 꽂고 있었다. 이 두 놈은 통제센터 주위를 천천히 돌면서 감시하고 있는 것처럼 보였다.

최민이 입술을 깨물었다.

'이런, 간신히 여기까지 왔는데!'

제프가 최민에게 속삭였다.

"이곳으로 빠져나가기는 힘들겠어요. 아까 보니까 저놈들이 달리는 속도가 사람이 뛰는 속도보다 훨씬 빠르던데."

최민이 대답했다.

"나가서 각자 다른 방향으로 뛰면 어떨까요?"

제프는 고개를 흔들었다.

"그래도 소용없을 거예요. 우리 모두 숲 속에 도착하기 전에 저놈들에게 잡히고 말 거요."

최민은 비비안에게 고개를 돌리고 물었다.

"혹시 여기서 다른 곳으로 빠져나갈 길은 있어?"

비비안은 말없이 고개를 저었다. 제프와 최민은 창밖을 바라보면서 빠져나갈 방법을 생각했다. 그러나 뾰족한 방법이 떠오르지

246

않자 그들은 한숨을 내쉬었다.

"어쩌면 그냥 이곳에서 구조대가 올 때까지 기다리고 있는 것이 좋을지도 모르겠어요. 저들이 우리를 발견하지 못한다면……."

최민이 희망 섞인 말을 하기가 무섭게 창밖에서 배회하던 로봇들이 갑자기 멈춰 섰다. 그러고는 천천히 몸을 돌리기 시작했다. 일행이 숨을 죽이고 창문을 통해서 관찰하는 사이, 그 로봇들은 그들이 바라보고 있는 문 쪽으로 몸을 돌렸다. 그들의 감정 없는 눈동자가 정확히 최민 일행을 바라보고 있었다. 동시에 문 쪽으로 다가서기 시작했다. 다가서면서 검은색 로봇은 등 뒤에서 커다란 칼을 꺼냈고 회색 로봇은 허리춤에 차고 있던 양날 도끼를 꺼내 들고 있었다.

"이런! 저놈들이 우리가 이곳에 있는 것을 눈치 챈 모양이에요!"

제프가 다급한 소리로 말했다.

"문에서 물러서요!"

최민이 소리치며 제프의 몸을 뒤로 끌었다. 이들이 문에서 몇 발자국 떨어지기가 무섭게 문에서 '쿵' 하는 소리가 나면서 문이 크게 흔들렸다. 연이어 큰 소리가 나면서 문이 크게 흔들렸다.

일행의 눈이 절망으로 물들었다. 이들이 나온 뒤쪽 통로는 이미 막혀있고, 유일한 탈출구인 철문 앞에는 그들이 상대할 수 없는 로봇이 둘이나 있었다. 그들이 무사히 빠져나갈 수 있는 확률은 없었다.

"비비안, 우리가 어떻게 해서든지 저놈들을 막아볼 테니까 너는 그 사이에 빨리 빠져나가!"

최민이 바닥에 떨어져 있던 쇠파이프를 집어 들면서 말했다. 제프도 주위를 두리번거리다가 벽에 걸려 있던 도끼를 꺼내 들었다. 최민과 제프는 각자 무기를 들고 문 앞을 막아섰다. 문은 매우 단단하게 만들었는지 아직은 잘 버텨주고 있었다. 그러나 언제 부서져서 그 무서운 녀석들이 들어올지 알 수 없는 상태였다.

이때 뒤에 수저앉아 있던 비비안이 갑자기 벌떡 일어났다.

"데이비드, 저기!"

최민은 그녀에게 고개를 돌렸다.

"뭔데? 무슨 일이지?"

그녀는 최민의 손을 잡고는 갑자기 구석으로 뛰기 시작했다. 그는 영문도 모르고 끌려가기 시작했다.

그들이 뛰어간 정비소의 구석 자리에는 밴 한 대가 주차되어 있었다. 밴 뒤에는 벽이 없는 작은 오픈 트레일러가 연결되어 있었는데 그 위에는 뭔가가 흰 천에 덮여 있었다.

비비안은 밴으로 가더니 운전석 문을 열었다. 문은 잠기지 않았는지 간단히 열렸고 그녀는 시동장치에 꽂혀 있는 차 키를 확인했다. 밴의 뒷좌석을 보니 원래의 좌석은 뜯어져 있었다. 그리고 비워진 공간은 각종 장비로 채워져 있었다. 장비들은 아마도 기계 정비를 위한 것으로 보였다. 그리고 뒷좌석 한편에는 애니(AHNI)와 컴퓨터가 놓여 있었다.

그녀가 눈을 돌려 다른 한편을 보니 철제 의자에 커다란 형체가 보였다. 그것은 그들을 하루 종일 괴롭히던 로봇과 비슷하게 생긴 약간 금빛으로 반짝이는 로봇이었다. 그 로봇은 앉은 채로 그녀를 쳐다보고 있었다. 그 무감각한 눈동자를 본 그녀는 기절할 듯이 놀라 자신도 모르게 나직하게 비명을 지르며 차에서 물러났다.

최민이 그녀의 비명을 듣고 그녀에게 뛰어갔다.

"데이비드, 조심해. 차 뒤에 로봇이 있어."

최민은 깜짝 놀라 쇠파이프를 들고 비비안의 앞을 가로막았다. 금방이라도 밴의 문이 박살나면서 로봇이 그들에게 덮쳐올 것만 같았다. 그러나 십여 초가 지나도 아무런 변화가 없었다.

최민은 조심스럽게 밴으로 다가갔다. 한 손에 쇠파이프를 든 채로 뒷문을 열고 안을 살펴보았다. 비비안이 말한 로봇이 앉아있는 것이 보였다. 그러나 전혀 움직임이 없었다. 긴장을 늦추지 않고 로봇을 쳐다보던 최민은 로봇이 미동도 하지 않자 밴 안으로 들어갔다. 그는 좌석에 앉아있는 로봇에게 다가가 살펴보았다.

"그놈이 갑자기 일어나서 우리를 공격하는 것은 아니겠지?"

비비안이 최민의 뒤에서 겁에 질려 말했다.

로봇의 여기저기를 살펴보던 최민이 대답했다.

"아냐. 이놈은 지금 네트워크에 연결되어 있지 않아. 머리 뒤편의 통신장치가 꺼져 있어. 아마도 신형 로봇인데 아직 필드 테스트하기 전 단계라서 네트워크에 연결되어 있지 않은 것 같아."

이때 제프가 다가와 최민에게 물었다.

"그럼 이 로봇을 우리가 사용할 수 있나요?"

최민이 대답했다.

"가능은 합니다. 하지만 일단 이 통신장치를 수리해야 합니다. 그 다음에는 여기 옆에 놓여있는 장비들 보이시죠?"

그는 손가락으로 밴 뒤편의 복잡한 장비를 가리켰다.

"이건 이동식 근거리 통신 시스템인데 이 로봇을 여기 있는 통신 시스템과 연동시켜야 해요. 그러려면 시간이 필요합니다."

제프는 실망한 표정을 지으며 물러났다.

이때 비비안은 밴 뒤에 연결된 작은 오픈 트레일러로 다가가고 있었다. 그녀는 트레일러 위에 흰 천으로 덮여있는 물체에 가까이 가서 흰 천의 끝을 잡고 힘껏 잡아당겼다. 흰 천은 스르르 벗겨지면서 아래 가려져 있던 물체가 완전히 형체를 드러냈다.

"아니, 이건!"

그 위에는 로봇 하나가 놓여 있었다. 그러나 완전한 로봇이 아니라 하반신은 없고 상반신만 있었는데, 상반신은 원반형 회전체 위에 고정되어 있었다. 로봇은 그들이 여기서 보아온 다른 로봇들처럼 완벽한 상태가 아니라 뭔가 엉성하게 만든 느낌이 났다. 로봇의 눈 위치에는 소형 카메라 두 개가 달려 있었다. 그리고 로봇의 양팔은 비정상적으로 길었는데 그 양팔 아래에는 작은 박스가 하나씩 놓여 있었다.

최민은 그 로봇이 뭔지 금방 알아보았다. 그것은 그들이 라스베이거스에서 이사회에 보여준 프레젠테이션에 나온 그 로봇이었다. 그들은 그것을 PRv2.1이라 불렀는데 그 의미는 프로토 타입 버전 2.1이란 말이었다. 지금 밖에서 그들을 위협하고 있는 로봇들은 MRv3.0 혹은 MRv3.1이었는데 그것은 양산형 버전 3.0이나 3.1이란 소리였다. 그들은 각각의 버전명 뒤에 로봇의 고유 식별 번호를 붙였는데 예를 들면 MRv3.0-0001 같은 식이었다. 그들이 지금까지 제작한 로봇 중 가장 최신형이고 성능이 좋은 것은 MRv3.3이었다. 그리고 그들이 밴 뒷좌석에서 본 로봇은 최신형 기종인 MRv3 모델 중 하나처럼 보였다.

"데이비드! 이 로봇 기억나지? 이 로봇은 다른 양산형 로봇과는 다르게 실험용으로 제작한 거야."

그는 비비안이 말하고자 하는 의도를 금방 알아챘다.

"다른 로봇들은 여기 기지국의 통제를 받겠지만 이 로봇은 실험용이라서 근거리 직접 무선으로 조종하게 만들었었지. 그리고 그 조종 장치는 이 밴 안에 있고."

이때 최민 옆에서 무슨 영문인지 몰라 가만히 서 있던 제프가 최민을 보면서 물었다.

"그럼 이 로봇은 당장 우리가 통제할 수 있다는 말입니까?"

최민이 대답했다.

"맞습니다. 저 밴 뒤에는 로봇을 컨트롤할 수 있는 장치가 있어요. 그 장치를 사용하면 우리가 저 로봇을 통제할 수 있어요. 그리고 저 로봇 옆에 놓여있는 박스에는 저희가 실험용으로 사용한 권총과 탄알이 들어 있을 거예요."

제프가 말을 받았다.

"그럼 우리 중에 누가 저걸 조종하죠?"

최민은 그에게 다시 설명했다.

"이 로봇은 우리가 양산형을 제작하기 전에 데모용으로 만든 것인데 아무래도 시연에서 성공률을 높이는 것이 중요했어요. 성공률을 높이려면 로봇을 정교하게 컨트롤하는 것이 필요했지요. 그래서 저희 스태프들 중에 지원자들을 받아서 저 로봇과 싱크로율을 측정했어요. 그리고 그 싱크로율이 가장 높은 사람을 한 사람 선발해서 시연을 진행했었죠."

"그럼 그 사람이 누구였나요?"

제프가 다시 물었다.

최민은 손가락으로 그들에게 다가오고 있는 비비안을 가리켰다.

"여기 있군요."

그는 약간 놀란 표정을 짓고 있는 제프에게 말했다.

"비비안은 생각보다는 운동신경이 뛰어난 편이더군요."

이때 비비안은 밴 뒷좌석 문을 열면서 최민에게 말했다.

"내 싱크로 데이터는 여기 PC에 저장되어 있었지?"

최민은 그녀를 따라 밴 안으로 들어갔다. 밴 뒷좌석은 좌석을 뜯어낸 공간 안에 복잡한 기계가 가득 차 있었다. 그리고 그 장비 중에는 그들에게 이미 익숙한 기계, 애니(AHNI)가 놓여 있었고 그 옆에는 컴퓨터 모니터와 키보드가 놓여 있었다. 먼저 밴 뒷좌석에 들어간 비비안은 이미 애니에 앉아 프로브를 머리에 쓰고 있었다.

최민은 그녀 옆으로 가서 컴퓨터의 전원을 켰다. 그러고는 고개를 돌려 제프에게 소리쳤다.

"허드슨 씨, 운전석으로 가서 시동을 거세요! 저희는 뒤에 있는 로봇을 작동시켜서 여기를 빠져나갈 겁니다!"

252

그는 말을 마치고는 빠른 속도로 컴퓨터의 프로그램을 켜서 정보를 입력하기 시작했다. 잠시 후에 그는 비비안을 보며 말했다.

"비비안, 준비됐어?"

그녀가 대답했다.

"오케이. 그런데 이거 정말 오래간만에 하는 거라서 잘할 수 있을지 모르겠어."

"걱정하지 마. 그래도 지금 우리 중엔 네가 제일 잘하니까. 자, 이제 간다. 10, 9, 8, 7……"

그는 카운트다운이 0이 되자 컴퓨터 자판의 엔터키를 눌렀다. 비비안의 몸이 약간 경련하다가 잠에 빠진 것처럼 축 늘어졌다. 최민은 초조한 듯이 컴퓨터 모니터에 나오는 시간을 쳐다보고 있었다. 아무리 예전에 이미 입력해 놓은 비비안의 싱크로 데이터를 로딩해서 별도의 트레이닝 없이 곧바로 로봇을 컨트롤할 수 있도록 한다고 해도, 비비안이 오랫동안 로봇과 접속하지 않았던 관계로 어떤 돌발사태가 일어날지 알 수 없는 일이었다.

'그래도 저 밖에 있는 무자비한 놈한테 칼로 몸이 두 동강 나 죽는 것보다야 낫겠지.'

최민은 속으로 생각했다.

이때 그때까지 간신히 지탱하고 있던 입구의 철문이 우그러지면서 마침내 구멍이 뚫리고 말았다. 그 구멍 사이로 검은색 로봇 팔이 쑤욱 들어오더니 철문을 가로질러 고정하고 있던 철제 빗장을 잡고 위로 잡아당겼다. 곧바로 커다란 소음과 함께 문이 좌우로 활짝 열리고야 말았다.

열린 문을 통해서 검은색과 은색의 로봇 두 개가 안으로 들어오는 것을 보고 제프가 힘차게 밴의 액셀러레이터를 밟았다. 그러나 자동차는 그가 기대한 것과는 다르게 그리 빠르지 않은 속도로 앞으로 나가기 시작했다.

"이게 뭐야. 왜 이리 느리게 움직이는 거지?"

제프가 입 밖으로 신음을 냈다.

이곳 스튜디오 안의 모든 차량은 환경 보전을 목적으로 전기자동차를 수로 사용하고 있었으며 일반 차량도 전기차로 개조하여 최대 제한 속도까지 정해 놓았다. 제프가 운전하고 있는 차량도 일반 밴을 전기차로 특별히 개조한 것으로, 최대 속력이 시속 30km/h로 세팅되어 있었다.

로봇들은 다가오는 차량을 보고도 전혀 위협을 느끼지 않는지 칼과 양날 도끼를 쳐들고 차량에게 달려오기 시작했다.

"차를 멈춰요!"

최민이 앞에 있는 제프에게 소리 질렀다.

차가 급히 멈춰 섰다. 이때 밴 뒤에 달려 있던 트레일러 위의 상반신 로봇의 팔이 갑자기 들려졌다. 양손에는 언제 꺼내 들었는지 권총이 한 자루씩 쥐어져 있었다. 로봇이 고정되어 있던 원형 선반이 '휘잉' 소리를 내면서 돌아 로봇의 몸통이 회전했다. 로봇은 권총을 다가오는 두 로봇에게 조준했다.

'타탕!'

굉음과 함께 비비안이(혹은 비비안이 조종하는 로봇이) 권총을 발포했다. 총알은 다가오는 로봇들의 가슴에 명중했으나 그들은 잠시 멈칫했을 뿐 다시 다가오기 시작했다. 그녀는 다시 조준하고 발사했다. 이번 총알은 제대로 목표점에 명중했다. 다가오던 로봇 중 검은색 로봇의 손가락에 총알이 명중해 들고 있던 장검을 땅에 떨어뜨렸다.

"지금이에요! 밟아요!"

최민의 고함과 함께 제프가 있는 힘껏 차의 액셀러레이터를 밟았다. 밴의 몇 미터 앞까지 다가왔던 로봇들은 갑자기 뛰쳐나오는 차를 보고 좌우로 피했다. 하지만 미쳐 다가오는 차를 완전히 피하지 못해 회색 로봇이 오른쪽 어깨를 차에 부딪쳤다. 회색 로봇은 뒤로 비틀대며 물러나다가 중심을 잃고 큰 소리와 함께 쓰러졌다.

밴은 재빨리 두 로봇의 사이를 뚫고 앞으로 전진했다. 제프는 속으로 쾌재를 불렀다. 마침내 빠져나갈 수 있다고 생각한 순간, 덜컥 하는 소리와 함께 차가 멈춰 섰다. 제프가 놀라서 차의 액셀러레이터를 밟았지만 차는 앞으로 나가지 않았다. 최민이 차량의 유리를 통해서 뒤를 돌아보니, 회색 로봇이 바닥에 쓰러진 채로 트레일러 뒤쪽의 범퍼를 양손으로 움켜잡고 양다리를 교차하여 방 중심에 있던 철제 기둥에 몸을 고정시키고는 자동차가 움직이지 못하게 버티고 있었다.

회색 로봇의 힘 때문에 밴과 그에 연결된 트레일러는 앞으로 가지 못하고 헛바퀴만 굴리고 있었다.

이때 칼을 떨어뜨렸던 검은 로봇이 칼을 다시 집어 들고 비비안 로봇에게 달려들었다. 트레일러 위에 있던 로봇(비비안)이 자신의 몸통이 고정되어 있는 원반을 회전시켜 검은색 로봇 쪽으로 몸을 틀었다. 그리고 양손에 든 두 자루의 권총으로 로봇의 얼굴을 향해 총알을 발사했다.

'따앙' 하는 소리와 함께 스파크가 튀면서 로봇의 머리가 뒤로 젖혀졌다. 그러나 충격에는 아랑곳하지 않고 손에 든 칼을 비비안 로봇에게 크게 휘둘렀다. 아무리 자신의 몸에 직접 칼을 맞는 게 아니라고 해도 로봇에 접속한 이상 비비안은 로봇이 자신에게 직접 칼을 휘두르는 느낌을 받았을 것이 분명했다. 비비안 로봇은 자신도 모르게 몸을 틀었다. 칼은 머리를 빗나가 로봇의 어깨에 명중했다.

칼은 특수 재질로 만들어져 매우 단단해 보였다. 거기에 검은 로봇의 강력한 힘까지 더해지니 로봇의 몸통이 금속으로 만들어져 있음에도 칼을 막아내지 못했다. '까강' 하는 소리와 함께 칼이 스파크를 튕기며 비비안 로봇의 어깨를 파고들었다. 내부의 기계 연결 장치가 박살난 로봇의 오른쪽 팔이 금방 축 늘어져 버렸다. 검은 로봇은 칼을 다시 휘두르려 했으나 칼이 너무 깊이 박혀서 쉽게 빼지 못하고 있었다. 몇 번의 시도 끝에 로봇이 칼을 어깨에서 빼냈다.

그러나 그 사이에 비비안은 다시 정신을 차릴 수 있었다. 그녀는 온전한 왼팔을 들어 손에 든 권총으로 검은 로봇의 머리를 조준한 채 무차별로 방아쇠를 당겼다.

요란한 소리와 함께 그중 몇 발이 로봇의 눈동자 주위에 명중했다. 그러자 로봇이 고개를 돌리면서 한 손으로 얼굴을 가렸다. 로봇이긴 하지만 인간의 완벽한 컨트롤 하에 있었으므로 사용자에게 고통은 없더라도 자신의 눈에 총알이 명중하는 느낌을 받았을 것이었다. 눈을 가린 채로 검은 로봇은 오른팔을 휘둘러 칼을 다시 비비안 로봇에게 내리쳤다.

금속이 마찰하는 소리가 요란하게 퍼지며 비비안 로봇의 목에 불꽃이 튀었다. 칼은 로봇의 목을 반쯤 잘라 버렸고 끊어진 목에서 작은 부품들과 가느다란 관들이 빠져나왔다. 작은 관 속에는 로봇의 움직임을 도와주기 위한 윤활유 같은 액체가 채워져 있었는데 이 관들이 끊어지면서 녹색 액체가 분수처럼 뿜어져 나왔다. 마치 일본 사무라이 영화에서 목이 잘린 사람이 피를 뿜으며 죽어가는 장면과 유사했다.

이때 트레일러 뒤편의 범퍼가 자동차의 추진력과 로봇의 당기는 힘을 견디지 못하고 부러져 나갔다. 로봇의 손아귀에서 자유롭게 된 차량이 갑자기 앞으로 달려나가기 시작했다. 검은 로봇이 트레일러 바퀴를 향해 칼을 휘둘렀으나 칼은 바퀴 바로 앞 허공을 가르고 말았다. 최민 일행이 탄 밴은 쏜살같이 튀어나가 반쯤 부서진 출입구와 충돌했다. 출입구는 그 충격에 좌우로 활짝 열렸다.

그들은 마침내 출구를 통해서 밖으로 빠져나올 수 있었다. 밴은 먼지를 휘날리며 공터를 빠르게 지나서 숲 속으로 난 도로에 진입했다. 최민이 뒤를 돌아보니 검은색과 회색 로봇은 어느새 달려나와 정비소 입구에 나란히 서서 그들을 쳐다보고 있었다. 그러나 그들은 더 이상 최민 일행을 쫓아오지는 않고 있었다. 최민은 자신도 모르게 안도의 한숨을 내쉬었다.

일단 숲 속 도로로 진입한 그들은 구불구불한 도로를 달리기 시작했다.

"일단 저놈들로부터 멀리 떨어진 곳으로 갑시다. 그리고 저놈들을 피할만한 장소를 생각해 봅시다."

제프가 말했다.

로봇이 부서져 로봇과의 접속이 끊어지면서 비비안의 의식이 놀아오고 있었다.

"비비안, 네 덕분에 살았어. 괜찮니?"

최민이 자리에서 눈을 막 뜨고 있는 비비안을 보며 말했다.

비비안은 눈을 뜨자 최민을 멍하게 쳐다보았다. 칼에 자신의 목을 잘리는 체험을 하고 난 후라 쉽게 정신을 차리지 못하는 것 같았다. 최민은 그녀의 볼을 쓰다듬어주면서 걱정 어린 눈으로 쳐다보고 있었다. 잠시 후 눈에 초점이 돌아온 그녀의 눈에 눈물이 고였다. 강인한 정신력을 가진 그녀였지만 죽음의 공포를 체험한 이후에도 냉정할 수는 없었다. 그녀는 최민의 어깨에 고개를 파묻었다.

"데이비드, 정말 무서웠어."

최민은 아무 말 하지 않고 그녀의 어깨를 토닥여 주었다. 마침내 진정이 된 비비안이 최민에게 말했다.

"저들은 누구인데 왜 우리를 이렇게 괴롭히는 걸까?"

"나도 모르겠어. 여기 사정을 나보다 잘 아는 네가 모르는데 내가 어떻게 알겠어. 아무튼 뭔가 좋지 않은 일이 벌어지고 있는 게 분명해. 일단 조용한 곳으로 가서 의논…… 허드슨 씨! 앞을 봐요!"

최민이 소리를 치는 것과 동시에 제프가 자동차의 브레이크를 밟았다. 최민은 몸이 앞으로 쏠리는 것을 느끼며 옆의 의자에서 애니(AHNI) 장치에 앉아있는 비비안의 몸이 앞으로 충돌하지 않도록 왼팔로 비비안의 몸을 감싸고 오른팔로 좌석을 단단히 붙잡았다.

밴은 숲 속에서 갑자기 튀어나온 물체를 살짝 피해서 지나친 후에 약 30여 미터를 더 달리고 멈췄다. 최민이 뒤를 돌아보니 흐릿한 대기 속에서 누군가 그들이 타고 있는 밴으로 달려오고 있었다.

"기다려요. 저예요. 월터랍니다!"

최민이 자세히 쳐다보니 양손을 크게 머리 위 좌우로 흔들며 다가선 사람은 월터가 틀림없었다. 가까이 다가온 그를 살펴보니 몇 시간 전의 단정한 모습은 온데간데없고 옷 여기저기에 구멍이 나있고, 먼지와 흙을 뒤집어쓰고 있었으며, 옷 군데군데에는 작은 핏자국까지 나 있어 누구인지 금방 알아보기가 힘들었다. 일행은 다가온 사람이 월터라는 것을 확인하자 긴장을 풀었다.

"챙 씨, 여기서 뭣 하시는 겁니까? 그렇게 갑자기 튀어나오면 위험해요!"

제프가 소리쳤다. 하지만 최민은 월터가 무사한 모습을 보자 무척 반가웠다.

"월터, 차에 빨리 타세요!"

최민이 손짓하자 월터가 달려와 밴의 조수석 문을 열고 안으로 들어왔다.

"정말 무사해서 다행입니다."

최민이 미소 지으며 말했다.

"여러분들이 무사한 것이 더 다행입니다. 일단 여기서 빠져나가도록 합시다. 제가 잠시 숨을만한 곳을 아니까 그리로 안내하겠습니다."

이곳 지리에 익숙한 월터가 가세하자 제프는 마음이 놓였다. 스튜디오3 통제센터에서 탈출하기는 했지만 앞으로 어떻게 해야 할지 아무 생각도 할 수 없었던 그에게 월터는 구세주나 다름없었다.

월터의 안내에 따라 그들은 숲 속 길을 달렸다. 잠시 달리다가 좌측으로 난 작은 길로 들어섰다. 이 길은 포장도 되어 있지 않았고 숲 속 사이에 나 있어서 길을 모른다면 찾기 쉽지 않을 것 같았다.

그 소로를 따라 십 분쯤 달리자 갑자기 절벽이 나타났다. 절벽은 높이가 약 삼십 미터 정도 되어 보이는 꽤 높은 높이였고 좌우로 길게 뻗어 있었다. 월터가 안내하는 대로 따라가니 절벽과 절벽 사이에 폭이 2미터 정도 되는 틈새가 있었다. 그 틈새로 차를 몰고 들어가자 사방이 약 십 미터 정도 되어 보이는 공간이 나타났다. 최민이 고개를 들어 위를 올려다보니 사방으로 높은 절벽들이 병풍처럼 이 작은 원형 공간을 둘러싸고 있었다. 월터가 말한 대로 이곳은 워낙 은밀히 숨겨져 있는 공간인데다가 이곳으로 진입하는 입구도 쉽게 찾기 힘들어서 이곳에 숨어 있으면 당분간 안전할 것 같았다.

그들은 차를 구석에 세운 후 차에서 내렸다. 아직도 최민의 어깨에 고개를 파묻고 있던 비비안이 이제 기운을 차렸는지 최민을 보고 웃으며 말했다.

"그래도 오래간만에 한 것 치고는 잘했지?"

"언제 사격을 배운 거야? 솜씨가 정말 좋던데."

"배운 적 없어. 다만 저 로봇과 일체가 될 때 내 시력도 원래보다 훨씬 좋아지는 것 같았어. 더구나 팔의 움직임도 아주 빠르지는 않지만 세밀하고 정확하게 움직일 수 있도록 컨트롤이 가능해졌어. 마치 내가 아주 강해져서 원더우먼이라도 된 느낌이라니까!"

최민이 쓴웃음을 지었다.

"너무 거기에 중독되지는 말아. 난 그래도 이렇게 팔팔하게 살아있는 진짜 비비안이 더 좋으니까."

그녀는 아무 말 없이 몸을 기계에서 일으키면서 미소를 띤 채로 고맙다는 듯이 최민의 볼에 살짝 키스를 해주었다.

그들이 자동차 밖으로 나가자 월터와 제프가 공터의 작은 바위 위에 앉아서 이야기를 나누고 있는 모습이 보였다. 그들에게로 가까이 다가서자 두 명이 나누는 대화가 들렸다. 이들은 혹시나 있을 수도 있는 감시자를 두려워해서 최대한 작은 목소리로 말하고 있었다.

최민과 비비안이 그들에게 가까이 다가서자 제프가 옆구리에 매고 있던 작은 백에서 생수병 하나를 꺼내어 비비안에게 건네주었다.

"다행히 아까 건물에서 나오면서 구석에 있던 백 속에 생수가 좀 있는 걸 보고 가져왔어요."

비비안은 물을 몇 모금 마시고 최민에게 생수병을 넘겨주었다.

"아, 정말 살 것 같군요."

최민은 비비안의 손을 잡고 월터와 제프가 앉아 있던 바위 옆에 나란히 앉았다.

이때 그들을 잠시 쳐다보던 월터가 다시금 제프에게 말을 이어 갔다.

"그러니까 정말 저도 죽을 뻔했다니까요."

월터가 약간 목소리를 높였다.

"그놈들을 피해서 숲 속으로 도망친 건 정말 운이 좋다고 말할 수밖에 없어요!"

월터는 통제실 문을 부수고 침입한 로봇들을 피해서 어떻게 탈출했는지, 그리고 어떻게 숲 속에 피해 있다가 마침 그가 있는 방향으로 도망치던 최민 일행을 발견하고 뛰어 나와 손을 흔들었는지에 대해 말해 주었다.

"가장 중요한 것은……."

제프가 최민과 비비안을 보면서 말했다.

"이제부터 무엇을 해야 할지 결정하는 것입니다. 혹시 좋은 의견 있으신가요?"

비비안이 말했다.

"그냥 여기서 숨어 있는 게 어떨까요? 조만간 구조대가 오지 않을까요?"

월터가 고개를 가로 저었다.

"구조대? 그런 건 오지도 않을 거야."

그는 말을 이었다.

"이미 여기 스튜디오3에서 몇 번 사고가 났을 때도 현지 경찰이 왔었지만 아무도 찾지 못했어. 아마 똑같은 사고가 발생했다 해도 경찰이 다시 금방 조사를 하러 올 확률은 그리 높지 않을걸!"

"그냥 스튜디오3 입구를 통해 스튜디오2 쪽으로 빠져나가는 건 어떨까요? 다행히 월터가 그쪽으로 통하는 문을 열 수 있으니까요."

비비안이 말했다.

제프와 최민이 좋은 의견이라고 생각할 때 월터가 작은 목소리로 말했다.

"그런데 제가 말씀드리지 않은 몇 가지 더 문제점이 있습니다."

비비안이 물었다.

"무슨 문제인데요?"

"제가 스튜디오3 통제센터를 빠져나오면서 스튜디오3 입구 쪽을 지나갔는데요."

월터는 잠시 한숨을 내쉬더니 말을 이었다.

"입구에 누군가 폭발물을 설치한 후에 그것을 폭발시켰더군요. 입구가 박살났을 뿐만 아니라 문이 있던 동굴 천장의 바위가 무너져 내렸어요. 그러니까 그 출입구는 완전히 막혀 버렸어요."

일행은 잠시 아무 말도 하지 못했다.

"그럼…… 우리는 이곳에 갇힌 건가요? 다른 출입구는 없어요?"

제프의 질문에 월터가 절망적으로 대답했다.

"없습니다. 저희가 들어온 스튜디오2와 3을 연결하는 그 동굴이 외부에서 이곳 스튜디오3으로 진입할 수 있는 유일한 통로였어요."

"이제 어쩌지?"

비비안이 최민에게 물었다. 최민은 아무런 대답도 할 수 없었다. 단순한 시설 감사가 이런 재앙으로 변할 줄은 전혀 생각하지 못했었다.

"무엇보다 중요한 것은 스튜디오3 바깥에 있는 이토 씨와 다른 사람들에게 우리 상태를 알리는 일인 것 같습니다. 그들이 현상을 파악하면 우리를 구조할 방법을 생각해낼 것입니다."

제프가 말했다.

"일리 있는 말이지만 어떻게 그들에게 알리죠? 모든 통신기기는 사용 불능이고 누군가 빠져나가서 그들에게 알려줄 수도 없고……."

비비안이 일행을 쳐다보며 말했다.

"우리와 연락이 되지 않으면 무슨 일이 생긴 것으로 알고 밖에서 구조하러 오지 않을까요? 우리는 그때까지 이곳에 숨어 있으면 되지 않을까요?"

최민이 희망 섞인 어조로 말했다.

그러나 이러한 생존이 걸린 극한의 경험을 많이 해 본 제프가 고개를 저었다.

"두 가지 문제가 있습니다. 먼저 이곳으로 통하는 동굴이 완전히 무너져 버렸다면 그것을 다 치우고 여기까지 진입하는 데 며칠이 걸릴지, 몇 주가 걸릴지 알 수 없는 일이지요. 우리가 운이 좋아서 밖에 있는 저 무시무시한 로봇들의 눈을 피해서 숨어 있을 수 있다고 칩시다. 과연 아무런 음식도, 필수품도 없는 우리가 여기 숨어서 얼마나 견딜 수 있을까요?"

그는 말을 이었다.

"두 번째 문제는, 우리가 구조대가 올 때까지 생존한다고 해도 문제입니다. 저 로봇들이 왜 우리를 공격하는지는 알 수 없지만, 이곳에 들어오는 사람은 누구든지 공격할 것이라고 가정할 수 있습니다. 밖의 구조대는 이곳 안의 사정을 정확히 모르니까 구조 장비 이외에는 간단한 무기만 들고 들어올 겁니다. 여러분들도 겪어보셨겠지만 저 로봇들은 일반 총기류로는 대적할 수가 없어요. 그러면 구조대건 경찰이건, 아마도 들어오자마자 저 로봇들의 공격에 당하고 말 겁니다. 그러면 구조대에 걸린 희망도 사라지는 것이 되지요."

일행은 제프의 말이 일리가 있자 침통한 심정이 되었다. 그들은 아무런 말도 하지 못하고 침묵을 지키고 있었다. 비비안은 겁이 났는지 최민의 어깨에 머리를 기대고 왼팔로 최민의 오른팔을 꼭 감싸 쥐었다. 평상시에는 언제나 냉정을 잃지 않고 침착하던 그녀도 이러한 극한의 상황에 내몰리자 자신도 모르게 가까운 사람에게 의지하려는 모습을 보이고 있었다.

이들의 마음을 대변하듯이 주위는 점점 더 흐릿해지고 있었다. 시간상으로는 아직 저녁이 되려면 한참 남았는데도 이곳 지하세계에 들어오는 빛이 약한 데다가 정글에서 나오는 습기 때문인지 대기에 옅은 안개마저 끼어있어 마치 한밤처럼 시야가 극히 제한되어 있었다.

"그나마 다행인 것은 이렇게 앞이 멀리 보이지 않으니 숨어 있기가 용이한 셋이네요. 이곳에 그냥 숨어 있는 것은 어때요?"

비비안의 거듭된 질문에 제프가 쓴웃음을 지었다.

"아까 말씀드렸듯이 구조대가 온다는 확신이 있으면 그럴 수도 있겠지만, 구조대가 올 때까지 며칠이 걸릴지 몇 주가 걸릴지 모르는 상황에서는 그리 좋은 생각 같지는 않군요."

최민은 한참 동안 골똘히 생각에 잠겨 앞에 있는 종유석을 노려보고 있었다. 그가 갑자기 고개를 들었다.

"쳉 씨, 아까 이곳의 모든 소형 기지국들이 중앙 네트워크 관리센터에 연결되어 있다고 하셨지요?"

월터가 대답했다.

"네. 모든 기지국들을 포함한 통신망은 중앙 통신 관제센터에서 모니터링하고 컨트롤하게 되어있습니다."

"아까 제가 숲 속에서 기지국을 조사하다가 물어보려고 했었는데…… 그 관제센터는 어디 있습니까?"

월터가 즉시 대답했다.

"그건…… 스튜디오4 에 위치한 부속 건물에 있습니다만."

"스튜디오4는 어디에 있습니까?"

최민이 계속해서 물었다.

"이곳 스튜디오3을 지나면 방문객을 위해서 건설한 상가 지역이 나오는데, 그곳을 지나면 곧바로 스튜디오4입니다. 통제센터는 스튜디오4 입구 근처에 위치해 있습니다. 그런데 그건 왜 물으시는지?"

이때 제프가 말했다.

"좋은 생각입니다."

비비안이 깜짝 놀라 제프를 쳐다보았다.

"뭐가 좋은 생각이라는 거죠?"

제프가 미소 지으며 말했다.

"최 박사님의 생각 말입니다."

그는 비비안을 보며 말을 이었다.

"지금 문제는 우리가 외부와 완전히 고립되어 있고, 이 안에는 저 지긋지긋한 로봇들이 득실댄다는 것입니다. 이 로봇들이 제거되지 않는 한 우리가 이곳을 빠져나갈 확률은 극히 낮습니다."

"그러니까 중앙 통신 관제센터를 장악해서 이곳의 모든 기지국을 다시 우리가 컨트롤할 수 있으면!"

비비안도 제프의 말을 이해하고는 목소리를 높였다.

"맞습니다. 제가 생각하기에 우리가 이곳에서 살아남으려면 일단 로봇들을 무장해제 시켜야 합니다. 로봇들이 전부 이곳 기지국 통신망 내에서 통제받고 있으니까 우리가 기지국을 다시 장악하면 로봇들을 무용지물로 만들 수 있을 겁니다!"

최민이 눈을 반짝이며 말했다.

제프가 월터에게 물었다.

"챙 씨, 스튜디오4까지 거리가 얼마나 되나요?"

"거리상으로는 약 2km 정도입니다. 지금은 잘 보이지 않지만 환할 때 보면 여기서도 나무 위에 올라가서 보면 입구가 보입니다. 숲이 끝나는 지점에 엄청나게 큰 벽이 나오고 거기에 거대하게 갈라진 틈 같은 것이 있거든요. 그 틈을 지나면 바로 아까 말씀드린 상업지역이 나오고, 그 다음이 스튜디오4입니다."

그는 손가락으로 그들이 들어온 입구 좌측 방향을 가리켰다.

"그들도 바보가 아닌 이상 그곳을 지키는 자들이 있을 겁니다. 그건 어떻게 하시려고요?"

월터가 아직도 미심쩍은 말투로 물었다.

최민은 그들이 타고 온 밴을 가리켰다.

"저 안에는 가장 최신형 로봇이 있습니다."

그는 말을 이었다.

"지금은 동작하지 않지만 약간의 시간만 있다면 로봇의 통신장치를 수리해서 밴 안에 있는 장비와 근거리 통신으로 연결시킬 수 있을 것 같습니다. 그러면 저 밴 내부의 로봇은 이곳에 설치된 통신망의 영향을 받지 않게 됩니다. 아마도 그 로봇을 사용해서 혹시나 있을지도 모르는 적들과 싸울 수 있을 겁니다."

"노파심에서 묻습니다만, 저 로봇이 다른 로봇들처럼 이곳의 통신망에 지배당해서 우리를 공격하지는 않겠지요?"

제프가 물었다.

"그럴 가능성은 없습니다. 밴 안의 근거리 통신망은 이곳 스튜디오에 깔려있는 무선통신망 주파수와 완전히 다릅니다. 로봇의 통신 장치 주파수를 밴 안의 근거리 통신망과 일치시키기만 하면 저 로봇은 우리가 컨트롤할 수 있습니다."

"그럼 저 로봇은 누가 조종하지요?"

월터가 물었다.

최민은 잠시 생각을 하다가 대답했다.

"로봇 조종을 해 본 경험이 많고 로봇과의 싱크로율이 높은 사람이 하는 것이 맞을 것 같습니다."

그리고 그는 비비안을 쳐다보았다. 비비안은 깜짝 놀란 듯이 그를 바라보았다.

"비비안, 우리 중에는 네가 가장 경험도 많고 싱크로율도 높아. 이렇게 또 부탁해서 미안하지만 네가 하는 게 가장 좋을 것 같은데 어떻게 생각해? 결정은 네가 하도록 해. 네가 정말 힘들다면 내가 로봇을 조종할 테니 네가 밴 안에서 모니터링을 해줘."

비비안은 잠시 고민을 했으나 결국 한숨을 내쉬었다.

"나도 알아. 지금 우리에게는 그리 선택의 여지가 많지 않다는 거. 너는 로봇과 접속한 경험이 한 번밖에 없어서 제대로 로봇을 컨트롤하기 힘들 거야. 내가 할게."

최민은 그녀에게 머리를 숙여 보였다.

"고마워. 정말."

제프도 다가와 비비안의 손에 키스를 했다.

"고맙습니다. 잘 부탁합니다. 심슨 양."

최민은 비비안에게 당부했다.

"밴의 근거리 통신망은 반경 50m가 한계야. 그 이상 밴과 떨어지면 신호 세기가 약해져서 로봇과의 통신이 끊어지게 돼. 밴에서 50m 이상 떨어지지 않도록 조심해."

"알겠어."

비비안이 고개를 끄덕였다.

제프는 아까 숲 속에서 로봇들이 사람들을 잔인하게 죽이던 장면을 떠올리고 몸을 부르르 떨었다.

'죽더라도 그렇게 일방적으로 당하고 싶지는 않아!'

그는 스스로를 매우 터프하다고 생각하고 있었고 어디에서도 주먹다짐으로는 밀려본 적이 없었다. 그러나 총알에도 끄떡없고 사람을 한 칼로 두 동강 내버리는 로봇을 생각하자 오금이 저려오는 것은 어쩔 수 없었다.

그는 자리에서 일어나 말했다.

"잠시 후면 해가 질 것 같네요. 그때까지 조금 쉬었다가 저들이 눈치 채기 전에 빠르게 움직입시다. 아무래도 해가 지고 나면 어두워질 테니까 은밀하게 움직이기가 편할 것 같습니다."

최민은 비비안을 돌아보며 말했다.

"비비안, 이제 잠시 쉬도록 해."

비비안은 피곤한 미소를 지었지만 고개를 끄덕이고는 자리에서 일어나 밴으로 걸어갔다. 여자인 그녀는 야외보다는 자동차 안에서 쉬는 것을 선호하는 것 같았다.

"챙 씨, 여기 내부의 지리를 잘 아는 사람은 당신밖에 없습니다. 길 안내를 잘 부탁합니다."

최민이 월터에게 말하자 월터는 어쩔 수 없다는 듯이 어깨를 으쓱이고는 플라스틱 병에 들어있는 물을 조금 마셨다.

최민과 제프는 아침부터 같이 죽을 고비를 넘겨가며 움직여온 덕분인지 무척 친밀해져 있었다. 최민은 제프가 옆에 있다는 것에 무척 든든함을 느끼며 그에게 신뢰의 미소를 보여주었다.

최민은 밴으로 이동했다. 안으로 들어간 그는 뒷좌석의 금빛 로봇을 수리하기 시작했다. 다행히도 로봇은 고장이 아닌 대기 상태였다. 중앙 네트워크와 무선으로 연결하기 위한 통신 모듈이 제거되어 있는 상태였다. 밴 안을 수색해 보니 여분의 통신 모듈이 뒷좌석의 보관함에 들어있었다. 그는 밴 안에 구비되어 있던 장비를 사용해서 모듈을 로봇에 장착하는 작업을 시작했다. 비비안은 이미 밴 안에 들어와 앞좌석 조수석에 몸을 눕히고 잠들어 있었다. 정신적으로나 육체적으로 피곤했던지, 그녀는 최민이 로봇을 수리하면서 내는 소음에도 잠에서 깨지 않았다.

약 30분 정도 작업을 한 끝에 수리를 마친 최민은 잠들어있는 비비안을 잠시 바라보다 밖으로 나왔다. 그리고 평평한 바닥에 잠시 피곤한 몸을 눕혔다. 암묵적으로 제프가 먼저 불침번을 서기로 한 듯, 그는 일행이 모두 잠든 사이에 입구 근처의 바위로 가서 풀숲 뒤에 몸을 숨기고 밖을 감시하고 있었다. 최민은 바닥에 누워 천장을 보았다. 흐릿한 어둠으로 동굴의 높은 천장은 거의 보이지 않았다.

'이런 야외에서의 야영에서는 별을 보는 것이 좋았는데.'

어차피 어둠이 없었어도 동굴 안에서 별이 보일 리 없다는 점을
잠시 망각한 그는 아쉬운 생각이 들었으나 곧 잠에 빠져들었다.

# 4 장

죽음의  천사  1권

# 방문센터

"지금 무슨 말을 하는 거예요? 스튜디오3으로 가는 통로를 복구하는 데 1주일이 넘게 걸린다니!"

제니퍼의 목소리가 회의실에 울려 퍼졌다.

지금 방문센터(Visiting Center) 안의 회의실에는 스튜디오 안에서 벌어진 사고 대책을 위해 많은 사람들이 둘러앉아 있었다. 커다란 창밖으로 보이는 화장한 날씨와는 반대로 회의실 안의 분위기는 매우 침울했다. 자리에는 뉴로 엔터테인먼트 사의 내부 자료를 조사하고 있던 크리스토퍼 브라운, 안나 해킨슨, 그리고 제니퍼 추우 외에 현지 보안 책임자와 내부 공사 책임자 등 관련 인물들이 자리하고 있었다.

제니퍼의 날 선 질문에 응우엔 반 후이(Nguyen, Van Huy)가 능숙한 영어로 대답했다. 그는 40대 중반의 깔끔하게 생긴 베트남인이었는데, 미국에서 대학을 졸업했기에 영어에 능숙한 점을 높게 평가받아 전공이 보안 쪽이 아님에도 불구하고 이곳의 현지 보안 총책임자로 일하고 있었다. 물론 이곳에서 사고가 발생하기 전까지는 보안 일보다는 방문자들의 관광 안내 등에 더 많은 시간을 보내곤 했었다.

"그것이…… 저희도 노력 중입니다만…… 안타깝지만 다른 수단이 없습니다. 스튜디오3으로 들어가는 입구는 스튜디오2에서 3으로 연결되는 좁은 동굴밖에 없습니다. 그런데 그 동굴이 원인을 알 수 없는 폭발로 완전히 막혀버렸습니다. 무너져 내린 바윗덩이를 치우려면 굴착기 같은 기계가 들어와야 하는데, 스튜디오 내부가 동굴이라서 기계 운반이 쉽지 않습니다. 거기다가 사람들을 투입해도 바위를 전부 치우려면 아무리 빨라야 1주일은 걸릴 것 같습니다."

회의실 테이블 위에 놓여 있던 커피를 마시던 브라운이 물었다.

"베트남 현지 정부 쪽에 지원을 요청하는 것은 어떤가요?"

"이곳에서 일하던 인부들이 실종된 것 때문에 저희 회사 평판이 좋지 못해서 긍정적인 반응을 얻지는 못할 것 같습니다. 도리어 베트남 정부에서 이번 사고를 조사한다고 조사관을 보내온다 하면 도리어 일만 지체될 가능성이 더 큽니다."

응우엔이 부정적으로 대답했다.

"내부에 들어가 있는 사람들과 통신망을 통한 연락은 아직도 안 되나요?"

제니퍼가 다급히 물었다.

"스튜디오2와 3을 연결하던 네트워크가 지금 완전히 다운되었습니다. 선로가 끊어졌는지 반대쪽 네트워크에 문제가 있는 것 같습니다. 전화도 안 되고, 휴대전화도 동굴 내부에서는 전혀 동작하지 않습니다. 동굴 내부로는 신호가 전혀 들어가지 못하거든요. 지금은 스튜디오3은 완전히 외부와 격리된 상태입니다."

"당신은 이곳 보안 총책임자 아닌가요? 이것도 안 되고 저것도 안 되면 그냥 손 놓고 기다리자는 건가요?"

안나 해킨슨이 응우엔을 몰아붙였다.

"그게…… 저희도 방법을 찾아보고는 있습니다만……."

그는 말을 얼버무렸다.

해킨슨이 브라운을 돌아보며 말했다.

"예상대로예요. 이곳은 서류상으로만 번지르르하지, 실제 운영에 있어서 뭔가 문제가 있을 거라고 제가 브라운 씨에게 말했었죠? 특히 현지 직원들과 본사에서 나온 관리자들 사이에 커뮤니케이션 문제는 심각할 정도더군요. 이런 문제점들을 투자자들이 전혀 인식하지 못하고 있는 점은 정말 큰 문제예요. 제가 더 자세히 조사하면 분명 더 큰 문제점들이 나올 거라고 생각해요."

브라운은 어깨를 으쓱해 보였다.

"저는 이것이 그리 큰 문제 같지는 않습니다만. 탄광 같은 곳이라면 산소도 부족하고 먹을 것도 없어서 무너진다면 사람들이 많이 죽거나 다치곤 하지만, 단지 스튜디오3으로 연결된 통로가 막힌 것 가지고 너무 부정적으로 생각할 필요는 없지 않을까요? 어쩌면 안에서 다들 모처럼 휴가를 즐기고 있을지도 모르죠."

제니퍼가 브라운을 돌아보았다.

"브라운 씨, 도대체 무슨 말씀을 하는 건가요? 원인을 알 수 없는 큰 폭발이 일어났어요. 그래서 내부로 통하는 길과 통신이 완전히 두절되었고요. 도대체 안에서 무슨 일이 벌어지고 있는지, 누가 다쳤는지 전혀 알 수가 없는데 그게 큰일이 아니라니요!"

그녀는 자리를 박차고 일어나서 회의실 밖으로 뛰쳐나갔다.

'제프가 안에서 아무런 도움도 받지 못한 채로 무슨 일을 당하고 있는지도 모르는데 저런 한가한 소리나 하고 있다니!'

그녀는 울분을 참을 수 없어 빠른 걸음으로 건물 밖으로 걸어나갔다. 날씨는 화창했고 오후 늦은 시간이라 태양이 점차 수평선 쪽으로 떨어지고 있었다. 건물 정면으로부터 펼쳐진 끝없는 숲 위로 햇빛이 쏟아져 숲이 녹색 불로 불타오르는 것처럼 보였다. 그녀는 속주머니에서 캔트 담배를 한 개비 꺼내어 입에 꺼내 물었다. 제프가 그녀를 볼 때마다 담배를 끊으라고 잔소리를 많이 해서 그녀는 가능하면 제프가 보는 곳에서는 담배를 피우지 않으려고 노력해 왔다.

그녀가 FBI에 발탁되어 훈련을 받기 시작했을 때 훈련을 지도해준 교관 중 한 명이 제프였다. 둘은 처음 만날 때부터 서로 끌리기 시작했었다. 그들이 연인으로 발전하는 데는 그리 오랜 시간이 걸리지 않았다. 겉으로는 딱딱하고 가끔은 난폭한 그였지만 제니퍼 앞에서는 언제나 온순하고 다정한 좋은 남자친구였다. 제프가 없는 인생을 제니퍼는 한 번도 생각해본 적이 없었다. 그가 다쳤다고 상상하는 것만으로도 그녀의 가슴이 아련히 아파왔다.

그녀는 부들부들 떨리는 손으로 두 번째 담배를 꺼내서 불을 붙여 깊게 담배 연기를 폐 속으로 빨아들였다. 독한 연기가 몸속으로 들어가면서 그녀는 흥분이 가라앉고 약간 진정되는 느낌을 받았다.

이때 그녀의 바지 주머니 속에 들어있던 휴대전화의 벨이 갑자기 울렸다. 그녀는 담배를 입에 문 채로 휴대전화를 꺼내 발신자를 확인했다. 그러고는 놀란 표정으로 입에 물고 있던 담배를 바닥에 던져 발로 비벼 껐다. 그리고 헛기침을 몇 번 하여 목을 푼 다음 전화를 받았다.

"여보세요. 제니퍼 추우 요원입니다."

전화기를 통해서 저음의 굵직한 남자의 목소리가 들려왔다.

"추우 요원. 지금 어디 있나?"

"지금 저는 동남아시아에서 휴가 중입니다만."

그녀가 말을 얼버무렸다.

휴대전화의 상대편은 잠시 말이 없었다.

"여보세요. 무슨 일이십니까?"

그녀가 주저하며 물었다.

또 다른 침묵이 잠시 흐른 후에 다시 목소리가 들렸다.

"자네가 지금 베트남에 가 있는 건 다 알고 있네."

그녀는 깜짝 놀랐으나 이내 평정심을 되찾았다.

'이 사람이 알려고 마음먹으면 세상의 어떤 비밀도 다 알아낼 수 있겠지.'

휴대전화 목소리의 남자는 지금 지구상에 존재하는 감춰진 비밀을 가장 많이 알고 있는 사람들 중의 하나였다. 제니퍼의 직속

상관은 아니었지만 그녀는 그에 대해 너무나 잘 알고 있었다. 그
야말로 FBI 내부에서도 가장 막강한 권력을 지닌 사람 중 하나
였다.

"그리고 제프 허드슨 요원이 자네와 같이 그곳으로 간 것도 알
고 있네. 허드슨 요원은 연락이 되지 않던데 지금 어디 있나?"

제니퍼는 잠시 주저하다가 입을 열었다.

'이 사람 앞에서 거짓말을 하는 건 자살 행위야.'

"허드슨 요원은 저희가 방문한 미국계 기업의 현지 시설을 방
문하다가 사고를 당했습니다. 지금 시설 안에 갇혀 있는데 아직
무사한지는 확인되지 않았습니다."

다시금 침묵이 흘렀다. 남자는 제니퍼에게 더 이상의 설명을 요
구하지 않은 채 침묵을 지켰다. 한동안 휴대전화에서는 아무런
소리도 나지 않았다.

'휴대전화의 발신음을 차단시켜놓고 다른 사람에게 뭔가 지시
하고 있나 보군.'

제니퍼는 속으로 생각했다. 이때 다시금 말소리가 들렸다.

"추우 요원, 자네가 그곳에 왜 있는지는 묻지 않겠네. 하지만
몇 가지 물어볼 것이 있네."

제니퍼는 심호흡을 한 번 한 후에 대답했다.

"네, 괜찮습니다. 말씀하십시오."

"자네 혹시 베트남지역개발연합(Vietnam Local Development
Association)이란 회사를 들어본 일이 있나?"

제니퍼는 예상하지 않았던 질문에 선뜻 대답하지 못하고 멈칫

했다. 물론 그녀는 그 회사 이름을 알고 있었다. 그녀가 이곳 베트남에 온 원인이 된 회사였다. 제프의 형인 릭의 살해와 연관있는 회사였다. 그리고 이곳 뉴로 엔터테인먼트 사의 거대개발 프로젝트를 수주하여 내부 공사 등을 책임진 회사이기도 했다. 그녀가 방금 뛰쳐나온 회의실에도 그 회사 담당자 몇 명이 앉아있었다. 하지만 그들 임직원들은 전원 베트남인들이었고 영어를 하지 못하는 것 같아 아직 제니퍼는 그들과 이야기해 볼 기회를 가지지 못한 상태였다.

"네. 알고 있습니다. 제가 방문 중인 회사의 현지 개발을 맡고 있는 외주 회사라고 알고 있습니다."

저음의 목소리가 다시 말했다.

"우리도 이미 알고 있네. 아니 내가 알고 있는 사실이 더 많지."

그는 말을 이었다.

"추우 요원, 자네는 앞으로 그곳에서 수단과 방법을 가리지 말고 베트남지역개발연합이란 회사를 밀착하여 감시하게. 그리고 그들이 그곳에서 무슨 짓을 하는지 자세하게 조사해서 나에게 보고해 주게."

"혹시 조사하는 목적이 뭔지 질문해도 됩니까?"

그녀가 물었다.

휴대전화에서는 다시금 침묵이 흘렀다. 그러나 남자는 결심한 듯, 말하기 시작했다.

"지금부터 하는 이야기는 다른 사람에게 절대 유출하지 말도록 하게. 알겠나?"

"네, 알겠습니다."

그녀의 대답에 남자가 말을 이었다.

"우리는 최근 전 세계의 무기 시장에서 이상한 흐름을 발견했네. 누군가가 엄청난 자금을 동원해서 무기 암시장에서 고가의 무기를 비밀리에 구매하고 있다는 정보를 입수했네."

"말을 끊어서 죄송합니다만, 그런 무기 구매는 언제나 일어나는 일이 아니었던가요?"

제니퍼가 물었다.

"물론 그렇지. 하지만 이번 경우는 많이 달라. 그 무기가 보통의 무기들이 아니었단 말이지."

"어떤 것들이란 말인가요?"

잠시 뜸을 들이던 그가 말을 다시 시작했다.

"이자들이 몰래 구매한 무기는 일반적으로 그리 수요가 많지 않은 무기였네. 무엇보다도 우리가 오랫동안 예의 주시하던 대량 살상 무기들이 이자들에게 흘러들어간 정황을 포착했어. 예를 들면…… 화학 무기와 생물학 무기, 심지어는 일종의 소형 핵탄두까지 말일세."

제니퍼는 놀랄 수밖에 없었다. 그러한 대량살상 무기의 생산이나 판매는 미국과 유럽 등의 서구 선진국들이 철저하게 감시하고 있었다. 그런데도 누군가 그러한 무기를 구입했다는 것은 당연히 '테러'란 단어를 떠올릴 수밖에 없게 만들었다.

"정말 대담하거나 정신이 나간 자들이군요. 겁도 없이 그런 무기를 구매하다니."

"그런 만큼 더 우려가 크네. 아랍계 테러 조직들도 우리의 감시가 두려워 섣불리 구매하지 못하는 무기를 거리낌 없이 구매하는 자들이라면 자금력을 떠나 뭔가 목적이 있는 것이 분명해. 그걸 알아내는 것이 자네 임무이네."

"알겠습니다. 하지만 지금 허드슨 요원도 실종 상태라서 저 혼자 임무를 달성하기가 쉽지 않습니다."

그녀가 말하자 상대 남자가 즉시 대답했다.

"그래서 지금 그곳으로 우리 최정예 요원들을 급히 파견했네. 내일 새벽에 도착할 거야."

그녀는 남자가 그토록 신속하게 일을 처리하는 것을 보고는 상황이 심각하다는 것을 다시금 인지했다.

"알겠습니다. 요원들이 도착하는 대로 같이 조사를 시작하겠습니다."

"명심하게! 이 임무는 매우 중요해. 이자들이 굳이 감추려고 하지도 않고 무기를 구매한 것을 보면, 무슨 일을 벌이려 하는지 모르지만 그들이 목표한 시간이 얼마 남지 않았다고 판단돼."

그는 그리고 말을 이었다.

"그리고 자네가 출발하기 전에 우리 쪽 정보 담당자에게 부탁한 일이 있더군."

제니퍼는 베트남지역개발연합의 누군가가 해커에게 의뢰해서 국방부에서 빼내고 삭제한 자료가 있다는 것을 알아내고, 이곳 베트남으로 출발하기 전에 FBI의 내부 전문가에게 그 자료를 복구해 달라고 부탁했던 것을 기억했다.

"그렇습니다. 그 일이 공교롭게도 말씀하신 베트남지역개발연합이란 회사와 연관되어 있었습니다."

"잘했네. 지금부터는 내가 그것도 직접 보고받기로 하지. 우리 조직 최고 전문가들에게 복구 작업을 이미 지시했네. 작업이 완료되면 자네에게도 알려주도록 하겠네."

"네, 감사합니다. 기다리고 있겠습니다."

"최선을 다해주게."

이 말을 끝으로 FBI의 부국장이자 국가 정보를 총관리하는 ICD(Information Control Division)의 디렉터인 오스카 설리반(Oskar Sullivan)은 말을 마치고 전화를 끊었다.

# 스튜디오3 안전지대

최민은 힘차게 클럽을 휘둘렀다. 그가 친 하얀 골프공이 녹색 잔디가 끝없이 펼쳐진 공간을 커다란 포물선을 그리며 날아갔다. 주위에 많은 갤러리들이 그를 보며 박수갈채를 보냈다. 그는 모자를 벗고 갤러리들에게 답례를 하려 했다. 하지만 그가 쳐다보았을 때 그 많던 갤러리들은 사라지고 한 명도 보이지 않았다.

갑자기 오한이 드는 느낌이었다. 주위가 갑자기 어두워지더니 멀리서 '저벅 저벅' 하는 묵직한 발걸음 소리가 들려 왔다. 그는 본능적으로 손에 든 클럽을 꼭 쥐고 어둠 속에서 걸어오는 형체를 노려보았다.

마침내 모습을 드러낸 것은 손에 거대한 칼을 든 무시무시한 로봇이었다. 그 크기가 마치 10m는 될 정도로 어마어마하게 커 보였다. 로봇 앞에서 그는 마치 개미 한 마리가 된 것처럼 무력

감을 느꼈다. 시커먼 로봇이 칼을 쳐드는 것을 보면서도 그는 달아나지도 못하고 꼼짝도 못한 채 서 있었다. 머리는 '달아나라'고 몸에 지시를 하고 있었으나 공포에 얼어붙은 몸은 꼼짝도 하지 않았다. 그는 식은땀을 흘리며 길이가 몇 미터는 되어 보이는 무시무시한 칼이 자기에게 언제 휘둘러질지 모른다는 공포심에 떨고 있었다.

로봇은 커다란 칼을 머리 위로 쳐들었으나 내려치지는 않았다. 최민이 고개를 들어 로봇을 쳐다보자 로봇이 갑자기 무슨 말을 하려는 것처럼 입을 크게 벌렸다.

'로봇에 입이 있었나?'

그는 순간적으로 생각했다. 그 순간 벌어진 로봇의 입에서 엄청나게 밝은 빛이 뿜어져 나왔다. 태양 광선처럼 강한 빛 때문에 그는 순간적으로 두 눈을 가렸다. 그러나 밝은 빛은 두 손을 뚫고 들어와 꽉 감은 눈동자 안으로 파고들었다. 그는 두 눈이 타들어가는 것 같아 자신도 모르게 크게 비명을 질렀다.

최민은 비명과 함께 눈을 떴다. 꿈속에서 크게 비명을 지른 것 같았으나 실제로 그 비명은 입안에서만 맴돈 모양이었다. 눈을 뜬 그는 주위가 너무 환해서 순간적으로 사물을 구별하지 못했다.

앞을 잘 보지 못하는 상태에서도 그는 생각했다.

'이상하군. 이미 해가 진 시간인데……. 동굴 안으로 들어오는 빛이 더 약해져서 어두워졌어야 할 텐데.'

해가 떠있을 때에도 이곳은 수십 미터 앞을 분간하기 힘들 정도로 흐릿했으니, 지금 시간 정도라면 달 없는 한밤중처럼 매우 어두워야만 했다.

'이 빛은 뭐지?'

잠시 눈을 감고 기다리자 그의 눈이 갑자기 변한 밝기에 적응하기 시작했다. 눈을 다시 떠보니 주위는 마치 대낮처럼 환했다. 그는 손목에 찬 시계를 들여다보았다. 시계는 새벽 한 시를 가리키고 있었다.

'지금이 새벽 한 시라면 꽤 잤군!'

그는 상체를 일으켜 주위를 둘러보았다.

월터는 최민의 옆에서 자고 있다가 눈을 비비며 일어나고 있었다. 일어나는 월터를 보며 최민은 자리에서 일어났다. 입구 쪽을 보니 제프가 일어나서 그에게 다가오는 것이 보였다. 최민은 다가오는 제프에게 손짓으로 밴을 가리켰다. 제프는 최민이 무엇을 말하는지 눈치 채고는 오던 발걸음을 되돌려 밴으로 다가가 밴의 문을 손가락으로 두드렸다.

잠시 후에 밴의 문이 열리며 비비안이 차에서 내렸다. 그녀는 잠시간의 휴식으로 원기를 많이 회복한 듯 아까보다 훨씬 생기있어 보였다.

비비안과 제프가 함께 최민에게 다가왔다.

"이곳 안의 전기가 다시 들어온 것 같아요. 혹시 구조대가 이곳 안에 이미 들어온 게 아닐까요?"

비비안이 희망 섞인 어투로 말했다.

"그건 아닌 것 같아. 전기가 들어올 정도면 우리에게 이미 무슨 방법으로든 연락이나 신호가 왔을 텐데 아무런 조짐이 없잖아."

최민이 말했다.

제프가 그들에게 말했다.

"어떻게 이렇게 환해진 것인지 모르겠네요. 아까 전기가 나가기 전에도 이렇게까지 대낮처럼 밝지는 않았던 것 같은데요. 여기 원래 배치되었던 조명시설로는 이렇게 밝은 빛을 낼 수 없을 텐데."

그는 말을 이었다.

"원인이 무엇이든 우리 계획에 차질을 빚겠는걸요. 주위가 어두워야 몰래 중앙 통신 관제센터로 진입이 쉬울 텐데, 이렇게 밝은 빛 아래에서는 쉽게 눈에 띄고 말 겁니다."

잠시 무엇인가 생각에 잠겨 있던 비비안이 그들에게 말했다.

"저는 이게 뭔지 알 것 같군요."

제프가 그녀를 돌아보며 물었다.

"아시면 저희에게 설명을 해 주세요."

그녀는 일행을 둘러보며 말했다.

"몇 달 전에 우리 회사에 어떤 사람이 새로운 조명 기술을 가지고 온 일이 있어요. 그 기술은 나노 입자의 양자점(Quantum dot)* 을 이용한 것이었어요. 그가 주장하기를 양자점을 이용한 디스플레이 기술은 아직까지 소형 휴대전화에서 적용하고 있는 단계에

---

*양자점(Quantum dot): 화학적 합성 공정을 통해 만드는 나노미터(nm=10억 분의 1m) 크기 반도체 결정체를 말한다. 초미세 반도체, 질병진단 시약, 디스플레이 등 다양한 제품에 적용될 수 있다.

불과했는데 그가 기술을 획기적으로 발전시켜 초대형 백색 광원을 만들 수 있도록 개발했다는 것이었죠."

제프가 말했다.

"그래서 지금 이 빛이 사람이 만든 빛이란 겁니까? 거의 태양광만큼이나 밝은데요? 눈을 크게 뜨기가 힘들 정도군요."

비비안이 대답했다.

"저희도 처음에는 믿기 힘들었지만 그들이 가져온 샘플을 보고 완성도가 생각보다 높은 것을 보고 놀랐어요. 마침 그때 이곳 스튜디오의 조명을 어떻게 유지하는지가 큰 문제였거든요. 보안상의 문제와 로봇의 관리, 그리고 통신망을 통한 컨트롤을 위해서는 이 거대 지하공간이 뉴로 엔터테인먼트에게는 최적의 장소였어요. 하지만 문제는 지하에 있다 보니 따로 조명을 설치하지 않으면 완전히 깜깜한 암흑 공간이 되어 버리는 것이었죠. 이곳 공간이 워낙 거대하다 보니 내부를 충분히 밝히려면 엄청난 조명시설이 필요하고 거기에 들어가는 전기 시설 또한 만만치가 않았어요. 그럴 때 양자점을 이용한 새로운 저전력 고성능의 조명이 사용 가능하다는 이야기에 모두 귀가 솔깃할 수밖에 없었죠."

"양자점을 이용한 방식은 적은 전원으로도 엄청나게 강한 빛을 뿜어낼 수 있으니까 효율적이긴 하죠."

최민이 말을 받았다.

"그래서 얼마 전에 마침내 처음으로 양자점을 사용한 인공태양이 완성되었어요. 그 밝기는 1 km 내에서 관측하면 적도에서 관찰되는 태양의 밝기와 맞먹을 정도였는데도 사용되는 전력은 정말 말도 안 되게 적었어요."

그녀가 말을 받았다.

"하지만 그런 강한 효율을 내려면 카드뮴을 사용할 수밖에 없었을 텐데……."

최민이 비비안을 보면서 말을 흐렸다.

"카드뮴을 사용하면 뭐가 안 좋은 겁니까?"

제프가 물었다.

"카드뮴은 암을 유발하는 물질이라서 일반적으로 사람이 사용하는 제품에는 사용이 금지된 물질이에요. 양자점을 이용한 디스플레이의 상용화가 쉽지 않았던 이유가 카드뮴 때문이었죠."

최민의 대답에 비비안이 한숨을 내쉬더니 말했다.

"데이비드의 말이 맞아요. 저는 이 인공태양 프로젝트에 반대했었죠. 사람이 직접 손으로 접촉하는 것은 아니지만 그렇게 강하고 커다란 인공조명을 만들려면 엄청난 양의 카드뮴을 사용할 수밖에 없어. 그러니 아무래도 환경이나 인체에 이롭지는 않겠죠. 하지만 지금 이곳에서 보니 프로젝트가 이미 진행되었었나 보네요."

"네가 알지 못하는 프로젝트도 있었단 말이야?"

최민이 비비안에게 물었다.

"내가 모든 것을 관리하는 건 아니야. 정말로 중요한 프로젝트 같은 것은 내 검토 없이 직접 윗선에서 진행될 때가 가끔 있어."

그녀는 제프를 돌아보며 물었다.

"FBI 요원이니 선글라스는 가지고 계시겠죠?"

제프는 당황한 듯이 말했다.

"FBI 요원들이 전부 선글라스를 끼고 수사하는 건 아닙니다만, 마침 하나 가지고 있긴 합니다."

말을 마친 그는 속주머니에서 검은색 선글라스 하나를 꺼냈다. 비비안은 제프의 선글라스를 받아 들었다. 그리고 그녀도 품속에서 선글라스 하나를 꺼내 들었다. 그녀는 두 개의 선글라스를 검은 유리들이 같은 위치에 오도록 포갠 다음 제프에게 돌려주었다.

"그것으로 서쪽 동굴 천장을 보세요."

제프는 그녀가 준 선글라스 두 개를 포갠 채로 눈에 가까이 대고 천장을 바라보았다. 조금 전에는 너무 밝아서 환한 천장을 쳐다볼 수 없었지만 선글라스를 덧대고 보니 천장을 제대로 살필 수 있었다. 그는 금방 목적했던 것을 찾았다.

"저기 천장의 중앙 꼭대기에 있네요."

"어떻게 생겼나요?"

비비안이 물었다.

"뭐랄까. 마치 커다란 원반이 엄청나게 밝게 빛나는 거 같아요. 크기가 여기서 보기에도 굉장히 커 보이네요. 지름이 육 미터가 넘겠는데요."

최민은 제프가 말을 마치자 제프에게서 선글라스를 받아 들고 자신도 동굴의 천장을 살피기 시작했다. 제프가 말한 대로 높이가 수백 미터는 되어 보이는 높다란 천장 한복판에 엄청나게 밝게 빛나는 원형의 물체가 설치되어 있었다. 마치 진짜 태양처럼 밝게 빛나고 있어서 맨눈으로는 도저히 직접 쳐다볼 수 없을 것 같았다. 이 인공태양의 빛은 태양빛과 유사한 백색을 띠고 있었다. 차이점이라면 진짜 태양은 밝은 빛 이외에도 따뜻한 온기를 준다면 이 인공태양은 온기가 없는 빛을 내뿜는다는 것이었다.

'차가운 태양로이군.'

"저 인공태양은 저도 지금 처음 보는 겁니다. 본사의 지시로 제가 공사 담당자에게 설치를 도와주도록 지시하긴 했지만 그게 뭔지 저도 정확히 몰랐어요. 저처럼 대단한 것인 줄은 몰랐군요."

월터가 대화에 끼어들었다.

"아무래도 정체를 알 수 없는 적들이 우리를 잡으려고 단단히 벼른 것 같습니다. 이렇게 이곳을 밝게 하는 이유는 우리를 찾기 위해 수색하는 것이 목적이라고 볼 수밖에 없을 것 같습니다."

제프가 일행을 둘러보며 말했다.

"그럼 이제 어쩌죠? 원래 계획대로 중앙 통신 관제센터로 이동하는 건가요? 아니면 이곳에 숨어 있을까요?"

월터가 걱정스러운 말투로 일행을 둘러보며 말했다.

잠시 고민하던 최민이 대답했다.

"이곳에 숨어 있어 봤자 저자들이 본격적으로 수색을 진행한다면 얼마나 오랫동안 버틸 수 있을지 알 수 없는 일입니다. 더구나 이렇게 밝은 빛 아래라면 더더욱 숨어 있기가 힘들겠지요. 저는 원래 계획대로 밀고 가는 것이 좋다고 생각합니다."

그의 말에 제프가 고개를 끄덕였다.

"저도 최 박사님 의견에 동의합니다. 가능하면 신속하게 움직여서 잡히기 전에 우리가 먼저 선수를 쳐야 성공할 가능성이 있다고 봅니다."

최민은 월터를 쳐다보았다.

"쳉 씨는 어떻게 생각하시나요?"

월터는 내키지 않는다는 표정으로 대답했다.

"다른 사람들이 동의한다면 제가 무슨 힘이 있어 반대를 하겠어요?"

최민은 비비안을 보면서 말했다.

"비비안, 힘들겠지만 지금은 너에게 의존하는 수밖에 없을 것 같아. 아까 부탁한 것, 할 수 있겠어?"

비비안은 고개를 끄덕여 긍정의 표시를 했다.

이때 제프가 말했다.

"자, 무엇을 더 기다립니까? 이미 충분히 휴식도 취했으니 이제 이동합시다. 살아서 이곳을 빠져나가야지요!"

그는 말을 마치고 밴으로 걸어가기 시작했다. 다른 사람들도 제프의 뒤를 따라 움직이기 시작했다.

292

# 스튜디오3 숲 속

최민 일행은 밴에 탑승한 채로 이동하고 있었다. 비비안은 이미 애니(AHNI)에 접속되어 밴의 뒷좌석에 누워있었다. 그 옆에서는 최민이 머리에 이어폰을 낀 채로 장비를 유심히 관찰하고 있었다. 제프가 운전을 맡고 있었고 월터는 조수석에서 길 안내를 맡고 있었다.

원래 밴 뒤에 연결되어 있던 소형 오픈 트레일러는 필요가 없어졌으므로 분리되어 없어진 상태였다. 그리고 그들이 타고 있는 밴 뒤를 날렵하게 생긴 로봇이 걸어가고 있었다. 밝은 인공태양의 빛 아래에서 로봇은 금빛으로 눈부시게 빛나고 있었다. 미끈한 몸매의 로봇은 키가 180cm 정도 되어 보였다. 이제까지 일행이 보아온 로봇들은 인간형이기는 하였으나 형상만 인간일 뿐 인간의 체형과 크게 비슷하지는 않았다. 그러나 이 로봇은 몸매가 인간, 그중에서도 여성의 체형과 매우 유사했다. 날렵한 팔과 다리는 물론 여자의 몸매처럼 가슴과 엉덩이에 굴곡까지 만들어져 있었다. 한쪽 팔에는 커다란 금속 방패를, 다른 팔에는 길이가 사람 키만 한 창을 들고 있었다. 그리고 등 뒤에는 여분의 창 2개가 교차로 매여 있었다. 창은 금속 재질로 만들어져 있었는데, 붉은 색으로 칠해져 있었고 날에는 멋스러운 수실까지 달려 있었다.

로봇의 어깨에는 작은 글씨로 'MR v3.6'이라고 각인되어 있었다. 버전을 보니 이곳에서 만든 로봇들 중 가장 최신형 로봇임에 분명했다.

로봇은 비비안이 조종하고 있었다. 비비안의 눈에는 갖가지 정보가 보이고 있었다. 시야의 왼쪽 하단의 붉은색 파워 바는 최대 200에 현재 190을 가리키고 있었고, 오른쪽 하단의 파란색 배터리 바는 최대 200에 현재 195를 가리키고 있었다. 아무래도 최신형 로봇이니만큼 최민이 어제 테스트를 위해 접속했던 로봇보다 파워나 배터리가 두 배에 가까웠다. 파워 차지 바는 비비안이 움직임을 빨리 하면 줄어들었다가, 잠시 멈추면 다시 200 가까이 올라갔다. 파워가 200 근처일 때 한 번에 강력한 힘을 낼 수 있는 것 같았다.

그녀는 천천히 걸으면서 말했다(실제로는 말하려 생각했다).

'채팅 비비안: 게임 컨트롤 옵션 온.'

그녀의 말과 함께 시야 좌측 상단에 옵션이 보였다.

게임 옵션: 비기너(Beginner) 모드, 노멀(Normal) 모드, 하드
코어(Hardcore) 모드 중 고르세요.

294

비비안이 선택했다.

'채팅 비비안: 하드코어 모드.'

순간 비비안의 상단(시야의 위쪽)에 붉은색 글씨가 나타났다.

'KILL'

글자 옆에는 하얀색으로 해골 마크가 표시되어 있었다. 그리고 그 밑에는 작은 글씨로 다음과 같은 설명이 나타났다.

'마주치는 모든 상대 로봇은 적으로 인식됩니다. 가능하면 많은 로봇을 제압하십시오. 5기의 로봇을 제압하면 레벨이 오릅니다.'

비비안이 로봇의 눈으로 보는 것은 모두 최민의 앞에 놓여있는 모니터에도 보이고 있었다. 최민은 그 설명을 보고 쓴웃음을 지었다. 차를 멈춘 채로 운전석에 앉아 고개를 뒤로 돌리고 떨어진 거리에서 모니터를 보고 있던 제프가 물었다.

"화면에 무슨 모드라고 나타난 것은 뭡니까?"

조수석의 월터가 대신 대답했다.

"저건 본격적으로 게임에 들어갔을 때의 메뉴 중 하납니다. 비기너 모드를 선택하면 다른 로봇들이 자신의 로봇을 공격하지 못합니다. 처음 게임을 시작한 유저들을 위한 모드라고 보시면 됩니다. 게임에 익숙해질 때까지 중앙 관제센터에서 원격으로 비기너 모드를 선택한 초보 게이머들의 로봇을 따로 식별합니다. 그렇게 되면 자동 제어장치를 통해서 다른 로봇의 공격으로부터 보호받게 되는 것이죠."

그는 말을 이었다.

"노멀 모드가 일반적인 게임 모드입니다. 이 모드를 선택하면 유저들은 실제로 게임을 즐기면서 모험을 합니다. 다른 유저들의 로봇들과 대결도 물론 가능하지요. 하지만 서로 심각한 타격은 줄 수 없게 됩니다. 예를 들어 파워가 100인 로봇이라면 노멀 모드에서는 파워가 10 정도로 줄어들게 됩니다. 아무리 세게 공격을 하려 해도 실제로는 상대 로봇에 생채기 하나 내기도 힘들게 됩니다. 서로 상처는 크게 내지 않고 다만 공격이 얼마나 상대방에 명중되었는지 혹은 그때 정확하게 공격이 들어갔는지 등을 컴퓨터가 계산해서 승패를 가리게 됩니다."

제프가 말을 받았다.

"꼭 복싱의 채점 기준 같군요."

"비슷하다고 생각하시면 됩니다."

월터가 말을 받았다.

"이 노멀 모드는 보통의 일반 유저들을 위한 옵션입니다. 아무래도 로봇 하나하나가 워낙 고가이다 보니 게임을 즐기다가 크게 파손되기라도 하면 수리비가 만만치 않게 들 것이거든요. 파워를 최대치의 10% 정도로 제한하면 서로 큰 피해를 주기가 힘들겠죠."

"하드코어 모드는요?"

제프가 궁금한 표정으로 물었다.

"마지막으로 지금 비비안이 선택한 하드코어 모드가 있는데요. 그건 로봇의 최대 파워를 전부 사용할 수 있는 모드입니다. 그리고 로봇끼리의 대결 시 중앙 관제센터에서는 어떤 통제도 하지 않습니다. 즉, 결투에서 상대 로봇을 완전히 파괴할 수도 있고 혹은 자신의 로봇도 완전히 박살날 수 있다는 것이죠. 이 모드는 진정한 모험과 자극을 원하는 사용자를 위한 옵션입니다. 물론 비싼 로봇이 완전히 파괴될 것을 각오하는 만큼 충분히 재정적으로 풍족한 사용자들이 선택하겠죠."

"그렇게 비싼 대가를 치러야 한다면 어떤 보상이 있나요?"

제프의 질문에 월터가 다시 대답했다.

"물론 많은 보상이 뒤따릅니다. 일단 게임 내에서 최고 등급의 무기는 오로지 하드코어 유저들만이 사용할 수 있게 됩니다. 레벨이 오를수록 하드코어 유저는 더욱더 막강한 무기와 방어 장비를 갖추고 점점 더 강해질 수 있는 것이죠. 또한 최고의 승리횟수와 승리확률을 가지는 유저는 자신의 로봇에게 특별한 장식을 할 수 있는 권리를 가지게 됩니다. 예를 들어 로봇 몸체에 특수 광원 및 반사판을 설치해서 몸체를 빛나게 만들어 멀리서도 이 로봇을 식별할 수 있는 것이죠. 아마도 게임상에서 다른 플레이어들의 동경의 대상이 될 겁니다."

"그럼 노멀 모드 플레이어와 하드코어 모드 플레이어 사이에 대결이 벌어지면 어떻게 되나요?"

제프가 물었다.

"그런 경우 무조건 노멀 모드로 진행되게 됩니다. 즉, 하드코어 로봇의 최대 파워가 10%로 제한됩니다. 물론 그 상태로도 일반적인 노멀 모드 로봇들보다는 훨씬 강력하겠습니다만."

"그럼 지금 비비안이 하드코어 모드를 선택했는데, 만약 앞으로 나타날 적들이 노멀 모드를 켜고 나온다면 비비안 로봇은 상대방에게 큰 타격을 줄 수 없다는 것인가요?"

제프의 날카로운 질문에 월터가 다시 대답했다.

"원칙상으로는 그렇습니다만 지금은 아닙니다. 지금 비비안 로봇은 중앙 네트워크 관제센터와 연결되어 있지 않고 여기 밴 안의 장비의 컨트롤을 받고 있으니까, 마주치는 상대 로봇이 노멀 모드인지 하드코어 모드인지 인식하지 못하고 무조건 적으로 인식하게 됩니다."

"하하. 우리는 지금 사느냐 죽느냐 하는 절체절명의 위기에 처해 있는데 한가하게 게임을 시작해야 한다니. 재미있네요."

제프가 오래간만에 웃음을 터뜨렸다.

이 로봇은 특별히 새로운 게임 모드를 위해서 테스트 중인 로봇이었으므로 최민이 게임 소프트웨어를 실행하지 않으면 동작하지 않았다. 그들은 살아남기 위해서라도 이 게임에서 승리해야만 했다.

비비안이 인도하는 일행은 숲 속에 난 오솔길을 따라서 서서히 움직이고 있었다. 녹색으로 울창하게 우거진 나무숲 사이의 오솔길을 밝은 빛 아래서 움직이는 것은 어찌 보면 운치 있는 일일지도 몰랐으나 일행은 긴장을 늦추지 못하고 있었다.

제프는 비비안과의 거리를 일정하게 유지하려 노력하면서 운전하고 있었다. 그는 월터를 보면서 물었다.

"스튜디오4까지 앞으로 얼마나 더 가야 합니까?"

월터가 대답했다.

"저기 눈앞에 숲이 끝나는 지점에 수직으로 솟은 절벽이 보이죠?"

월터가 손가락으로 가리키는 지점은 이들이 움직이고 있는 방향의 시야 끝에 있었다. 그곳에 커다란 장벽같이 좌우로 길게 뻗은 절벽이 보였다.

"저 절벽까지는 지금 이 길을 따라서 약 1km 정도 거리입니다. 입구는 그 절벽 바로 아래에 있으니까 그냥 지금처럼 운전하시면 됩니다."

제프가 말했다.

"이대로 아무도 마주치지 않고 그곳까지 갈 수 있으면 좋을 텐데……. 이런 젠장!"

그들이 전진하고 있는 오솔길은 전방 100m 정도에서 살짝 우측으로 굽어 있었는데 그가 말을 마치자마자 길을 따라서 온 듯 보이는 로봇 한 기가 그 지점에서 갑자기 나타났다. 자세히 살펴보니 스튜디오3 통제센터에서 검은색 로봇과 더불어 그들을 괴롭혔던 도끼를 든 회색 로봇이었다.

회색 로봇은 일행이 탄 밴을 보자 움직이지 않은 채 두 발을 양쪽으로 벌렸다. 그러고는 양손에 든 커다란 도끼를 허공으로 치켜들고는 두 도끼의 날을 허공에서 마주치는 것을 반복했다. '까강, 까강' 듣기에 괴로운 금속음이 조용했던 숲 속에 울려 퍼졌다. 마치 전투에 나서는 아메리카 인디언들이나 폴리네시아의 마오리 족이 적들을 위압하기 위해서 벌이는 의식 같았다.

몇 번의 도끼질을 마친 로봇은 잠시 일행이 탄 밴을 쳐다보았다. 그러고는 갑자기 양손에 든 도끼를 휘두르며 그들에게 빠른 속도로 달려오기 시작했다.

제프는 차를 멈췄다.

"최 박사님! 빨리 비비안을 앞으로 보내세요!"

제프가 소리쳤다.

그러나 최민이 뭐라 대답하기도 전에 차 뒤에서 따라오던 비비안 로봇이 밴 앞으로 뛰쳐나갔다. 다가오던 회색 로봇은 비비안을 보고는 약간 멈칫하는 듯했으나 주저하지 않고 더 속도를 내어 앞으로 돌진했다. 비비안도 왼팔에 들고 있던 방패를 들어 앞을 가리고 다가오는 회색 로봇을 향해 마주보며 뛰어갔다.

두 로봇들은 서로 마주보며 무서운 속도로 돌진했다. 회색 로봇이 도끼를 쳐들고 비비안의 머리를 겨냥하여 크게 휘둘렀다. 비비안은 재빨리 방패를 들어 도끼를 막았다. '캉' 하는 금속음과 함께 도끼가 방패에 튕겨 나갔다. 회색 로봇은 도끼를 휘두르던 힘을 멈추지 못하고 몸의 균형을 약간 잃고 비틀거렸다. 기회를 놓치지 않고 비비안이 오른손에 들고 있던 창으로 회색 로봇을 향해 힘껏 찔렀다. '퍽' 소리와 함께 창은 회색 로봇의 목에 박혔다. 그러나 목을 관통하지는 못하고 중간에 걸려 버렸다.

회색 로봇은 오른손에 들었던 도끼를 땅에 버리고 손으로 목을 찌른 창을 움켜쥐었다. 비비안은 창을 빼려 했으나 회색 로봇의 손을 뿌리치지 못했다. 이때 회색 로봇이 왼손에 들고 있던 다른 도끼를 비비안에게 휘둘렀다. 비비안은 피하지 못했고 도끼는 비비안의 오른쪽 옆구리를 강타했다. '꽝' 하는 소리와 함께 비비안이 충격에 몸을 비틀댔다. 비비안은 깜짝 놀라서 시야 아래쪽의 대미지 미터를 살폈다. 녹색의 로봇 형태의 대미지 미터에 오른

300

쪽 옆구리 쪽이 약간 노란색으로 바뀌어 있었고 수치는 0에서 3%로 올라가 있었다.

비비안은 속으로 안도의 한숨을 내쉬었다. 날카로운 도끼와 회색 로봇의 강력한 힘으로 내려친 일격에도 비비안 로봇의 몸체는 다른 로봇과는 달리 강도가 더 강한 합금으로 제작되었는지 그리 큰 대미지를 입지는 않았다. 도끼가 옆구리를 파고들지도 못하고 다만 옆구리가 약간 우그러든 정도에 그쳤다.

회색 로봇은 다음 일격을 준비하기 위해서 왼손을 다시 뒤로 돌렸다. 그러나 이번에는 비비안이 더 빨랐다. 그녀는 손에 든 창을 놓고 재빨리 뒤로 물러났다. 회색 로봇이 휘두른 두 번째 일격은 비비안이 물러난 허공을 가르고 말았다.

뒤로 물러났던 비비안은 등에 장착되어 있던 여분의 창을 꺼내 들고 파워 바를 살폈다. 파워가 160에 있는 것을 확인하고 그녀는 회색 로봇을 향해 창을 힘껏 찔렀다. 회색 로봇의 방어력은 파워 100 정도를 막을 수 있는 정도에 불과했다. 무서운 소리와 함께 창이 회색 로봇의 왼팔을 종잇장 찢듯 관통했다. 팔을 움직이는 관절 부위가 파괴된 회색 로봇의 왼팔은 순식간에 힘없이 늘어져 버렸다.

비비안은 회색 로봇에 대하여 내심 겁을 먹고 있었으나 자신의 로봇이 더 강한 것이 확인되자 갑자기 자신감이 가득 찼다. 그녀는 비틀대는 회색 로봇에게 다가가서 들고 있던 창으로 회색 로봇의 가슴을 찔렀다. 이미 몸의 여러 곳이 부서진 회색 로봇은 처음처럼 동작이 빠르지 못했다. 비비안의 창을 피하지 못하고 가슴을 그대로 관통당하고 말았다. 비비안의 창은 회색 로봇의 중추신경 회로를 부숴 버렸다. 회색 로봇의 가슴에서 녹색 액체가 뿜어져 나오면서 로봇은 그대로 바닥에 쓰러져 동작을 멈췄다.

"잘했어! 비비안!"

최민이 흥분해서 소리쳤다. 비비안은 의기양양하게 창을 회색 로봇의 가슴에서 뽑아서 다시 등 위에 꽂았다. 비비안이 눈으로 시야 상단을 보니 'KILL'이라는 글자 옆에 1이라는 숫자가 새로이 등장했다. 그리고 그 옆의 하얀 해골마크 하나가 붉은색으로 바뀌었다.

"어서 갑시다. 이 정도로 소란을 피웠으니 저들이 우리 위치를 파악했을 거예요. 빨리 움직입시다."

제프가 소리쳤다. 그리고 그는 자동차를 다시 앞으로 몰았다. 쓰러진 회색 로봇의 몸체를 밟고 지나가면서 밴은 위아래로 한 번 출렁였다.

이들은 길을 따라서 차를 몰았다. 최민은 컴퓨터에 연결된 마이크로 비비안과 대화를 나누었다.

"어때, 비비안? 지금 느낌은?"

컴퓨터 모니터에 비비안의 말이 떠올랐다.

채팅 비비안: 너무 재미있어. 처음에는 정말 무서웠어. 아까 상대가 달려들 때는 도망가고 싶었어. 누구와 내가 육체적으로 싸우고 그런 적이 없었잖아? 그런데 조금 전 상대 로봇과 싸워보고 그리고 내가 상대를 무찌르니까 뭐랄까…… 내가 태어나서 한 번도 느껴 보지 못한 느낌? 다른 사람을 해치지 말라는 그동안의 사

회규범을 깨뜨리고 누군가를 마음껏 공격하고 해치운다는 게 이런 느낌일 줄은 몰랐어.'

"마치 마약 같이?"

최민이 물었다.

'채팅 비비안: 그래 바로 그거야. 마치 마약 같아. 왜 남자들이 가끔 싸우는 것을 좋아하는지 알겠어.'

최민과 비비안이 대화를 나누는 동안 밴은 한참을 달려 숲의 중심을 지나고 있었다. 좌우에는 나무들이 하늘 높이 솟아 있었다. 주변은 정체 모를 동물들의 울음소리만 간혹 들릴 뿐, 아무런 소리가 나지 않았다. 이들이 몰고 있는 밴 역시 전기로 움직이는 차량이었으므로 거의 소음이 나지 않았다.

최민은 비비안과 대화를 나누면서도 주변에 대한 경계를 늦추고 있지 않았는데, 이런 그의 귓가에 어디선가 모기 울음 같은 '윙윙' 소리가 작게 들리기 시작했다. 최민이 제프를 보고 말했다.

"잠시만요. 지금 무슨 소리가 들려요. 차를 일단 길옆에 숨겨보세요!"

제프가 급히 핸들을 꺾었다. 밴은 오솔길을 벗어나서 울창하게 우거진 숲에 다다랐다. 제프는 차를 나뭇가지 밑에 정차시킨 후 시동을 껐다. 비비안도 그들을 따라서 숲 속으로 몸을 숨겼다.

그들이 정차하고 나서 약간의 시간이 흘렀다. '윙윙' 소리는 조금씩 커져서 이제는 귀를 기울이지 않아도 확실하게 들리고 있었다. 일행이 긴장하면서 숨을 죽이고 있을 때 갑자기 그들이 있는 위치에서 몇십 미터 떨어진 숲 위로 검은색 물체가 나타났다.

최민이 창문을 통해 우거진 나뭇가지 사이로 살펴보니 그 물체는 양쪽에 프로펠러가 달린 무인 헬리콥터였다. 길이 약 1m 정도 되어 보이는 작은 헬리콥터는 파란색으로 칠해져 있었고 옆구리에는 '뉴로 엔터테인먼트' 로고가 선명하게 새겨져 있었다. 그리고 그 동체 밑에 달려있는 것은 분명 비디오카메라였다. 뉴로 엔터테인먼트 사가 이곳 스튜디오를 통제할 목적으로 구입한 무인 정찰 헬리콥터임에 분명했다.

일행은 소리를 내지 않으려 주의하면서 헬기를 살폈다. 최민은 헬기가 그들을 찾지 못하고 지나가기를 바랐다. 그러나 현실은 또다시 그의 바람을 외면했다.

헬기는 상공 몇십 미터 위에서 그들이 있던 숲 주위를 빙글빙글 맴돌다가 천천히 고도를 낮추었다. 그리고 마침내 지상 3m 정도의 고도까지 내려오더니 숲을 자세히 관찰하듯이 낮게 비행했다. 잠시 후에 헬리콥터는 그들이 숨어 있는 나무 쪽으로 다가오더니 허공에서 더 이상 움직이지 않았다. 동체 밑에 달린 비디오카메라는 그들이 숨어 있는 곳을 정확히 비추고 있었다.

"제길, 탄로 났네요!"

제프가 소리쳤다.

"이제 어쩌죠?"

월터가 약간 떨리는 목소리로 말했다.

이때 숲 속에서 갑자기 뭔가가 튀어나왔다. 금색으로 빛나는 멋지게 생긴 로봇, 바로 비비안이었다. 숲에서 뛰쳐나온 비비안은 손에 든 창을 헬기를 향해 겨냥하고 힘껏 던졌다. 창은 파공음을 내며 허공을 날아가서 헬기를 몸체를 정확히 맞추었다. 헬기는 창에 맞아 고도를 유지하지 못하고 빙글빙글 제자리에서 돌더니 균형을 잃고 땅에 곤두박질쳤다.

비비안은 재빨리 땅에 떨어진 헬리콥터로 뛰어갔다. 날개가 부서진 헬기는 바닥에서 움직이지 못하고 있었다. 비비안은 헬기에 다가가서 아직도 멀쩡하게 보이는 비디오카메라를 발로 밟아 부수어 버렸다. 카메라가 산산이 부서지면서 유리 파편이 사방에 튀었다.

"일단 이곳을 빠져나갑시다. 저놈들이 이곳에 오기 전에."

제프가 말했다.

이때 최민이 손가락으로 차량 뒤쪽을 가리켰다.

"조금 늦은 것 같은데요!"

일행이 뒤쪽을 살펴보니 그들이 달려온 오솔길을 따라서 멀리서 먼지가 잔뜩 일어나고 있었다. 최민은 손을 눈 위에 대고 다가오는 물체들을 관찰했다. 잠시 후에 두 개의 형체가 먼지 속에서 나타났다. 그들은 인공태양빛 아래서 눈부시게 은색으로 반짝이는 로봇 두 기였다.

"놈들이 둘이나 있네요. 일단 피하는 게 좋겠습니다."

최민이 말했다.

제프가 차량의 시동을 걸었다.

"빨리 갑시다!"

제프가 운전하는 밴은 숲의 가지들 밑에서 달려나와 다시 오솔길로 접어들었다. 제프가 차의 속도를 높이면서 달리자 차량의 뒤를 따라서 비비안 로봇도 같이 뛰었다. 그러나 지금 뒤에서 따라오는 은색 로봇들도 같이 속도를 내어 추격해오는 바람에 그들 사이의 거리는 조금씩 좁혀지고 있었다.

작열하는 태양빛 아래에서 쫓는 자와 쫓기는 자들 간의 레이스가 한동안 벌어졌다. 비포장도로인 오솔길의 울퉁불퉁한 표면 위를 달리느라 밴은 제 속도를 내지 못했다. 점차 추격하는 로봇들과 일행과의 사이가 가까워졌다. 최민은 이제 뒤에서 그들을 따라오는 로봇 두 기를 확실하게 살펴볼 수 있었다.

로봇 하나는 두껍고 뾰족한 금속 바늘들이 고슴도치처럼 박힌, 둥근 쇠뭉치가 달려있는 슈팅스타를 들고 있었다. 그리고 다른 은빛 로봇 하나는 손에 기관총을 들고 있었는데 최민의 눈에 많이 익은 모습이었다.

"어제 스튜디오3 통제센터 입구에서 우리를 공격한 그놈입니다."

최민이 말했다.

제프도 정신없이 운전하면서 곁눈질로 사이드 미러를 쳐다보았다.

"정말 지겨운 놈들이군요."

월터는 뒤에서 쫓아오는 로봇들을 무척 무서워하는지 제프에게 재촉하고 있었다.

"더 빨리 달려요. 이러다 잡히겠어요!"

그러나 자동차는 월터의 요구와는 달리 갑자기 속도를 늦추고 있었다.

"뭐 하는 거예요! 속도를 늦추면 어떻게 합니까!"

그러나 제프는 대답하는 대신에 굳은 얼굴로 턱짓으로 정면을 가리켰다. 월터도 제프가 바라보는 정면으로 고개를 돌렸다. 그의 시야에 정면에서 천천히 다가오는 두 개의 물체가 보였다.

"앗, 이런!"

월터가 괴성을 질렀다.

그들은 좁은 길에서 좌우로 피할 수도 없는 상태에서 앞뒤로 로봇 두 기씩, 총 네 기의 로봇들에게 포위당한 형국이 되었다. 제프는 차를 돌려 좌우로 펼쳐져 있는 숲으로 들어가는 방법을 잠시 고민해 보았으나 이내 고개를 저었다. 숲은 나뭇가지가 무성하게 우거져 있어서 자동차가 도저히 들어갈 수 없었다. 숲으로 도망치려면 자동차를 버리고 도망쳐야 했는데 그들이 숲으로 도망쳐서 로봇들을 무사히 피해 빠져나갈 확률이 그리 높지 않다는 것은 그도 잘 알고 있었다.

마침내 자동차는 소로 한복판에서 천천히 멈춰 섰다. 그런 그들을 비웃기라도 하듯이 앞뒤의 로봇들은 더 이상 서두르지 않고 천천히 그들에게 다가서고 있었다.

이제 그들이 기대할 것은 비비안이 저 로봇들을 모두 처치하는 것밖에 없었다. 비록 비비안 로봇이 최신형이어서 다른 로봇들보다 우월한 성능을 가지고 있다고는 하지만, 4개의 로봇들과 싸워 이길 수 있을 것 같지는 않았다. 그러나 그들에게는 다른 방법이 남아있지 않았다.

"비비안, 이젠 너에게 기대할 수밖에 없을 것 같아."

최민이 조심스럽게 말했다.

'채팅 비비안: 걱정하지 마. 조금 전에도 내가 한 놈을 처치했잖아? 이런 녀석들쯤은 가볍게 내가 처리해 줄게!'

비비안이 자신만만하게 말했다.

정면에서 다가오던 로봇들이 이제 분명하게 보였다.

두 놈들 중의 하나는 은빛으로 빛나는 몸체에 한 손에는 방패를 들고 다른 손에는 기다란 장검을 들고 있는 로봇이었다. 최민이 자세히 보니 그가 일전에 시연을 했던 기사형 로봇과 같은 종류처럼 보였다. 그 옆에 서 있는 다른 로봇은 녹색으로 칠이 된 로봇이었는데 다른 로봇에 비해서 무척 가냘파 보였다. 호리호리한 체격에 비교적 작은 몸체를 가지고 있었고 손에는 아무런 무기를 들고 있지 않았지만 옆구리 양쪽에 날카롭게 보이는 칼날 세 개가 달린 클로(claw) 두 개를 매달고 있었다.

이 두 로봇은 밴으로 다가오면서 속도를 달리했다. 은빛 기사형 로봇이 앞으로 나서고 녹색 로봇은 뒤에 처져서 따라오기 시작했다. 마침내 차에 가까이 접근하자 은빛 로봇이 속도를 내며 밴으로 달려들었다. 비비안은 앞뒤로 다가오는 로봇들을 유심히 살피다가 정면의 기사형 로봇이 달려들자 재빨리 그쪽으로 달려가 다가오는 로봇을 가로막았다. 다가오던 로봇은 비비안이 앞을 막자 더 이상 달려들지 않고 방패를 들고 몸을 가리면서 멈춰 섰다.

이때 어느새 뒤쪽에서 접근한 슈팅스타를 든 로봇이 속도를 내어 비비안을 향해 달려들었다. 그리고 비비안의 등을 향해서 슈팅스타를 크게 휘둘렀다.

"비비안! 뒤를 조심해!"

최민이 소리쳤다.

비비안은 재빨리 몸을 틀어 뒤에 있던 로봇의 위치를 파악했다. 그리고 왼손의 방패를 들어 슈팅스타를 막아내었다.

비비안은 슈팅스타를 막아내기는 했지만 그 무게와 가속으로 인한 충격을 해소시키지 못하고 '쾅' 하는 소리와 함께 뒤로 비틀대며 밀려났다. 이때를 놓치지 않고 기사형 로봇이 손에 든 장검으로 비비안을 찔렀다. 비비안이 몸을 틀자 장검은 비비안의 옆구리에 끼어 버렸다. 비비안은 장검을 왼팔과 옆구리에 끼운 후에 몸을 회전시켰다.

'땅' 하는 소리와 함께 장검이 비비안의 회전력과 기사형 로봇의 힘을 견디지 못하고 부러져 버렸다. 이틈을 타서 비비안이 방패로 기사형 로봇을 힘껏 밀쳤다. 그녀는 기사형 로봇을 떨어 버린 후에 슈팅스타를 휘두르는 로봇을 처리할 생각이었으나, 기사형 로봇은 생각보다 힘이 강한 듯 비비안의 힘에도 밀리지 않고 자신의 방패로 비비안의 방패를 막으면서 제자리에서 버텨내었다.

이때 가까이 온 은빛 로봇이 손에 든 슈팅스타를 다시 한 번 비비안에게 휘둘렀다. 비비안은 상체를 숙여 그것을 피해내고는 오른손의 창을 앞으로 찔렀다. 창은 은빛 로봇의 허벅지 부분에 박혔다. 로봇은 더 이상 움직이지 못하고 손으로 창을 움켜쥐었다. 비비안은 창을 빼려고 힘을 주었다. 그러나 은빛 로봇이 강하게 창을 움켜잡고 있어서 창을 빼낼 수 없었다. 비비안은 창을 포기하고 주먹을 쥔 다음 은빛 로봇의 얼굴을 강타했다.

'쿵' 하는 묵직한 소리와 함께 은빛 로봇의 얼굴이 찌그러졌다.

비비안은 다시 주먹을 들고 한 번 더 로봇을 내리치려 했다. 그러나 그때 비비안의 오른손은 강력한 충격을 받고 원래의 목표를 벗어나 허공을 가르고 말았다. 그리고 바로 직후에 '탕' 하는 총성이 울려 퍼졌다.

알고 보니 뒤에서 추격해오던 로봇들 중에 총을 든 로봇이 뒤에서 기회를 보다가 비비안에게 총격을 가한 것이다. 비비안 로봇은 최신형으로 방어력도 강한 편이라서 총알이 몸체의 특수 합금을 뚫지는 못했다. 그러나 총알이 부딪친 충격으로 움직임이 둔화되는 것은 어쩔 수 없었다. 얼굴이 우그러진 로봇은 허벅지에 비비안의 창이 꽂힌 채로 몇 걸음 뒤로 물러났다.

비비안은 등 뒤에서 재빨리 새로운 창을 꺼내어 들었다. 그리고 물러서는 로봇을 향해 창을 찔렀다. 그러나 어느새 다시 다가온 기사형 로봇이 방패로 비비안이 창을 막아내었다.

차 안의 일행은 비비안과 로봇들과의 격투를 긴장한 채로 바라보고 있었다. 최민 역시 밖에서 벌어지고 있는 두 로봇과의 싸움에 정신이 팔려 있었다. 이때 그는 문득 이상한 느낌이 들었다. 잠시 그게 무엇일까 생각하던 최민은 금방 그 이유를 알아냈다. 앞뒤로 그들을 포위했던 로봇들은 분명 4개였는데 지금 비비안과 싸우고 있는 로봇은 3개였던 것이다.

'그럼 나머지 로봇 하나는?'

그가 막 그런 생각을 떠올렸을 때, 갑자기 밴의 오른쪽 조수석 창문이 '와장창' 소리를 내면서 깨졌다. 창문은 작은 유리 알갱이로 변해서 바닥에 우수수 떨어졌다. 그리고 그 깨진 창문을 통해 녹색의 금속 팔이 밴 안으로 쑤욱 들어왔다. 녹색 팔은 조수석에 앉아 있던 월터의 목을 움켜잡았다. 월터는 갑자기 벌어진 상황에 미처 피하지도 못하고 목을 잡히고는 끅끅대면서 손을 버둥대었다.

운전석의 제프가 이 광경을 보고 품속에서 권총을 꺼내 들었다. 그러나 차 밖에서 월터를 잡고 있는 로봇의 몸이 월터의 뚱뚱한 몸에 가려져서 제프는 권총을 발사할 수가 없었다. 그는 총 쏘는 것을 포기하고 총을 다시 권총집에 넣고는 손으로 월터의 목을 잡은 로봇의 손가락을 잡고 그것을 풀어보려 시도했다.

그러나 로봇의 힘은 사람이 이겨낼 수 있는 것이 아니었다. 녹색 로봇은 한 손으로는 월터를 움켜잡고 다른 손으로 차량의 조수석 문을 잡고 잡아당겼다. 조수석 문은 로봇의 힘에 힘없이 뜯겨나가 버렸다. 뜯어져 나간 문은 월터의 목을 잡고 있는 로봇의 팔에 걸려 대롱대롱 매달려 있었다.

로봇은 다른 팔로 월터의 멱살을 움켜잡고 그의 몸을 자동차 밖으로 끌어내었다. 월터는 체중이 꽤 나가는 편이었지만 로봇의 힘에 어린아이처럼 끌려져 나갔다.

"월터!"

"챙 씨!"

최민과 제프가 소리쳤으나 월터의 몸은 순식간에 차 밖으로 끌려 나갔다. 최민은 차 안에 있던 짧은 쇠파이프를 들고 월터의 몸을 끌고 나가는 로봇의 팔을 내리쳤으나 로봇에게 아무런 타격도 입히지 못했다.

최민이 바라보는 사이 로봇은 월터를 완전히 끌어내어 한 팔로 그의 몸을 허공에 쳐들었다. 월터는 아직도 발버둥치고 있었는데 그런 월터의 목 뒷덜미를 로봇이 손으로 내리쳤다. 그리 세게 친 것 같지도 않았는데 월터는 기절했는지 몸을 축 늘어뜨렸다. 녹색 로봇은 늘어진 월터의 몸을 가볍게 집어 들더니 자신의 어깨에 들쳐 멨다. 그러고는 자신이 왔던 길로 되돌아가기 시작했다. 옆에서는 비비안과 다른 로봇 3기가 혈투를 벌이고 있었으나 녹색 로봇은 그런 것은 관심 없다는 듯이 다른 곳은 쳐다보지도 않고 오솔길을 따라서 빠르게 달려나갔다. 그리고 얼마 지나지 않아 로봇과 월터는 최민의 시야에서 사라져 버렸다. 최민과 제프는 아무것도 하지 못한 채로 그들이 사라진 지점을 멍하게 바라만 보고 있었다.

한편 비비안은 세 로봇에게 협공당하면서 고전하고 있었다. 특히 멀리서 총을 쏴대는 로봇 때문에 거동에 제약을 당하면서 마음대로 공격하지 못하고 오로지 방패로 방어만 하고 있었다. 기사형 로봇이 방패로 비비안을 몰아붙이면 비비안도 같이 방패로 막을 수밖에 없었다. 이때를 틈타서 슈팅스타를 든 로봇이 비비안을 공격하면 비비안은 창으로 그것을 막아내야 하는데, 멀리서 조준 사격을 하는 로봇으로 인해 방해를 받아서 그녀의 창은 번번이 목표물을 벗어나고 있었다. 그녀는 화가 났으나 어쩔 도리가 없었다.

만약 그녀가 평상시에 무술이나 호신술을 배웠었다면 지금 싸우는 것에 비해서 훨씬 더 잘 대응할 수 있었을 것이다. 그녀의 로봇은 다른 세 기의 로봇들보다 한 단계 위의 성능을 자랑하는 최신형이어서 파워, 순발력, 방어력, 지구력 모두 다른 로봇들을 압도하고 있었다. 그러나 그녀는 체계적으로 이러한 격투 훈련을 받은 적도 없고 그럴 기회도 없었으므로 로봇의 능력을 다 발휘하지도 못하고 수세에 몰려 있었다.

비비안 로봇의 몸체를 구성하고 있는 강력한 탄소 합금 재질의 몸체로 인해서 슈팅스타의 공격이 몸에 적중해도 아직 버티고는 있으나 몸 여기저기에 움푹 파이고 긁힌 상처들이 하나둘 늘어나고 있었다.

'퍽' 하는 소리와 함께 비비안 로봇의 어깨가 움푹 들어갔다. 슈팅스타에 정통으로 어깨를 맞고 비비안은 오른쪽 무릎을 굽히고 자리에 주저앉았다. 이 틈을 타 정면에서 압박하던 기사형 로봇이 어느새 집어 들었는지 부러진 장검을 휘둘러 비비안의 목을 쳤다. '챙' 하는 소리와 함께 비비안의 목에서 불꽃이 튀었다. 목이 잘라지지는 않았으나 크게 흠집이 나면서 일부 유압관이 잘렸는지 비비안 목에서 액체가 흘러나왔다.

비비안은 이렇게 많은 적들에게 공격당한 경험이 처음이라서 이미 용기를 잃고 공격은 엄두도 내지 못하고 방어에 급급하고 있었다. 세 기의 로봇들은 이런 비비안을 마음대로 공격하고 있었다.

"비비안 힘내!"

최민이 소리쳤다.

그러나 최민의 응원에도 불구하고 다시금 슈팅스타가 비비안의 등 한복판에 명중하고 비비안이 앞으로 고꾸라졌다. 기사 로봇이 쓰러진 비비안의 등을 한쪽 발로 밟아서 비비안을 움직이지 못하게 했다.

밴 안에 있던 제프가 권총을 뽑아 들고 창문을 통해서 기사형 로봇과 슈팅스타를 든 로봇에게 사격을 가했다. 총알이 로봇의 몸체를 두드렸으나 아무런 타격을 입히지 못하고 전부 튕겨 나가고 말았다.

슈팅스타를 든 로봇은 고개를 돌려 제프를 힐끗 쳐다보았다. 그리고 한 손을 목에 가져다 대고 좌우로 긋는 시늉을 했다. 이것은 마치 '다음은 네 차례야!' 하고 말하는 것 같았다. 그리고 로봇은 최후의 일격을 가하기 위해서 두 팔로 슈팅스타를 잡고 파워를 모으기 시작했다. 로봇의 파워 게이지가 100이 된 상태에서 저 슈팅스타를 내려치면 아무리 비비안 로봇의 몸체가 강력하다고 해도 더 이상 지탱하지 못하고 치명적 타격을 입을 것이 분명했다.

최민은 비비안 로봇이 위기에 처하자 재빨리 컴퓨터의 자판을 두드렸다. 그는 비비안 로봇이 완전히 박살나기 전에 비비안과 로봇과의 접속을 차단해야 한다는 것을 알고 있었다.

일반적인 컴퓨터 온라인 게임들 중에서는 PK(Player Kill)가 활성화되어 있는 게임이 존재한다. 이러한 게임에서는 게임상의 다른 유저들을 공격하여 죽이는 것이 가능한데, 이러한 온라인 게임에서의 살인은 실제 사회에서 다른 사람에게 폭력을 행사할 때의 흥분에 못지않은 강도로 사람을 흥분시킨다는 연구 결과도 있다.

반대로 온라인 게임상에서 다른 유저들에게 죽임을 당한 유저는 그때 받는 스트레스나 정신적 타격이 실제에서 다른 사람에게 공격당하여 다칠 때의 강도와 그리 큰 차이가 없다는 것이다.

단순한 컴퓨터 온라인 게임상에서도 그러할진대 지금 비비안은 로봇과 신경이 연결되어 있는 상태였다. 그러므로 그녀가 연결되어 있는 로봇이 크게 부상당하거나 심한 경우 완전히 파괴된다면 그녀는 마치 다른 사람들에게 살해당하는 것과 마찬가지의 경험을 하게 되어 그녀가 받을 정신적 충격은 결코 적지 않을 것이었다. 그래서 최민은 비비안 로봇이 다른 로봇들에게 당해서 파괴될 위기에 처하자 늦기 전에 비비안과 로봇과의 접속을 차단하려 한 것이다.

최민이 막 비비안과 로봇의 접속을 종료하려는 명령을 하려 할 때였다. 막 비비안에게 최후의 일격을 가하려 슈팅스타를 치켜들었던 로봇의 머리에서 불꽃이 튀었다. 그리고 '퍽' 소리와 함께 로봇의 뒷덜미가 터져나갔다. 로봇은 치켜들었던 슈팅스타를 내려치지 못하고 그대로 앞으로 고꾸라져 버렸다. 로봇이 땅에 쓰러지면서 요란한 소리가 났다.

갑자기 벌어진 일에 기사형 로봇이 놀란 듯 고개를 들어 좌우를 살폈다. 이때 우측의 숲 속에서 갑자기 한 사람이 뛰어나왔다. 큰 키에 울퉁불퉁한 근육질의 몸매였고, 원래 정장을 입고 있었으나 지금은 옷이 여기저기 찢겨져 있었다. 몸 이곳저곳에는 상처 자국이 나 있었다. 나타난 사람을 보고 최민이 소리 질렀다.

"메이슨!"

그는 바로 어제 최민 일행과 숲 속에서 헤어졌던 조 메이슨이었다. 메이슨의 뜻밖의 등장에 그를 평소에 그리 좋아하지 않던 최민도 깜짝 놀라며 기뻐했다.

메이슨은 양팔로 커다란 총기를 하나 들고 있었는데 생긴 것이 일반적인 라이플과 다르게 총신이 매우 길었고 총구 또한 일반적인 소총보다 훨씬 넓었다. 메이슨은 숲에서 나오면서 들고 있던 총으로 비비안을 견제하던 로봇에게 조준했다. '파팍' 불꽃이 튀면서 총을 들고 있던 로봇의 손에 명중했다. 권총으로는 전혀 타격을 주지 못하던 로봇의 손이 메이슨의 총에 맞자 손목이 부서지며 손이 통째로 날아가 버렸다. 로봇은 총을 땅에 떨어뜨렸다.

메이슨은 비비안과 기사형 로봇이 싸우고 있는 쪽으로 몸을 돌려 다시금 총을 발사했다. 기사형 로봇은 메이슨이 나타날 때부터 그를 지켜보다가 그의 총이 일반적인 총기류보다 훨씬 강력한 것을 보고는 방패를 들고 몸을 가리고 있었다. 일반 총소리보다 훨씬 깊게 울리는 소리를 내면서 총알이 발사되고 기사형 로봇의 방패에 명중했다. 권총으로는 흠집도 내지 못했던 로봇의 방패도 크게 일그러지면서 로봇이 뒤로 밀려났다. 그러나 메이슨이 다시 발포를 해도 기사형 로봇의 방패를 완전히 뚫지는 못했다. 로봇은 방패를 들고 메이슨 쪽으로 걸어가기 시작하였다.

"비비안, 어서 일어나!"

최민이 마이크에 대고 소리 질렀다. 최민의 목소리를 들었는지 바닥에 쓰러져 있던 비비안의 고개가 들려지는 것이 보였다.

"비비안, 일어나서 녀석의 뒤통수를 공격해. 그곳이 약점이야!"

316

비비안은 천천히 몸을 일으켰다. 좀 전에 로봇들에게 공격당하던 악몽에서 아직 완전히 깨어나지는 못했지만 그녀는 일반적인 여자들보다 훨씬 정신력이 강한 여자였다. 비비안은 치밀어 오르는 공포심과 두려움을 억누르며 천천히 몸을 일으켰다.

이때 기사형 로봇은 방패로 몸을 가리고 메이슨에게 한 걸음 두 걸음 다가서고 있었다. 메이슨이 가진 강력한 총기에 당할 것이 두려웠는지 쉽게 한 번에 다가서지는 못하고 있었지만 조금씩 메이슨과의 거리를 좁히고 있었다. 메이슨은 자신이 가진 총기가 기사형 로봇의 방패를 뚫지 못하자 눈에 띄게 당황하는 모습을 보이고 있었다.

이때 비비안이 몸을 완전히 일으키고 땅에 떨어진 창을 집어 들고 몸을 날렸다. 그녀는 남아있는 배터리를 전부 파워 차저에 돌린 후, 자신에게 등을 보이고 있는 기사형 로봇의 뒤통수에 창을 힘차게 꽂았다.

메이슨에게 신경 쓰고 있던 기사 로봇은 비비안의 일격을 막지 못했다. 로봇의 뒤통수에 창이 틀어박히면서 머리 뒷부분이 터져 나갔다. 기사형 로봇은 그 자리에서 더 이상 움직이지 못하고 조각상이 된 것처럼 모든 동작을 멈췄다.

"아직 하나 남았어!"

최민이 비비안에게 큰 목소리로 경고했다.

비비안은 최민의 목소리에 고개를 돌렸다. 그녀의 시야에 한쪽 팔을 잃은 로봇이 몸을 돌려 그곳을 벗어나려고 하는 것이 보였다. 이때 메이슨이 총을 집어 들고 로봇에게 마구 총알을 퍼부었다.

'탕, 탕, 탕' 묵직한 소음이 연달아 나면서 로봇의 등과 팔 일부가 부서져 나갔다. 그러나 로봇은 아직도 달릴 파워가 남아있는지 앞으로 계속해서 움직였다.

이때 '쉬익' 하는 공기를 가르는 소리와 함께 무서운 속도로 창이 하늘을 갈랐다. 창은 정확히 로봇의 뒤통수와 목덜미 사이에 명중했다. 불꽃을 튀기며 창은 로봇의 목을 관통했다. 로봇은 비틀대더니 달리던 가속도로 인해서 앞으로 엎어지듯 쓰러져 버렸다. 바닥에 쓰러진 로봇은 한동안 일어나려는 듯 발버둥을 쳤으나 이미 제어기능을 상실하여 일어나지 못하고 흙먼지만 날리고 있었다.

창을 던져 마지막 남은 로봇을 처리한 비비안 로봇은 그 자리에 주저앉아 버렸다. 로봇에 배터리가 없어서가 아니라 비비안이 정신적으로 안도하면서 긴장이 풀린 것이었다. 험한 전투를 치른 비비안 로봇의 온몸은 상처와 흠집으로 가득 차 있었고 그만큼 비비안의 정신적 피로도도 높아져 있었다. 비비안이 시야의 대미지 게이지를 확인해보니 로봇의 대미지 미터 수치가 30%로 높아져 있었고, 게이지의 원래 투명했던 로봇 모양에서 크게 상처를 입은 목과 등, 어깨가 노란색으로 변해 있었다. 비비안 로봇은 비틀대면서 일어나 천천히 걸음을 옮겨 밴의 뒷좌석 문을 열고 원래 로봇이 고정되어 있던 자리에 주저앉았다.

"비비안! 정말 고생했어. 접속을 끊을 테니 편안히 있어."

최민이 비비안에게 말하고 접속 종료 프로그램을 가동했다.

몇 초 후에 로봇과의 접속이 끊어지고 비비안은 밴 안에서 다시 정신을 차렸다. 그녀는 곧바로 좌석에서 구르듯이 내려가 허리를 구부리고 헛구역질을 하기 시작했다. 최민은 얼른 그녀에게 다가 가서 등을 손으로 쓸어주었다. 한참 동안 헛구역질을 하던 그녀 는 얼굴이 창백해진 채로 힘없이 늘어져 버렸다. 최민은 자동차 좌석의 등받이를 뒤로 젖힌 후에 비비안을 부축해서 좌석에 눕혔 다. 죽음에 가까운 경험으로 인해 정신적으로 탈진한 것이 육체 에도 영향을 끼쳤는지, 완전히 탈진하여 눈을 감고 좌석에 쓰러 져 버렸다. 최민은 그런 그녀의 손을 가만히 잡아주었다.

한편 메이슨은 총을 어깨에 들쳐 메고 자동차 쪽으로 걸어오고 있었다. 총이 꽤 큰 편이라 큰 덩치의 메이슨이 메고 있는데도 오 히려 메이슨의 몸이 평상시보다 작아보일 정도였다. 제프는 운전 석에서 내려 다가오는 메이슨에게 걸어갔다.

"메이슨 씨, 여기서 당신을 만나게 될 줄은 몰랐네요. 그리고 당신 얼굴이 이렇게 반가울 줄 몰랐어요!"

제프가 메이슨에게 악수를 청하며 말했다.

메이슨은 싱글싱글 웃으며 제프가 내민 손을 잡고 위아래로 흔 들었다.

"허드슨 씨, 무사하신 것을 보니 정말 다행입니다. 다친 곳도 없으시군요. 다른 분들도 다 무사하신가요?"

"차 안에 데이비드 최 박사님과 비비안 심슨 박사님이 있습니 다. 두 분 다 별다른 부상 없이 무사하시구요. 아무튼 궁금한 것이 무척 많습니다. 일단 자동차 안에 들어가서 이야기합시다."

제프가 말했다.

제프는 다시 운전석으로 들어가 앉았고 메이슨은 녹색 로봇이 부수어 버려 문이 없어진 조수석 안으로 들어가 자리에 앉았다.

"메이슨 씨, 무사하셨군요. 정말 다행입니다!"

뒷좌석에서 비비안을 돌보고 있던 최민이 메이슨에게 말했다.

"최 박사님도 무사하시니 다행입니다. 심슨 양은 괜찮은가요?"

그는 뒷좌석에 쓰러져 있는 비비안을 보고 걱정 어린 말투로 말했다.

"로봇을 조종하며 적들과 싸우다가 정신적으로 좀 충격을 받은 상태입니다. 하지만 워낙 강한 정신력을 가지고 있으니까 잠시 휴식을 취하고 나면 괜찮아질 겁니다."

"아, 그럼 조금 전에 로봇 몇 놈과 싸우던 금빛 로봇이 심슨 박사님이 조종하던 로봇이었나 보군요. 저는 왜 로봇들끼리 싸우는지 처음에는 이해가 되지 않았어요."

메이슨이 감탄하면서 말했다.

"비비안 덕분에 우리가 지금까지 살아있는 거죠."

그리고 최민은 메이슨에게 간단하게 메이슨과 헤어진 이후에 벌어진 일들을 설명해 주었다.

"그나저나 메이슨 씨, 어제 숲에서 무슨 일이 있었나요? 그리고 가지고 계신 그 총은 어디서 구하신 건가요?"

제프가 한동안 궁금해하던 것을 질문했다.

"제가 어제 숲에서 그 시커멓고 커다란 놈한테 죽을 뻔했지 않습니까? 여러분들도 보셨으니 아시겠지만, 그놈을 누가 조종하고 있는지 모르겠지만 정말 잔인한 놈인 것 같습니다. 그놈이 사람

320

을 그렇게 잔인하게 죽여 놓고 다른 사람 말고 하필이면 저를 그렇게 끈질기게 쫓아오는 게 아니겠습니까? 제가 숲 속으로 도망쳤는데 이놈이 걸음이 얼마나 빠른지 거의 잡힐 뻔했어요. 그나마 제가 운동신경이 좋은 편이라 나무 사이사이를 요리조리 다니면서 그놈의 손길을 피했다니까요? 정말 잡혀서 죽을 뻔한 경우가 한두 번이 아니었어요.”

쉬지 않고 빠르게 말을 이어가던 메이슨은 제프가 일회용 컵에 물을 따라주자 말을 잠시 멈추고 컵을 받아 물을 벌컥벌컥 마셨다.

“아…… 감사합니다. 이제 좀 살 것 같네요. 아무튼 어디까지 이야기했죠? 아, 그렇죠. 제가 그 시커먼 놈한테 쫓기던 이야기를 하고 있었죠? 네…… 죽는 줄만 알았습니다. 그러다가 정말로 운이 좋게 저를 쫓아오던 그놈의 다리 한쪽이 굵은 나무뿌리 사이에 끼어버린 거죠. 그놈이 아무리 힘이 세다고 해도 나무뿌리를 한 번에 잡아 뽑을 수는 없었어요. 그래서 그 녀석이 뿌리 사이에 낀 발을 빼내려고 낑낑대는 사이에 전 얼른 숲 속 깊이 도망칠 수 있었던 거죠.”

최민이 물었다.

“그럼 그 다음에는 무슨 일이 있었나요? 지금 가지고 계신 그 총은 어디서 난 겁니까?”

메이슨이 싱글싱글 웃었다.

“물어보실 줄 알았습니다. 정말 전 이 총만큼 맘에 드는 총을 가져본 적이 없었다니까요? 제가 원래 쓰던 매그넘도 권총치고는 강력한 편이지만 이 총에 비하면 장난감에 불과하죠. 아…… 그러니까 이 총을 어디서 구했냐 하면 말이죠. 그건…… 아직은 비밀입니다."

메이슨의 말에 제프의 인상이 구겨졌다.

"아니, 메이슨 씨. 지금 이 상황에서 장난하시는 겁니까? 사람이 죽어나가고 사방에 미쳐서 날뛰는 로봇들 천지인데 농담할 기분이 나십니까?"

제프의 말에 메이슨이 난처한 표정을 지었다.

"그러니까…… 그게…… 제가 좀 사정이 있습니다. 하지만 이건 어떻습니까? 마이크 펄슨 씨는 저를 여기로 보낼 때 이런 문제가 발생할지도 모른다는 것을 예측하고 계셨습니다. 그래서 저에게 몇 가지 방침을 내려주셨죠. 지금은 자세히 말씀드릴 수 없고, 일단 여러분들을 제가 안내하겠습니다. 여러분들이 저를 따라오시면 자동적으로 다 아시게 됩니다. 그곳에 가면 지금 벌어지고 있는 일들이 왜 발생했는지 아실 수 있고 무엇보다 여기보다는 훨씬 안전할 겁니다."

제프가 화가 나서 뭐라 더 퍼부으려 하는 것을 보고 최민이 손을 들어 막았다.

"허드슨 씨. 일단 메이슨 씨의 말을 믿어보도록 하죠. 지금은 달리 방법도 없으니까요."

최민은 메이슨을 그리 신뢰하지는 않았으나 그를 보낸 마이크 펄슨은 믿었다. 펄슨은 언제나 최악의 상황을 먼저 고려한 후에 가상의 시나리오를 만들어 놓곤 했었다. 펄슨이라면 어쩌면 지금의 이 상황을 예측하고 있었을지도 모르고 당연히 그에 대한 대비책도 세워놓았을 것이었다.

"메이슨 씨, 안내하세요. 빨리 가보도록 합시다."

최민이 재촉하자 제프가 마지못해 입을 다물고 운전석에서 차의 시동을 걸었다.

"저는 따로 이동하겠습니다. 저를 잘 따라오세요."

메이슨은 말을 마치고 차 밖으로 나갔다. 그는 숲 속으로 곧바로 걸어가더니 수풀 사이로 사라져버렸다.

최민은 메이슨이 그들에게 말도 없이 떠난 것이 아닌가 하여 잠깐 우려하였으나 메이슨의 모습은 곧 다시 나타났다. 하지만 메이슨은 혼자가 아니었다. 날렵하게 생긴 모터사이클을 끌고 나타난 것이었다.

숲 밖으로 모터사이클을 끌고 나온 메이슨은 시동을 걸었다. 모터사이클도 역시 전기로 움직이게 디자인되었는지 거의 소리가 나지 않았다. 모터사이클 옆에 총을 매달고 나서 메이슨은 가속 페달을 밟았다. 모터사이클이 천천히 움직이기 시작했다. 커다란 덩치의 메이슨과 커다란 총까지 단 모터사이클은 실제 크기에 비해서 작게 보였으나 메이슨을 태우고 움직이는 데는 문제가 없어 보였다. 앞서나가는 메이슨을 따라서 제프도 천천히 차를 몰았다.

# 스튜디오4 입구 근처 도로

최민 일행이 탄 차는 메이슨의 안내에 따라 오솔길을 달리고 있었다. 메이슨은 뭐가 신나는지 나직하게 휘파람까지 불면서 모터사이클을 몰고 있었다.

최민은 뒷좌석에 앉아 옆에서 눈을 감고 있는 비비안을 주시하고 있었다. 비비안은 아직도 아까의 충격에서 벗어나지 못했는지 안색이 매우 창백했다. 최민은 비비안의 손을 가볍게 잡고 어루만져 주었다. 비비안은 감았던 눈을 살짝 뜨고 최민을 잠시 쳐다보았다. 그녀는 무어라 말을 하려다가 입을 다물고 가만히 머리를 최민의 어깨에 기대었다. 최민은 다시금 가슴이 뛰는 것을 느꼈다. 그는 용기를 내어 비비안의 이마에 가볍게 키스해 주었다. 비비안은 감은 눈을 뜨지 않았다. 그러나 그녀는 창백한 얼굴이었지만 입가에 살며시 미소를 짓고 있었다. 그녀는 고개를 최민 쪽으로 살짝 돌렸다.

최민은 그녀의 아름다운 얼굴을 바라보다가 더 이상 참지 못하고 비비안의 입술에 가볍게 키스했다. 비비안은 주저하듯이 잠시 입술을 다물고 있었으나 곧 입술을 벌리고 열정적으로 최민에게 응답하기 시작했다. 최민은 그녀의 반응에 당황했으나 곧 그녀의 붉고 아름다운 입술에 더 깊이 키스하기 시작했다. 두 남녀는 한참 동안 서로의 입술과 혀를 빨고 서로를 탐닉했다.

지난 오랜 시간 동안 서로 호감을 가지고 있던 두 사람은 그동안 각자의 자존심과 사회적 위치로 인해 서로에 대한 감정을 자제하고 있었다. 그러나 이제 이들은 완전히 격리된 이곳 지하공간에서 목숨이 달린 극한 경험을 같이하면서 서로에 대한 장벽이 무너져, 마치 홍수를 막고 있던 댐이 방류하듯 참을 수 없는 격렬한 감정에 휘말리고 있었다.

비비안과 최민이 주위의 험한 상황과는 달리 둘만의 로맨틱한 감정에 빠져있을 때 이들이 탄 차는 오솔길을 벗어나 도로에 접어들었다. 한동안 달린 차는 마침내 목적지에 도착한 듯했다. 제프가 차의 속력을 줄이고 있었다.

비비안은 키스를 끝내고 얼굴이 붉게 상기되어 그의 어깨에 기대어 가쁜 숨을 몰아쉬고 있었다. 최민은 그런 그녀에게 방해되지 않도록 가만히 고개를 들어 주위를 살펴보았다. 이들이 타고 있는 자동차는 숲을 관통한 도로를 달리고 있었는데, 그들이 멀리서 보았던 좌우로 펼쳐진 높은 절벽이 이제 손을 뻗으면 닿을 듯이 눈앞에 가까이 와 있었다.

절벽은 매우 광대했다. 수백 미터는 되어 보이는 천장까지 수직으로 뻗은 절벽의 상부는 천장과 맞닿아 있었다. 또한 절벽은 좌우로도 길게 펼쳐져 있어 시야가 보이는 끝까지 뻗어 있었다. 수직으로 솟아있는 절벽의 면은 매끄러운 종유석들이 쌓여있었고 천장에서 스며든 물이 흘러내려 사람이 절벽을 타고 올라가기엔 거의 불가능해 보였다.

최민이 자세히 보니 그 거대한 절벽 아래에 시커먼 틈이 보였다. 절벽 크기에 비하면 아주 작아서 멀리 보이기에는 손가락만 하게 보였지만 실제로는 그보다 훨씬 큰 틈일 것이 분명했다. 그곳이 바로 월터가 말한 스튜디오4와 연결되는 통로일 것이었다.

그들 일행이 탄 차량이 절벽에 점차 가까워지면서 최민은 도로 위에 무엇인가가 서 있는 것을 보았다. 그들 사이에 거리가 점차 좁아지자 그것이 최민의 시야에 확실히 들어오기 시작했다. 절벽과 그들 사이의 도로 위에 서 있는 것은 바로 트럭 두 대였다. 트럭들은 나란히 도로를 가로질러 주차되어 있었다. 마치 도로에 트럭들로 바리케이드를 친 것 같았다.

밴이 트럭에 점차 가까워지면서 최민은 트럭 바로 앞에 뭔가가 있는 것을 보았다. 버섯 모양으로 생긴 물체가 땅에 그늘을 만들면서 놓여 있었다. 자세히 살펴보니 버섯 모양의 윗부분이 흰색과 파란색의 알록달록한 무늬로 수놓아진 것을 알 수 있었다. 그것은 바로 비치파라솔이었다.

차는 마침내 트럭 앞까지 이르렀다. 제프는 차를 멈추고 최민을 돌아보았다.

"일단 내리시죠."

비비안은 이미 최민의 어깨에서 고개를 떼고 밖을 내다보고 있었다. 잠시의 휴식 때문이었는지 아니면 최민과의 키스 때문이었는지 창백했던 얼굴에 혈색을 되찾고 있었다. 최민은 비비안의 볼에 가볍게 키스를 하면서 말했다.

"지금 기분은 어때? 걸을 수 있겠어?"

비비안은 살짝 미소 지으며 대답했다.

"이제 괜찮아. 고마워, 데이비드."

둘은 손을 잡고 함께 밴에서 내렸다.

비비안, 제프, 그리고 최민은 트럭 앞에 세워져 있는 비치파라솔로 걸어갔다. 강렬하게 내리쬐는 인공태양 아래에서 비치파라솔이 만들어내는 그림자가 무척 시원해 보였다. 비치파라솔 옆에는 아이스박스까지 놓여 있었는데, 그 안에는 보기에도 시원해 보이는 음료수와 맥주, 그리고 와인 병들이 보였다. 지금까지 험악한 일을 겪은 그들에게 그 광경은 무척 비현실적으로 보였다.

비치파라솔 아래에는 의자들이 놓여 있었는데 그곳에 앉아있던 한 사람이 최민 일행을 보고 몸을 일으켰다. 그는 천천히 그늘에서 나와 최민 일행에게 다가오기 시작했다.

최민은 그늘에서 튀어나온 사람을 보고 깜짝 놀랐다. 그는 큰 키에 단단한 체구였고, 햇빛에 눈부시게 빛나는 반백의 머리카락을 가지고 있었다. 타이트한 가죽 바지에 와이셔츠를 입고 있었고, 손에는 커다란 다이아몬드 반지를 끼고 있었으며, 선글라스를 쓴 사각형의 얼굴은 위압적으로 보였다.

바로 '마이크 펄슨'이었다.

"아니, 회장님께서 어떻게 여기에!"

최민이 놀라 소리쳤다.

펄슨은 그들에게 다가와 호탕하게 웃더니 최민을 꽉 끌어안았다.

"데이비드, 무사해서 다행이야. 하하……."

최민은 펄슨에게 안긴 채로 아무 말도 할 수 없었다. 펄슨은 최민을 놓아주고 비비안을 쳐다보았다.

"비비안. 자네 어디 다친 곳은 없나? 보기에는 괜찮아 보이는군."

그리고 그는 아직도 다정히 손을 잡고 있는 최민과 비비안을 번갈아 바라보았다.

"그런데…… 그 사이에 자네들……."

"네. 그렇게 되었습니다."

최민이 얼른 대답했다.

그런 그들을 보면서 펄슨이 싱긋 웃었다.

"잘되었군. 뭐 이렇게 될 것이라고 계속 짐작을 해오곤 있었네만."

"감사합니다. 회장님."

비비안도 가볍게 미소 지으며 말했다.

펄슨은 다시금 호탕하게 웃었다.

"하하. 잘 지내도록 하게나. 그 대신 두 명이 헤어지지는 않도록 하라고. 둘이 헤어지고 둘 중 하나가 우리 회사를 그만두면 나에게는 큰 손실이니까 말이야."

"알겠습니다."

최민과 비비안이 같이 대답했다.

이때 옆에서 그들의 재회를 지켜보고 있던 제프가 펄슨에게 말을 걸었다.

"안녕하십니까? 회장님. 만나뵙게 되어서 반갑습니다. 저는 FBI의 제프 허드슨 요원입니다."

펄슨은 제프와 악수를 하면서 말했다.

"오…… 메이슨에게서 보고는 받았습니다. 여기까지 오셔서 고생이군요. 허드슨 요원도 무사하셔서 다행입니다."

최민은 펄슨과 제프가 악수를 마치자 펄슨에게 물었다.

"그런데 어떻게 회장님이 이곳에 계신 겁니까? 언제 오셨나요?"

펄슨은 싱긋 웃더니 그들에게 손짓으로 비치파라솔을 가리켰다.

"자, 땡볕 아래에서 이러지 말고 저기 그늘 아래로 가서 이야기하자구."

일행은 펄슨을 따라 비치파라솔 아래의 의자에 한 명씩 앉았다. 그곳에는 간단한 스낵과 와인 잔들까지 준비되어 있었다. 펄슨이 자리에 앉자 메이슨이 아이스박스에서 맥주와 음료수를 꺼냈다. 펄슨은 이미 따져 있던 와인 병을 기울여 자신의 와인 잔에 와인을 채웠다.

"자, 일단 고생하셨을 테니 목을 축이고 이야기하세나. 지금부터는 내가 알아서 할 테니. 그러니 여러분들은 걱정하지 않아도 된다네."

아직도 어안이 벙벙한 상태였으나 최민은 자기 앞에 놓여 있는 맥주 캔 뚜껑을 땄다. 그리고 펄슨 등 다른 사람들과 잔을 부딪쳤다. 시원한 맥주가 목구멍을 넘어가면서 최민은 지난 며칠 동안의 일이 꿈같이 느껴졌다. 한동안 아무것도 먹지 못한 배가 꼬르륵 소리를 내자 그는 접시에 놓여 있던 과자와 스낵, 그리고 과일 등을 정신없이 먹기 시작했다.

최민 일행이 음식을 게걸스럽게 먹는 것을 미소 지으면서 지켜보던 펄슨이 말을 하기 시작했다.

"먼저 여러분들께 미안하다는 말을 해야만 하겠군. 사실 나는 이곳 스튜디오에서 벌어진 일을 보고받고 나서 몇 주 전부터 따로 조사를 진행했었네. 그 결과 정체를 알 수 없는 어떤 그룹이 여기에서 고의적으로 문제를 발생시키고 있다는 결론에 다다랐지. 데이비드, 자네도 월터로부터 이곳에서 벌어진 문제와 우리 회사에서 조사를 위해 사람들을 안으로 보냈었던 것을 들었겠지?"

"네, 그렇습니다."

최민이 대답했다.

"그들 중엔 내가 직접 보낸 특수요원들도 있었다네. 특수부대나 경찰 특공대 출신으로 그 방면에선 최고의 요원들이었어. 그들은 겉으로는 단순한 인부로 위장하고 은밀하게 이곳을 감시하고 있었지. 그런데 지난달, 이곳 스튜디오3에서 사고가 났을 때 이들도 전부 실종되어 버렸다네."

"아무런 흔적도 없이 말입니까?"

최민이 질문했다.

"아니. 그래도 그들은 최고의 요원들이었으니까 우리와 교신이

330

끊어지기 전에 마지막으로 연락을 취해 왔다네. 어떤 방법이었는지는 묻지 말게. 다만 일반적인 통신수단을 사용하지는 않았다는 것만 알아두면 되겠지. 아무튼 그들이 마지막으로 보내온 정보로 우리는 누군가가 이곳에서 우리가 하는 일을 어떤 목적을 가지고 방해하려 한다는 것을 알아냈다네."

제프가 물었다.

"그럼 회장님께서 보낸 요원들도 저희처럼 로봇들에게 공격당한 겁니까?"

펄슨이 제프를 쳐다보았다.

"아니오. 그때까지 로봇은 우리의 통제 아래에 있었어요. 요원들은 정체불명의 사람들에게 당했소. 우리는 얼마 전까지도 그자들의 목적이 무엇인 줄 몰랐소. 그자들의 목적이 우리 로봇의 탈취에 있다는 것을 알았다면 충분히 미리 대비할 수 있었을 텐데 말입니다."

최민이 다시 물었다.

"그럼 회장님은 언제, 왜 오신 겁니까?"

펄슨이 대답했다.

"솔직히 이사회에서 감사팀을 파견하기 전에 내가 먼저 은밀하게 문제를 다 해결하고 싶었다네. 이사회 멤버 중에는 나에게 반감을 가진 사람들이 적지 않거든. 이번 감사팀이 부정적인 보고서를 올린다면 그것을 꼬투리 잡아 나를 끌어내리려 하려는 자들이 분명 있을 테니까 말이야. 그래서 여러분들이 도착하기 직전에, 그러니까 지난 주말에 특별히 그동안 아꼈던 특수임무팀을 소집해서 먼저 이곳에 도착했어. 도착해서는 여기 스튜디오3 입구에 있는 사용하지 않는 창고에 베이스캠프를 차리고 숨어 있었지."

그는 잠시 말을 멈추고 고개를 돌렸다.

"헤이, 필립! 잠깐 여기로 와봐!"

펄슨의 손짓에 트럭에서 막 내린 사람이 그들에게로 걸어왔다. 그는 카키색 군복에 검은색 베레모를 쓰고 군화를 신고 있었고, 옆구리에 기관총을 들고 있었다. 큰 키에 다부져 보이는 몸매였다. 햇빛에 그을린 구릿빛 피부에, 날카로워 보이는 턱 선을 가진 얼굴에는 짙은 선글라스를 쓰고 있었다. 그는 펄슨 앞으로 다가와서는 꼿꼿이 서서 말했다.

"부르셨습니까? 회장님?"

"필립, 자네는 여기 이분들 처음이지? 인사드리게. 우리 회사의 중요한 요직을 맡고 있는 데이비드 최 박사와 비비안 심슨 박사, 그리고 FBI 요원이신 제프 허드슨 씨라네."

필립이라 불린 사내는 절도 있는 동작으로 몸을 돌리더니 최민, 비비안, 그리고 제프에게 차례로 악수를 청했다.

"반갑습니다. 필립 푸르니에(Philippe Fournier)라 합니다."

펄슨이 그들을 보며 말했다.

"필립은 레종 에뜨랑제(Legion Etrangere) 즉, 프랑스 외인부대 출신이네. 그중에서도 최정예인 제2공수연대 소속으로 오랫동안 세계 각지의 전장에서 맹활약했지. 그는 프랑스 본토 출신이라 프랑스 정규부대로 갈 수 있었는데 굳이 외인부대를 택했다네.

외인부대에서 더 많은 전투 경험을 쌓을 수 있어서라고 하더군.”

최민이 필립을 살펴보니 그의 왼쪽 가슴에 프랑스 제2외인공수연대의 상징인 단검을 든 사자머리 형상의 마크가 자랑스레 달려 있었다.

“필립은 지금 내가 데리고 온 특수임무팀의 팀장으로서 팀을 이끌고 있다네. 필립, 고맙네. 이제 가도 좋아.”

필립은 펄슨에게 가볍게 거수경례를 하고 다시 트럭 쪽으로 돌아갔다.

“그렇다면 데리고 오신 특수임무팀이 전부 몇 명이나 됩니까?”

제프가 물었다.

펄슨은 가볍게 웃으며 대답했다.

“전부 20명입니다. 모두 베테랑 중의 베테랑이죠. 씰(Seal), 포스 리콘(Force Recon), 델타 포스(Delta force) 등 출신입니다. 이 분야에서는 최고의 요원들이죠.”

“회장님 지금 도대체 무슨 일이 벌어지고 있는 겁니까? 저희는 갑자기 공격을 받고 지금까지 몇 번이나 죽을 고비를 넘겨가며 도망다녔습니다. 도대체 어떤 자들이 왜 무슨 일을 벌이고 있는 겁니까?”

최민이 펄슨에게 물었다.

펄슨은 최민에게 진정하라는 듯이 양 손바닥을 아래로 하는 제스처를 취했다.

“데이비드, 그렇지 않아도 자네들에게 설명해 주려던 참이었네.”

일행은 펄슨의 입을 쳐다보며 설명을 기다렸다.

"지금 이곳을 장악하고 있는 자들이 누구인지는 확실하지 않네. 짐작은 가지만……."

"그게 누굽니까?"

제프가 급히 물었다.

"아…… 확실하지 않으니까 대답 드리기가 어렵군요. 다만 말씀드릴 수 있는 것은, 먼저 이곳에는 불온한 자들이 상당히 많이 들어와 있다는 것입니다. 저들이 어떻게 보안을 뚫고 이곳까지 들어왔는지는 저도 모릅니다. 하지만 적어도 수십 명이 지금 이곳에 들어와 있습니다. 이들이 스튜디오3에 진입해서 납치와 살인 사건을 벌이니까 멍청한 월터가 조사를 한답시고 사람들을 계속 들여보냈죠. 그러다가 그들 전부가 실종되니까 아예 스튜디오3으로 통하는 입구를 잠가 폐쇄시킨 거지요.

그러자 이자들은 스튜디오3과 4에서 자기들이 원하는 대로 마음대로 소형 기지국들을 조작하고 통신센터를 장악해서 로봇들을 컨트롤할 수 있는 준비를 마친 겁니다. 내가 보기에 이자들이 지금까지 벌인 스튜디오3에서의 납치극은 이곳에서 일하는 사람들을 내보내고 이곳을 밖으로부터 격리시켜 자신들 마음대로 이곳을 바꾸는 것이 목적이었다고 보입니다."

"그래서 그들이 얻는 것이 뭐죠?"

비비안이 입을 열었다.

"글쎄, 그건 아직도 잘 모르겠군. 개인적으로 생각해 보건데 아마도 우리 로봇들을 빼돌려 다른 목적으로 사용하려는 것이 아닐까 생각되네. 예를 들면 군사 목적이라든지 말이지. 아니면 우리 회사의 멸망을 원하는 경쟁사들이 사주한 것일 수도 있고."

펄슨이 답했다.

"군사적으로 사용하는 것은 불가능합니다. 전장에서 완벽히 로봇을 통제할 만큼 통신이 완벽해야 하는데 방해 전파나 잡음으로 그것은 불가능합니다. 단순하게 일정 방향으로 걷고 뛰고 하는 것은 가능하겠지만 이곳 안에서처럼 세밀한 움직임까지 컨트롤하는 것은 어렵습니다."

최민이 말했다.

"그건 나도 알고 있네. 그래서 나도 저자들의 정확한 목적을 모르겠다고 대답한 것이고."

펄슨이 말을 이었다.

"아무튼 우리는 이 정체 모를 자들의 움직임을 포착하고 이자들이 스튜디오4의 몇몇 은신처에 몰려 있는 것을 알아냈다네. 그래서 우리가 이자들을 잡으려고 준비하고 있었는데……."

이 대목에서 펄슨은 잠시 한숨을 쉬었다.

"놈들은 우리가 추격하고 있는 것을 알아낸 모양이야. 어제 갑자기 스튜디오3의 입구가 폭파된 것을 알고 있겠지? 우리가 이자들을 공격하기 직전인 어제, 이자들은 갑자기 스튜디오3 입구를 폭파시키고 이 안의 전기 공급을 끊어버린 것으로 추정되네. 그래서 내부가 갑자기 어두워진 것이지. 그건 우리가 추적하는 것을 알고 우리를 따돌리려 한 것이라 생각하네. 다만 우리가 실수한 점이 있는데…… 우리는 이자들이 중앙 통신 관제센터를 장악하고 이곳의 모든 로봇들까지 컨트롤할 수 있을 것이라고는 전혀 생각하지 못했네. 왜냐하면 로봇의 컨트롤이란 건 단순히 통신망을 장악해서 되는 것이 아니라 장비 셋업부터 트레이닝, 소프트웨어 관리 등, 우리 회사 임직원이 아니라면 절대 알 수 없는 프로세스를 거쳐야만 하는 것이었기 때문이지."

잠시 침묵이 흘렀다. 한동안의 침묵 끝에 비비안이 입을 열었다.

"그럼 회장님은 우리 회사 임직원 중의 누군가가 연루되어 있다고 생각하시는 건가요?"

펄슨이 대답했다.

"그렇다네. 그것도 고위직에 있는 임직원임이 분명해. 몇 겹의 보안장치가 달려있는 컴퓨터 프로그램에 쉽게 접속해서 로봇통제 프로그램을 빼냈으니까 말이야."

최민의 머리에 몇몇 회사 주요 임직원들의 이름이 스쳐갔다. 그러나 그는 고개를 흔들었다. 그중 누구도 이러한 일을 벌일 만한 동기를 생각해 낼 수 없었기 때문이다.

이때 비비안이 하늘을 손가락으로 가리키며 말했다.

"그럼 저기 떠있는 인공태양은?"

펄슨이 호탕하게 웃었다.

"하하……. 그건 당연히 내가 한 것이지. 우리 회사가 구입한 최신형 LED 인공태양은 지난달에 이미 설치되어 있는 상태였어. 다만 테스트 중이어서 중앙 발전기에는 연결하지 않고 비상 발전기에 연결되어 있는 상태였지. 오늘 그 비상 발전기를 찾아내서 가동시킨 거라네."

일행은 고개를 끄덕였다. 그들이 상식적으로 생각해 봐도 어제

고의적으로 전원을 끊어 이곳을 암흑천지로 만든 자들이 오늘 생각이 바뀌어 갑자기 저렇게 밝은 인공태양을 가동했다는 것을 이해하기 힘들었기 때문이다.

"그럼 이젠 어떻게 해야 합니까?"

제프가 물었다.

"지금 가장 중요한 것은 이곳 통신망의 복구입니다. 저들이 통신망을 장악하고 있는 한 저들은 우리 회사 소유 로봇들을 마음대로 사용해서 우리를 공격할 수 있고, 거기다가 우리가 외부와 고립된 채로 있어야 한다는 겁니다. 아마도 여러분들도 그 목적을 가지고 이곳으로 이동 중이었던 것으로 보입니다만."

펄슨의 말에 모두가 동의하듯 고개를 끄덕였다. 제프를 보며 펄슨은 말을 이었다.

"그래서 지금 우리는 적들이 몰려있는 저 스튜디오4 통제센터로 쳐들어가려는 중입니다. 하지만 저들도 눈치를 채고 방어하고 있어요. 여러분들은 아직 보지 못하셨지만 저기 멀리 스튜디오4 입구에 녀석들이 우리 공격을 대비해서 방어진을 펴고 숨어 있어요. 우리도 저들에게 쉽게 쳐들어가지 못하고 이곳에서 대치만하고 있는 중이지요."

제프가 다시 물었다.

"하지만 저희가 상대한 적은 사람이 아니라 로봇들이었습니다. 그것도 총알도 아무 소용없는 무서운 로봇들이었죠. 아무리 특수요원들이라고 해도 총이 통하지 않는 로봇을 어떻게 상대하실 생각이십니까?"

펄슨이 싱긋 웃었다.

"물론 저희가 만든 로봇이니만큼 얼마나 강력한지는 저희도 잘 압니다. 하지만 약점도 분명히 있죠. 데이비드 자네가 설명해주겠나?"

일행이 약간 놀란 표정으로 최민을 돌아보았다. 최민은 겸연쩍은 듯이 미소 지으며 말했다.

"회장님 말씀이 맞습니다. 아무리 강한 합금으로 만든 로봇이라고 해도 약점은 분명히 있습니다."

"그곳이 어디라는 겁니까?"

성격 급한 제프가 참지 못하고 물었다.

최민은 제프를 보며 말했다.

"바로 로봇의 뒤통수 부분입니다. 왜냐고요? 그곳이 바로 통신 모듈이 들어있는 곳이기 때문입니다. 로봇은 팔이나 다리 하나가 고장 나거나 아예 부서져 버려도 계속 움직이는 것이 가능합니다. 로봇의 척추 부분을 통해 연결되어 있는 컨트롤 시스템이 살아있는 한에는 말이죠. 하지만 통신 모듈이 부서져 버리면 로봇을 컨트롤하고 있는 사람과의 연결이 끊어져 버리므로 로봇은 더 이상 작동하지 않게 됩니다. 그래서 아까 비비안에게도 로봇의 뒤통수 쪽을 집중적으로 공격하라고 말한 것입니다."

펄슨은 최민에게 미소를 지어 보이고 말을 이었다.

"데이비드의 말이 옳습니다. 우리 로봇의 약점은 통신 모듈 부분이죠. 물론 그곳도 합금으로 만든 케이스로 보호되고는 있습니다. 일반 권총이나 사냥용 라이플 정도로는 뚫을 수 없죠. 하지만

338

최신 중화기 정도면 몇 발 맞는 것으로 충분히 부서질 수 있습니다. 아시다시피 저희가 만든 로봇은 게임용으로 튼튼하게 만든 것이지 군사용으로 완벽하게 만든 것은 아니거든요. 그래서 저들은 로봇들을 가지고도 우리를 섣불리 공격하지 못하는 겁니다. 우리 정예요원들이 가진 중화기로 뒤통수 부분을 집중사격하면 아무리 강력한 로봇도 견뎌낼 수 없을 것이니까요.”

최민은 좀 전에 메이슨이 가지고 있던 강력한 화기를 떠올렸다. 그런 화기로 몇 명이 동시에 집중발포를 한다면 펄슨의 말대로 아무리 강력한 로봇이라도 방어하기 쉽지 않을 것 같았다.

“그럼 메이슨을 저희에게 보내신 것도 회장님이시겠군요!”

비비안이 말했다.

“물론이지. 우리 요원들은 지금 적들과 대치 중이라서 섣불리 움직일 수 없었네. 더구나 우리가 흩어지면 로봇들에게 당할 우려도 있었고. 마침 메이슨이 숲에서 헤매는 것을 발견했다네. 그에게서 여러분들이 이곳에 들어왔다는 것을 듣고 메이슨을 따로 보내서 자네들을 찾으라고 명령한 것이지.”

이제까지 조용히 있던 메이슨이 자신의 이야기가 나오자 신이 난 듯 말하기 시작했다.

“네. 회장님께서 저한테 저렇게 멋진 총까지 주셨지 뭡니까? 그래서 전 모터사이클을 몰고 여러분들을 찾으러 다닌 거죠. 그런데 마침 저놈들이 띄운 소형 헬기가 숲 상공을 날아가는 거 아니겠어요? 그래서 몰래 그 뒤를 쫓아간 거죠. 헬기가 지상으로 고도를 낮추기에 그때부터는 모터사이클에서 내려서 걸어서 헬기 방향으로 이동했죠. 그곳에서 여러분들이 몇 기의 로봇들에게 공격받는 것을 보았습니다. 로봇들이 너무 많아서 저 혼자로는 감당이 안 될 것 같아서 그냥 숲 속에서 숨어 있었는데 마침 적 로봇들이 뒤통수를 제 방향으로 무방비로 드러내놓고 있지 뭡니까? 그래서 회장님께 들은 대로 놈의 뒤통수에 '빵' 하고 제대로 한 방 날린 거죠. 하하……"

필슨이 손을 들어 메이슨의 말을 가로막았다.

"아…… 되었네. 그만하게."

그리고 그는 일행에게 몸을 돌리고 물었다.

"그럼 더 궁금한 점은 없나요?"

최민이 물었다.

"그럼 이제 회장님께서는 어떤 계획을 가지고 계신가요?"

"안타깝게도 우리는 그리 시간이 많지 않아. 저자들이 지금 스튜디오4 안에서 무슨 짓을 하는지 알 수 없지만 적어도 우리 회사에 이득이 될 일이 아니라는 것은 명확하지. 저자들이 노리는 것이 우리 회사의 로봇과 휴먼 인터페이스 기술이라면 시간이 지나면 지날수록 저자들이 훔쳐갈 수 있는 것이 더 많아질 것이네. 그걸 내가 앉아서 보고만 있을 수는 없지 않겠나?"

필슨의 대답에 최민이 다시 말했다.

"그럼 지금 행동을 취하실 생각이신가요?"

"그렇네. 필립이 이미 모든 준비를 다 해놓은 상태이네. 다만 한 가지 우려되는 것은 저자들이 가진 로봇들인데……"

필슨은 최민과 비비안을 번갈아 쳐다보면서 말을 이었다.

"자네들이 몰고 온 저 밴 안에 우리 회사의 최신형 로봇이 있지? 그걸 좀 사용했으면 하는데 어떤가?"

최민은 자기도 모르게 비비안을 돌아보았다. 그녀의 안색이 다시금 창백해지고 있었다. 잠시 고민하던 최민이 펄슨에게 돌아섰다.

"회장님, 저 로봇은 아직도 충분히 동작 가능합니다. 하지만 누가 저 로봇을 조종하느냐가 문제입니다. 지금 이 중에서 한 번이라도 애니를 사용해서 트레이닝을 해 본 사람은 저와 비비안밖에 없습니다."

최민은 펄슨이 무어라 말하기 전에 다시 급하게 말을 이어갔다.

"하지만 비비안은 조금 전에 이미 저 로봇을 조종해서 로봇 3기와 전투를 벌였죠. 그래서 지금 정신적으로 무척 지쳐있는 상태입니다. 이번엔 제가 한번 해 보도록 하겠습니다."

비비안이 깜짝 놀라서 최민의 팔을 잡았다.

"데이비드, 넌 한 번밖에 트레이닝을 해 본 적이 없잖아? 그거 가지고 저 로봇을 컨트롤해서 상대 로봇과 싸운다는 것은 무리야!"

최민은 비비안을 보고 미소 지으며 말했다.

"너도 할 수 있는 일을 왜 내가 못하겠어? 그리고 난 내가 개발한 애니의 성능을 믿어. 별 문제는 없을 거야."

펄슨은 그런 두 사람을 바라보다가 일행을 둘러보며 말했다.

"그럼 데이비드, 자네가 저 로봇을 조종해서 우리 특수임무팀과 같이 출발하세나. 자네의 트레이닝이 완료되는 대로 출발하도록 하지. 저 못된 놈들에게 본때를 보여주자고!"

# 스튜디오4 입구

최민은 천천히 뙤약볕 밑을 걸어가고 있었다. 그의 육중한 발걸음에 따라 쿵쿵대는 소리가 나직하게 주위로 퍼져나갔다. 그는 고개를 돌려 좌우를 살펴보았다. 그의 좌우에는 트럭 두 대가 움직이고 있었고 그 트럭들 좌우에 펄슨이 데리고 온 정예요원들이 중무장을 하고 천천히 같이 전진하고 있었다. 필립의 지휘 하에 그들은 산개 대형을 펼친 후에 조심스럽게 움직이고 있었다.

그런 그들의 뒤로 문짝이 부서진 밴이 조금 떨어져서 따르고 있었다. 밴 안에서는 제프가 운전을 하고 펄슨이 조수석에 앉아있었다. 그리고 뒷좌석에서는 최민의 몸이 애니에 접속된 채로 의자에 누워있었고 비비안이 컴퓨터 모니터를 보면서 최민과 로봇의 연결을 모니터링하고 있었다.

잠시 후 스튜디오4의 입구가 잘 보이기 시작했다. 원래 그곳의 절벽과 절벽 사이에는 몇 미터 정도의 틈이 나 있었다. 그곳에는 아직 설치되지는 않았지만 기념품 등을 판매하는 상점이 들어설 예정이었다.

필립은 손을 들어 일행을 멈추게 하였다. 그리고 고성능 망원경을 들어 정면을 살펴보았다. 망원경을 통해 스튜디오4 입구가 선명하게 보였다. 입구는 바리케이드로 막혀 있었다. 철제 바리케이드는 높이가 약 1m 정도 되어 보였고 바리케이드 사이사이에 모래주머니로 쌓아 올린 간이 참호가 보였다. 마치 전쟁이라도 준비한 것 같은 광경이었다.

그가 보고 있는 사이에 바리케이드 뒤에서 사람들의 움직임이 어렴풋이 탐지되었다. 필립은 보다 더 정확한 관찰을 위해 망원경의 스위치를 전환했다. 그러자 망원경은 열 감지 모드로 전환되었다. 그러자 망원경을 통해서 보이는 광경이 바뀌었다. 옅은 회색으로 대부분의 물체들이 표시되는 와중에 사람들은 체온 때문에 붉은색으로 보였다. 그는 붉은색 형체의 숫자를 세어 보았다. 적어도 십여 명이 바리케이드 뒤에서 진을 치고 있었다. 그리고 사람 형상 말고도 밝게 노란색으로 빛나는 물체가 몇 개 감지되었다. 그 노란색 물체는 사람들 주위를 왔다 갔다 하면서 움직이고 있었다. 필립은 그것이 로봇의 심장이라고 할 수 있는 배터리에서 나오는 열을 망원경이 포착한 것임을 알아챘다.

"입구에 바리케이드가 쳐져 있고 뒤에 사람들 십여 명, 그리고 로봇으로 추정되는 움직임이 서넛 보인다."

그가 쓰고 있는 헬멧에 부착된 마이크를 통해서 일행들에게 알려주었다.

"특별한 움직임이 있나?"

펄슨의 목소리가 필립의 이어폰을 통해서 들렸다.

"저자들도 지금쯤이면 우리를 보았을 텐데 아직 별다른 움직임은 없습니다."

필립의 대답에 펄슨은 잠시 이맛살을 찌푸렸다. 스튜디오4로 통하는 입구는 그들이 보고 있는 절벽 사이의 통로가 유일했다. 다른 곳으로 우회를 할 수도 없었으니 스튜디오4로 들어가려면 적들이 막고 있는 것을 알면서도 그대로 진입하는 것 이외에는 다른 방법이 없었다.

"필립, 자네 생각은?"

펄슨이 다시 물었다.

"저들의 눈을 피해 안으로 들어갈 방법이 없으니만큼 정면 돌파 외에는 방법이 없을 것 같습니다."

필립이 감정 없는 목소리로 대답했다.

"그럼 시작하게나. 저들은 우리 사유지에 무단으로 진입해서 사람들을 살상한 범죄자들이네. 저들이 완전히 퇴치될 때까지 인정사정 볼 것 없어. 자네가 전문가니까 알아서 하게. 책임은 내가 진다!"

펄슨의 목소리를 들으면서 필립은 눈을 빛냈다. 보통 사람들이라면 이런 전투를 앞두고 두려움에 빠지거나 흥분해서 판단력을 상실할 텐데, 그는 반대로 이러한 상황일수록 더 냉정하고 침착해졌다. 그에게 전투란 좋아하는 취미 활동을 하는 것과 다름이 없었고, 다른 어떤 것도 전투에서 적을 죽이는 것만큼 그를 흥분시키지 못했다. 하지만 그는 그런 흥분 상태에 지나치게 빠지지 않고 언제나 냉정하게 가장 효율적으로 적을 죽이는 방법을 찾아내곤 했다. 그는 타고난 '전사'였다.

필립은 우측에 따라오던 트럭을 향해서 크게 손짓을 해 보였다. 그의 신호가 떨어지자 트럭이 갑자기 속도를 내기 시작했다. 트럭은 먼지를 날리며 곧바로 바리케이드를 향해 돌진했다.

바리케이드 뒤쪽에서 기다리고 있던 사람들의 움직임이 갑자기 분주해지는 것이 보였다. 그리고 곧바로 반응이 나왔다. 시끄러운 소리와 함께 트럭 쪽으로 총알들이 날아오기 시작했다. 트럭의 앞 유리창이 순식간에 깨져 나갔다. 하지만 트럭은 속도를 줄이지 않은 채로 계속 바리케이드를 향해서 달려들었다.

이때 바리케이드 뒤에서 연기가 피어올랐다. 그리고 곧바로 누군가의 로켓포에서 발사된 소형 로켓탄 두 개가 꼬리에 연기를 날리면서 트럭으로 날아왔다. 날아온 로켓탄들은 트럭에 적중했고 곧이어 커다란 폭발음과 함께 터져 나갔다. 부서진 트럭에서 나오는 화염과 연기가 순식간에 주위를 뒤덮었다. 연기로 인해 시야가 좁아지면서 앞이 잘 보이지 않게 되었다.

리모트 컨트롤로 트럭을 움직이던 필립이 기다린 것이 바로 이때였다. 그의 신호에 따라 좌우로 흩어져 전진하던 요원들이 손에 커다란 방패를 든 채로 일제히 연기 속으로 뛰어들었다. 돌격하는 대원들 뒤에서 남은 사람들은 정면의 바리케이드를 향해 엄호 사격을 시작했다.

최민도 방패를 든 요원들 사이에서 빠르게 정면의 바리케이드를 향해서 뛰고 있었다. 이미 많이 손상된 로봇이라 평상시처럼 빠르게 뛰지는 못했지만 사람들이 뛰는 속도 이상으로 움직일 수 있었다.

흐릿한 연기 사이로 사람들의 형체가 희미하게 보였다. 이때 정면에서 섬광이 번쩍이면서 그를 향해 총알들이 날아왔다. 그의 몸 여기저기에 총알이 명중해서 불꽃이 튀었다. 그러나 아직도 그가 걸음을 멈출 만큼 커다란 대미지는 입히지 못하고 있었다.

최민의 뒤편에서 요원들 중 누군가가 로켓포를 발사했는지 정면의 바리케이드가 '펑' 소리와 함께 터져나갔다. 연기로 앞이 잘 보이지 않는 가운데 최민은 맨 먼저 일부가 무너져 내린 바리케이드에 도착했다.

큰 걸음으로 단번에 바리케이드를 뛰어 넘은 그에게 연기 속에서 검은 옷을 입은 사람들이 우왕좌왕하는 것이 보였다. 몇 명은 갑자기 나타난 그를 향해 총을 난사하고 있었다. 최민 로봇은 그들에게 접근했다. 그리고 가장 가까이서 총을 쏘고 있던 한 사람에게 다가가서 손에 든 창을 마치 몽둥이처럼 휘둘렀다. 검은 옷을 입고 얼굴에 마스크를 쓴 채로 총을 쏘던 사람은 창에 손을 맞고 쏘던 총을 떨어뜨렸다. 손목뼈가 부러졌는지 손에 힘을 주지 못하고 손을 축 늘어뜨려 버렸다.

이때 그에게 당해서 엉거주춤 서 있던 검은 옷을 입은 사람의 몸에 최민의 뒤에서 날아온 총알들이 '퍼퍽' 하는 소름끼치는 소리와 함께 박혔다. 총알이 무척 강력한 것인 듯 단순히 총알 자국만 남는 것이 아니라 총알이 명중된 신체 부위가 폭탄의 파편을 맞은 것처럼 터져 나갔다. 그 남자는 사람의 형체를 잃은 채로 바닥에 무너져 내렸다.

최민은 깜짝 놀라 그 광경을 지켜보았다. 그는 과학자였지 군인이 아니었다. 어쩔 수 없이 이런 전쟁터를 방불케 하는 현장에 뛰어들긴 했지만 사람을 살상하는 것은 그가 할 수 있는 일이 아니었다. 비록 직접 저지른 일은 아니지만 자신 때문에 사람이 죽어가는 것을 바로 앞에서 지켜본 그는 순간적으로 정신이 나갈 정도로 충격을 받았다.

멍청히 서 있던 그의 주위로 어느새 다가온 요원들이 빠르게 바리케이드를 넘어 앞으로 나갔다. 이미 많은 경험이 있는 듯 그들은 조직적으로 냉정하게 한 명 한 명 정확히 사살하고 있었다. 검은 옷을 입은 사람들은 총을 쏘아대면서 대응했으나 몇 명이 바닥에 쓰러진 후에 전의를 상실했는지 뒤로 도망치고 있었다.

이때 맨 앞에서 싸우고 있던 요원 앞에 커다란 검은 그림자가 하나 나타났다. 요원은 그림자를 보자마자 빠르게 그림자를 향해 손에 들고 있던 고성능 자동소총을 겨누었다. 그러나 다가오는 그림자는 그 따위에는 구애받지 않고 어느새 요원 바로 정면에 나타났다. 그것은 손에 기다란 장검을 든 검은색 전사형 로봇이었다.

요원은 타깃을 확인하자마자 로봇을 향해 난사했다. 보통의 카빈이나 소총보다 훨씬 위력적인 총이고 탄환도 특수 제작한 합금 탄환이라 사람이라면 한 방만 맞아도 죽어나갈 위력을 가지고 있는 총이었다. 총알은 검은 로봇에게 분명 타격을 준 듯이 보였다. 로봇이 잠시 주춤했다. 그러나 총알이 로봇의 움직임을 완전히 막지는 못했다. 어느새 요원에게 가까이 다가온 로봇은 예의 그 무시무시한 대검을 크게 휘둘렀다.

칼은 요원의 왼쪽 팔을 무 토막처럼 잘라버리고 가슴에 입은 방탄복을 부수고는 요원의 가슴을 반쯤 자른 후에 멈췄다. 로봇이 칼을 빼자 요원은 피를 분수처럼 내뿜으며 쓰러졌다. 물론 땅에 쓰러지기 전에 이미 숨은 끊어져 있었다.

"최 박사님, 빨리요!"

"데이비드, 뭐하나!"

최민의 귀에 사람들이 마이크를 통해 다급히 외치는 소리가 들렸다. 오늘 그의 주 임무는 사람이 아닌 로봇들을 상대하는 것이었다. 그가 로봇들을 상대하는 사이에 다른 요원들이 적을 제압하고 로봇들을 하나씩 격파하는 것이 작전이었다. 그럴 때에 최민이 정신이 나가 있으니 사람들이 다급해하는 것도 무리는 아니었다. 앞이 잘 보이지 않는 접근전에서 아무리 잘 훈련된 요원들이라 할지라도 로봇들을 상대하기는 어려웠다.

최민은 정신을 차리려 노력했다. 멀쩡하게 살아있던 사람이 자신 때문에 죽었다는 충격은 가시지 않았지만 바로 눈앞에 보이는 검은색 로봇이 제정신을 찾을 수 있도록 도와주었다. 그는 검은 로봇이 바로 그가 숲 속에서 마주친 바로 그 로봇임을 한눈에 알아보았다. 그의 뇌리에 인부가 로봇의 칼에 맞아 두 동강 나면서 비참하게 죽어가는 모습이 떠올랐다. 그리고 그의 눈 바로 앞에서 요원 한 명이 마찬가지로 잔혹하게 살해되었다.

최민의 마음속에 분노가 솟아올랐다. 사람의 목숨을 저렇게 파리 목숨처럼 함부로 끊어버릴 수 있는 '살인자'에 대한 순수한 분노였다. 최민은 왼손의 방패를 앞으로 쳐들고 창을 오른손에 들고 검은 로봇에게 돌진했다.

앞뒤 가리지 않고 검은 로봇에게 달려든 최민은 창을 로봇을 향해서 힘차게 찔렀다. 그러나 검은 로봇은 재빠르게 몸을 움직여 피해내고는 중심을 잃고 비틀대는 최민을 향해서 칼을 휘둘렀다. 최민은 왼손에 든 방패로 간신히 칼을 막아냈다.

'쾅' 소리와 함께 방패가 움푹 꺼졌다. 검은 로봇의 힘은 상상 이상이었다. 비록 방패로 막아내긴 했지만 최민은 충격으로 인해 비틀대다가 그만 뒤로 쓰러져 버렸다. 로봇에 내장된 비선형 컨트롤 시스템도 이러한 강력한 충격에서 더 이상 최민 로봇의 중심을 잡아주지는 못했다.

검은색 전사형 로봇은 최민이 조종하고 있는 로봇과 같은 시기에 만들어진 가장 최신형의 로봇이었다. 따라서 그 방어력과 파워는 최민의 로봇 못지않았다. 멀쩡한 상태의 최민 로봇이었더라도 상대가 쉽지 않았을 텐데, 최민 로봇은 이미 몇 번에 걸친 격전으로 많이 손상된 상태였다.

바닥에 쓰러진 최민을 향해서 검은 로봇이 칼을 연달아 휘둘렀다. 고개를 돌린 최민의 머리 바로 옆에 칼이 바위를 부수면서 땅에 박히는 것이 보였다. 하지만 검은 로봇은 칼을 다시 빼어 계속 최민을 향해 내리쳤다. 칼에 아직도 묻어있는 사람의 핏자국이 선명하게 보였다. 최민이 잠시 잊고 있던 공포감이 되살아났다.

최민은 정신없이 필사적으로 몸을 움직여 자신에게 날아드는 칼날을 피하려 노력했다. 하지만 그가 몸을 움직일수록 몸이 바닥에 자꾸 파묻혀서 움직이기가 점차 불편해졌다. 최민 로봇은 짧은 사이에 이미 대여섯 군데 칼을 맞았다. 최대한 방패로 몸을 가려서 중요한 부분이 파괴되지는 않았지만 그의 움직임이 눈에 띄게 느려졌다. 최민의 시야에는 대미지 미터가 이미 60%를 넘어가고 있었고 사방에 빨간색 경고 표시가 나타나고 있었다.

이때 검은 로봇이 다시 마지막 일격을 가하기 위해서 파워 배터리를 충전하고 있는 것이 보였다. 몇 초 후에 충전이 끝나면 아마도 강력한 일격이 그를 향해서 떨어져 내릴 것이었다. 최민은 일어나려 발버둥 쳤지만 검은 로봇이 그의 한쪽 다리를 발로 밟고 누르고 있어서 쉽게 일어날 수가 없었다. 마침내 검은 로봇이 파워를 끝까지 올렸는지 칼을 두 손으로 높이 치켜들었다.

최민은 방패를 들어 칼을 막으려 했으나 이미 몇 군데 칼을 맞은 왼팔이 말을 듣지 않았다. 억지로 왼팔을 들어 올리려 하자 모터가 공회전하는 소리가 시끄럽게 났다. 그러나 노력한 보람이 있어 드디어 왼팔을 조금 움직일 수 있었다. 그러자 그 모습을 본 검은 로봇이 발을 들어 최민 로봇의 왼팔을 걷어찼다. 로봇의 왼팔에 연결된 모터가 부서져 나가면서 동력이 끊겨 왼팔은 그대로 땅에 다시 떨어져 버리고 말았다. 그와 함께 손에 들었던 방패도 땅에 금속성과 함께 떨어져 나뒹굴었다.

이미 대항할 힘을 잃은 그에게 검은 로봇이 힘차게 칼을 내리치려 했다. 냉정을 잃고 검은 로봇에게 달려든 자신을 질책했지만 이미 늦었다. 최민은 절망적인 심정으로 그것을 쳐다보고만 있었다.

(2권에서 계속)

# 참고자료

'내 생각대로 그가 움직였다', 동아 사이언스, 2013년 8월 28일

'로봇 다빈치 꿈을 설계하다', 데니스 홍, 2013년 3월 14일

'세계 최대 규모 신비의 동굴 미지의 공간 또 있다', 서울신문, 2011년 7월 30일

'장수 게임들의 역습, 절대 인기의 비법은?', 아이뉴스24뉴스, 2014년 7월 29일

'정보 조작에서 영혼 조작으로', 문화일보, 2013년 8월 19일

'91살 최후 나치 전범에 징역형', YTN, 2011년 5월 13일

'Conquering an Infinite Cave', Mark Jenkins, Photograph by Carsten
    Peter, National Geographic, Jan 2011

'Fundamentals of Neural Networks', Laurene Fausett, Page 72

'In Vietnam, World's Largest Cave Passage-Picture', National
    Geographic magazine

'Team Water world champion MSL', Robocup Eindhoven, June 2013

The Angel of Death

# 죽음의 천사 1